Magnolia Parks

Jessa Hastings

Magnolia Parks

¿CUÁNTOS AMORES TE TOCAN EN UNA VIDA?

Traducción de
Martina Garcia Serra

MOLINO

Papel certificado por el Forest Stewardship Council®

Penguin
Random House
Grupo Editorial

Título original: *Magnolia Parks*

Primera edición: enero de 2024

Publicado por primera vez por Also Industries
y The Ephemeral Happiness of the House of Hastings, en 2021.

© 2021, Jessa Hastings
© 2024, Penguin Random House Grupo Editorial, S. A. U.
Travessera de Gràcia, 47-49. 08021 Barcelona
© 2024, Martina Garcia Serra, por la traducción

Printed in Spain — Impreso en España

ISBN: 978-84-272-4059-9
Depósito legal: B-19.328-2023

Compuesto en Grafime, S. L.
Impreso en Rodesa
Villatuerta (Navarra)

MO 40599

Para la versión de mí misma que en 2018 quería tirar la toalla
y dedicarse a ser profesora de Historia,
porque el rechazo creativo es demasiado duro.

También para esa versión de ti
que estuvo a punto de renunciar a su vocación,
porque crear cuesta mucho dinero.

Pero aquí estamos…
Como dice Glennon…
Podemos hacer cosas difíciles.

¿Cuántos amores te tocan en una vida?

¿A cuántas personas puedes llamar tuyas? Hay muchas clases de amor en este mundo y, aunque no todas ellas, la mayoría son hermosas. Algunas son antiguas, otras nobles y otras valientes. Otras son deshonrosas y débiles y te convierten en eso mismo por asociación. Algunas son un susurro suave en una noche oscura, otras son enloquecedoras. Otras no se pueden ignorar: arden a fuego lento en tu interior, nunca acaban de apagarse del todo, pero te da demasiado miedo intentar avivar su llama. Hay amores que pretendes no sentir, incluso cuando puedes, incluso cuando sabes que estás fingiendo, incluso cuando él es lo primero que se te pasa por la cabeza al despertar por la mañana, incluso aunque él sea una cerilla prendida en el oscurecido cuarto de tu corazón... porque amar algo como lo amas a él es un amor doloroso que te llena los bolsillos de piedras y los ojos de melancolía, y si algo te ha enseñado el tiempo es que da igual. Lo amarás para siempre a pesar de todo.

UNO
Magnolia

—Me gusta. —Me tira del vestido al aparecer detrás de mí. Vaqueros negros de Amiri Thrasher (con las rodillas extremadamente deshilachadas, por supuesto), Vans negras y la camiseta blanca y negra de mangas ranglan de Givenchy.

Me miro en el espejo de su cuarto. Ladeo la cabeza, entorno los ojos y finjo que soy la única chica que ha estado aquí últimamente. Me aseguro de que llevo el colgante con el anillo que me dio él bien escondido bajo la ropa, donde nadie excepto yo, y probablemente él en otro momento, puede verlo, y luego me aliso el cuello bobo del vestido de satén con estampado floral rojo, azul y blanco.

—Miu Miu —le digo, mirándolo a los ojos a través del espejo.

Adoro sus ojos.

Asiente con calma.

—Me acosté con una modelo de Miu Miu la semana pasada.

Cómo odio sus ojos. Lo fulmino con la mirada durante un segundo y trago saliva con esfuerzo para tranquilizarme antes de sonreír despreocupada.

—Me da igual.

Nos miramos a los ojos y aguantamos la mirada y durante otro segundo no solo odio sus ojos, lo odio entero. Por conocerme como me conoce, por ver la verdad que ocultan todas mis palabras, por hacerlo con cualquiera que no sea yo. Él se encoge de hombros, indiferente.

Es BJ Ballentine, mi primer… mi primer todo, en realidad. Mi primer amor, mi primera vez, el primero que me rompió el corazón. Es el chico de pelo dorado y ojos dorados, aunque tiene el pelo castaño y los ojos verdes, el chico más precioso de todo Londres según dicen… y es posible que yo esté de acuerdo. Cuando tiene un buen día. Aunque, ¿por qué te estoy explicando cómo es él? Si ya sabes quién es.

—Ya sé que te da igual. —Se pasa la lengua por los dientes sin darse cuenta. Lo hace cuando está mosqueado y veo que está mosqueado, pero durante solo un segundo, porque luego suaviza la mirada como hace siempre conmigo.

—Entonces tenías novio, Parks… —Busca mis ojos, pero no dejo que los encuentre porque me gusta hacerle pensar que tiene que esforzarse para captar mi atención.

—Que sí —parpadeo al repetírselo—: Que me da igual.

—Ya —suspira, fingiendo que se aburre—. Nos ponemos los escudos, ¿verdad? —dice con un hilo de voz. Eso es lo que se dicen los chicos entre ellos cuando ven que mi corazón cambia de tema.

Vuelve a mirarme porque sabe que estoy mintiendo, y nuestros corazones tienen un duelo a la mexicana a través de nuestros ojos.

«Te echo de menos», parpadeo en código morse.

«Todavía te quiero», dicen las comisuras tristes de sus labios perfectos.

Casi demasiado carnosos, como si siempre se las arreglaran para recibir la picadura de una abeja. Hubo una vez en que ese chico tenía mi corazón pendiendo de sus labios.

—En fin, ¿cuándo? —pregunto, mientras giro sobre mis talones para ponerme de cara a él, agarrarle la muñeca y abrocharle, sin su permiso, la manga de su cazadora vaquera negra llena de parches, también de Amiri. Siento sus ojos fijos en mí, observándome, esperando a que levante la mirada y cuando lo hago, noto un dolor en el centro de mi ser, como siempre me pasa cuando nuestras miradas se encuentran. Un pez de vuelta en el agua. Un alivio dolorido.

—¿Qué? —pregunta Beej, observándome con el ceño fruncido.

Tiro de la pechera de su cazadora, intentando decidir cómo quedaría mejor si abotonada o no. Le abrocho los botones. Él ladea la cabeza, sigue buscando mis ojos y, al ver que no respondo, me levanta el mentón para que lo mire, sosteniéndomelo entre los dedos pulgar e índice.

La distancia física entre nosotros es escasa, pero aun así un bosque crece en ella. Abetos de errores tan altos que no podemos ver por encima de ellos y ríos de cosas que no nos dijimos tan anchos que no podemos vadearlos. Estamos lejísimos de donde pensábamos que estaríamos, estamos completamente desconectados, y me siento sola y perdida durante un minuto, pero estoy sola y perdida con él.

—Solo me preguntaba cuándo, eso es todo. —Parpadeo mucho. Me ayuda a mantener los recuerdos a raya. Desabrocho los botones—. Porque estuviste conmigo casi toda la semana pasada, así que no veo cuándo tuviste tiempo de fornicar con una chica tremendamente blanca que, sin duda, tendrá los ojos demasiado separados.

Me mira desde arriba con una sonrisita, divertido. Es alto, ese BJ Ballentine. Un metro noventa.

—¿Qué? —me encojo de hombros inocentemente—. Blanca como un espíritu y con ojos saltones es claramente la estética de Fabio Zambernardi.

BJ se traga una sonrisa.

—Tenías novio, Parks —me repite, y yo lo ignoro porque eso no tiene nada que ver.

Vuelvo a cerrarle la cazadora de un tirón para abotonarla de nuevo.

—Pero estuve contigo casi todo el tiempo, así que no entiendo, en serio, cuándo…

—¿Quieres que comparta mi agenda contigo?

—¿Tu agenda sexual? —le suelto con aspereza, pero me pregunto si debería decirle que sí de todos modos, porque seguramente me iría bien tenerla para organizar qué noches de la semana tengo que lavarme el pelo, y de paso saber dónde está él, lo cual quiero saber a todas horas aunque no puedo admitirlo, bajo ninguna circunstancia, así que me limito a mirarlo con fijeza.

Entorna un instante los ojos.

—No tengo ninguna agenda sexual.

Lo miro con intensidad.

—Bueno, está claro que tampoco tienes una agenda de trabajo…

—Tengo un trabajo. —Pone los ojos en blanco.

—¿Cuál, quitarte la camiseta para tu club de fans de Instagram?

Se rasca la nuca al tiempo que sonríe con timidez.

—Solo intento pagar las facturas. —Se encoge de hombros juguetón—. No todos tenemos ochocientos millones en el banco, Parks.

—En eso tienes razón —admito—. Dime, ¿qué tal la pequeña isla que tu familia tiene en la costa de Grenada…?

Se pasa la lengua por el labio inferior, riendo.

—Tenías que decir pequeña…

—Más pequeña que la mía —lo corto y él se ríe.

Me mira de arriba abajo, recorre mi cuerpo con sus ojos como solía hacerlo con las manos —coge una bocanada de aire y suelta el amor que siente por mí—, mira más allá de mí para observarse en el espejo. Se pasa las manos por el pelo.

—¿Qué te parece, cómo dejamos los botones?

Vuelvo a desabrochárselos y me mira desde arriba, con una sonrisita jugando en sus labios.

—Siempre intentando desnudarme…

Pongo los ojos en blanco, pero me sonrojo.

—Ya te gustaría.

Cojo el bolso de ante azul cielo Le Chiquito Noeud de Jacquemus de la cuarta balda de mi estantería de bolsos.

—Sí me gustaría —admite, luego me repasa el cuerpo con los ojos—. ¿Tienes algún botón que deba desabrochar?

Lo aparto de un manotazo, riendo.

—Vete a la mierda.

—Venga. —Me pasa el brazo por el cuello y me conduce hacia la puerta—. Llegaremos tarde.

—Dime, Parks —pregunta BJ con una sonrisita y los ojos entornados—, ¿cuál es tu manía número uno de esta semana?

—¿Esta semana? —frunzo el ceño. Estamos sentados a una mesa con la Colección Completa, nuestros mejores amigos, pero aun así, de vez en cuando pasa algo y un telón negro cae sobre el resto del mundo y solo nos podemos ver el uno al otro.

—Bueno. —Se encoge de hombros—. Sé cuál es la de toda la vida.

Enarco las cejas.

—Ah, ¿sí? —Él asiente y yo tamborileo con los dedos sobre la mesa, esperando—. Ilumíname.

Estamos en Annabel, y para la próxima vez que vayas, te recomiendo encarecidamente que pidas una botella de Dom Pérignon Rosé de 1995.

Aunque no es lo que bebe BJ. Él bebe Negroni. Siempre un Negroni, a no ser que la noche se esté yendo al traste; cuando eso ocurre, entonces se pide un Don Julio de 1942.

—Tu manía número uno de toda la vida… es que otras chicas me presten atención. Obviamente. —Hace un pequeño rictus con los labios como si quisiera decir: «Ahí está».

Suelto un bufido y niego con la cabeza con vehemencia.

—No. Vamos, es que no se acerca ni de lejos.

Aunque se acerca, y mucho; de hecho, es absolutamente, al cien por cien, correcto.

Pone los ojos en blanco y hace caso omiso de la mentira.

—Venga, pues, esta semana es…

—Las chicas que proclaman que no llevan maquillaje en Instagram cuando claramente no llevan maquillaje en Instagram.

—Uy —se mete mi mejor amiga, Paili Blythe—. ¡No puedo con eso! —Se coloca un mechón de pelo rubio platino detrás de la oreja y, frustrada, arruga su naricita de botón—. ¿Qué esperan de nosotras, un corazoncito lila?

Le hago un gesto de «muchísimas gracias» antes de continuar.

—En serio, no entiendo en qué momento se puede alardear de ir intencionadamente descuidada.

—¿Un poco de corrector, quizá? —plantea Paili—. Un buen colorete en crema.

—Uy, ¿qué me dices, Charlotte? ¿Hoy no te has maquillado? —Le pregunto a la nada—. Sí, lo sé… resulta terriblemente obvio cuando tienes el don de la vista.

BJ se pasa la lengua por los molares posteriores, sonriendo. Suelta una risita y sacude la cabeza.

—No todo el mundo sale de la cama pareciéndose a un cervatillo de dibujos animados, Parks…

—Es… —Me flaquea la expresión—. ¿Se… se supone que es un cumplido?

—Desde luego. —Asiente.

—Venga ya —dice Henry Ballentine, mi mejor y más antiguo amigo. De aspecto se parece mucho a su hermano mayor: tiene el pelo castaño y una sonrisa que puede dejarte preñada, pero tiene los ojos azules en lugar de verdes como BJ, y de vez en cuando los esconde detrás de unas gafas que ninguno de nosotros tiene del todo claro que necesite. Asoma la cabeza en la conversación—. Todos sabemos que Bambi fue el despertar sexual de BJ.

—Eh, Bambi es macho —anuncia Christian Hemmes y su acento de Manchester se filtra en sus palabras, como le ocurre siempre que se divierte.

Christian y yo salimos juntos hace tiempo. Bueno, más o menos. Ahora no lo admitiríamos, pero lo hicimos, creo. Y fue malo. Malo para mí, malo para él (especialmente malo para él), malo para Beej (sobre todo malo para Beej)… Malo para todo el mundo, a decir verdad.

A pesar de ello, Christian es precioso. Tiene el pelo dorado oscuro, los ojos de color avellana y unos labios carnosos. Es casi angelical… sus rasgos, no sus actos. Da verdadero miedo en acción, en realidad. Intento no pensar en ello, en lo que hacen él y su hermano. Ellos creen que no lo sé. Pero lo sé. Lo sé todo sobre mis chicos.

Tanto Henry como BJ parecen confundidos y perturbados por la revelación de Christian.

Le dedico una mirada frívola y me vuelvo hacia Beej.

—Entonces, si yo soy un cervatillo, ¿qué eres tú?

—Un lobo —dice sin dudar un instante.

Pongo los ojos en blanco.

—¿De los solitarios?

Él niega con la cabeza y suaviza la mirada como no debería hacerlo en una mesa llena de gente que nos conoce en un local lleno de gente que no nos conoce.

—De los que encuentran a un cervatillo en el bosque que no llega solo a la balda de arriba de su botiquín, ni sabe cambiar el aceite del motor, ni…

—Parece un cervatillo de lo más evolucionado —le susurra Henry a su hermano.

—Bueno, sin duda es un cervatillo complicado —le contesta BJ y yo frunzo el ceño. Él sonríe.

—Sin el lobo ese cervatillo no habría podido abrocharse el vestido que lleva puesto. —BJ me señala con la cabeza—. No se habría alimentado desde 2004… Por eso el lobo siempre anda cerca, por la pura bondad de su corazón.

—Creo que los lobos comen cervatillos —interviene Henry bruscamente.

BJ pone los ojos en blanco, pero a mí me preocupa que Henry lleve razón.

Perry Lorcan, de pelo oscuro peinado hacia atrás, grandes ojos marrones y una sonrisa todavía más grande, pómulos prominentes y absolutamente hermoso, completamente fabuloso, sacude la cabeza desde el otro lado de la mesa.

—Henry se ha confundido. Bambi fue mi despertar sexual. El de BJ fue Ariel… —Se señala el pecho—. El sujetador de conchas. Las tetas lo vuelven loco.

No es mi intención, pero bajo la mirada hacia mis pechos y, al levantarla, BJ me está mirando. Me guiña el ojo con disimulo y esboza una sonrisa traviesa.

Hago lo que puedo por no arder ahí mismo.

—Bueno. —Beej se inclina hacia mí y me quita una pestaña perdida que no tengo en la cara… Una excusa cualquiera para tocarme, en realidad—. Los dos sabemos cuál es la de verdad. —Intento no sonreírle—. Pero ¿cuál es tu falsa manía de toda la vida?

Intento no sonreírle.

—Esa también te la sabes.

—¿También? —Me mira con expresión radiante y pongo los ojos en blanco. Se para un segundo a pensar—. ¿Rosas y ranúnculos en el mismo ramo?

Asiento una vez.

—Jodidamente repugnante. De un mal gusto absoluto.

Se ríe desde las profundidades de su garganta y lo adoro cuando se ríe con mis comentarios, quiero hacerle reír para siempre, pero no puedo porque ese chico se rompió para siempre y todavía lucho contra la necesidad de besarlo igualmente. Jonah Hemmes, el hermano mayor de Christian, alarga los brazos desde el otro lado de la mesa; siempre viste de negro. Cazadora tejana negra, camiseta negra, vaqueros negros, Cons negras, aunque es un rayo de luz por dentro… dejando a un lado la precaria naturaleza de su trabajo. Podría tener el pelo rubio, pero creo que es castaño, y sus ojos podrían ser verdes, pero creo que son marrones o quizá de color avellana. Todos sus rasgos son angulosos: mandíbula marcada, nariz aguileña, lengua afilada. Excepto conmigo, porque soy su favorita.

Jo me mira con la cabeza inclinada.

—¿Ya vuelve a hablar de Monty Python?

BJ le dice que no con la cabeza a su mejor amigo al tiempo que levanto la nariz, indignada.

—Es una cicatriz en el rostro del cine británico y no se hable más.

—Ya sé qué veremos esta noche, pues. —Beej guiña el ojo.

—Sí. —Lo miro fijamente—. Yo también. Dejamos a Jack Bauer en una posición muy precaria anoche.

Jonah hace un ademán y alarga la mano para coger mi copa.

—Ese pobre desgraciado siempre está en posiciones precarias…

Prueba mi cóctel y luego esboza una mueca de asco. Demasiado dulce.

Henry le da un codazo a su hermano.

—¿Anoche? —pregunta en voz baja. A lo mejor creen que no los oigo—. ¿Cuántas noches van ya esta semana, entonces?

—¿Todas? —BJ entorna los ojos—. ¿Y a ti qué más te da?

Henry enarca una ceja.

—Se está tomando muy bien la ruptura…

BJ aprieta la mandíbula, a la defensiva.

—Pues sí.

Henry lo mira con intensidad.

—¿Porque te estás quedando a dormir cada noche esta semana?

BJ se pone insolente.

—Me quedé a dormir cada noche la semana anterior cuando todavía no habían roto, así que…

—Cada noche, no —intervengo—. Solo tres de siete.

Ambos me miran, algo sorprendidos, como si se hubieran olvidado de que están teniendo esa conversación delante de mí.

—Cuatro —susurra BJ para que solo yo pueda oírlo.

Nuestros rostros están demasiado cerca y yo estoy mareada y la respiración se me atasca en uno de los pedazos de mi corazón roto.

¿Cuatro? No me extraña que Brooks Calloway me dejara.

No sé por qué eso se me clava, pero es así. Como una flecha.

¿Lo de las cuatro noches?

Él es el único hombre cuya pérdida he llorado, el único amor que he amado.

Antes de saber qué estoy haciendo, me aparto de la mesa, sintiéndome algo aturdida —me da vueltas la cabeza y estoy asustada—, pero no estoy teniendo un ataque de pánico, porque yo no los tengo, los tienen las personas que no controlan sus vidas y yo lo domino todo, absolutamente todo, especialmente mi corazón. Es solo que el dolor de haberlo perdido viene y va. Yergue su cabecita en momentos inesperados, en lugares concretos.

Como tres años después del hecho, en The Dorchester, con él sentado justo a mi lado con la chaqueta Amiri que le había comprado una hora antes completamente desabrochada, como mi cerebro siempre que lo tengo cerca.

¿Creías que te hablaba de mi novio de la semana pasada?

Qué ingenuo por tu parte. Qué optimista por parte de mi habilidad lo de desprenderme del barco tocado y hundido al que tengo anclado el corazón.

—¿Es Magnolia Parks?

—¿Dónde está su novio?

—¿Está con BJ Ballentine?

—¿Vuelven a estar juntos?

—Nunca están separados.

—¿Pero ella no tenía novio?

—Me gusta su vestido.

—Odio su vestido.

—¿Vuelven a follar?

Esos son algunos de los comentarios que oigo al encaminarme hacia el aseo, intentando no desmayarme antes de llegar.

Las cuatro noches no son el motivo por el que Brooks Calloway y yo rompimos, por cierto. Brooks no lo sabe. O igual sí, porque al parecer

17

todo el mundo sabe más cosas de mí de las que yo creo. A Brooks le da igual, siempre le ha dado igual. Bajo la forma más cruda y los términos más tácitos y secretos, Calloway y yo teníamos una relación simbióticamente beneficiosa.

Yo era su billete hacia una vida que no acababa de pertenecerle por nacimiento, y él era mi última línea de defensa. Una desviación fenomenal y un endeble ardid para explicar por qué BJ y yo no somos lo que BJ y yo somos en realidad. Algo tras lo que esconderme y a lo que recurrir cuando ser solo la mejor amiga de mi mejor amigo deja momentáneamente de llenar el abismo que amarlo abrió en mí.

Me miro fijamente en el espejo del baño, me coloco la cabellera oscura detrás de las orejas y tiro de mis aros de oro con perlas Mizuki con nerviosismo. Mojo un papel secamanos. Me lo acerco a las mejillas, que están más oscuras que de costumbre porque Beej y yo bajamos a Pentle Bay unos días, y tengo la mente desbocada porque… ¿acaso no estuvo conmigo solo tres noches de siete la semana pasada y, aun así, se las arregló para verse con una modelo de Miu Miu? ¿Dónde se conocieron? ¿Dónde estaba yo cuando se conocieron? ¿Cuántas veces se vieron?, me pregunto. ¿Y dónde lo hicieron? ¿En un hotel? ¿En su casa? ¿En qué casa? La de sus padres jamás, su madre lo mataría. ¿En la que comparte con Jonah? ¿Ella estuvo allí después de que yo estuviera allí? ¿Cambió las sábanas? La idea de dormir en una cama donde BJ se había acostado con otra me llena los ojos de lágrimas de una manera que no comprendo, pero con la que estoy más que familiarizada, porque pasa cada dos por tres. Eso es lo que él hace. Se lo hace con otras mujeres.

No nos estamos acostando, por cierto, a pesar de lo que hayas leído en la prensa. No debes creerte todo lo que lees por internet, pero sí puedes creerte esto: en otros tiempos, BJ fue el amor de mi vida.

Ya no lo es. Y, ahora mismo, es lo único que te hace falta saber.

—¿Estás bien? —Paili aparece detrás de mí en el espejo.

—¿Hum? —Me doy la vuelta—. Sí. Claro.

Frunce el ceño y no me cree.

—No pasaría nada si no lo estuvieras, ¿sabes? —me dice.

—Lo sé. —Me encojo de hombros con ligereza—. Es que acabamos de romper… lleva su tiempo acostumbrarse a…

—Me refería a lo de la modelo de Miu Miu.

Frunzo el ceño.

—¿Cómo sabes lo de la modelo de Miu Miu?

Me dedica una lastimera sonrisa de disculpa.

—Por Perry.

Frunzo el ceño todavía más.

—¿Y él cómo lo sabe?

Paili parece abatida.

—Fuera quien fuera, no serviría ni para sujetarte una vela…

Aparto la mirada de ella y vuelvo a fijarla en mi reflejo.

—Pues claro —escupo—. ¿Para qué quiero yo una vela si mis ojos brillan más que los diamantes?

Paili reprime una sonrisa.

—De todos modos, me da igual —le digo meneando la cabeza.

Veo que no me cree. Mierda.

Saco el pintalabios perfecto de color coral de mi bombonera con textura de cuero de color hueso de Alexander McQueen; el tono perfecto de coral que hace que mi piel oscura se vea más rica y que me resalta los ojos hasta lo absurdo.

—Esa expresión —BJ Ballentine adora mis ojos cuando se lo permito— se remonta al 1600, ¿sabes? Cuando los aprendices eran tan torpes que no servían ni para sujetar una vela para el maestro.

Mi mejor amiga me mira de hito en hito; suaviza la expresión y parece sentir pena por mí, y yo odio que la gente parezca sentir pena por mí, pero ella es una de las personas en las que lo odio menos.

Me coge la mano, me saca del baño y luego nos encontramos de cara con BJ.

—Hola. —Me dedica una sonrisa grande y extraña.

Lo miro con desconfianza.

—¿Hola?

Se cruza de brazos y, como por casualidad, me cierra el paso.

—¿Qué haces?

Lo miro a él y luego a Paili, confundida.

—¿Volver a la mesa?

Frunce los labios.

—No. —Me mira meneando la cabeza como si fuera tonta—. Qué va. Volvamos al baño. —Empieza a empujarme hacia atrás.

—¿Qué estás…? —empieza a preguntar Paili—. Ah. —Se detiene. Ella ve algo que a mí se me escapa—. Claro. El baño.

BJ hace un gesto hacia mí.

—¿Has… visto ya… los nuevos… secadores de manos Dyson que tienen en esos baños? —BJ silba. Paili asiente entusiasmada—. Guau.

—Sí —digo, mirándolo como si estuviera loco—. Los he visto. Hace un momento, de hecho. —Lo miro con fijeza—. Además, tenéis los mismos en vuestra casa.

—Sí —asiente—. Un poco raro, ¿no te parece? ¿Debería mandar quitarlos?

—Bueno, a ver, pues en realidad sí, si no te importa, porque son bastante ruidosos, y Jonah tiene una vejiga diminuta, se levanta cuatro veces por la noche y lo oigo desde el cuarto. Además, personalmente prefiero esos papeles secamanos, los que no son de papel sino como de lino, pero que son desechables. ¿No podemos hablar de ello cuando volvamos a la mesa? Porque ya que sacamos el tema, hay unas cuantas cosas más en tu baño que me gustaría bastante cambiar…

Justo entonces, veo a mi exnovio de hace solo una semana de la mano de una chica que no he visto en mi vida a unas pocas mesas de la nuestra.

—¿Qué cojones? —digo mucho más alto de lo que pretendo.

De hecho, estoy yendo hacia él antes de darme cuenta de que estoy yendo hacia él. Como una pequeña polilla masoquista hacia una maldita llama. Brooks Calloway levanta la mirada y me mira con sus estúpidos ojos marrones de atontado muy abiertos y llenos de sorpresa.

—¿Qué estás haciendo aquí? —le pregunto con los brazos en jarras.

—Pues… —Me mira y luego mira a su acompañante—. ¿Cenar?

Dedico una somera mirada a la que está con él.

—Hola, lo siento mucho, soy Magnolia… —Y entonces miro a Brooks—. ¿Y quién cojones es esta? —le pregunto, con los brazos en jarras—. ¿Estás aquí con otra chica?

Todavía no ha aparecido en las páginas de sociedad que hemos roto, ¿y ya va por ahí saliendo con otras mujeres?

—Sí —asiente con la espalda erguida.

—¿Qué cojones? —Me contengo de pegar un pisotón al suelo en señal de protesta—. Esto es muy irrespetuoso.

Mira por encima de hombro hacia BJ, que está de pie muy cerca de mí. Le dedica a BJ una mirada calculada y a mí otra más larga.

—¿Lo es? —Entorna los ojos—. Hola, BJ.

BJ asiente una vez, con una sonrisa tensa. La verdad es que nunca le ha caído muy bien.

—Calloway.

—Uf —digo, echando la cabeza para atrás sin poder creerlo—. Lo siento, pero espera, la gente todavía piensa que estamos juntos. Estás aquí con otra chica.

—Sí. Pero ¿tú estás aquí con otro hombre?

—Estoy aquí con unos cuantos hombres —aclaro.

—Mucho mejor. —Asiente, pero no creo que esté siendo sincero.

—He venido con mis amigos.

—Has venido con Ballentine —me dice con una mirada que me hace plantear si estaba más descontento con nuestro acuerdo de lo que yo pensaba. Se aclara la garganta—. En fin. Te presento a Hailey…

—Se hace la manicura, ¿sabes? —le advierto. Hailey lo mira de soslayo, insegura.

—La manicura masculina —aclara Calloway.

—Es lo mismo… —empiezo.

—¡No lo es! —interrumpe—. ¡No es lo mismo!

Sacudo con la cabeza.

—Es pulir, dar forma…

—Y un esmalte transparente al final —dice Brooks, con un inocente encogimiento de hombros—. ¿Que por qué necesitas esmalte al final? —Lo miro con los ojos entornados—. Uñas quebradizas.

—Oooh —finjo gorjear—. Qué sexy.

Pone los ojos en blanco.

—Hailey y yo llevamos viéndonos unos tres o cuatro meses.

Lo miro con fijeza unos segundos.

—Nosotros solo estuvimos saliendo cinco.

Calloway asiente con alegría.

—Venga ya, tío —dice BJ y lo fulmina con la mirada.

Y entonces Calloway salta, casi como hubiera estado esperando algo así.

—Oye, ¿quién eres hoy: su perrito guardián o su novio?

BJ se adelanta y le dedica una sonrisa tensa.

—Soy lo que ella quiera que sea.

—Ah —asiente Brooks con frialdad—. Entonces eres su puta.

BJ echa la cabeza hacia atrás, sorprendido.

—¿Quieres que vayamos fuera?

Beej se acerca a él y una oleada de nervios baña a Brooks. Por norma general, nadie quiere estar en el lado equivocado de una pelea con BJ, pero todavía menos si el tema tiene que ver conmigo, aunque sea remotamente. No piensa con claridad cuando tiene que ver conmigo, según Jonah. Coloco una mano en el pecho de BJ e intento apartarlo con suavidad, pero él grita por encima de mi cabeza.

—Pruébalo... —le dice BJ—. Imbécil de mierda.

—¡Eh! —Los miro negando con la cabeza, analizo el local y veo que van apareciendo móviles.

Y, a decir verdad, no acabo de entender qué pretende Calloway... Está loco si intenta provocarlo.

—¡Ven y dímelo a la cara! —le grita a Beej y hay algo en su postura ofensiva que me recuerda al León Cobarde de *El mago de Oz*.

El pobre Brooks es un poco arrogante y aunque no esté apretando los puños y sujetándolos en alto literalmente, como si quisiera decir «venga, dale», es como si lo hiciera. Mientras tanto, Baxter-James Ballentine podría ser cualquier cosa desde un jugador de rugby hasta un Vengador. Por qué Brooks intenta pelearse con él es algo que se me escapa y, sea cual sea el motivo, me preocupa. También me preocupa que BJ se pegue con alguien por mí. Otra vez. Me preocupan los titulares de mañana por la mañana. Otra vez. Me preocupa lo que dirán, de nosotros, de mí. A veces no son muy buenos conmigo.

—Ya te lo he dicho a la cara, paquete —grita BJ y hay cámaras de móviles tomando fotos mientras los camareros del local se acercan, nerviosos.

—Me parece gracioso que lo menciones, ¿sabes a quién le encantaba mi paquete? —empieza a decir Calloway, con aspecto engreído, y yo me quedo boquiabierta.

Entorno los ojos y lo apunto con el dedo.

—No te atrevas a decirlo…

A BJ le cambia la mirada, y no es nada bueno. Sé que no es nada bueno porque de repente los otros chicos están a nuestro alrededor.

Ya puedo imaginar los titulares: «Ballentine esposado en The Dorchester», «¡Los chicos se vuelven locos por Parks!», «A Magnolia Parks le gustan los paquetes» (ese sería *The Sun*). Brooks nunca sale en la prensa sin mí, ¿lo estará haciendo por eso? A él le importan ese tipo de cosas, como la prensa. Beej mira largamente a Brooks, desafiándolo a acabar esa frase.

Se queda ahí. Y durante un instante espero que Calloway tenga dos dedos de frente y retire todo lo que ha dicho…

—A ella. —Brooks me señala con un dedo.

—¡Eso es objetivamente incorrecto! —anuncio en voz alta para que me oiga todo el mundo, porque esa parece la parte más importante que aclarar—. ¡No es verdad! Es… bueno… en fin, lamento decirlo, pero en realidad resulta incluso decepcionante, si te soy sincera. —Le dedico una mirada de disculpa a la chica.

—Ya se lo he visto —me dice.

—Desde luego que sí. —Asiento una vez mirándola—. Mi más sentido pésame.

—Eh. —Brooks frunce el ceño.

Lo ignoro y me vuelvo para mirar a BJ. Tiene la mandíbula tensa, los puños apretados, listos para defender mi honor en cualquier momento del día o de la noche.

—Vámonos —le digo, pero no se mueve.

Beej fulmina a Calloway con la mirada y yo le cojo el rostro con la mano, lo vuelvo hacia mí haciendo caso omiso de los flashes de todas las cámaras que nos rodean y, por un segundo, me da igual si el *Daily Mail* saca un artículo sobre nosotros porque son todo mentiras igualmente. Todo lo es. Todos quedan tras el negro telón. Lo único que puedo ver es a él.

Busco sus ojos.

Los encuentro y, al hacerlo, los suyos se suavizan.

—Llévame a casa, Beej —le digo con unos ojos que no puede igno-rar—. Jack tiene una bomba que desactivar.

Me coge la mano y la besa.

—A la mierda David Palmer. Bauer presidente.

DOS

BJ

Mi padre se pondrá como una moto. La reputación de un hombre lo es todo, según él. Él puede decirlo porque es un buen hombre. Yo no sé qué reputación tengo ahora mismo, pero estoy casi seguro de que no es algo que haría gritar a mi padre orgulloso a pleno pulmón.

—¿Otra pelea, BJ? —me diría.

Yo no diría nada y pondría los ojos en blanco.

—¿En cuántas peleas tienes que meterte antes de comprender que es demasiado tarde? Perdiste a Magnolia hace mucho tiempo. —Eso me diría al día siguiente por la mañana.

Seguramente a través de un mensaje en el contestador, porque no iré a casa esta noche.

No sé cómo sabe que perdí a Magnolia, aunque ella no me haya perdido a mí, pero tiene razón. Él no sabe que tiene razón; él solo da por hecho que la tiene, lo cual en realidad me pone de los putos nervios porque tiene toda la razón. Pero estoy acostumbrado. Acostumbrado a que tenga razón y también a los largos mensajes en el contestador, rebosantes de sabiduría que nadie le ha pedido y que malgasta conmigo pero que comparte de todos modos. Creo que él querría que yo fuera distinto. Mejor, o cualquier mierda. Parks dice que no es verdad, que mis padres me quieren a morir —y lo hacen—, pero eso no quita que mi padre desee que yo sea un hombre mejor.

A ver, joder, hasta yo deseo ser un hombre mejor.

Ese mensaje que va a dejarme en el contestador, no es más que lo que me dice siempre que me peleo por Parks. Claro que ellos pierden el culo por Magnolia. Ahí está el tema: no solo porque la quiero y es ella, sino porque se trata de mi familia. Todos son de los míos. El internado conlleva eso: te hace formar tu propia familia; y tanto si la quiero como si no, es mía.

Y, honestamente, ¿sabes qué? De todas las razones de mierda por las que me he peleado a lo largo de los años, que el imbécil del ex de Parks anunciara públicamente en The Dorchester que a ella le encantaba su paquete, me pareció una razón tan buena como cualquier otra.

Además, técnicamente ni siquiera me peleé con él.

A *LMC* y *Loose Lips* les dará igual; lo pintarán como si me hubiera peleado.

Parks dijo que llamaría a Richard Dennen por la mañana para frenar cualquier cosa que pudiera publicar *Tatler*.

El coche se detiene ante su casa, en Holland Park.

—Una modesta casita independiente de diez habitaciones en Holland Park —la oí explicar a no sé quién la semana pasada—. Es verdad que tiene una piscina interior, pero ninguna al aire libre, lo cual es una pena, pero nos apañamos —le dijo con solemnidad a la dependienta que no le había preguntado absolutamente nada sobre su casa.

Cruzamos esas pesadas puertas negras contra las cuales la he besado un millón de veces y no puedo remediar lo que me hace esa casa: la he amado en todos sus rincones. La he desnudado en todos los cuartos. Esa casa me deja hecho una mierda. Nostalgia dopada de esteroides con un huevo de oxitocina cada vez que me encuentro en ese vestíbulo... toda una vida de recuerdos observándola bajar la escalinata de mármol en curva, con el corazón en la garganta y ella en mis manos...

Amar a alguien como yo la amo a ella te jode un poco. Joderla como la jodí yo también te jode un poco.

Cierra la puerta principal en sumo silencio y, con sumo cuidado, se coloca un dedo en los labios para mandarme callar en silencio.

—¿Por qué me mandas callar? —le susurro, con la boca más cerca de lo necesario de su oído, pero exactamente donde la quiero.

—Porque si despertamos a Marsaili, me pegará la bronca por traerte a casa...

—Ah.

Asiento como si no fuera un puñetazo en la boca del estómago que el adulto más importante de todos en la vida de Parks piense que soy escoria. Una personita aterradora, Marsaili MacCailin. Su niñera, cuidadora, tutora… lo que sea, pero lo era todo para Parks. Hacía siglos que estaba allí, de hecho: por lo que sé hasta podría haberla arrancado del mismísimo útero de su madre. Aparece en todas las fotos familiares, fue la progenitora que no fueron sus padres. Pelirroja, un metro cincuenta y cinco, de rostro bonito, pero siempre con mala cara… por lo menos cuando me mira a mí. En otro tiempo Mars fue mi fan número uno, pero es posible que ahora prenda una jodida vela cada vez que salgo de una habitación.

—Y también porque si mi madre te ve, es posible que intente montarte. —Magnolia pone los ojos en blanco y yo suelto una risita traviesa. Sobre todo porque bromea, y un poco porque no lo hace.

No es una madre al uso, esa Arrie Parks. La diseñadora de bolsos.

Superdivertida, bastante fresca, siempre le parecía adorable pillarme con la mano bajo las faldas de su hija, no nos daba la turra cuando de adolescentes nos sorprendía metiéndonos algo (y de vez en cuando hasta se nos unía). Su atributo número uno, por lo que a mí respecta, es que sigue siendo mi mayor fan a pesar de mis transgresiones.

—¿Dónde está tu padre? —Miro a mi alrededor. Me gusta la sensación de estar a solas con ella en esa casa.

Es como si volviéramos a ser niños, escabulléndonos a escondidas tras escaparnos.

—En Atlanta. —Se encoge de hombros—. Volverá por la mañana.

Su padre, vamos, ya sabes quién es. ¿Harley Parks? ¿El productor? Trece Grammys en los últimos veinte años, y como treinta y cinco nominaciones. Ese hombre es una maldita leyenda. Da casi miedo.

¿Tienes idea de lo que es salir con la hija de un tipo negro, enorme y corpulento, que tiene a 50 Cent entre las llamadas rápidas de su teléfono? Un maldito estrés, tío, eso es lo que es.

Me pasé el decimoséptimo cumpleaños de ella sudando como un maldito pollo porque estoy casi convencido de que su padre les dijo a Kendrick Lamar y a Travis Scott que no me perdieran de vista y me mantuvieran a raya. Parks intentaba meterme mano a la mínima, porque esa chica tiene las manos muy largas cuando ha bebido un poco y tuve que pararle los pies, por eso se enfadó mucho conmigo y a ellos les pareció gracioso… fue una noche de mierda.

Me alegro de que su padre no esté, en realidad… Si Parks y yo lo estuviéramos haciendo, me acostaría con ella en la cama de su padre para joderlo, pero no lo estamos haciendo, así que me limitaré a quedarme dormido en la cama de ella como hago casi todas las noches.

Sigue siendo una manera de joderlo, supongo.

Cuando llegamos a su cuarto, me quito la camisa y me voy de cabeza al cuarto de baño. Tiene una extraña manía con las duchas y las sábanas. No puedes meterte en la cama sin ducharte antes.

¿Tienes idea de lo que jode esa regla cuando vas borracho? Es una auténtica putada. Es probable que nos hayamos discutido un millón de veces por eso, y jamás me he salido con la mía.

Entra en el baño mientras me estoy duchando. Coge su cepillo de dientes y gira sobre sus piececitos descalzos, observándome. Solo me ve el torso, el mitad inferior está detrás de esa mierda de pared embaldosada que no te deja ver a través y que ojalá no estuviera ahí siempre y ya sé lo que estás pensando: ¿qué cojones? Es raro. Sé que somos raros.

Pero estoy enamorado de ella. Y esa es la única manera que me deja tenerla, así que a la mierda, me hundiré con el barco.

—¿Quieres unirte? —le pregunto, solo para hacerla enfadar.

—BJ… —gruñe, pero es falso. Levanta la mirada como si estuviera molesta, aunque se sonroja. Se da la vuelta y se mira en el espejo, se queja de sus rasgos, que no tienen queja alguna.

—¿Puedo mirarte mientras te duchas, al menos?

Frunce el ceño.

—Rotundamente no.

La miro ladeando la cabeza.

—Un poco hipócrita.

Adora que le ladee la cabeza. Traga saliva con esfuerzo y odio esto. Odio lo que sea que somos. Odio no poder ir hasta ella y besarla y meterla en la ducha conmigo. Odio la caja donde me ha metido, odio los muros que ha levantado a su alrededor. Odio estos despojos de la relación, pero es lo único que nos queda. Y es la mejor parte de mi día.

—Pásame una toalla —le pido mientras salgo de la ducha.

Corre a taparse los ojos con las manos, pero está intentando reprimir una risa.

—Ay, Dios mío.

—Sí, ¿verdad? —suspiro, con orgullo, solo para molestarla.

—¡BJ! —grita, y sus mejillas toman el color que tenían antes cuando estábamos a punto de… ya sabes.

Me atiza a ciegas, pasándome la toalla e intentando golpearme a la vez.

—Cuidado con esas manos, Parks.

Con los ojos todavía cerrados, me empuja para echarme del baño y deja resbalar las manos por mi cuerpo. Ambos sabemos que es a propósito, pero ella jurará hasta la muerte que es casualidad. Y, en otra vida, yo dejaría caer la toalla, la cogería por la cintura, la besaría hasta la locura y me la llevaría de vuelta a su cama, pero en esta vida me cierra la puerta en las narices.

Saco un chándal que Parks me compró esta semana del cajón que ella te dirá que no es «mi cajón», pero vamos si no es mi puto cajón y ambos lo sabemos y me subo a la cama. Me siento en su lado para que finja que se cabrea cuando salga de la ducha y entonces me empuje a mi lado y tenga que volver a tocarme, porque soy como un yonqui de sus manos sobre mi cuerpo.

Sale diez minutos más tarde con un camisón de seda rosa palo de La Perla. Sé que es de allí porque se lo compré yo. La verdad es que no es sexy. No tiene encaje ni nada. Me crucificaría si le comprara ropa interior sexy. Ya lo hice para San Valentín de este año, en realidad. Merecía la pena intentarlo, porque San Valentín es mi cumpleaños. Le dije a Parks que era para mí tanto como para ella, y que solo tenía que hacerme ese favor. Me tiró la ropa interior a la cabeza. Aunque se la puso al día siguiente. No me dijo que la llevaba, pero se puso un top semitransparente para tomar un *brunch* el 15 de febrero más frío que Londres había visto en toda la década.

Pasa exactamente como lo había imaginado.

Esboza esa expresión de contrariedad… camina hasta la cama, me aparta con toda la fuerza que tiene, la cual es casi inexistente, y esto provoca mi risa. Ella me empuja aún con más fuerza, la coloco encima de mí y durante unos pocos segundos se queda allí tumbada, fingiendo que está empujándome al otro lado de la cama, cuando en realidad estamos intentando agarrarnos con firmeza de las maneras que nos quedan. Pasan tres, cuatro, cinco, seis… seis segundos antes de que abra mucho los ojos y se acuerde del daño que le hice un par de años atrás y se aparte de mí, haciendo un mohín con el labio inferior que parece injusto cuando no puedes besarla para que se sienta mejor.

—¿Estás bien? —digo.

Ella me mira y el fichero rotativo de mi mente intenta encontrar la manera de hacerla sentir mejor, pero no existe. Necesito una puta máquina del tiempo.

Me repasa con los ojos y apoya un dedo sobre el tatuaje que llevo en el pulgar. Un cordel finito de no me olvides. Le regalé un collar de Tiffany's cuando llevábamos un mes juntos, lo cual ni siquiera es un aniversario, por cierto, pero supongo que un poco lo es cuando tienes quince años y has conseguido a la chica de tus sueños. Da igual, le encantó. Lo perdió dos años más tarde y habían dejado de venderlo. Fue el primer tatuaje que me hice por ella.

Todos son por ella, de hecho, con la excepción de…

—Este es nuevo. —Toca un pequeño tatuaje que me hice en el pecho hace un par de días. Una ballena. ¿Por culpa de Jonah? Le pareció ingenioso. Me da igual, apenas tiene el tamaño de una moneda de dos céntimos.

Hago una mueca.

—Perdí una apuesta con Jo.

Me fulmina con la mirada un instante y hace un ruidito que suena como «mmm».

—¿Qué?

—Nada. —Levanta la nariz—. Pero es que pienso que eres un poco imprudente con tu cuerpo, es todo. —Se encoge de hombros como si le diera igual, pero me doy cuenta de que sí le importa.

—No pensaste que los otros veintidós fueran imprudentes.

—Porque esos eran por m… —Se calla antes de decirlo y me dedica una sonrisa tensa y controlada.

Todo son símbolos y mierdas profundas y mitológicas de sabiduría popular sobre el amor que solo conocemos ella y yo, y nadie más sabe, y me encanta llevar sus marcas en la piel. Antes las dejaba de otras maneras, pero ya no. Frunce los labios, se recompone, se aclara la garganta.

—Eso es porque los otros veintidós pertenecen a alguien que se preocupa por tu cuerpo.

Pongo los ojos en blanco. No solo por ella, sino por mí y por nosotros y por lo que sea que estemos haciendo con nuestras vidas.

—¿Por eso llevo tres años con los huevos azules, pues?

—BJ... —Me mira, incrédula—. No conozco literalmente a nadie que tenga más sexo que tú. Si todavía tienes los huevos azules, tienes que ir al médico.

Y entonces me echo a reír y ella se echa a reír, aunque no hace tanta gracia porque ella lo odia, y por eso yo lo odio, pero ella se echa novios y yo echo polvos y eso es lo que hacemos, así que nos reímos.

La puerta de su cuarto se abre de par en par y su hermana ocupa el dintel. Apenas.

—Bueno, bueno. ¿No será la pareja más disfuncional de Londres? —Bridget Parks nos sonríe, con los brazos cruzados ante el pecho. Es dos años menor que Parks, tiene los ojos marrones, el pelo rizado y es más bonita de lo que se cree, pero de todos modos da igual. Bridge es la hermana pequeña de mi mejor amiga.

—Fridget. —Parks le hace un gesto con la cabeza y se sienta más erguida—. ¿Qué tal ha ido otra fascinante velada entre libros?

—Me encanta que consigas que estudiar parezca algo malo —replica Bridge y Magnolia la mira con los ojos entornados.

—Yo tengo estudios —contesta Parks, con la nariz levantada.

—Tienes una licenciatura en Artes —se mofa Bridge—, lo cual, como todos sabemos, es un eufemismo de carrera para decir que no sabes qué hacer con tu vida, y que le has pagado al Imperial College una buena suma de dinero para que te lo confirme por escrito.

—Sí, pero —digo, mirándola con los ojos entrecerrados—, entrar entró en el Imperial College...

Su hermana pone los ojos en blanco.

—Como si papá no hubiera pagado para que entrara...

—Las universidades necesitan savia nueva. —Parks se encoge de hombros, imperturbable por la acusación—. Es el círculo de la vida.

Bridge la mira con suficiencia.

—Ah, ¿sí?

Me rio por la nariz.

—Dime, Bridget, ¿cómo es la vida sin tener otra cosa que la universidad y los trabajos y los exámenes? —Parks se vuelve hacia mí—. Qué triste, ¿no? ¿No te parece triste?

Expulso el aire por la boca.

—A mí no me metas en esto.

—Bueno —empieza a decir Bridge—. ¿Veo que estáis metidos en esto —añade, señalando la cama de Magnolia— otra vez? ¿Hace falta que tengamos la charla?

—Tienes más o menos la misma autoridad que una patata para dar esa charla, Fridge…

—Tengo sexo —gruñe Bridge.

—¿Con quién?

—Con gente.

—¿Con gente? —Magnolia parpadea con fuerza y abre mucho los ojos en un gesto hostil—. ¿En plural? ¿En serio? —Me pega—. ¿Tú te lo crees?

—¿Qué sabrás tú del plural? —espeta Bridget—. La única persona con la que has tenido sexo es él.

A Parks se le encienden las mejillas.

—Con penetración, tal vez, pero…

—Por Dios —gruño.

Así son ellas. Han sido así desde niñas.

Y no hay nadie en el planeta a quien Parks quiera más que a su hermana, exceptuándome a mí seguramente.

—Beej. —Bridge hace un gesto hacia mí—. Sin camiseta, otra vez. —Guiña un ojo con torpeza—. Gracias.

—¿Le has guiñado el ojo? —pregunta Magnolia, que sabe perfectamente que sí—. ¿O te ha pasado algo con las lentillas?

—Ay, Beej. —Bridget ignora a su hermana—. ¿Puedes hacernos un favor a todos y darle un orgasmo a esta muchacha para que sea menos imbécil?

—Créeme, Bridge —le digo con una sonrisa—, lo intento.

Magnolia me pega con un brazo largo y huesudo, y estoy seguro de que se ha hecho más daño ella que yo. Bridget pone los ojos en blanco, se va y cierra la puerta. Miro a Parks y ella me mira a mí y vuelve a pasar lo mismo que pasa cada noche. Nos miramos fijamente. Tengo los ojos casi tan abiertos como ella: ambos estamos atrapados en lo que fuimos, mientras todo lo que hemos hecho en esa habitación emerge de las paredes y baila a nuestro alrededor, como si fueran fantasmas de otros tiempos.

¿Alguna vez alguien te ha mirado de lleno a los ojos y te ha hecho ver todas las maneras en las que le hiciste daño? Es intenso que te cagas. Pero, ¿sabes qué?, ella también me ha hecho daño a mí.

Da dos palmadas. Las luces se apagan; me mira con fijeza en la oscuridad unos cuantos segundos más, y yo la adoro en la oscuridad. En fin, joder, la quiero de los pies a la cabeza en todos los espectros de la luz, incluso en su ausencia.

Se tumba, se acurruca bajo las mantas y luego asoma la cabecita por encima. Ambos nos quedamos mirando el techo. Su respiración es tranquila. Parks tiene distintos estados de tranquilidad: una tranquilidad pensativa, una tranquilidad cansada, una tranquilidad segura.

Esta es pesada y un poco enfadada. Aunque ella siempre está un poco enfadada conmigo, creo.

Lo cual es normal, en realidad. Lo entiendo. Me odio por lo que le hice el ciento por ciento del tiempo: nada de esa mierda de «viene y va», es constante. Solo que hago todo lo que puedo para ahogarlo.

Ella lo ahoga mejor que cualquier otra cosa. Incluso su respiración tranquila.

Luego le hago nuestra pregunta:

—¿Qué tiempo hace por allí, Parks?

Me mira y veo una sonrisa jugando en sus labios.

—Bastante cálido —responde, y se acerca a mí—. ¿Qué tiempo hace por allí, Beej?

Me pongo de lado para mirarla.

—Cielos claros.

TRES

Magnolia

Me despierto antes que BJ la mayoría de las mañanas; así ha sido desde que éramos pequeños.

Lo conozco desde entonces. Desde que éramos niños pequeñísimos. Henry y yo coincidimos en la misma clase de bienvenida en Dwerryhouse Prep y fuimos a todas las clases juntos hasta que nos marchamos para empezar en Varley, en séptimo.

No recuerdo mucho de BJ antes del instituto, aparte de que estaba allí.

Una vez cuando éramos críos —yo tendría unos siete años, quizá— nuestras familias estaban en Capri compartiendo un superyate. Habíamos atracado y los padres estaban en un chiringuito de la playa. Nosotros jugábamos en la orilla y yo me caí de la escollera y me corté con las ostras por todas partes. Muchísima sangre. Ese es uno de los pocos recuerdos vívidos que guardo de Beej antes de ir al instituto: él metiéndose en el agua y llevándome hasta la superficie. Entonces él tenía el pelo más rubio. «Te tengo», me dijo mientras me sacaba del agua. Me llevó hasta la orilla. Tuvieron que darme como veintidós puntos.

Vino conmigo al hospital. No supe por qué. Cien años después me dijo que para entonces ya me quería, pero en esa época yo no le prestaba mucha atención porque BJ no era más que el hermano mayor de Henry y yo estaba colada por Christian. Es probable que aun hoy sea una vieja herida para todos nosotros, a decir verdad.

En fin, Henry, Paili, Christian y yo íbamos a la misma clase, éramos inseparables. Nunca quedábamos con sus hermanos; la diferencia de edad se nos antojaba demasiado grande para salvarla. Es cierto que BJ y yo nos besamos una vez cuando yo tenía trece años. El juego de la botella.

Fue una fiestecita en casa de los Hemmes y el beso estuvo bien, pero, aun así, para mí seguía siendo el hermano mayor de mi mejor amigo.

Cuanto más nos adentrábamos en secundaria, sin embargo, más difícil resultaba no reparar en Baxter-James Ballentine. Era un ídolo de quince años, no el mejor de la clase, pero sí un renombrado jugador titular del equipo de rugby (lo bastante bueno para que quisieran ficharlo tanto los Harlequins como los Ulster cuando se graduara, pero se destrozó el isquiotibial durante la pretemporada y no hubo nada que hacer). Representó al distrito en las competiciones de natación, jugó a hockey, también fue mediocentro, pero la gente no lo conocía por eso. La gente lo conocía porque tenía esa desaliñada mata de pelo rubio oscuro que supuraba *sex appeal* adolescente, y esa sonrisa torcida que habría llevado a las profesoras a tirarle las bragas de no ser porque, de haberlo hecho, habrían perdido el trabajo.

¿Sabes cuando vas al instituto y las cosas más sexys del mundo son el pelo de recién levantado, los hombros y el *skate*?

Él hacía el triplete.

Además, tenía esos ojos seductores que te miran como si te estuvieran desnudando allí mismo y sé que suena muy inapropiado, pero eso es solo porque no te lo ha hecho nunca, porque si lo hubiera hecho, lo sabrías y vivirías tu vida esperando que volviera a mirarte de esa manera.

No podías no saber quién era BJ Ballentine en Varley.

No podías no saber quién era en Londres.

Fue la primera semana de clases tras las vacaciones de verano. Los Ballentine nos llevaron a todos a las Islas Canarias durante unas semanas, porque Lily siempre decía que después de tres niños, todo es cuesta abajo sin frenos, y ¿qué eran seis más? Yo tenía catorce años, y ese fue el verano en que dejé de estar colada por Christian y empezó a gustarme BJ, y me pregunté si tal vez yo también le gustaba a él, pero para entonces él era BJ Ballentine, y seguramente yo estaba soñando.

Yo estaba junto a mi taquilla con Paili y él vino derechito a mí, apoyó la mano en mi taquilla y me arrinconó, como el chico malo por excelencia de todas las pelis adolescentes. Pero él no era un chico malo. Quizá le gustaba pensar que lo era, pero no lo era. No ha olvidado jamás el cumpleaños de su madre, y siempre le llevaba flores los fines de semana que volvía a casa del internado. Su peli favorita de toda la vida es *Mary Poppins*, que también fue la primera persona de quien se enamoró. Yo fui la segunda.

Ya entonces tenía los hombros tan grandes y anchos, que solo verlo te susurraba que era el mejor y más malote, pero era una treta. Cuando su abuelo murió, empezó a salir con su abuela una vez a la semana. Todavía lo hace, en realidad.

Aparte de Henry, hay tres hermanas, todas son más pequeñas menos una, y Beej era horriblemente sobreprotector con ellas. En el colegio, ni Allison ni Madeline tuvieron novio en ningún momento porque nadie quería estar a malas con los chicos Ballentine.

Se pasó una mano por el pelo, me miró desde arriba con esa seguridad extraña y recién descubierta. Como si se hubiera despertado ese día y se hubiera dado cuenta de que era el tío más bueno del mundo.

—Hola, Parks —dijo y me hizo el gesto de chico guay.

—Hola —contesté, mirándolo a los ojos porque es lo te dicen que hagas en las revistas de chicas.

—Quiero tener una cita contigo —me soltó.

—Oh. —Eso fue todo cuanto respondí. Parpadeé unas cuantas veces—. ¿Por qué?

Él soltó una risotada, muy guay y tranquilo, y creo que si en ese momento hubiéramos podido echar un vistazo tras las cortinas del cielo, habríamos visto a las Parcas enredando nuestros destinos, el mío y de Beej, de esta manera pura, luminosa, inexorable, inviable. He dicho enredado, no atado. Porque no sé si nos desenredaremos jamás. Con facilidad seguro que no.

—¿Puedo? —volvió a preguntar—. ¿Este fin de semana?

Fruncí los labios.

—No.

Paili me miró como si hubiera perdido la cabeza, y a él le cambió la cara.

Yo negué con la cabeza.

—Es que es la fiesta de aniversario de mis abuelos en el Four Seasons. No puedo perdérmela. Mi niñera me ha dicho que me quitará el móvil si no voy…

—Ay, mierda. —Se rio—. Si yo también tengo que ir. Con mis padres.

—Oh. —Me sonrojé.

—¿Querrás ir conmigo, pues?

Asentí un poco, pero me pareció necesario aclarar:

—Será bastante aburrido.

Él me sonrió con una luz en los ojos que era sinónimo de travesuras.

—Yo haré que sea bastante divertido.

Y lo hizo, por cierto. Hacer que fuera divertido. Él lo hace todo divertido.

Fuimos a la fiesta; nuestras familias estaban encantadas de que hubiéramos ido juntos. Un sueño hecho realidad, el matrimonio de nuestras familias perfectas. Escrito en las estrellas, el destino, imagina la boda, y ese tipo de cosas. Fue una extraña cantidad de presión que poner en la primera cita de unos jóvenes adolescentes que no pertenecen a la realeza saudí. Sin duda oí a mi madre ir lanzando la palabra «prometidos» unas cuantas veces, pero ni siquiera me importó, porque lo único que contaba fue el momento en que él levantó la mirada y me observó bajando la escalinata de mármol de mi casa.

Tragó saliva con esfuerzo. Dejó resbalar la mirada por mi cuerpo igual que lo hace ahora, pero ahora es peor porque me ha visto desnuda.

—Pero bueno —dijo. Y luego sonrió con timidez y bajó la vista al suelo.

Esa noche en la mesa de Trinity Square, mientas mi tío Tim —que estaba borracho— pronunciaba un discurso sobre mis abuelos («Para Linus y Annora, mis amigos y suegros, toda una inspiración y un ejemplo a seguir») pensé que BJ estaba siendo muy mono, jugueteando con mis dedos, pero al rato me di cuenta de que poco a poco me estaba llenando el regazo de migas de pan, y no pude parar de reír, y lo sentí como si fuera la mejor persona del mundo. Como si hubiera encontrado un secreto que era solo mío. Recuerdo que entonces empezó a sonar «I'll Be Seeing You» de Billie Holiday y mi abuelo se puso de pie y sacó a bailar a mi abuela, y al cabo de un minuto, BJ me ofreció la mano y me puse de pie, y un millón de migas de pan cayeron de mi regazo, y él se echó a reír, y me cogió de la mano y me atrajo hacia sí —adoro cuando me atrae hacia él— para bailar como solo saben bailar los chicos de alta cuna, porque se han criado asistiendo a galas y a bodas reales. Esa noche hizo que el corazón se me saliera del pecho al ritmo de un vals.

Normalmente, cuando me despierto pronto le digo que lo hago para meditar sobre las partes bonitas de la vida, pero en realidad me limito a mirarlo. Él es una parte bonita de la vida, supongo. Las cosas dolorosas pueden ser cosas bonitas igualmente, por si acaso no lo sabías.

Esta mañana duerme de una manera… la cabeza hacia atrás, el cuello estirado y expuesto, la mandíbula arriba. Me trago todas las cosas que le haría si estuviéramos haciendo cosas, pero ya no somos así. Parpadea al despertarse y se queda mirándome unos segundos.

—¿En qué estás pensando?

—Billie.

Se rasca un ojo cansado y me sonríe un poco.

—Me encanta.

El tema del que en realidad estamos hablando flota en el aire.

—Y a mí.

Beej se pone un pantalón de chándal azul marino de Thom Browne, de algodón acanalado y con un detalle de rayas. Es un chándal distinto del que ha usado de pijama, pero no pienses nada raro: no es que tenga un millón de prendas aquí, solo un cajón. O dos. O tres. En realidad, ni siquiera son sus cajones, son mis cajones en los que —por cuestión de conveniencia— le permito guardar unos pocos efectos personales. Pantalones de chándal, camisetas, ropa interior y cosas así, además de Ombre Leather de Tom Ford, que naturalmente jamás echo en mi almohada si él no se queda a dormir, y también pienso que está bien remarcar que en esos cajones guardo mi máquina de etiquetas, así que, en realidad, apenas son suyos. En fin, que se pone una camiseta y yo me pongo un camisón y bajamos al trote las escaleras para ir a desayunar.

Mi familia levanta la vista de la mesa del comedor.

—BJ. —Mi padre aparta los ojos de su bol de azaí y asiente una vez.

—BJ —dice mi madre con una sonrisa, como si no fuera el séptimo día seguido que se lo encuentra a la hora de desayunar.

—BJ —dice Marsaili con un tono muy distinto.

Nuestra Mars no ve con muy buenos ojos eso de dar segundas oportunidades.

Me siento, enfurruñada.

—¿Es que no me veis?

Mi hermana suelta una risita.

—Justo lo contrario… te vemos demasiado. ¿Qué llevas puesto? ¿Es ropa interior?

—No, Bridget. Eso sería terriblemente inapropiado.

Bridget hace un gesto hacia mí.

—Y esto es…

—Bastante agradable para la vista, para ser sincero, Bridge… —interviene Beej, y me siento muy satisfecha conmigo misma, pero Mars parece mosqueada.

Mi padre mira a BJ, fingiendo que se ha molestado por el comentario.

Eso solía asustar a BJ cuando éramos niños, pero ahora es el capullo más creído allí donde vaya, por eso se limita a sonreírle. A mi padre le cae bien. Él a veces hace como si no, porque supongo que piensa que, como padre, tiene que actuar como si no le cayera bien el hombre con el que se acuesta su hija, pero nosotros no nos acostamos. Aunque, técnicamente, sí dormimos juntos. Y él no deja de ser un padre, aunque apenas actúe como tal.

—Harley. —Le sonrío secamente—. ¿Qué tal el viaje?

—Magnolia —dice, y suspira—. Te he pedido repetidas veces que me llames «papá».

—Y yo te he pedido repetidas veces que te comportes como tal y aquí estamos. —Le dedico una sonrisa radiante al tiempo que BJ me pega una patada por debajo de la mesa y me pone cara de «cierra el pico».

—Magnolia. —Marsaili me reprende con la mirada.

Mi padre se mueve en la silla, molesto.

—Ha ido bien.

—¿Con quién trabajabas?

Mi padre toma media fruta de la pasión.

—Chance.

—¿Chance quién? —pregunta Bridget, completamente perdida.

—Chance el cartero. —Pongo los ojos en blanco—. Pues el rapero, imbécil.

—Vocabulario. —Mars pone los ojos en blanco.

Marsaili es el único adulto responsable que conozco.

Es una escocesa pequeñita que una vez le ganó un pulso a Jonah.

Es tremendamente protectora y agresivamente maternal, lo cual ha resultado ser muy útil a lo largo de los años porque, de otro modo, como familia, nos ha faltado el enfoque paternal se mire por donde se mire. Y maternal, claro. Si tuviera que puntuarlos, lo cual intento hacer a menudo, les pondría un puñado de insuficientes.

Mi madre podía irse de fin de semana de chicas y tirarse una semana con Fergie (la que fue de la familia real, no la Black Eyed Pea). En cuanto a mi padre, es posible que se haya perdido un montón de momentos importantes a lo largo de mi vida porque estaba con los Black Eyed Peas.

Bushka aparece y me planta un plato de sopa de remolacha delante.

—¿Te importa? —le digo como si estuviera loca—. Este camisón de satén ribeteado de plumas cuesta dos mil libras.

Mi abuela, que emigró de Rusia. Tiene unos cincuenta mil años y se alimenta de beluga y hortalizas en escabeche. Mi madre la trajo aquí de visita cuando se casó con mi padre y se negó a irse… no sé por qué.

Mi tío Alexey es considerablemente más atento con ella de lo que mi madre ha sido jamás. Él y su familia tienen una habitación preparada para ella en su casa de Ostozhenka. Es bonita… Parte del complejo Noble Row, con vistas al Kremlin y a la Catedral del Cristo Salvador, pero ella sigue quedándose aquí con nosotros. No piensa permitir que la llevemos a una residencia (ni a un centro de desintoxicación) y Marsaili tiene que ir de aquí para allá con ella para llevarla a un montón de actividades para mayores cada día porque tiene que estar fuera de la casa durante el horario laboral; si no, intenta meterse en las sesiones de escritura de mi padre. Ella jura a pies juntillas que tuvo mucho que ver con esa gran canción de One Direction.

—Es bueno para ti. —Hace un ademán hacia el plato al tiempo que se sienta a mi lado.

—Es asqueroso para mí además de un verdadero peligro.

Me mira con el ceño fruncido.

—¿Tú avergüenzas de ser Rusia?

—No me avergüenzo de ser de Rusia. —Le doy una palmadita en la mano para aplacarla—. Yo no soy de Rusia. Tú eres de Rusia. Yo soy de Kensington.

Miro a mi madre para que me ayude, pero está distraída… comiéndose con los ojos a BJ. Y no la culpo. Esa dichosa boca suya está alardeando más que de costumbre esta mañana: está toda hinchada como si la hubieran besado toda la noche, cosa que no ha pasado, pero es que sus labios son así. Muerdo con fuerza una fresa.

Él me pilla y se traga una sonrisa.

—¿Todo bien por ahí, Parks?

Lo ignoro.

—Esto es herencia. —Bushka me acerca peligrosamente el plato.

—¿La remolacha fría y el caldo de ternera es nuestra herencia? —se mete Bridget.

Mi padre no aparta los ojos del móvil, pero pone mala cara.

Bushka asiente con convicción.

—Más ingrediente especial. —Guiña el ojo.

—Es vodka —anuncia Marsaili—. En caso de que hubiera algún misterio, mejor llamemos a las cosas por su nombre y dejémoslas claras.

—Eh, guay. —Beej agarra el plato y lo huele—. ¿Como un bloody mary ruso?

Sorbe un poco, le dedica una sonrisa alentadora a Bushka y le enseña el pulgar. Cuando aparta la mirada, contenta, él finge una arcada en silencio. («La carne», susurra con voz ronca).

—Bueno. —Marsaili se aclara la garganta—. Vosotros dos habéis salido en la prensa esta mañana.

—Oooh —canturreo—. ¿He salido guapa?

Bridget pone los ojos en blanco.

—Porque eso es lo que cuenta…

—Muy esbelta, querida. —Asiente mi madre—. El escote se ve fenomenal. Esta semana ponte solo prendas con los hombros descubiertos.

Chasco los dedos para comunicarle: apuntado.

—Demasiado flaca. Come *borscht* —exige Bushka.

—«La pareja intermitente Magnolia Parks y BJ Ballentine causaron una buena escena anoche en The Dorchester cuando se encontraron con uno de los muchos examantes de Parks, anónimo…».

—¿Cuántos son muchos? —pregunta mi padre sin apartar la vista de su móvil.

—Unos cuantos —le dijo Bridget, sin ayudar.

—¿En serio dice «anónimo»? —pregunto, tremendamente contenta—. Brooks se morirá con eso.

Mars me ignora y sigue leyendo.

—«Celoso, Ballentine parecía dispuesto a sacudirle cuatro puñetazos, pero la situación se resolvió antes de que fuera más allá».

Beej se encoge de hombros.

—No está mal.

—Sacudirle cuatro puñetazos —repito.

—Y luego hay unas cuantas fotos donde parece que vosotros dos estéis juntos…

—Lo están —interviene Bridget.

Pongo los ojos en blanco y BJ le pasa un *bagel*.

—¡Vínculo traumático! —anuncia Bridget como si tuviera algún tipo de síndrome de Tourette.

—¿Disculpa? —replica mi padre.

—Es algo que no hemos explorado en la interminable búsqueda de la razón que explique por qué estos dos son como son —cotorrea y yo pongo los ojos en blanco—. ¡Los vínculos traumáticos!

Mi padre comenta:

—Claro, ¿y qué se supone que ha traumatizado a estos dos?

Beej y yo nos miramos a los ojos, solo un instante, y luego el momento desaparece.

Bridget no tiene ningún reparo en decirnos lo poco sano que le parece todo esto. Bridget cree que lo sabe todo porque Bridget estudia tercero de Psicología en Cambridge. Pues que no se crea tan lista: yo solo tengo una estúpida licenciatura en Arte, pero hasta yo sé que somos, siendo generosos, inadaptados.

—Vosotros dos —empieza a decir mi madre—, el viernes sacamos mi nueva fragancia en Harrods. Estaréis ahí, ¿verdad?

—Y con «vosotros dos» ¿quieres decir uno —me señalo a mí misma y luego a BJ— y dos? ¿No el absoluto, evidente y sempiterno número dos de esta sala?

Bridget me ignora.

—Te estoy llamando número dos, Fridge. Como a la caca.

Bridge levanta la mirada, aburrida.

—Si tienes que explicarla, Magnolia, no es una buena broma.

—Iremos —le asegura Beej a mi madre.

—Y yo pediré a seguridad que le prohíban la entrada. —Hago un ademán hacia mi hermana, y ella me tira una manzana encima.

—¡Me saldrá un morado! —le grito.

—Eso es porque estás malnutrida —me contesta.

Bushka vuelve a acercarme el plato que tengo delante.

—*Borscht.*

CUATRO
BJ

Entro en Hide, allá en Piccadilly, y los chicos estallan en vítores.

Ya ha pasado un poco de la hora de desayunar, no sé qué día es.

Hay *paparazzi* fuera. Les encanta sacarnos a los cuatro juntos.

Los Muchachos Multimillonarios, así nos llaman. Aunque ellos sabrán qué dicen, porque ninguno de nosotros tiene tantos millones. Quizá si combináramos fideicomisos…

—¡Hey! —grita mi hermano.

—El hombre, el mito… —empieza Christian.

Jonah me da un palmetazo en la espalda cuando me siento a su lado.

—No puedo creer que te haya dejado salir de casa, colega. —Pongo los ojos en blanco—. ¿Te ha puesto una tobillera para localizarte? —Y lo comprueba.

Llamo a la camarera con un gesto. Es mona. Pelo corto, nariz de botón.

—Disculpa, hola. —Le sonrío—. ¿Puedes traernos unas bebidas a la mesa?

—¿Cafés?

Su ingenuidad me hace sonreír, niego con la cabeza.

—No, cielo —ríe Jo—. Lo fuerte.

Señalo a los Hemmes:

—Dos bloody marys. —Señalo a Hen—: Un Aperol Spritz. —Me señalo a mí mismo—: Y un gin-tonic.

—Enseguida. —Me sonríe de una manera que me dice que luego podría tenerla tumbada de espaldas si quisiera.

Jonah se percata y me guiña el ojo con disimulo.

—Bueno —dice Jo, y pasea la mirada por la mesa—. Solo para que quede claro... Hace más de dos semanas que nuestro BJB no ha dormido en su cama en nuestra casa.

Niego con la cabeza.

—No es verdad.

—Sin Parks —añade.

Aquello podría ser verdad. No lo diré en voz alta.

Mi hermano se peina con las manos.

—Interesante, interesante... porque Allie dijo que Bridget dijo que estuvisteis a punto de besaros la otra noche.

Pongo los ojos en blanco. Parks y yo siempre estamos a punto de besarnos.

—Y —continúa Henry—, justo esta mañana mamá me decía que tú y Magnolia dormisteis en su casa dos noches hace dos semanas.

Expulso el aire por la nariz. ¿Estos payasos están llevando un puto registro o qué pasa?

—Mamá también se dio cuenta de que Magnolia no durmió en el cuarto de Magnolia, que durmió en el tuyo.

—Vale. —Hago un gesto impreciso con la mano—. El resumen es que tú, mamá, Al, Bridget y Jo tenéis demasiado tiempo libre.

Christian no dice nada, me doy cuenta. Se limita a observarme sin mucha expresión. Tampoco es algo superraro viniendo de él, es bastante estoico. De hecho, megaestoico cuando se trata de Parks.

La camarera nos trae las bebidas, me pasa discretamente su número y yo me lo guardo por puro hábito.

—¿Vas a llamarla? —pregunta Christian.

Me rasco la nariz.

—Nah. —Vuelvo a mirarla. Está bastante buena—. Quizá.

No lo miro deliberadamente, no quiero verle la cara... que me diga que estoy haciendo algo malo. No sé qué le pasa. No es una puta moral rectora, y menos con lo que hace su familia. Que, a ver, todos son muy protectores con Parks. Le habrían cruzado la cara rápido al imbécil ese de Calloway si yo hubiera dado la orden, pero Christian es diferente de Henry y Jonah. Él es protector con Parks por su... eso, supongo.

Llegamos a las manos una vez por ello. Hará unos tres años. Se suponía que los muchachos y yo íbamos a pasar un fin de semana de chicos en Praga, pero Christian se rajó en el último minuto, dijo que tenía un evento del trabajo o no sé qué mierda —llevan clubes, los hermanos Hemmes—; en fin, que nos cancelaron el vuelo así que aquella noche salimos de fiesta igualmente.

No hacía mucho que Parks y yo habíamos terminado. Reciente. Estamos hablando de menos de tres meses.

Llegamos a The Box en Soho —Jo, Hen y yo—, y juro por Dios que en cuanto entré, fue como si el corazón me cayera de un piso cincuenta.

Ella estaba en el rincón más oscuro del club, pero reconocería en cualquier parte a mi chica. Un cabrón la estaba besando y metiéndole mano. Me encendí. No podía creerlo.

Fui hasta allí a toda velocidad, le quité al tipo de encima, fue un acto reflejo. Lo lancé a un lado. No me di cuenta enseguida de que era Christian. Y todo eso me frenó el cerebro, recuerdo que Parks parecía triste… ¿quizá avergonzada? Y yo la miraba como si me hubiera traicionado, y aunque no lo había hecho, lo había hecho. Recuerdo lo que sentí en el corazón, como… joder. Eso es lo que le hiciste a ella, pero cien veces peor.

Y entonces mi cerebro fue a toda máquina. Christian había mentido con lo del evento para poder estar con… ¿Parks? ¿Me había mentido a mí? ¿Para estar con la chica? ¿Mi chica? Al instante, mi cerebro reprodujo mentalmente su beso… no era la primera vez que se besaban, joder.

Mis entrañas pasaron de estar destrozadas a imponerse.

Me volví hacia Christian, que apenas se había levantado del suelo, y cargué contra él. Lo agarré por el cuello de la camiseta, lo arrastré entre la gente, tumbando vasos y personas. Hubo golpes y gritos, pero no me importó, no podía parar. Lo arrojé contra la pared, lo miré a los ojos, deseé que estuviera borracho o colocado o lo que fuera, pero estaba completamente sobrio, así que le pegué un puñetazo en la mandíbula.

El ruido fue fuerte, pero no lo suficiente para ahogar los gritos de Parks.

Me volví para mirarla, Jonah la retenía.

—Beej —empezó a decir Christian, pero no pude… así que volví a pegarle.

No se estaba defendiendo, lo cual era raro, porque Christian es quien pelea mejor de todos nosotros, pero no hizo nada. Se limitó a mirar a

Jonah, esperando a que interviniera, pero Jonah se limitó a negar con la cabeza y empujó a Parks hacia mi hermano.

Volví a arrojarlo contra la pared.

—¡Para! —gritó Christian, apartándome de un empujón para luego erguirse, pero no quería pelearse conmigo.

—¿Perdona? —dijo Jonah, acercándose a la cara de su hermano pequeño.

El cansancio y el dolor se reflejaron en los ojos de Christian.

—¿Vas a dejar que me dé una paliza, Jo?

—No. —Jonah lo miró un buen rato—. Voy a ayudarlo.

Yo y Jo, ¿verdad? Como uña y carne. Hermanos.

Mamá se puso un poco nerviosa cuando Hen y yo empezamos a juntarnos con los Hemmes, porque aunque en realidad no se dice abiertamente, la gente sabe qué hace su familia, ¿sabes? A ver, te vas a tomar el té con su madre durante treinta segundos y Rebecca Barnes te quita todas las preocupaciones de golpe. Por eso se le da tan bien lo que hace.

Jonah y yo siempre estuvimos unidos en primaria: jugábamos en los mismos equipos y esa mierda, pero cuando estábamos en octavo, un sábado llegamos a casa tras el partido del sábado y encontramos a su hermana ahogada en la piscina.

Teníamos doce años. Ella tenía cuatro. Nos metimos, la sacamos. Intenté resucitarla. Jonah fue a pedir ayuda. Estaba azul. Se había ido. Se había ido mucho antes de que nosotros llegáramos.

Los chicos se quedaron en nuestra casa durante un mes. Bridge tenía razón sobre los vínculos traumáticos.

Bueno, Parks, sí... de pie en The Box, chillándonos a mí y a Jonah que soltáramos a Christian, que lo dejáramos en paz... Si soy sincero, oírla preocuparse por otro que no fuera yo, solo empeoró las cosas.

—Hemmes, los dos —ordenó, detrás de nosotros, la voz de trueno de un portero del local. Negó con la cabeza—. Fuera.

Jonah separó a Christian de la pared y lo arrojó en dirección a la puerta. Lo iba empujando mientras caminábamos, lo bastante fuerte para que llegara a la calle a trompicones.

Y entonces no sé qué pasó, de repente estaba pegándole patadas en el estómago a uno de mis mejores amigos.

—¿Ella es tu evento del trabajo? —le grité, y Parks lloraba de fondo, ni siquiera podía concentrarme en ella para oírlo.

Jonah se limitó a quedarse más o menos atrás, observándonos. Dejando que lo resolviéramos.

—Beej —graznó Christian, secándose la sangre del rostro—. No lo…

—¿Qué? ¿No lo entiendo? —gruñí—. Es Parks. Es mía. —Lo levanté del suelo y volví a pegarle—. Siempre será mía.

—¡No! —me escupió ella. Se zafó de Henry a golpes, me agarró por los brazos, me hizo girar y me miró de hito en hito a los ojos—. Vete a la mierda.

Miré por encima de su cabeza hacia Henry.

—Llévala a casa. —Ni siquiera podía mirarla a los ojos, los míos eran un desastre, los tenía llenos de lágrimas y mierdas.

Y ella estaba ahí chillándome:

—No puedes obligarme a irme. Venga, Christian. Vámonos…

Parecía asustada. Aún hoy eso me da náuseas, pensar en esa noche, en que le dimos miedo.

—No se va a ir contigo, Parks —le dijo Jonah.

—Sí, sí lo hará. —Se sorbió la nariz, alargando una mano hacia Christian, pero Jonah lo alejó de ella.

—Llévala a casa ahora mismo —le grité a Henry de nuevo, y lo miré con unos ojos cargados de advertencia.

—Vete, Magnolia —le dijo Christian. Su modo de mirarla me cabrea aún hoy—. Por la mañana te llamo.

Jonah gruñó en lo hondo de la garganta, pero Christian lo miró y hubo algo en esa mirada que hizo que Jonah retrocediera.

—Por la mañana te llamo —repitió Christian.

Henry agarró a Parks por el brazo y la llevó hasta el coche.

—Te odio —me dijo con voz ahogada, sin apenas mirarme a los ojos.

No creo que me hubiera odiado jamás antes, ni siquiera cuando hice lo que hice. Con la mandíbula apretada, le pegué un puñetazo a Christian en el estómago. Le pegué hasta que vomitó en un callejón detrás del local donde había besado a mi chica; lo dejé allí. Acordarme de esa mierda me hace sentir como si las costillas se me retorcieran dentro del pecho. La cara magullada de Christian, mis nudillos hechos puré, todas las preguntas cuyas respuestas necesitaba saber para encontrar la manera de volver a respirar. ¿Se habían acostado? ¿La había visto desnuda? ¿Dónde la había tocado?

Todavía no lo sé, a decir verdad.

—Bueno, Beej. —Jonah me pega en el pecho—. Di la verdad. ¿Te estás tirando a Parks?

Hago un gesto con la mano en el aire.

—No, hombre.

—Jo —dice Christian, con tono de mofa—, en cuanto Magnolia Parks vuelva a dejarle entrar en su cama, este organizará un puto desfile.

Le dedico una sonrisa aburrida.

—Llevo en su cama desde los quince años.

—Sí —dice mi hermano, lanzándome una mirada—. Pero montaría un desfile si le dejara meterse en otra parte…

—Ojito. —Lo apunto con el dedo. Aunque, seguramente lleva razón. Jonah suelta una risita. Christian no. Intenta sonreír. No le sale.

—¿Qué tenemos en la agenda para el resto del día, muchachos? —dice Jonah, paseando la mirada a su alrededor.

—Uni —suspira Henry.

—Yo voy a cenar con la pequeña Haites esta noche —bosteza Christian.

—Heeey. —Lo miro con una sonrisa. Sinceramente feliz, por él y por mí—. Me gusta.

Se vuelve hacia mí y me dedica una especie de mirada entre divertida y poco impresionada.

—Sí, a ella también le gustas, de hecho.

Henry nos mira a uno y otro.

—Oh, no me jodáis, tíos… No volvamos a eso.

Jonah se acomoda en su silla, bostezando.

—¿Qué hay de ti, campeón?

Me levanto la camiseta, enseñando la barriga, y me pego un par de golpecitos.

—¿Has ganado músculo? —pregunta Jonah—. ¿A qué le estás dando estos días?

—Aparte de a las modelos de Miu Miu —comenta Christian.

Mi hermano se inclina hacia delante, lleno de curiosidad.

—Oye, ¿cómo lo hiciste? —Los miro a todos poniendo los ojos en blanco—. Te lo estoy preguntando en serio —insiste.

—Venga, vete a la mierda. —Vuelvo a mi combinado.

—¿En el baño? —susurra Jonah.

Yo me río por debajo de la nariz.

—En mi coche.

CINCO
Magnolia

El lanzamiento de la fragancia de mi madre es esta noche: Seducción de Terciopelo. Asqueroso, lo sé. Ofrece demasiada información relativa a la vida sexual de mis padres, de la cual yo estaba bastante segura que se habían retirado después de concebir a Bridget, pero qué más da. Me alegro de que haga un perfume. Los perfumes son una máquina de generar dinero y creo que las fragancias son importantes.

Dejan una marca en tu mente de una manera que otras cosas no pueden.

Libros antiguos. Mi hermana.

Té con leche y azúcar. Marsaili.

Hoyo de Monterrey. Mi padre.

Cigarrillos mentolados. Bushka.

Chanel Nº 5 y rosa mosqueta. Mi madre.

Cardamomo y cuero. El mismísimo Baxter-James Ballentine.

¿Azahar y almizcle? El peor día de mi vida.

La presentación se hará en la sala de lectura y biblioteca y llego sola, lo cual odio y adoro hacer. Lo odio porque socialmente te deja indefensa ante conversaciones desastrosas, pero me encanta porque sé con certeza que todo el mundo me está mirando solo a mí. Lo cual hacen. Llevo el escotadísimo vestido de gala de Marchesa, en verde musgo con pedrería y falda de tul a capas, y te reto a no mirarme con la boca abierta.

El escote es demasiado pronunciado para llevar el collar que siempre llevo en secreto, así que he tenido que quitármelo y sin él mi corazón se siente como si estuviera en terrenos pantanosos.

Tomo una copa de champán de un camarero y me la bebo de inmediato: es la única manera de sobrevivir a estas cosas. Empiezo a registrar la estancia en busca de personas que me caen bien, de las cuales hay quizá seis en todo el planeta en cualquier momento dado, en función de cómo se esté comportando BJ.

Se suponía que yo tenía que llegar con Paili y Perry, las dos P, pero el tráfico de Londres nos ha ido en contra.

Esquivo a un chico con el que salí hace un tiempo, Breaker se llamaba. Un nuevo rico del sector láctico de Estados Unidos. Salimos unos tres meses, máximo. Era un infiel absoluto, y sin duda me estaba usando para meterse en la alta sociedad, pero no me importaba porque BJ podía dormir en mi cama tanto como se me antojara, y en realidad ese es el único requisito que busco en una relación en estos momentos.

Me voy paseando en busca de un rostro familiar cuando me encuentro de frente con Hamish Ballentine.

—Magnolia —me saluda, inclinándose para darme un beso—. Estás preciosa, querida. —Le aprieto la mano porque le quiero más que a mi propio padre—. Tu artículo de ese viaje fue maravilloso, cielo —me dice—. El del pequeño spa en los Dolomitas, ¿sabes? Sin duda vamos a ir.

—¡Oh! —Doy una palmada entusiasmada—. A Lil le encantará. Avisadme cuando vayáis. Llamaré antes y me aseguraré de que os brinden un trato de lo más especial.

Me guiña el ojo, agradecido.

—¿Y dónde está mi hijo? —Mira a su alrededor. Por mucho que sus padres no se lo crean, en realidad BJ y yo no nos pasamos toda la vida juntos. Cada uno tiene la suya. En fin, yo tengo un trabajo. Y él tiene una… cosa. Es atractivo, ha firmado con una gran agencia, tiene patrocinadores, publica mierdas todo el día.

A él no le gusta considerarse un modelo y yo me niego a llamarlo *influencer*, porque es increíblemente embarazoso y porque, siento decirlo, le falta longevidad profesional. Sin embargo, no es… no es un influencer, ¿verdad?

Tenía una sesión de fotos hoy, una de verdad, no solo unas fotos provocativas en unas vías de tren, sin camiseta y con un perro cualquiera. Creo que hoy tenía sesión con Fear of God.

¿Yo, me preguntas? Uy, yo he puesto sus buenas dos horas en la oficina y luego me he ido a George Northwood a la peluquería.

—Nos encontraremos aquí —le digo a su padre.

—¿Todavía no estáis juntos?

—Todavía no estamos juntos, Hamish —asiento, burlona.

—Sí, claro, claro. —Pone los ojos en blanco, no se lo cree—. Pero ¿seguís enamorados?

Me recojo el bajo de la falda y finjo fulminarlo con la mirada.

—Buen intento —le digo mientras me voy hacia la seguridad de August Waterhouse.

Una de las estrellas emergentes de la música londinense. El año pasado produjo cinco números uno en el Reino Unido.

Gus es un pelín mayor que yo. ¿Treinta, quizá? Perry lleva toda la vida enamorado de él, y con razón, pero desde la lejanía; es un hombre muy dulce y, de algún modo, sabio. Trabaja con mi padre.

—Gus —sonrío—. Qué alegría verte. No sabía que venías.

—Tu padre me ha engañado. —Hace un ademán hacia mi padre, que está en un rincón de la estancia con Marsaili, ambos con una terrible expresión de cascarrabias.

Me río por debajo de la nariz.

—Al menos podría fingir que la apoya. Mamá fingió que le gustaba esa canción malísima que hizo para Dua Lipa el año pasado.

—¡Oye! —Gus me fulmina con la mirada—. Yo también la escribí…

Hago un ruido incómodo.

Gus chasca la lengua bajito.

—Tendría que haber sabido que vendrías, Parks… Quizá Tommy habría llegado a salir de casa unos breves veinte segundos.

Por mucho que me halague saber que habría podido ayudar a Tom England a salir momentáneamente de su casa, me descubro frunciendo un poco el ceño. No es mi intención, pero es que es todo tan triste…

Tom es el mejor amigo de Gus. Su hermano murió de repente hace unos meses a causa de un aneurisma cerebral.

—En fin —dice Gus, encogiéndose de hombros—. He oído que la prensa se regocijó con tu ruptura.

Hago un gesto impreciso con la mano.

—Siempre.

Suelta una risita.

—Veo que te lo estás tomando como una campeona.

—Es muy fácil tomarte las rupturas como una campeona si estrictamente solo sales con idiotas.

Se ríe.

—Lo recordaré.

—Gussy —se mofa mi padre y le da una palmada en la espalda—. Me alegro de que hayas podido venir. Magnolia… —Se inclina para darme un beso en la mejilla. Se lo permito.

—Harley. —Le hago un gesto con la cabeza, sonriendo secamente.

Mira a Gus y pone los ojos en blanco. Intercambian una mirada que insinúa que soy una persona agotadora antes de que Gus vea a un rapero prometedor con el que le gustaría trabajar y se excuse.

—Cielo, escucha… —Mi padre se cruza de brazos porque no sabemos cómo hablar—. Tengo que ir a un retiro de escritores. En la América profunda…

—Suena espeluznante —admito.

—No me hace especial ilusión, si te soy sincero, cielo. Estoy intentando convencerles para que vengan aquí, pero quieren hospedarse en un lugar tranquilo que no conozca nadie. ¿Alguna idea?

Ante todo, aunque me duela admitirlo, me halaga que me pida mi opinión profesional en algo. Buscar la aprobación de tu padre es un cliché terrible, lo sé… pero pasa tan rara vez, que cuando pasa es realmente emocionante.

—Hum —cavilo en voz alta—. ¿Heckerfield Place, en Hampshire?

Niega con la cabeza.

—He oído a hablar de él, es demasiado conocido.

Frunzo los labios.

—Oye, ¿sabes qué? Hace solo unas semanas una pequeña finca abrió las puertas en Toms Holidays… —Veo que no me sigue—. ¿Junto a The Towans? —le digo.

—Ah. —Asiente, intrigado.

—Se llama Farnham House. Yo todavía no he ido, pero tengo que ir. Es precioso, se llevaron ahí arriba a uno de los *sous-chefs* de Le Gavroche. Un *spa* fabuloso. Junto al agua, superbonito. Pero todavía no lo conoce casi nadie, de tan nuevo que es…

Se inclina de nuevo para besarme otra vez en la mejilla, pero esta vez soy menos desagradable.

—Suena perfecto, cielo. Gracias.

Se va.

—¿Quién es el artista? —le pregunto igualmente.

—¿Hum? —dice, volviéndose a mirarme.

—El artista. Con el que trabajas.

—Ah. —Asiente—. Esto… ¿Cómo se llama? Tu chico…

Lo miro fijamente, confundida.

—Ya sabes. —Se señala el rostro sin ser muy explícito—. El que tiene…

—¿Post Malone? —pregunto.

—Ese es —dice antes de irse en un instante.

Perry y Paili llegan por fin. Él lleva una americana de esmoquin de terciopelo de algodón, de color teja y corte estrecho, ribeteada en satén, y unos pantalones de esmoquin de mezcla de muaré y lana negra de Eggsy, ambos de la marca Kingsman; y ella va ataviada con un minivestido de gala de Molly Goddard en tafetán azul real, a capas, fruncido y ribeteado de terciopelo.

—¿Ese era Gus Waterhouse? —pregunta Perry, buscándolo—. Le quiero. ¿Me quiere? ¿Estoy guapo? ¿Debería ir a hablar con él?

Cuento las respuestas con los dedos.

—Sí, lo era. Sí, lo sé. No creo que te quiera… ¡todavía! Pues sí, estás muy guapo. Y sin duda deberías ir a hablar con él. —Le cojo la copa de champán que tiene en la mano y me la bebo de un trago.

Paili me mira, radiante.

—Estás perfecta. ¿Qué es ese vestido? ¡Joder!

Estoy segura de que tiene una opinión sesgada porque es mi mejor amiga, pero mi cabeza flota hasta las nubes igualmente.

—¿Y dónde está la homenajeada? —pregunta Paili—. ¿Deberíamos hacerle saber que ya hemos llegado?

Hago un ademán desdeñoso.

—La última vez que la he visto, estaba con la vizcondesa de Hinchingbrooke intentando hacerse una selfi con un pavo real. Un montón de plumas… No son adiestradoras de pájaros, ni la una ni la otra.

—Además, ¿qué tiene que ver un pavo real con Seducción de Terciopelo? —pregunta Perry, con toda la razón.

Frunzo los labios.

—Nunca en mi vida he querido saber menos la respuesta de una pregunta.

—Bueno. —Paili mira a nuestro alrededor—. ¿Dónde está tu chico?

—No lo sé. —Suspiro—. Dijimos que nos encontraríamos aquí —hago una pausa—, aunque, por cierto, ¿qué chico?

Los dos ponen los ojos en blanco.

—Habéis estado pasando mucho tiempo juntos. —Paili sonríe con las cejas enarcadas.

—No más de lo habitual —le digo, con la nariz levantada.

Eso es cierto. Con la excepción de los pocos meses iniciales tras nuestra ruptura, la debacle con Christian y las secuelas de la debacle que supuso la paliza a Christian, es verdad que nunca... hemos dejado de... pasar todo el rato juntos.

—Sí —concede—. Pero ahora no tienes un falso novio que echarle en cara cada vez que te acuerdas de que lo quieres.

La miro con mala cara por las dos cosas que ha dicho. ¿Falso novio? ¿Lo quiero? Absurdo. Más o menos.

—Hablando del chico de oro. —Perry hace un gesto hacia la puerta.

Y entra.

Con una americana de esmoquin de terciopelo de corte estrecho en color burdeos, pantalones negros de esmoquin de lana virgen y una camisa de esmoquin de algodón de popelina, blanca, con pechera y puño de gemelos. Todo de Giorgio Armani menos la pajarita, que es de Tom Ford.

Henry, Christian y Jonah van detrás de él y luego, un calculado milisegundo más tarde, les sigue el vestido de gala de Alaïa, también de color vino. No sé qué me molesta más: que BJ la haya traído a la presentación de mi madre o que me preocupe que vayan a conjunto. Taura Sax. Lamentablemente, es muy hermosa. De un modo distinto al mío, sin embargo, y quizá eso es lo peor.

Mientras que yo tengo la piel oscura, el pelo negro y los ojos claros, Taura Sax tiene la piel aceitunada, el pelo rubio, pecas y ojos de color avellana. Creo que su madre es de Singapur. Y no nos parecemos absolutamente en nada.

Y claro, quizá llegado este punto se pueda decir que el tipo de BJ se puede definir simplemente como chica sexualmente dispuesta, pero Taura Sax es la única que se repite en su plantilla, la cual él asegura que no existe.

Taura Sax también es la chica con la que me puso los cuernos, por cierto. Eso es lo que yo concluí. La segunda peor noche de mi vida flota hasta la superficie de mi consciencia… Azahar. Había algo más… ¿verdad? Piensa, Magnolia, piensa. Apago esos pensamientos como si fueran un fuego en mi mente.

No puedo pensar en ello. Ahora no. Noto una opresión en el pecho cuando mi corazón se enfrenta a los sentimientos que siento pero no puedo sentir delante de él, porque él no puede saber que todavía me causa esas sensaciones. Noto que tengo la boca abierta, así que la cierro de golpe.

No quiero que la gente sepa que esto me ha cogido con la guardia baja; que esto —que él la haya traído aquí— no estaba planeado con antelación ni me lo había consultado previamente; que no era exactamente lo que yo esperaba de él; que jamás, ni en un millón de años me habría imaginado que por una vez tal vez fuera distinto, que por una sola vez en toda su estúpida vida quizá no intentaría llevarnos al borde del abismo.

Pero eso también me lo ven en la cara, sé que lo ven. Perry hace una mueca, Paili tiene los ojos tristes como siempre que nos mira a mí y a BJ. Traga saliva, se la ve inquieta. Me toca el brazo.

—¿Estás bien?

—¿Qué? —Parpadeo mucho—. ¿Yo? No. ¡Sí! Estoy bien, es solo… de mala educación, eso es todo. Traerla aquí. ¿No os parece? La chica con la que me fue infiel.

—Eso no lo sabemos —me recuerda Paili, con dulzura.

Perry la mira con incredulidad.

—Sí. —Hace una pausa—. Lo sabemos.

En realidad no se sabe, por cierto. Que rompimos por eso. Ahora nuestros amigos lo saben, con el tiempo les ha acabado llegando a las P y los chicos y mi hermana, pero no lo sabe nadie más.

No sé por qué.

Creo que me daba miedo lo que eso diría de mí, que él tiró lo que teníamos por una mierda de noche con Taura Sax. Miro con fijeza y mala cara a BJ y nuestros ojos se encuentran, porque es lo que sucede siempre que estamos en la misma habitación.

Se le ilumina la cara, aparece una media sonrisa y se acerca.

—Hola.

Se inclina para besarme la mejilla, pero me aparto sutilmente de él. Nuestros ojos vuelven a encontrarse y él tiene una expresión confundida, herida y cabreada, todo a la vez.

Perry hace un ruido desagradable en lo hondo de la garganta y señala algo que hay en la otra punta de la sala.

—¿Te apetece una selfi con el pavo real? —dice, llevándose a Pails.

BJ los observa alejarse antes de mirarme, con la mandíbula tensa por el temor.

—¿Problema?

—¿Qué has hecho esta tarde? —le pregunto con alegría, pero es una trampa. Él sabe que es una trampa—. ¿Has hecho algo después de la sesión?

—Esto —lanza una risita—. No mucho, solo he quedado…

—¿Con?

Se pasa la lengua por el labio inferior, preparándose. No dice nada.

—Con Taura Sax —digo por él.

Huele a Tom Ford recién aplicado. Eso es mala señal. Huele a ducha, como si acabara de lavarse el cuerpo con fuerza, pero no con su gel de Malin & Goetz de ron que usa normalmente, con otra cosa… y tú estás ahí pensando, bueno, normal, se ha duchado antes de ir a un evento, pero no. Nosotros tenemos eventos de estos a patadas, y él no se ducha en ningún otro momento del día excepto por la mañana, a no ser que vaya a meterse en mi cama o no le quede otra, pero se ha duchado ahora. A las cinco de la tarde de un viernes. Sé lo que eso significa.

Me mira con fijeza.

—Sí, con Taura.

Enarco las cejas.

—¿Y te ha parecido apropiado traerte a Taura Sax a la presentación de mi madre, dada toda nuestra historia?

Suspira, cansado. Hemos recorrido este camino mil veces, lo conocemos bien. Es oscuro y sombrío y uno de los dos siempre sale con un brazo mordido, un hueso partido o el corazón roto.

—Parks. —Se pasa la mano por el pelo—. Ya hemos hablado de esto. Ella no… no es con quien yo…

—¿Entonces no te has acostado con ella?

Aprieta la mandíbula.

—Sí lo he hecho.

—¿Cuándo?

Veo el pesar en sus ojos.

—Parks.

—¿Hoy?

Aparta los ojos de los míos. Y yo lo miro con fijeza, sintiéndome más traicionada de lo que querría, más traicionada de lo que debería. Está destrozado. Está destrozado por haberme destrozado. Esta es una vieja danza que bailamos. Casi un ritual. Rompernos los corazones en el altar del otro.

—Parks —empieza.

Niego con la cabeza, desdeñosa.

—No, lo sé, lo entiendo, yo tenía novio. —Hago una pausa, lo fulmino con la mirada—. Espera, no, no lo tenía.

Se nota que lo siente.

—Parks…

—Pero lo tendré —lo corto.

Aprieta la mandíbula. Preocupado y mosqueado.

—Magnolia…

—¿Magnolia? —lo interrumpo. Casi nunca me llama así—. ¿Soy yo quien se ha metido en problemas?

Alarga las manos y me agarra por los brazos en un intento de mantenerme cerca.

—Parks, estás siendo ridícula.

Lo aparto de un manotazo y lo fulmino con la mirada.

—No me toques con esas manos.

Me doy cuenta de que el telón negro ha cubierto el mundo, pero de la manera mala. La sala nos observa. Los vasos han dejado de moverse, los camareros han dejado de servir, la gente contiene la respiración. En un rincón de la sala, Perry está a punto de desmayarse ante tanto drama. Sé que todo esto del telón negro que nos pasa a BJ y a mí suena romántico, que es el destino —dos personas que pueden absorberse tanto la una a la otra que parece no existir nadie más a su alrededor—, pero para la gente como nosotros esa destreza cuando discutes en público garantiza copar portadas.

Siento vergüenza un segundo ante todos esos ojos. Me pregunto: ¿qué han oído?

Giro sobre mis talones, me aparto de él y, al hacerlo, la sala vuelve a moverse.

Camino hasta la barra, agarro otra copa de champán y me la bebo de un trago, luego cojo otra para bebérmela a sorbos.

—¿Buena charla? —pregunta Henry.

Apuro de un trago la copa que quería beberme a sorbos.

—Fantástica.

00.39

Parks

> Qué tiempo hace por allí, Parks?

Tormenta, muy myu fuetre

> Estás bebiendo

S

í

> Dónde estás?

Estoy biem

Bien

> No te he preguntado si estabas bien, te he preguntado dónde estabas

60

Contesta

Coge el teléfono

Estoy en casa 😷 😷 😷

Los 😷 han sido un accidene,
aún hay tormenta, que te den

SEIS

Magnolia

Al día siguiente por la mañana me despierto hecha un trapo y hago la croqueta hasta la mesilla de noche rezándole al Señor que mi yo borracho (por no decir otra cosa) tuviera el buen juicio de dejar a mi yo sobrio (ojalá lo estuviera) un vaso de agua.

Lo hizo, menos mal.

Si soy sincera, no recuerdo cómo llegué a casa. Quiero que fuera cosa de BJ, pero no lo fue porque no está aquí conmigo, en mi cama. Hace ya un tiempo que no me despierto sin él a mi lado. Estamos durmiendo juntos demasiado a menudo si me levanto con una sensación extraña porque él no está aquí.

Aunque, en realidad, nunca me ha gustado que no esté aquí. Estuvimos juntos demasiado tiempo, nos quisimos de una manera tan complicada que su ausencia me hace sentir intranquila. Y él no sabe estar solo, de modo que tengo la certeza de que si no está aquí conmigo entonces está con otra persona y esa idea es demasiado fuerte para tenerla por la mañana.

No puedo evitar preguntarme si volvió a casa con Taura. Seguramente sí. Es lo que hacemos siempre. Nos pasamos la vida juntos, nos acercamos demasiado, nos asustamos demasiado. Él se tirará a todo lo que encuentre y pronto yo encontraré otro novio. Él lo odiará, seguramente yo también, y BJ y yo volveremos a la normalidad.

Eso de «normalidad» es relativo, lo sé. La normalidad para dos corazones rotos que no saben juntar sus piezas con nadie que no sea el otro.

La puerta de mi cuarto se abre con fuerza y Marsaili entra a zancadas; lleva una bandeja con un desayuno completo y una tetera. La estampa ruidosamente en mi mesilla de noche y sé que lo hace a propósito porque tengo resaca. La fulmino con la mirada y ella me dedica una sonrisa divertida.

—Cómo tiene que dolerte la cabeza esta mañana —me dice.

Me echo el pelo encima de los hombros y me sirvo el té como una persona normal; me gusta más cuando Louisa me trae el desayuno. Ella sí lo sirve.

—Sí, bueno…—le dedico una mirada delicada—. No todas podemos quedarnos plantadas en un rincón poniendo mala cara en la presentación de la fragancia de nuestra patrona, ¿verdad?

Ella pone los ojos en blanco y luego me mira.

—¿Seducción de Terciopelo?

Levanto una mano para que se calle.

—Por favor, para.

A Marsaili le da un escalofrío. Y luego la puerta de mi cuarto vuelve a abrirse con fuerza. Y entra BJ con una bolsa de regalo de Chanel.

Lleva la camiseta blanca y negra de Valentino con el mapa zodiacal, los vaqueros de pitillo negros tan desgastados y deshilachados de Purple Brand, y las Old Skool Vans negras con la banda también negra.

—Oye, Parks. ¿Vamos a…? —empieza a decir BJ, pero se calla cuando ve a Marsaili. Le dedica una enorme sonrisa—. Mars.

—BJ. —Pone los ojos en blanco—. ¿No te has quedado a dormir?

Él le dedica una sonrisa radiante.

—Pensé que te daría una noche libre, no queremos que esas arrugas se queden ahí para siempre…

Ella lo mira con exasperación. Entonces vuelve a poner los ojos en blanco, tanto que no me cabe duda de que le ha dado un dolor de cabeza ocular, y luego se va con paso tranquilo.

—Creo que se está abriendo conmigo —dice, mirando como se va.

(—No es así —responde Mars sin siquiera volverse).

—Bueno. —Me mira—. Anoche fue divertido…

—¿Anoche y durante el día? —le pregunto con las cejas enarcadas—. Chico atareado.

—No me refería a eso. —Beej suspira pasándose las manos por el pelo.

Es raro, en realidad. Tiene muchísimo sexo, muchísimo, y saca el tema cada vez que se le antoja si sabe que con eso va a hacerme enfadar, pero no le gusta que sea yo quien hable de ello.

—No soporto discutir contigo, Parks —me dice.

—Entonces no lo hagas. —Me encojo de hombros, preguntándome cuándo me dará la dichosa bolsa con el regalo.

—No lo puedo evitar —me dice y se me enganchan los ojos a sus labios.

Beej se aclara la garganta y yo vuelvo a fijar los ojos en los suyos, sonrojándome muy ligeramente.

—Es que eres un maldito grano en el culo —me dice, con las mejillas también un poco sonrojadas.

Me pregunto si nos besaremos. Siempre me pregunto si nos besaremos. Nunca lo hacemos. Ni debemos. Nuestros ojos se encuentran como no lo harán nuestras manos.

Te quiero, parpadea.

Demuéstralo, suspiro.

Me alegro de llevar el pijama de satén Noelle Martine con ribetes de encaje, producto de la colaboración de Morgan Lane + LoveShackFancy, porque es muy corto y se me ve el vientre, que tengo increíblemente tonificado ahora mismo, y deseo que me imagine sin ropa. Creo que lo hace porque se aprieta la boca con la mano y traga saliva.

—Muy bien, Parks. —Me dedica una mirada medida—. Escala del uno al diez, ¿hasta qué punto estás enfadada?

Lo miro a los ojos.

—¡Diez! ¡Superdiez! Ahora dame la bolsa de Chanel.

Suelta una risita mientras la tira encima de mi cama.

—¿Cuál es? —La agarro, emocionada.

Sonríe, mirándome de una manera que alguien podría discutir que resulta demasiado familiar y demasiado cómoda entre exnovios, pero yo no soy ese alguien.

—El que tú querías.

—¿El de piel de cordero rosa con pedrería y apliques metálicos en oro rosa?

Él asiente mientras se deja caer en la cama, y se tumba.

Aprieto el bolso contra el pecho y me tumbo a su lado.

—Gracias.

Beej vuelve a asentir y repasa con los ojos la moldura del techo como hace siempre que su mente y sus labios no acaban de conectar.

—Lo siento —me dice al cabo de un rato, mirándome—. Por Taura. Sé que te pone triste.

Me aparto, trago saliva algo nerviosa. No sé por qué.

—Nunca te disculpas por cosas así.

Lo veo un poco herido; vuelve a fijar los ojos en el techo.

—Ya, pero… No me gusta ponerte triste.

Lo imito, miro el techo.

—A mí tampoco me gusta ponerte triste.

Ojalá pudiéramos parar. No sé por qué somos incapaces.

Lo miro.

—¿Me llevas de compras?

Me sonríe y asiente.

—Pero me dejas mirarte mientras te duchas.

—Trato hecho —acepto.

Se sienta, no puede creer la suerte que tiene.

—¿En serio?

—¡Claro que no! —canturreo mientras me voy.

Luego dice en voz alta:

—Voy a devolver el bolso.

SIETE

Magnolia

Te estás preguntando —sé que lo haces, todo el mundo lo hace— por qué no estamos juntos.

Dejando la infidelidad a un lado, crees que es perfecto. Que somos perfectos, y que nada en este mundo, en pasado, presente o futuro, puede ser suficientemente grande o suficientemente malo para justificar que no estemos juntos. Lo entiendo, yo también he pasado por ahí. Yo también lo he pensado.

Hubo un par de meses después de todo lo ocurrido con Christian en que Beej y yo volvimos a vagar hacia lo que fuimos. No fue intencionado ni consciente. Sencillamente era más fácil estar con él que no estarlo, y quizá no es algo bueno, ya no lo sé. En lo que a nosotros se refiere, no puedo juzgar con objetividad. Para todo lo que tiene que ver con él, la lógica de mi corazón está tan borrada como las líneas que fingimos no cruzar. Yo todavía estaba rota, todavía estaba triste y todavía no confiaba en él como antes, pero creo que llegados a cierto punto, lo amaba más de lo que me había herido y, de alguna manera, empezó a parecerme estúpido amar a alguien como lo amaba a él y echarlo todo por la borda porque se había acostado con otra persona una sola vez.

No le estoy quitando peso, por cierto. O poniendo excusas. Decirlo me da ganas de vomitar aún hoy. No es que no importara. Pienso que, sencillamente, importaba más lo mucho que lo amo.

Sin embargo, Marsaili no quería ni oír hablar de ello. Nunca la había visto con nadie como se puso con él. Cuando él empezó a volver a aparecer por casa, ella prácticamente merodeaba por los rincones con puñales en lugar de ojos, esperando los momentos oportunos para hacer comentarios sarcásticos, para cortarlo, para echarle una mala mirada, para acusarlo de todo. Él se iba y ella me preparaba un té superdulce en la cocina y me decía que lo que había hecho él no se podía deshacer, y que no se podía confiar en él, y que si lo había hecho una vez, volvería a hacerlo, y que en realidad si él me quería como decía que me quería, no lo habría hecho jamás. Y yo lloraba, cada vez, y le decía que me parecía que había sido un accidente, y ella me decía que las personas no tienen sexo con otras personas por accidente, que esas cosas no pasan sin más, que tienes que querer que pase. Lo cual siempre me costaba asimilar.

Para mí era más fácil volver automáticamente a la idea de que había pasado por accidente, que él había resbalado por accidente y se había encontrado teniendo sexo, que no lo había pensado, que había pasado igual que cuando te caes, que te tropiezas y de repente te estás cayendo, cayendo sin tu permiso, no es algo consciente, y luego te das de bruces contra el suelo.

Así es como yo necesitaba que hubiera pasado para poder volver con él, pero Marsaili me ayudó a ver que la infidelidad no pasa de esta manera.

Pasa porque las personas son descuidadas y crueles y negligentes con los corazones y los sentimientos, y es peligroso relacionarse con esas personas y por eso, aunque las ames, no debes amarlas porque nada merece tanto la pena como para sentirse como él me había hecho sentir a mí, y no había garantía alguna de que lo que había pasado ya no volvería a pasar porque la palabra de un infiel, dijo, no vale nada.

Por eso BJ y yo tampoco volvimos a pasar. Fue lo que nos puso en este camino extraño, supongo. Esos pocos meses en que nos dirigíamos de manera evidente a volver a estar juntos antes de que yo diera un giro de ciento ochenta grados para largarme de allí y empezara a salir con otros chicos para ocultar los deseos de mi corazón.

Creo que lo destrozó durante un minuto. Quizá incluso literalmente una vez.

Estábamos más o menos como ahora, supongo. Yo acababa de empezar a salir con alguien —Reid Fairbairn, un chico australiano cuyo padre tenía minas—. Era nuevo en el vecindario y estaba bastante bueno, como la mayoría de los australianos. No duró mucho, creo que estuvimos juntos dos meses o algo así. No me hacía falta que durara, cumplió su cometido. Al principio le dolió a BJ, pero solo necesitó un minuto de placer y un fin de semana largo en Ámsterdam y volvió a estar como siempre.

La noche anterior habíamos estado todos juntos, con mis amigos, en EGG, y Reid hizo una broma que en realidad fue muy graciosa, y me reí de verdad, y fue una de esas raras ocasiones en que me lo pasaba bien de verdad con la persona con la que técnicamente estaba saliendo.

En fin, al día siguiente, no sé dónde estaba Reid, pero yo me fui a cenar con Henry y Christian en Gauthier Soho, y Jonah vino después para tomarse una copa con nosotros.

—Otra vez no —dijo, mientras nos señalaba con el pulgar a Christian y a mí, que estábamos sentados el uno al lado del otro.

—Tiene novio. —Christian puso los ojos en blanco, y me miró con expresión cansada.

Jonah me miró impasible.

—Es una tapadera.

—¡No lo es! —bufé. Henry me miró y sus ojos me dijeron que todos lo sabían, así que alargué el brazo para «probar» su postre por quinta vez.

—¿Dónde está Beej? —le preguntó Henry a Jonah.

Jonah negó con la cabeza.

—No lo he visto desde ayer por la noche.

Todos me miraron con nerviosismo.

—¡Chicos! —dije, poniendo los ojos en blanco—. ¡Sé que se está tirando a todo Londres! No tenéis que disimular delante de mí. Además —añadí, protegiéndome tras mi escudo—, tengo novio.

—¿Estás bien? —preguntó Henry, con cautela.

—Tan bien como estaría si tú me dijeras te estás tirando a todo Londres —parpadeé con falsa indiferencia.

—Bueno —suspiró, satisfecho—. Lo estoy haciendo.

—Pues genial. —Le sonreí, mintiendo como una bellaca—. Es genial, porque me parece genial. Todo me lo parece. Porque es genial. Bien por él. Incluso me alegro por él.

—Claro —dijo Jonah, riendo.

Le dediqué una sonrisa deslumbrante para hacerlo callar, y él negó con la cabeza, reprimiendo una sonrisa mientras me servía un poco de vino.

El ingrediente mágico en nuestro círculo social que nos permite seguir funcionando a pesar de todo lo que hayamos soportado o nos hayamos hecho los unos a los otros: la negación. (Y el alcohol).

Y entonces mi móvil empezó a sonar.

—Hablando del papa de Roma. —Christian hizo un gesto hacia mi teléfono.

—Hola. —Intenté no sonreír demasiado cuando contesté.

—¿Parks? —le gritó al teléfono, y la voz le sonaba extraña.

—¿Beej? —Me apreté el móvil contra la oreja y me tapé la otra con la mano.

—¿Parks? —gritó, luego aspiró muy fuerte por la nariz.

—¿Beej, dónde estás? —le pregunté enseguida, y sentí cómo cambiaba el ambiente entre los chicos—. Estás raro.

—Creo que... —Oí que respiraba hondo unas cuantas veces—. El corazón me hace cosas raras —dijo, pero pude oír a alguien de fondo. No sé a quién se lo decía. Una chica.

—Dame el teléfono —le dijo la chica con urgencia.

Volví a preguntarle con voz muy clara:

—¿Dónde estás?

—¡Dámelo! —exclamó. Se oyó un forcejeo al otro lado de la línea.

—¡No! —le gruñó a la chica. No parecía él y entonces fue cuando se me encogió el corazón, porque lo entendí. Entendí qué había pasado. Lo supe, aunque no tuviera sentido. Pero lo había visto en nuestros círculos, conocía las señales. Cómo te cambiaba. No sabía que se había estado drogando. Se oyó otro forcejeo, otra discusión a través del teléfono. BJ maldecía. La chica estaba asustada.

—¿Beej? —exclamé, presa de la urgencia y el nerviosismo.

Los chicos tenían los ojos fijos en mí y fruncían el ceño.

—¿BJ? —llamé alzando la voz.

—¿Hola? —dijo la chica, con la respiración entrecortada.

—¿Dónde estáis? —exigí saber.

—Magnolia, soy... —empezó a decir, pero la corté.

—Me da igual quién seas. —Estaba haciendo todo lo que podía para mantener la voz firme. Me puse de pie. Los chicos me imitaron—. Dime dónde estáis y punto.

Jonah me arrancó el móvil de la mano.

—¿Dónde cojones estáis? —ladró, dirigiéndose a la puerta del restaurante antes de recibir respuesta—. No dejes que se tome nada más, ¿vale? —ordenó Jonah con esa voz que me asustaba—. Voy para allá. —Le lanzó un fajo de billetes al *maître* y se fue al coche, que tenía aparcado en la puerta.

Abrió la puerta del copiloto de su Escalade, me metió dentro y la cerró.

—¿Qué cojones está pasando aquí? —pregunté, con la voz mucho más aguda de lo que me habría gustado.

Jonah lanzó una mirada sombría a Henry y a Christian, que estaban en el asiento de atrás.

—Joder. —Christian negó con la cabeza, nervioso. Todos estaban muy nerviosos. Nunca antes había visto nerviosos a los chicos y fue de lo más inquietante.

—¿Había pasado alguna vez? —le pregunté específicamente a Jonah. Él miraba al frente.

—Una.

—¿Cuándo?

Me volví hacia Henry, que me dedicó una larga mirada con unos ojos rebosantes de nerviosismo. No sabía cuándo había pasado, pero era evidente que los cuatro se habían jurado que yo no me enteraría nunca.

—¿Cuándo? —pregunté, con tono afilado mientras me volvía hacia Christian.

Frunció los labios, no quería traicionar a su amigo.

—En Ámsterdam —acabó diciendo por fin.

—¡¿De qué coño vas, tío?! —exclamó Jonah, fulminándolo con la mirada a través del retrovisor.

Todavía no me he quitado de encima la sensación de ese día. Hizo que desconfiara de los cielos azules, porque el cielo se había despertado muy azul esa mañana, y mientras Jonah serpenteaba por el tráfico de Piccadilly Circus me acuerdo que pensé que el aspecto que mostraba el cielo esa mañana era mentira, como si me hubiera atraído a una falsa sensación de seguridad. Me hizo sentir que ese día iba a ser un buen día, pero se estaba desplegando ante mí para acabar siendo el peor.

Me sentí como si me estuviera dirigiendo hacia mi condena. Me sentí como si estuviera yendo a encontrar muerto al amor de mi vida. Me acuerdo de agarrarme al asiento del coche de Jo con tanta fuerza que rasgué el cuero con las uñas. Me acuerdo de Henry alargando un brazo desde el asiento de atrás para sujetarme el mío y tranquilizarme. Me acuerdo de estar en un semáforo y que Jonah se volviera hacia mí y me secara las lágrimas del rostro cuando yo ni siquiera era consciente de que estaba llorando.

Y me acuerdo, de un modo visceral, de tener la sensación de que me habían abierto el pecho en canal, de que las terminaciones nerviosas de mi corazón estaban expuestas.

El coche se detuvo de un frenazo y Jonah salió a toda velocidad, subió corriendo las escaleras hasta el vestíbulo del Courthouse Hotel, mientras nosotros le pisábamos los talones. Pegó un palmetazo en el mostrador de la recepcionista para llamarle la atención.

—Ballentine —ladró—. ¿Cuál es la habitación de Ballentine?

—Señor... —La mujer levantó la mirada, aturullada—. No podemos proporcionar...

—Está teniendo una sobredosis —le dijo sin perder un instante.

Ella parpadeó fuerte varias veces, luego asintió deprisa y tecleó algo.

—305.

Apenas había terminado de decirlo cuando Jonah giró sobre sus talones y echó a correr hacia las escaleras, no el ascensor.

—¿Tenemos que llamar a una ambulancia? —pregunté a nadie en particular mientras corríamos detrás de él. Christian, que desconfía profundamente de cualquier cuerpo de la ley como todos los miembros de la familia Hemmes, negó con la cabeza. Miré a Henry enseguida, que asintió con sutileza mientras sacaba el móvil.

Jonah corrió pasillo abajo y arremetió contra la puerta 305 con todo el cuerpo. Al segundo embate, la puerta cedió y Jonah entró trastabillando y se dio de bruces contra el suelo. Lo aparté para abrirme paso, haciendo caso omiso de la chica que llevaba lencería de encaje negro y se había acercado a él con expresión preocupada, y corrí hasta la cama donde estaba Beej, apoyado como una muñeca de trapo contra el cabecero, muy pálido, con la frente y el pecho desnudos perlados de sudor.

Me eché encima de él.

—¿Beej?

—¿Magnolia? —dijo arrastrando las palabras.

Me miró, tenía las pupilas completamente dilatadas y era incapaz de enfocarme. Me sonrió débilmente.

—¿Qué has hecho? —le susurré, acariciándole la mejilla.

—Yo... —dijo BJ.

Pude oír a Henry hablando por teléfono de fondo.

—¿Qué te has tomado? —hablé con tono urgente, pero le pasé la mano por el pelo con un gesto compulsivo. Él me miró parpadeando—. ¿Qué se ha tomado? —le pregunté con los ojos llenos de lágrimas a la chica, haciéndole caso por fin. En cuanto cruzamos las miradas me di cuenta de que éramos más o menos amigas. Lila Blane. Una fiestera de Cheltenham.

Me miró con cara de culpabilidad, asustada y confundida.

—N-No lo sé. —Se cubría la cara con las manos—. Creo que solo cocaína.

—¡Está ardiendo! —exclamé, sin hablarle a nadie en particular, con la mano en su frente.

—Pero ha estado tomando desde anoche —dijo, asustada.

—¿Y bebiendo?

Jonah sostuvo en alto una de las muchas botellas de champán que había por el suelo de la habitación del hotel. La chica asintió. Christian me apartó sin miramientos de Beej y lo sacó de la cama al tiempo que llamaba a su hermano. Jonah acudió corriendo, le ayudó a arrastrar a Beej hasta el baño, y yo los seguí inútilmente. Lo metieron en la ducha y lo mojaron con agua tibia. Abrió los ojos de golpe y los fijó en Christian y en mí.

—¿Estáis juntos? —rugió Beej, enfadadísimo e incoherente.

—No. —Negué con la cabeza, con el corazón roto.

—¡¿Entonces por qué está aquí?! —gritó BJ.

Miré a los chicos Hemmes alternativamente, herida e insegura. Jonah negó con la cabeza.

—Está paranoico. Lo vuelve más agresivo.

Me metí en la ducha al lado de Beej, a quien le pesaban los párpados y la cabeza no paraba de caerle hacia atrás.

—¡Beej! —Le di una bofetada—. ¡BJ!

—Parks —susurró con la voz temblorosa—. Te quiero.

No me di cuenta de que me había puesto a llorar, pero lloraba. Asentí.

—Lo sé. Yo también te quiero.

Empezó a temblar y miré a Jonah, con la boca abierta, sobrecogida por el miedo.

—Temblores —me dijo Jonah.

—¿Se está muriendo? —pregunté, tragando saliva y sin apartar los ojos de él.

—No. —Jonah negó con la cabeza al instante, presionándose la mano contra la boca, nervioso—. ¿Henry? —llamó.

Henry llegó corriendo a la puerta del baño, con el teléfono pegado a la oreja.

—¿Cuándo llegan? —preguntó Jonah sin volver la vista.

—En nada.

Beej empezó a temblar más.

—Llévatela de aquí —ordenó Jonah, haciendo un ademán con la cabeza hacia mí mientras cerraba la ducha.

Me quitaron de en medio justo cuando BJ vomitaba y empezaba a convulsionar.

Christian corrió, cogió una almohada y se la colocó debajo de la cabeza, mientras Henry hacía todo lo que podía para ocultarme el mundo presionándome contra su pecho y tapándome los ojos.

Y entonces llegaron los paramédicos y nos gritaron que nos apartáramos de en medio mientras empujaban la camilla. Es curioso como el cerebro gestiona el trauma. Todo estaba en silencio llegado ese punto. Silencioso y lento. Billie Holiday sonaba de fondo en mi mente mientras levantaban su cuerpo inerte para subirlo a la camilla. Me acuerdo de Lila Blane abrazándose las rodillas sentada en la cama, llorando y señalando mientras intentaba contarle lo que había pasado a uno de los paramédicos. Recuerdo ver de lejos a Jonah saliendo de la ducha, empapado de vómito y de agua, agarrándose el pelo con ambas manos, con la mirada fija en BJ, paralizado por una especie de pesar. Recuerdo a Christian de rodillas en la ducha, respirando con dificultad como si fuera a vomitar él también. Me acuerdo de preguntarme si ese era el final, si esa era la última vez que le veía. Él, con ojos soñadores y ese pelo que yo adoraba acariciar. El chico más precioso en cualquier estancia, el gran amor de mi vida… ¿Cuántos amores te tocan en una vida? Recuerdo preguntármelo. ¿Cuántas personas me mirarán como él lo hace, no solo como si yo fuera el sol, sino como si fuera todo el maldito universo? Recuerdo odiarlo por hacernos esto. Recuerdo odiarlo por morirse antes de tener la oportunidad de volver a estar bien, porque siempre pensé que lo estaríamos. Pensaba que estaríamos bien, pensaba que un día solucionaríamos nuestras mierdas y yo lo perdonaría por todo lo que había hecho, y nos haríamos mayores juntos y algún día tendríamos esa casa en Tobermory, pero entonces estaba muriéndose de una sobredosis de cocaína porque la noche anterior yo parecía feliz con otro hombre que no me importaba tres pares de narices. Recuerdo el resentimiento corriendo por todo mi cuerpo y luego lo recordé, como un puñetazo limpio en la boca del estómago, cuánto lo amaba. Lo amaba de verdad. Lo amaba hasta los huesos. Él me corría por la sangre. Cuantísimo lo necesitaba, todavía lo necesitaba, siempre, para siempre lo necesitaría, aunque intentara que no fuera así. Y recuerdo estar profundamente asustada por cómo sería mi vida sin él.

Llegado ese momento, se lo llevaron en la ambulancia al hospital. Unas dos horas más tarde, vino un médico y nos dijo que se encontraba estable, pero hipoglucémico. Christian dejó caer la cabeza encima del hombro de su hermano, suspirando de alivio. Una única lágrima cayó de los ojos de Jonah; se la secó antes de que nadie pudiera verla, pero yo la vi. Nuestros ojos se encontraron y cruzamos una mirada apesadumbrada porque aunque el mundo entero sentiría la pérdida de BJ, Jonah y yo la sentiríamos más que nadie. Los chicos Hemmes se sentaron en la sala de espera hasta que llegaran los padres de BJ, y Henry me cogió de la mano para llevarme hasta la sala de recuperación.

—Vamos —dijo.

Intentó sonreír, pero en realidad no pudo. Llegamos a la puerta de la habitación y me detuve, levanté la mirada hacia Henry.

—Jonah ha dicho que había pasado otra vez.

Hen negó con la cabeza.

—Así no.

74

—Entonces ¿cómo? —Me crucé de brazos tratando de sentir que tenía el control de algo, porque resultó más que evidente que yo no tenía el control de absolutamente nada en lo que concernía amar a BJ.

—Una vez tomó mucha, eso es todo.

—¿Cuándo?

—Hace unos meses.

—¿Cuánto tiempo hace que se droga? —dije, lanzándole una mirada siniestra.

Hen arrugó las cejas y suspiró.

—Todos nos drogamos a veces.

—Yo no. —Me miró—. ¿Cuánto tiempo hace? —repetí, frotándome el ojo para esconder el hecho de que estaba llorando.

Hen se rascó el cuello, frunciendo los labios.

—Desde Ámsterdam.

Asentí.

—¿Regularmente?

Ladeó la cabeza, pensativo.

—Recreativamente.

—Eso —apunté a la habitación— no era recreativo.

—No —admitió en voz baja—. No lo era.

Abrimos la puerta y BJ estaba dormido en la cama. Había un sillón en un rincón y Henry, exhausto, se arrellanó en él. Beej seguía un poco pálido; tenía los grandes labios carnosos separados en el centro y el pecho le subía y bajaba a un ritmo que era la banda sonora de mi juventud y que jamás me había alegrado tanto de escuchar. Caminé hasta él, cauta, como si se pudiera romper si me movía demasiado deprisa, y alargué la mano para acariciarle el pelo.

—Solo familia —me dijo una enfermera joven y bonita de pelo castaño desde el umbral de la puerta.

La miré y me sentí un poco como si alguien me hubiera dado una bofetada.

—Lo conozco —añadió—. Tú no eres de la familia.

Henry se puso de pie, con el ceño fruncido.

—Si lo conoces a él, entonces la conoces a ella. Es de la familia.

La enfermera nos miró a los dos, luego asintió una vez y se fue.

Me subí a la cama de BJ y me acurruqué a su lado como si no hubiera pasado un solo minuto, como si ni un solo novio ni una sola sobredosis se interpusieran entre nosotros.

Se podría pensar que cosas tan importantes como esa cambian a una persona de inmediato, pero los cambios que se produjeron eran invisibles. Yo a él lo sentía igual al abrazarlo y estrecharlo. Todo su cuerpo era una montaña que conocía bien, que había subido y coronado tantas veces en nuestras vidas que hasta aquella noche la había sentido vasta, pero de pronto se me antojaba fugaz. No paraba de tropezar con los ojos en sus muñecas con las agujas y las vías en las venas. Recuerdo haberme acercado a su cuello, haber respirado su aroma, ignorando deliberadamente aquellos chupetones que le había hecho otra persona que no era yo. Tenía la nariz rozada de tanto esnifar, y me dolía el pecho porque no podía entender cómo podía conocerlo tan bien y no saber lo que había estado haciendo.

Unas diez horas más tarde, volvió en sí. Su madre y su padre estaban sentados junto a su cama, donde yo seguía tumbada. No me había separado de él ni una sola vez. Sentí que se movía debajo de mí, sus pestañas de mariposa temblaron antes de abrir los ojos. Me aparté y lo miré desde arriba. Parpadeó con tristeza unas cuantas veces al mirarme.

—Parks. —Sonrió lentamente.

El corazón se me hinchó al ver que se despertaba. Recuerdo que su voz sonó como el día de Navidad por la mañana, como el día de mi cumpleaños y el día de San Valentín y mi hogar y lo amé.

—¿Se pondrá bien? —le pregunté a su médico.

Asintió.

—Se recuperará…

El alivio me inundó tan deprisa como me descubrí pegándole una bofetada en la cara. Todos los presentes ahogaron una exclamación y se quedaron paralizados. Su padre, su madre, Henry, Jonah y el médico. Beej abrió mucho los ojos, confundido y un poco aturdido todavía.

—Si algún día —empecé a decir con voz temblorosa— vuelves a hacerme esto… no te perdonaré jamás —añadí, negando con la cabeza.

—Vale. —Parpadeó, con los ojos algo llorosos.

—Prométemelo.

—Te lo prometo —asintió imperceptiblemente.

Luego me bajé de la cama y me fui de la habitación.

Nadie lo sabe, por cierto. Nunca se habló de ello, no se lo contamos a nadie, ni siquiera a Paili y a Perry. La única otra persona que lo sabe es mi hermana y porque ese día llegué a casa del hospital llorando y no quiso dejarme sola. Llevaba dos días desaparecida. Ni siquiera me había dado cuenta. No me había percatado del paso de las horas, ya no digamos del de los días. Estaba ante el abismo de perder al amor de mi vida y el tiempo se había suspendido. Allie se lo habría contado de todos modos.

Reid no se dio cuenta o, si se dio cuenta, no dijo nada. Él lo sabía, creo… todos lo sabían. Lo que significaban para mí. O quizá, mejor dicho, ellos sabían lo que no eran para mí.

Estuve una semana sin hablarle a BJ. Me escribía sin parar, me llamó, me mandó mensajes de texto, mensajes por Instagram, de todo. Pero yo no podía.

Estaba destrozada. Con las entrañas rasgadas, desangrándome por dentro.

Eso es lo que me hizo que él estuviera a punto de morir.

Por eso lo ignoré tanto tiempo como pude.

Era sábado, una semana y media más tarde, y nuestros amigos iban a ver una reposición de *It* en Leicester Square; no era mucho nuestro estilo, pero con Beej secretamente en cuarentena de sustancias, había poco donde escoger actividades sociales. Entré en el vestíbulo y todos los chicos fijaron los ojos en mí, como si llevara una bomba atada en el pecho. Recuerdo a BJ mirándome, con los ojos muy abiertos y redondos, tragando saliva nerviosamente mientras caminaba hacia él. Y luego pasó, ni siquiera fue algo consciente: le cogí la cara entre las manos y le planté un beso en los labios. Sabía a palomitas. Nunca ha sido capaz de esperar al inicio de la película para empezar a comer.

Ese beso no fue sexy ni lujurioso, pero estaba mezclado con un amor indescriptible, desesperado y sediento, que sentíamos y todavía sentimos y no podemos acabar de quitarnos de encima. Me aparté un poco y nuestros rostros quedaron a escasos centímetros. Parpadeamos con las caras inmóviles, a diferencia de nuestros corazones. Todos nuestros amigos estaban perplejos. Luego pasé de largo, aferré a Henry del brazo y entré en el cine.

Ninguno de nosotros habló jamás de ese beso. Paili y Perry nunca preguntaron. Y gracias a Dios, porque ¿cómo habría podido explicarlo? Ya había desterrado esa noche al mismo rincón de mi corazón donde moraban nuestras otras noches terribles.

Ahí viven tres recuerdos, no los miro jamás. Todos ellos siguen dándome forma igualmente. Todos ellos tienen que ver con BJ.

Él es una bomba de relojería para mí, ¿ahora lo ves? Me hará daño. Siempre me hará daño. Nunca estaré segura con él, por mucho que siempre me sienta segura a su lado.

Por eso da igual si lo amo —que no lo amo—, pero si así fuera, daría igual, incluso ahora. Porque amarlo es lo mismo que lanzarle las llaves de mi corazón a un aparcacoches sin carné. Me tirará por un precipicio.

OCHO

BJ

Las fiestas de Park Lane son legendarias. En algunas traemos a las chicas, en otras no. Esta noche, no.

La casa que compartimos con Jo es tremenda. Park Lane, una casa de soltero de cuatro habitaciones. A Parks le gusta, pero a veces me parece raro traerla aquí. Seguramente por noches como esta. Christian estaba empecinado en destruirse del todo esta noche —creo que tiene que ver con una chica— y no he querido preguntar.

Jonah lo consiente un poco montándola aquí porque Henry se negó a organizarla en su casa porque mi hermano no quiere disgustar a la vecina de al lado, Blythe. Pero bueno, yo tampoco querría. Blythe fue enfermera en la Segunda Guerra Mundial y cuenta unas historias brutales. Es una leyenda de los pies a la cabeza y todavía le brillan los ojos, así que nada de fiestas en Ennismore durante un tiempo.

Me he quedado arriba un rato, charlando con esta chica de Francia. No sé cómo ha acabado aquí, aunque tampoco me importa mucho. Es una mierda por mi parte, lo sé, pero las chicas son casi siempre iguales, al menos las chicas con las que me lío. Las miras a los ojos, las escuchas, les tocas la cara y son tuyas.

—¿Te gustan las estrellas? —pregunto a todas las chicas que están en el comedor y que preferiría que estuvieran en mi cuarto. Todas dicen que sí porque no creo que nadie me haya dicho nunca que no, aparte de Parks.

Francia dice que sí.

Agradezco que las mujeres no mezclen sentimientos con el sexo y lo traten más como una transacción, sin fingir que es algo que no es. A ver, nos hemos conocido en una discoteca. Estabas perreando en el taburete de la barra. Ya has besado a mi amigo. Esto no es un cuento de hadas. No soy el tipo que llevas a casa para presentárselo a tu madre, soy la anécdota más loca que cuentas a tus amigas cuando compartís secretos guarros.

Francia viste toda de negro. Magnolia jamás lleva negro.

La llevo abajo, a mi cuarto, y todo es una pantomima para que el intercambio no sea tan calculado. Ella mira a través del telescopio, yo me inclino detrás de ella, con la cabeza cerca de la suya, y señalo una estrella que ninguno de los dos puede ver porque con la contaminación de Londres apenas se ven las estrellas y, además, hoy hace una noche horrible.

—Vaya —dice, con un acento más pronunciado de lo que pensaba. Me mira a mí, no al telescopio. Me siento en la cama, observándola. Esperando. Deja de mirarme a los ojos para mirarme el cuerpo y vuelve a subir la vista.

—¿Puedo ir al baño? —pregunta, y yo asiento. Le indico. Está bastante buena esta chica. Piel de porcelana, pelo oscuro y escalado a la altura de la mandíbula, ojos marrones. No se parece a Parks. Nadie se parece a ella. Ese es el problema eterno de mi existencia pos-Magnolia Parks. Ella es la única. La única cuya mierda soporto, la única que me jode una y otra vez y sigo ahí para lo que necesite, la única persona que ha tenido jamás mi corazón en una llave de cabeza.

Me recuesto en la cama. Me pregunto qué estará haciendo Parks esta noche. Quizá ella y las P —Paili y Perry— han salido. No me gusta cuando sale sin mí, pero supongo que estoy a punto de acostarme con una persona que no es ella, así que no puedo quejarme mucho.

Francia aparece en la puerta. Se apoya en la jamba.

—¿Tienes novia? —Su acento es bastante mono. La mayoría de chicas con las que me acuesto saben quién soy. Saben que no deben preguntar. Supongo que no les llega *Tatler* en Francia.

La miro entornando los ojos.

—No.

Me mira con ojos incrédulos.

—Me da igual si…

Le dedico una sonrisa tensa.

—No la tengo.

—¿Este Foreo es tuyo, entonces? —Me enseña ese trasto pequeño y rosa que usa Parks para limpiarse la cara y juguetea con él.

Tomo nota mental para comprarle uno nuevo a Parks. Observo el trasto rosa de Parks, no a la chica.

—No.

Francia ladea la cabeza.

—¿Pues de quién es?

La miro. No soy muy aficionado a la cháchara precoital, especialmente cuando la conversación es sobre Magnolia.

—De mi mejor amiga. —Me pongo de pie y le quito el Foreo de las manos para meterlo en un cajón.

Francia hace un gesto hacia la pila.

—*Cette jolie brosse à dents rose est-elle aussi la sienne?*

Asiento.

—Sí.

Alarga la mano para cogerlo.

—Oye, ¿puedo usarlo? *Je sens ma bouche dégueulasse…* —Lo coge y le aparto la mano.

—No.

Francia parpadea, algo sorprendida, algo mosqueada.

—*Non?*

Niego con la cabeza.

—Tiene cierta manía con la gente y el tocarle sus cosas y los gérmenes.

Y las chicas con las que me acuesto.

Ella pone los ojos en blanco.

—*Elle a l'air géniale…*

—Lo es. —Asiento una vez.

—*Désolée, dois-je partir?* —Suelta una risotada fría—. ¿Preferirías estar aquí con ella?

La miro largo y tendido, midiéndola.

—Pues en realidad, sí. Pero ella no me quiere así, de modo que…

—*Pourquoi pas?*

—Porque no. —Me paso las manos por el pelo y le sonrío—. Soy un maldito desastre.

Ríe por debajo de la nariz.

—Qué suerte tengo.

—No tienes ni idea. —La agarro por la cintura.

Y entonces, ya sabes. Es lo que es y te ahorraré los detalles más explícitos. Basta decir que hay desnudez, tocamientos y orgasmos. Y no pienso en la chica que penetro ni una sola vez. Jodidamente asqueroso, lo sé. Tengo un recuerdo de Parks que no puedo quitarme de la cabeza y es donde acabo siempre. Ella y yo en el lago de Como en la parte de atrás de una Riva Aquamara 1971. A plena luz del día. Muy poco propio de ella ser tan desenfadada y no preocuparse por si la gente podía vernos o reconocernos. Llevaba un bikini diminuto de color lila —me muero cuando lleva lila— y el sol le brillaba en los ojos y hacía que parecieran de ese gris verdoso. Pienso en eso cada vez que me acuesto con alguien. No sé por qué. Me jode un poco.

Cuando acabamos, Francia coge el bolso y saca una bolsita. Me echa un poco de cocaína en el pecho desnudo, utiliza la tarjeta de crédito para hacerse una raya y la esnifa. Se frota la nariz y luego me mira.

—¿Quieres?

Niego con la cabeza.

—¿Tu mejor amiga? —pregunta.

Me río.

—Me mataría.

10.09

Lil Ballentine

> Hola, tesoro. ¿Puedes decirle a mi hijo que me llame, por favor?

> No me contesta.

> No estoy con él 😊

> ¡Vaya!

> Qué tonta.

> Es broma. Está justo aquí.

No me hagas caso.

Ya estoy bebiendo de día otra vez.

Lily, no pasa nada.

No es mi novio.

Pero podría serlo 🤍🤍🤍

No, no podría 🤍

💔

.

Te quiero, cielo

NUEVE
Magnolia

—¿Qué hiciste anoche? —me pregunta mi hermana mientras revisa el menú de Belvedere. No es mi favorito, pero está delante de casa.

—Las P y yo nos fuimos de copas. Privee. 109. Callooh Callay...
—Hago un ademán. Ya sabe a qué me refiero.

—¿Acabas de tener un aneurisma? —pregunta, superseria, y yo pongo los ojos en blanco.

Bridget y yo somos bastante distintas. A decir verdad, las cosas podían ir de dos maneras, teniendo unos padres como los nuestros. Yo fui una; ella fue la otra. Yo soy de un modo más que evidente la hija de un productor de música tremendamente exitoso y de una exsupermodelo convertida en diseñadora de accesorios de lujo.

Bridget es, de un modo más que evidente... rara.

Como ahora, por ejemplo, que ha intentado salir de casa con un par de 501 y una camiseta blanca y lisa que no era de marca. Casi he tenido que obligarla a ponerse mi cárdigan de lana de jacquard rojo, negro y blanco de Gucci, y meterle sus diminutos pies sin pedicura en unas sandalias con tachuelas y flecos que le compré en Marni la semana pasada, porque parecen algo que se pondría una persona que bebe leche de almendra y come un montón de trigo sarraceno. A ella no le gustan las cosas, no le importa la opinión que los demás tengan de ella, no le importan los chicos. Sé que no es lesbiana porque se lo pregunto cada pocos días por si acaso lo fuera, quiero que sepa que puede ser sincera conmigo. No le gustan las fiestas, le dan igual las páginas de sociedad, le da igual que no la hayan mencionado nunca en el Social Set. Es que es rara. Aunque es muy lista. Y sabe escuchar. Es agresivamente observadora, no tiene un trato muy delicado y a menudo es pesada como una vaca. Pero, luego, de alguna manera, es encantadora y te hace sentir segura, y parece mayor que yo. Aunque es más pequeña que yo.

—Entonces ¿solo tú y las P? —prosigue—. ¿Beej no estaba?

Niego con la cabeza.

—Tenían una fiesta.

Le cambia la cara.

—¿Y no te invitaron?

Niego con la cabeza de nuevo, levantando la nariz.

—¿Y te parece bien?

—Hum.

Pongo una mano sobre la otra con elegancia, encima del menú, y levanto mucho la nariz.

Mi hermana se inclina hacia mí, curiosa.

—¿Te ha invitado y tú no has ido, o no te ha invitado?

Jugueteo sin fijarme con la pulsera Mini Flower By The Yard de Alison Lou que Beej me regaló la semana pasada.

—Lo segundo.

Bridge está horrorizada.

—¿Por qué no te invitó?

La miro. Ambas sabemos por qué.

—Las chicas no lo tocan cuando yo estoy. —Me encojo de hombros para suprimir un escalofrío involuntario.

—¿Porque lo tocas tú?

Ahora la miro con una expresión distinta.

—Bridget.

—Vosotros dos… —gruñe—. Un día de estos me vais a matar.

—¡Siempre hay esperanza! —canturreo.

Esas fiestas en Park Lane… no lo sé. Siempre me da miedo lo que pasa en ellas cuando yo no estoy. Cuando voy, BJ y yo aguantamos media hora bien buena con la gente antes de retirarnos a su cuarto a ver un documental de National Geographic. Cuando no voy, no sé con quién se retira. Y tengo la horrible sospecha de que lo que pasó con Taura Sax esa fatídica noche, pasó en una fiesta como las que hacen allí.

—Oye, ¿esa no es Daisy Haites…? —dice Bridge, al tiempo que hace un gesto con la barbilla hacia la puerta.

Daisy Haites. Haites, como Julian. Sí, ese Julian. El mafioso que de algún modo sigue arreglándoselas para aparecer en *GQ* y consigue críticas en *VICE*. El otro mejor amigo de Jonah, te diría. Daisy es su hermana. Es unos pocos años menor que yo, absolutamente hermosa, bastante aterradora: pelo castaño oscuro, brillantes ojos de color avellana y una piel más fina que la de la típica chica blanca que aparece en las revistas.

Es rápida y letal y podría llevar pistola, así que siempre soy extremadamente agradable.

—Sí. —La observo y luego, qué casualidad, Christian Hemmes entra detrás de ella—. Ay, Dios mío… —Le pego un palmetazo a Bridget en el brazo, emocionada—. ¿Están juntos? Parece que estén juntos. Él me dijo que no.

Lleva un vestido de estampado floral en negro y tonos otoñales de Saint Laurent por encima de una camiseta de algodón, con el logo de Fendi bordado, y las botas militares con bolsillo de Prada que me muero por tener, pero que estéticamente son un giro demasiado brusco para mí.

Daisy no fue a nuestro colegio, fue a Elizabeth-Day Morrow, creo. Una escuela privada de aquí de Londres. Es un poco más pequeña que nosotras, pero siempre nos hemos ido encontrando. Las mismas fiestas, los mismos locales, al parecer los mismos chicos…

Si de verdad está pasando algo aquí, Christian todavía no me lo ha contado.

—¡Christian! —lo llamo, saludándolos.

Levanta la mirada y se alegra de verme, y me pregunto por un segundo si ha venido aquí por esa razón. Pero seguro que no. Me saluda haciendo un gesto de tipo guay con la barbilla y viene hacia nosotras. A Daisy Haites no parece hacerle mucha ilusión verme y, si no la conociera bien, creería que le había susurrado algo adulador mientras se acercaban.

—Parks. —Se inclina para darme un beso en la mejilla—. Bridge. —Le desordena el pelo.

Bridget sabía lo de Christian y yo cuando había un Christian y yo. Ella, Henry y Paili, eran los únicos y aun así fue suficiente para que se desatara el infierno.

—Daisy… —Me pongo de pie y la abrazo y ella no me devuelve el abrazo, sino que se queda ahí parada, rígida como una tabla de madera.

—Hola. —Me dedica una sonrisa tensa. Eso es todo. Solo hola.

—Sentaos, sentaos —les digo a los dos, señalando los dos asientos vacíos.

Ella me mira a mí y luego a Bridget.

—Es que no queremos molestar.

—Uy, no, en absoluto. —Hago un gesto con la mano—. Bridget es una conversadora terrible. Por favor, insisto.

Bridget pone los ojos en blanco. Christian se traga una risita mientras se sienta.

Daisy lo imita a regañadientes.

—¿Conoces a mi hermana? —la señalo.

—Nos hemos visto unas cuantas veces… —asiente Daisy—. Hola.

Bridget la saluda también y luego nos engulle un enorme y terrible silencio. Christian y yo nos miramos el uno al otro, desde lados opuestos de la mesa, y parece que pase algo. ¿Por qué parece que pase algo?

—¿Qué tal los estudios? —le pregunto con interés.

Daisy Haites se encoge de hombros.

—Bien.

Persevero:

—¿Te están gustando?

Ella vuelve a encogerse de hombros, casi solo con los labios esta vez.

—Claro.

Acabaré ganándomela.

—¿Cuál es tu asignatura favorita?

—Procedimientos mortuorios.

Trago saliva.

—Genial.

Intento sonreír. Christian parece divertido. Bridget está fascinada.

—¿Es… a lo que… quieres dedicarte? —le pregunto con cautela.

Me mira como si fuera una idiota.

—No.

—¿Qué tal tu hermano? —pregunto.

Me mira mal.

—Bien.

—¿Y tus padres? —pregunto sin pensar.

—Muertos.

Como imagino que estaré yo después de esta conversación. Estoy sudando. Pero sudando de verdad. Frunzo los labios.

—Genial —digo y asiento con nerviosismo.

Bridget hace un ruidito raro. Christian abre mucho los ojos, encantado. Estoy temblando.

—Vale, vale —levanto una mano fingiendo una señal de protesta—. Afloja. No hace falta abrumarnos con tanta información.

Christian se ríe, pero Daisy está impasible como el hielo. Bridget esboza una O con la boca. No puede creer lo que ven sus ojos. Y, a decir verdad, yo tampoco. Soy una pura maravilla y un absoluto deleite envuelto en Gucci y aderezado con alegría y buena voluntad, y me están rechazando de malísima manera.

Suelto una risita.

—Cuánto me alegro de que os hayáis sentado con nosotras, chicos.

—Yo no quería… —empieza a decir ella, poniéndose de pie—. Él me ha obligado.

Miro a Christian.

—¿Obligado?

—Adiós —se despide Daisy antes de irse.

La miro con el ceño fruncido y luego miro a Christian.

—¿Y a esta qué le pasa?

Se encoge de hombros.

—Ni idea. —Luego sale corriendo detrás de ella.

Bridget me mira.

—Sabe lo vuestro.

15.17

Christian

Eso ha sido raro...

Ah, sí?

En serio?!

Es que no es...
muy habladora.

Hay carceleros en Guantánamo
más agradables que ella.

Jaj

En serio estáis saliendo?

Qué va

Pero te gusta?

No así.

Me alegro.

Es un poco borde...

DIEZ

Magnolia

Cena de la Colección Completa en Seven Park Place. Es uno de mis favoritos, si no tenemos en cuenta el chabacano papel pintado. Esta noche llevo el jersey de lana en punto intarsia de Gucci, la minifalda roja de tweed con botones de Miu Miu, y los salones con plataforma Marmont de Gucci, de piel, con flecos y el logo.

Me maquillo como sé que le gusta a BJ, apenas, vaya (que él sepa). Mejillas sonrosadas y los labios manchados. Él no se da cuenta, pero le gusta porque parece que acabo de tener sexo.

Estamos en una mesa redonda, la misma de siempre, Beej a mi derecha. Vaqueros negros desgastados de Amiri, camiseta gris Fear of God para Zegna, la cazadora de lana negra Teddy Varsity de Saint Laurent y las Cons altas negras. Rodea mi silla con un brazo. No a mí, a mi silla. No es tocarse. Nos tocamos sin tocarnos. Así es como nos tocamos casi siempre, sobre todo en público. Es difícil pasar de lo que éramos, un amor adolescente desbocado e incendiado, a lo que somos ahora: no tengo ni puta idea.

Pero le he echado de menos. Me alegro de que tenga el brazo en mi silla. Estoy inclinada hacia él. Si me recostara —que no lo haré, pero si lo hiciera—, me estaría recostando encima de su brazo.

La cena está yendo bien, todo está saliendo de maravilla. Y entonces empieza a sonar una canción.

¿Sabes cuando oyes algo y lo reconoces pero no puedes ubicarlo, cuando desvías la mirada, a lo lejos, buscando entre tus recuerdos para encontrar el que necesitas? Christian y yo lo hacemos en el mismo momento exacto, y a BJ no le pasa por alto. Nunca nada le pasa por alto si tiene que ver con Christian y yo.

Fue un accidente. Que pasara algo entre nosotros. Nunca busqué que pasara.

Yo estaba hecha un siniestro cuando Beej y yo terminamos. No un accidente de los que bajas la velocidad para mirar, no. Era un siniestro total, una pura carnicería que te hace seguir conduciendo mientras les tapas los ojos a los niños.

No fue solo lo que pasó, fue la ausencia de BJ y la manera en que mi vida había crecido a su alrededor, como las costillas alrededor del corazón.

Todo mi mundo parecía descentrado, y que BJ y yo rompiéramos causó la clase de división que esperarías en un grupo de amigos como el nuestro. Él se quedó con los chicos; yo me quedé con las P. Pero fue duro porque esos chicos eran tan míos como suyos, los quería desde hacía tanto tiempo como él. Incluso más, en ciertas maneras.

No solo perdí a BJ cuando no pude estar con él, los perdí a todos.

Pero, en fin, unas diez semanas después de que Beej y yo rompiéramos, estaba desayunando sola en el Papillon una mañana, Christian me vio por la ventana, se sentó conmigo, pidió el desayuno y luego pasamos el día juntos sin querer.

Para cuando me dejó en casa por la noche, había pasado una cosa extrañísima: me di cuenta de que no me había sentido triste en todo el día.

Fue increíble, en realidad. Desde que BJ y yo habíamos roto, me había pasado todo el día, todos los días, hecha pedazos. Y luego pasé por casualidad un día con Christian Hemmes, y volví a sentirme un poco como un ser humano. Como si alguien me hubiera sacado de la cinta transportadora de mi ruptura.

Así que le escribí al día siguiente y volvimos a quedar. Y luego otro día, y otro.

No sé en qué momento pasamos de ser amigos a ser más que eso; un día nos enganchó la lluvia en Regent Street y corrimos a meternos en una cabina de teléfono. Yo estaba congelada y tenía el pelo mojado, hecho un desastre y pegado a la cara, y él se reía de mí mientras me lo apartaba. Su mano en mi mejilla se convirtió en el pistoletazo de salida que uno de los dos había estado esperando, porque deslizó la mano hasta mi nuca y me atrajo hacia él. Nuestros ojos se encontraron antes de que nuestros labios se tocaran —un tácito «¿vamos a hacerlo?»— y luego me besó.

Me sentí culpable cuando lo hizo, pero estuvo bien. Fue un buen beso. De los que sientes por todo el cuerpo. Me gustó y él me gustaba, y sabía que seguramente él no debía gustarme, y sabía que el hecho de que a mí me gustara habría matado a Beej, y aquello hizo que me gustara todavía más.

Christian estaba bastante jodido por todo aquello, eso quedó bastante claro desde el principio.

Cuanto más tiempo pasábamos juntos, más crecía el tabú. Él, yo y BJ; el fantasma que nos seguía a todas partes.

A veces, él intentaba justificarlo. Todas las razones por las que aquello no estaba mal. A mí primero me gustaba Christian. BJ se me llevó delante de sus narices. BJ me puso los cuernos. Christian y yo éramos amigos antes de que BJ y yo fuéramos amigos… pero a veces las justificaciones no eran suficientes y me dejaba. Lo invadía la culpa, no podía creer que se hubiera estado enrollando conmigo, como si no hubiera más gente. Si BJ lo supiera, lo mataría. Christian me decía que lo sentía y que teníamos que parar y que no podíamos vernos más. Y, a decir verdad, pasó muchísimas veces cuando estábamos juntos, prácticamente me dejaba una vez a la semana; y yo no me oponía, me limitaba a poner un capítulo de *Outlander* y él volvía antes de que se hubiera terminado.

Había pasado quizá un mes, solo, cuando BJ y los chicos lo descubrieron, esa horrible noche en que Jonah y BJ le pegaron una paliza de cojones. Henry me sacó a rastras del local para llevarme a casa y entonces fue cuando se enteró de la verdadera razón de que BJ y yo rompiéramos.

Henry nos cubrió después de aquello. Fue estresante e intensificado y Christian es tan atractivo y tan fuerte y tan estoico, me resultaba curioso, y me encantaba no estar sola. Me encantaba pasar todo el rato con alguien, llenar mi costillar con otra persona.

Terminamos pocos meses más tarde de todos modos.

Fue divertido y tierno y él me gustaba, quizá incluso le quise, pero seguía perdidamente enamorada de BJ.

Christian lo sabía y yo lo sabía, y él no es el segundón de nadie, me lo dijo y entonces me dejó.

Ubico la canción más o menos al tiempo que Christian no disfraza en absoluto una sonrisita que le aparece en los labios y, desgraciadamente, yo me doy cuenta justo cuando BJ nos mira y se le ensombrecen los ojos.

—¿Por qué sonreís vosotros dos? —Me mira a mí y luego a Christian.

El humor de la mesa cambia, incómodo.

—Por nada —digo, restándole importancia.

—Por nada, tío. —Christian hace un gesto con la mano.

BJ no dice nada. Tiene el ceño fruncido y sigue mirándonos a mí y a Christian.

—¿Nada? —repite.

Las P intercambian miradas nerviosas.

—Sí.

Me encojo de hombros tan tranquila, sonriéndole como si estuviera relajada y no como si estuviera un poquitín asustada. Me mira durante unos largos segundos y luego aparta el brazo que tenía en mi silla.

BJ mira a Christian con los ojos llenos de resentimiento.

—Esa puta sonrisa no ha sido por nada, colega…

—Beej… —Le toco el brazo.

BJ me fulmina con la mirada y no aparta los ojos.

—¿Qué cojones ha sido esa sonrisa?

Se pone de esta manera con Christian y yo cuando no está sobrio y ahora no está sobrio.

—Cuando estábamos juntos, fuimos a Gwynedd. Llovía a cántaros. Nos quedamos atrapados en el barro. Lo único que había a kilómetros a la redonda era un puesto de fritos, y entramos. Sonaba esta canción, eso es todo.

Eso ha dicho Christian, pero hay dos problemas.

Eran los huesos pelados de los hechos, nada de carne, y todos sabemos que la carne es la parte más jugosa.

Aquella noche dormimos en la parte de atrás de su clase G, y hasta hoy mismo sigue siendo una de las noches más eróticas de mi vida, y ni siquiera nos acostamos. Nunca nos acostamos, en realidad. Es un poco revelador, supongo. Estuvimos a punto muchas veces. Pero esa noche, no sé si fue que bailamos pegados en el puesto de fritos o que nos morimos de frío en la parte de atrás de su coche, el aliento empañó las ventanillas del coche donde estuvimos atrapados hasta la mañana, cuando llegó la grúa. No hace falta decir que el chico fue de lo más ingenioso.

El otro problema con lo que acaba de decir Christian es que no ha apartado los ojos de mí mientras hablaba. Algo que tampoco le pasa desapercibido a BJ. Fulmina al hermano de su mejor amigo. Esta noche ellos dos no son mejores amigos, eso ya te lo digo.

—BJ… —Le cojo el brazo y se lo sacudo para que me mire—. Fue hace muchísimo tiempo…

—Sí, y tú has superado todo lo que yo hice hace siglos, ¿verdad?

Frunzo el ceño y niego con la cabeza.

—No es lo mismo.

Se levanta de la mesa, mirándonos a mí y a Christian.

—Que os follen a los dos. —Me mira—. A eso voy yo. —Y se va caminando tranquilamente hacia la barra.

Me pongo las manos en las mejillas, tanto por los nervios como por la vergüenza. Paili me toca la mano.

—¿Estás bien? —susurra, pero no contesto.

Estoy contando los chupitos que se está bebiendo del tirón. Uno, dos, tres, cuatro.

Cuatro. Mierda. Sé lo que pasa después.

Tarda exactamente veinte segundos en escoger a una chica. Pelo rubio platino superlargo (extensiones, probablemente) y ultraplanchado. Pintalabios rojo intenso. Ojos oscuros. Vestido ajustado. Se inclina hacia ella, ebrio y de ensueño, y lo veo en los ojos de ella: quiere hacerlo. Desde luego que quiere. ¿Cómo iba a no querer? Se toman otro chupito, esta vez juntos.

Miro a Christian, angustiada.

—¿Qué haces luego? —le pregunto, más o menos en broma.

Me mira una fracción de segundo demasiada larga.

—Que te follen —contesta, enfadado. No esperaba que se enfadara. Retrocedo, sorprendida—. Pero, en serio, que te follen.

Entonces coge su copa, la apura, se pone de pie, saca el móvil y se va. Jonah suspira y se pasa una mano por el pelo.

Henry me mira.

—Buena.

Frunzo el ceño, confundida. Perry se seca los labios con un pañuelo.

—Que me follen a mí, *Daily Mail* se va a poner las botas con esto.

Paili le pega un codazo.

Vuelvo a mirar a Beej, en la barra; sus pasos son siempre los mismos. Le señala los ojos. «¿Son de verdad?», dirá. Aunque sean los ojos marrones más normales que te puedas imaginar, él los mira de una manera que te hace creer que lo dice en serio. Entonces niega con la cabeza, incrédulo. ¿Cómo unos ojos pueden ser tan bonitos?

¿Llevaste aparato? Hará un gesto hacia la boca de la chica. Pero solo lo hace para que ella le mire la boca a él, porque en cuanto le miras los labios a BJ, ya estás vendida.

Se morderá el labio inferior y te sonreirá, y para entonces, no habrá nada que hacer. Estarás teniendo sexo con él en el asiento de atrás de un coche o en el cubículo de un baño. No llegarás a casa. No puedes esperar tanto. No tienes la fuerza de voluntad necesaria. Nadie tiene la fuerza de voluntad necesaria.

Ya ha llegado al punto en que se muerde el labio y tengo una sensación en el pecho como si alguien me hubiera absorbido todo el aire de los pulmones y pudiera derrumbarme. Esto no es nuevo. Folla todo lo que quiere y más. Él es así. Por eso no estamos juntos, ya lo ha hecho antes, lo ha hecho un millón de veces —delante de mí— y nunca me sienta bien, y normalmente me siento como si me muriera un poco, pero esta noche es distinto.

Esta noche, que él esté haciendo esto, comportándose así, me asusta. ¿Como si él estuviera lejos? ¿Como si él estuviera a la deriva? ¿O quizá soy yo? Y normalmente da igual, estamos anclados en el mismo puerto. No sé qué puerto es, pero siempre nos encontramos allí el uno al otro, pero lo echo de menos, y siento que tengo lágrimas en los ojos y antes de siquiera saber realmente qué hago, ya estoy andando hacia él, y luego estoy ahí de pie.

Me mira, tiene los ojos empañados, está bastante borracho.

—Parks.

—¿Qué estás haciendo?

—Ya sabes lo que estoy haciendo —farfulla.

—Beej… —Niego con la cabeza—. Para.

—No pasa nada, Parks. —Se encoge de hombros—. Yo y… —Pierde el hilo. Le toca el brazo a la chica—. Y…

—Ivy —le recuerda la chica.

—Ivy. —Asiente con demasiada fuerza—. Vamos a tomarnos un par de copas más y nos largaremos.

Niego con la cabeza.

—No necesitas un par de copas más.

—¿Y tú sabes lo que yo necesito? —Me mira un poco mal.

Le aparto un mechón de pelo del rostro, y soy transparente.

—Sí —le digo bajito.

Le cambia un poco la cara.

—A ver —me yergo un poco y le coloco bien el cuello de la camisa—. ¿Quieres irte a casa con ella... —digo, ignorándola— o conmigo? —Me mira, y luego a ella, y otra vez a mí, luego hace un gesto mudo con el mentón y me señala—. Venga —lo ayudo a levantarse, porque está un poco mareado.

Miro hacia nuestra mesa, les hago un gesto de que nos vamos y me lo llevo fuera, hasta la limusina.

—A casa, Simon, por favor —le digo a mi chófer.

—Sí, señorita —asiente.

BJ se arrellana en el asiento, mirando por la ventana. Yo voy sentada en el medio para estar más cerca de él, no porque me necesite, sino porque me apetece. Me mira, tiene los ojos cansados y guardan el dolor de las cosas que no diría jamás en voz alta si estuviera sobrio.

—Todavía te mira como si te deseara.

Niego con la cabeza.

—No es verdad. —Aunque no lo sé, para ser completamente honesta, no sé si aquello es completamente verdad. BJ tampoco se lo cree.

—Yo no le deseo —aclaro.

Beej vuelve a mirar por la ventanilla durante un par de minutos, perdido en pensamientos avivados por el alcohol.

—Me destrozó que estuvieras con él —le dice a la ventana.

Me acurruco un poco más contra él y le pongo la cabeza en el hombro.

—Lo siento.

Me coge la mano entre las suyas, se la acerca a los labios, la besa sin pensar, la mantiene ahí.

Ojalá la mantenga ahí para siempre.

Paili

Va todo bien?

Estamos bien.

Creo.

Estamos bien?

Parecía que tú y Beej estuvierais... juntos anoche.

Lo sentí un poco así.

!!!!!!!!! 😵 😵 😵
😵 ☠️ ☠️ ☠️

🙈 🙈 🙈

Para...

Joder. En serio?

Está pasando?

Jajaja

No lo sé. Quizá.

Quizá no? No lo sé.

😑

Jonah

Tío. Qué cojones pasó anoche?

Nada.

Me fui a casa con Parks.

Después de joderte el polvo.

Ya te digo que me lo jodió.

Fuerte pinta de pareja, tío...

Jaj.

Supongo.

Veremos.

Ya sabes. Se asusta rápido.

Por qué no intentas hablar con ella?

Y no tirarte a cualquiera esta semana?

Vale. Gracias, mamá 😶

ONCE
BJ

En realidad, no sé qué pasó la otra noche con Parks y yo, pero se me antojó algo más. Me he liado con muchísimas chicas delante de ella a lo largo de los años y jamás ha intervenido... Ni siquiera cuando he querido, deseado, que lo hiciera.

Ambos somos tozudos como una mula.

No recuerdo muchísimo de anoche. Aunque sí recuerdo cogerle la mano en el asiento de atrás del coche. Un poco raro viniendo de nosotros, la verdad... Quizá le cojo la mano para guiarla entre la multitud. Se la sujeto unos segundos más de la cuenta, pero normalmente nosotros somos más de tocarnos sin tocarnos. Botones que hay que abrochar, gemelos, cremalleras que no puede subirse aunque sí puede, collares que le coloco en el cuello... así funcionamos de un tiempo para acá.

Pero aquello fue distinto. Fue evidente. Me desnudó en el baño. Me quitó la chaqueta, me sacó la camisa por encima de la cabeza. Tragó saliva con nerviosismo, me colocó las manos en el pecho y me observó unos segundos. Tendría que haberla besado. No sé por qué no lo hice. No quería que se apartara de mí, no quería hacerla enfadar. Anoche nos dormimos y yo la abrazaba. Duermo en su cama casi cada día, pero jamás la abrazo en la cama. Y le he dado un beso en la mejilla cuando me he ido por la mañana a la sesión de fotos, y se me ha antojado como si fuera algo más.

Todo lo que había pasado se me antojó como si fuera algo más.

Por eso, cuando la he llamado y le he pedido que viniera conmigo y los chicos, me ha desconcertado que me dijera que no.

—Ah.

—Es que... estoy un poco cansada —me ha dicho. Mentía. Hemos dormido como putos bebés. Además, es una pésima mentirosa y clara como el agua. Está asustada o cualquier mierda.

—Genial.

Me he encogido de hombros, aunque no podía verme.

—¿Te veo luego? —ha preguntado, con una voz que sonaba nerviosa.

—Sí, quizá.

—Vale —ha contestado.

—Sí —he dicho, pero lo que quería decir en realidad es «te quiero y me estás destrozando». Luego cuelgo.

Esta noche salgo con la única intención de desmadrarme. Es mi *modus operandi*, a estas alturas todos lo sabemos ya. Los chicos ya están en Raffles cuando llego. Supongo que lo llevo escrito en la cara, lo que sea que pase con Parks, porque Jo me mira y dice:

—Oh, oh.

—¿A la caza, amigo? —pregunta Henry, mirándome, pero lo ignoro.

Y entonces empieza a correr el alcohol.

¿Sabes esos pocos momentos clave que hay en la vida y que destacan sobre los demás? Como tu primer beso, la primera vez que ves que tus padres también son personas, escuchar «The Scientist» de Coldplay por primera vez, caerte y joderte bien la rodilla, la primera vez que vas al hospital… toda esa mierda. Pues conocer a Parks es uno de esos momentos para mí.

Ella tenía cuatro años, creo. Había venido a casa para jugar con Henry y yo estaba haciendo unos toques con el balón en el jardín. No sé cómo ella acabó fuera, pero fue así, y me miraba. Era diminuta. Con esas piernecitas oscuras, que casi parecían de alambre. Tenía el pelo más claro entonces. Pelo de niña pequeña.

—Eres un poco bueno —me dijo desde unos pocos metros.

—Gracias —le sonreí, satisfecho por la atención.

Hice unos toques más que pensé que eran guais para enseñarle lo bueno que era.

—Seguramente sería mejor que tú si quisiera —me dijo.

Y oye, tengo hermanas. No pensaba decirle a esa chiquilla que no podía ser mejor que yo, aunque a mis seis añitos supiera que era verdad. Ella era mejor. En todos los sentidos, en todo…

—Seguramente sí —coincidí, recogiendo la pelota y yendo hacia ella—. Soy BJ.

—Yo soy Magnolia Katherine Juliet Parks. —Hizo una pausa—. Henry es mi amigo.

—Henry es mi hermano —le dije.

Me miró, me miró de verdad.

—Me gusta tu cara.

Parks no se acuerda de haberlo dicho. Pero yo la recuerdo diciéndolo. Marcó el rumbo de mi vida.

Volé más alto que una maldita cometa durante lo que quedaba de día. Seguramente llevo persiguiendo esa sensación desde entonces. Y a veces desearía poder volver atrás en el tiempo y decirle a mi yo de entonces que huyera como un desgraciado, decirle esa chica te destruirá, será en lo único en lo que pienses, todo el rato, te preparará galletas, te molerá el corazón y lo usará de virutas, te hará daño y tú se lo harás a ella, y nunca, jamás en la vida, la superarás. Pero no puedo.

Y aunque pudiera, ¿qué partes cambiaría? ¿Las partes en que la tuve? Jamás.

Pero ¿esta puta danza que hacemos? Yo le hago daño, ella me hace daño, yo me acuesto con una chica, ella sale con otro chico… la tenemos muy bien ensayada ya. Ahora me toca a mí. Imagínate si estuviera por encima de eso… Imagina si no hubiera escogido ya a cuál de todas esas chicas que se amontonan en nuestra mesa voy a llevarme a casa.

Imagina si llamara a Parks, tal cual, y le dijera «estoy enamorado de ti, vamos a solucionar las cosas». Ojalá fuera ese chico. No lo soy. Soy el tío que está en Raffles en una mesa abarrotada de botellines y rodeado de chicas que no he visto en mi vida. La mayoría son de fuera de la ciudad, me parece; una de ellas me ha estado poniendo ojitos desde que me he sentado. Piel pálida, pelo castaño, grandes ojos azules. Se va acercando cada vez más a mí a medida que avanzan las horas y yo voy bebiendo cada vez más porque esta es una de esas noches. Cuando la tengo al lado descubro que es de Surrey. Me habla más cerca de la cuenta, pero solo está dejando claras sus intenciones. Es una chica guapa, en realidad. Bastante pija.

Por eso me quedo muerto de la sorpresa cuando Surrey se pone de pie y prácticamente me baila en el regazo ahí en medio.

101

No es la primera vez que pasa algo así, no soy ningún santo. Es solo que no me lo esperaba de alguien que huele tanto a sorbete.

Jo me mira irónico desde su silla. La chica me pone el culo en la cara, perreándome, besándome el cuello, besándome, y yo tengo los ojos cerrados. No me importa mucho estar en un local y que la gente pueda verme, la gente ya me ha visto antes… y entonces alguien me está pegando.

Jonah. Jonah me está pegando en el brazo. Abro los ojos y más allá de Surrey veo un borrón de color rosa y me doy cuenta de que, al final, Parks ha decidido venir.

Tiene la boca abierta. Se ha quedado pálida.

—Mierda —digo.

Me quito a la chica de encima y entonces Magnolia se mueve. Gira sobre sus talones, se abre paso entre la multitud a toda prisa, pero yo la agarro del brazo y la atraigo hacia mí.

Niego con la cabeza.

—Parks…

Ella me aparta con fuerza, con los ojos llenos de furia.

—No me toques.

—Me has dicho que no vendrías…

—¡Ah! ¡Claro! —responde muy fuerte—. ¡Culpa mía! Por favor, tú a lo tuyo…

—Parks. —Suspiro e intento agarrarla.

Ella se me acerca a la cara, me mira de lleno a los ojos, me da un golpe en el pecho.

—Me das asco.

DOCE
Magnolia

Era la noche ya entrada de un sábado, hará unos tres años. Él estaba en una fiesta. Yo estaba enferma, creo. Por eso no estábamos juntos. Él y Jo ya la habían montado, él dijo que no iría, pero a mí no me importaba mucho. Estaba muy cansada y no quería contagiarlo.

Entró en mi cuarto, cerró la puerta, fue de aquí para allá. Ya llevábamos más de cinco años juntos, nunca lo había visto de esa manera. Parecía colocado casi, pero no de un modo divertido. Frenético.

—Parks —empezó a decir. Respiraba raro. Lo oía—. Parks. —Andaba en círculos.

—¿Qué estás haciendo? —fruncí el ceño.

Negó con la cabeza.

—He hecho una cosa.

—¿Qué dices? —Me levanté y caminé hasta él—. ¿Estás bien?

—No me refería a eso… —Se pasó la mano por el pelo—. He hecho una cosa mala.

—¿Vale? —dije.

La voz me salió pequeña, mucho más pequeña de lo que sabía que podía ser, y un abismo empezó a crecerme en el estómago, como si fuera un agujero negro abriéndose en el centro de mi cuerpo.

Pude sentirlo antes de que lo dijera.

—Me he acostado con otra.

Creo que se me heló la sangre. No pude mirarlo a los ojos. Él se tapaba la boca con la mano. Parecía estar a punto de vomitar.

—¿Qué? —pregunté, parpadeando. No dijo nada—. ¿Qué quieres decir? —insistí. Él me miró en silencio, suplicándome con los ojos que no lo obligara a decirlo otra vez—. ¿Cuándo? —susurré.

—Ahora mismo. —Hizo ademán de tocarme.

—¡¿Ahora mismo?! —Le aparté las manos de un golpe y retrocedí trastabillando.

—Ha sido un accidente.

Respiraba con dificultad mientras alargaba las manos hacia mí.

—¿Cómo que un accidente? —chillé mientras le escrutaba la cara en busca de algo familiar a lo que agarrarme.

—Ha pasado sin más…

Lo aparté de un empujón.

—¿Cómo? —emití un chillido agudo. Me tapé la boca con las manos al instante. No reconocía los sonidos que me salían de la garganta. Parecían de otra persona—. ¿Con quién estabas?

—Estábamos en casa, había una fiesta y luego yo estaba bebiendo y…

—Cállate —negué, moviendo la cabeza con vehemencia.

—Nunca pretendimos…

—¡Para! —Le lancé un jarrón de Lalique lleno de hortensias que me había traído él el día anterior. Lo esquivó.

Se hizo añicos contra el suelo.

—Parks… deja que te lo explique.

Alargar las manos hacia mí, tenía los ojos arrasados de lágrimas.

Me aparté de él con brusquedad.

—No me toques. Eres asqueroso.

Vi en su cara que se le rompía el corazón y corrí hasta el baño, cerré la puerta y eché el pestillo detrás de mí. Me quedé allí llorando durante horas, y él se quedó sentado al otro lado de la puerta, llorando todo el rato. Lloró tanto que acabó teniendo una especie de ataque de ansiedad. Se le empezó a entrecortar la respiración, como si el aire se le quedara atrapado en la garganta y no pudiera llegarle al pecho. Como si se estuviera ahogando. Abrí la puerta, corrí hacia él, me senté en su regazo, le acuné el rostro entre las manos y respiré con él en silencio. Inspirar y espirar, inspirar y espirar. Hice lo que él había hecho por mí todas esas veces que me habían dado ataques de ansiedad en los que no me gusta pensar. Y al final su respiración acabó por acompasarse con la mía, no apartó los ojos de mí. Tan verdes contra la rojez del llanto.

Qué jodido es para la cabeza reconfortar a la persona que acaba de destrozarte el corazón de un balazo de rifle. Una verdadera carnicería, hombres caídos y sangre derramada.

Pero la verdad es que, cuando amas a alguien como nos amábamos nosotros, daba igual lo que me hubiera hecho —podría haberme atropellado con un autobús, que casi fue lo que hizo—, me saldría de dentro hacer todo lo que estuviera en mi mano para que él no se sintiera como se sentía.

Durante muchísimos años su dolor fue mi dolor. Pero el dolor por el que él lloraba en ese momento, era mío. Él lloraba mis lágrimas, sentía lo que me había hecho, sus propios actos lo habían destrozado. Lloró contra mi cuello y dijo que lo sentía tantas veces que las palabras perdieron sentido… las palabras dejaron de parecer palabras.

Me abrazó fuerte, más fuerte de lo que me había abrazado jamás, creo, me dijo que había sido un error y que nunca jamás volvería a pasar y que solo había sido una vez y entonces intentó besarme. Me aparté y lo miré con el rostro muy serio.

—Hemos… —Le agarré la cara para me que mirara a los ojos—. Escucha… escúchame bien. Hemos terminado.

Corrí directa al cuarto de Marsaili, y ella cerró la puerta con llave detrás de mí. Me meció durante horas mientras lloraba hasta que me sumí en un sueño que duró treinta y seis horas.

El resto, ya lo sabes.

Mi devastación por lo que había ocurrido y lo que él había hecho se vio eclipsada por lo mucho que lo echaba de menos y lo mucho que quería estar cerca de él, porque él es el tipo de persona de la que quieres estar cerca cueste lo que cueste. Aprendí a mirarle a los ojos de nuevo, aprendí a no llorar cada vez que volvía a dejarlo, aprendí a respirar mientras él coqueteaba con otras personas, me di cuenta de que seguíamos siendo capaces de hablar el uno con el otro sin necesidad de palabras y, en mitad de toda esa carnicería, encontré a mi amigo.

Creo que es porque soy débil. Era más fácil ser su amiga. Una parte de mi vida, quizá una parte grande de quién soy viene de un camino que va hasta él o hasta nosotros.

Todo lo maravilloso, todo lo mágico, todo lo doloroso, todo lo hermoso y espectacular y espantoso y definidor que me ha pasado, pasó con él.

Y le odio por ello.

TRECE

Magnolia

Solo le he dicho que no porque quería pensar. Necesitaba pensar. No quería estar en un local y verme rodeada de todas esas otras chicas que deseaban a BJ mientras yo intentaba descubrir cómo podría volver a estar con él —si podría volver a estar con él—, porque anoche se me antojó bastante trascendental.

Fue lo más cerca que habíamos estado de volver a estar juntos desde que estuvimos juntos, lo más feliz que me había sentido en años. Y cuando me he dado cuenta de ello, he tenido miedo. Miedo de que volviera a hacerlo, miedo de que la jodiera. Por eso cuando me ha llamado para ir a Raffles por la noche, he dicho que no, porque no sabía cómo estar cerca de él después de anoche, después de cogernos de la mano y de dormir abrazados, y de apartarle el pelo de la cara… no sabía cómo descifrar delante de él si algo de todo aquello significaba seguir adelante.

Pero luego, cuando estaba sentada en mi cuarto echándolo de menos, deseando estar con él, sintiéndome frustrada porque él no estaba allí conmigo, he decidido que lo más responsable —lo más adulto— sería ir a buscarle y contárselo todo. Que me gusta cogerle la mano, que quiero seguir cogiéndole la mano. Que me gusta que me abrace hasta quedarnos dormidos, que en tres años no había dormido tan bien sin medicación. Que apartarle el pelo del rostro era lo más cerca que me había sentido de nadie desde que terminamos.

Por eso me he puesto el minivestido rosa palo con escote de barco de Balmain y las botas de ante de Casadei, con tacón de aguja y altas hasta el muslo, y me he subido a un coche que me ha llevado hasta Raffles, y entonces me he plantado allí y lo primero que visto ha sido a esa chica horrible perreándole encima.

Él reclinado en la silla, disfrutando de cada segundo, con los ojos cerrados, entregado… Agarrándola por la cintura, tocándole los estúpidos muslos. ¿Así es él cuando no estoy yo? ¿Así estaba él la noche que nos destrozó a los dos?

Me ve y viene corriendo hacia mí, y yo estoy cegada. No puedo ver nada, creo que estoy teniendo un ataque de ansiedad, mi visión periférica se está nublando. El volumen de la música disminuye, pero no puede estar disminuyendo, estamos en un local. ¿Quizá el latido que siento en los oídos se está haciendo más fuerte? ¿Voy a vomitar? ¿Tengo los ojos llorosos?

Entonces el mundo se vuelve negro. Nos miramos a los ojos. Y esa lámina de cristal impenetrable emerge del suelo entre nosotros. No podemos tocarnos y no podemos hablar y no hay nada que decir de todos modos aparte de que él me grite a través del cristal que me echa de menos y yo le grite a él que yo también lo echo de menos y él me grite que lo siente y yo le grite que no es suficiente. Nuestros rostros quedan congelados en lo que parece un amor desesperado, pero no puede serlo, porque ya no le amo. No puedo.

El momento pasa. El cristal se retrae.

—Me das asco —le escupo y me voy a toda velocidad hacia la barra, con la esperanza de que me ofrezca una cierta sensación de seguridad y resulte más útil que irme. Si me voy, él me seguirá hasta casa. Si me quedo aquí, al menos habrá cuerpos entre nosotros.

Siempre hay cuerpos entre nosotros.

Me mira fijamente desde la otra punta de la sala, pero yo no quiero mirarlo a los ojos. Parecen gachos y tristes. Está borracho como una cuba. Me observa, agarra una botella de Patron, le quita el tapón con los dientes, lo escupe en el suelo y bebe directamente de la botella… extiende los brazos bien abiertos, «qué vas a hacer», y luego vuelve a dejarse caer en el sofá que tiene detrás y la chica sigue bailándole encima, le mete las manos por debajo de la camisa de manga corta, amarilla y marrón, de estampado floral de Marni. Hay demasiados botones desabrochados. Quiero acercarme a él y abrochárselos. No quiero que nadie más que yo vea tanta piel.

Respiro por la boca, bocanadas diminutas, demasiado superficiales para resultar útiles, pero notar el aire corriendo por mis labios me distrae lo suficiente para sofocar la respiración irregular.

Y entonces noto que alguien se sienta a mi lado.

—Magnolia Parks. —Es una voz que reconozco vagamente, pero no acabo de ubicar del todo, y menos a ciegas ni con rapidez. Me vuelvo y me deleito al ver el soltero más deseado según *Tatler* desde que nos quitaron al príncipe Harry de la lista. Mide prácticamente dos metros, tiene los ojos de un azul glacial, el pelo rubio ceniza peinado hacia un lado, músculos y hombros para durar días y una sonrisa que solo encuentra rival en la de mi exnovio.

—Tom England. —Le sonrío, sorprendida.

Aparte de ser un bombón profesional a tiempo completo, Tom también es piloto. Vamos, es que claro que lo es. No le hace falta serlo, por cierto. Tiene un porrón de millones de libras. Pero le gusta volar. Le gusta tener algo ante lo que presentarse. En fin, eso me dijo Gus.

—¿Qué haces aquí? —digo, un poco sorprendida, mientras miro a mi alrededor.

—Quiero estar una temporadita más cerca de casa —responde, con una sonrisa crispada. La flor y nata de la sociedad británica se construye sobre sonrisas como esa—. ¿Cómo estás? —añade, señalándome con un gesto amable.

—Bien —asiento—. Sí, estoy bien…

Hace una pausa.

—¿De veras? He visto… —Mira más allá de mí y hace un ademán con la barbilla hacia BJ.

—Ah. —Ahogo una risa—. Entonces mal.

Tendría que estar muerta de vergüenza. Qué vergüenza que Tom England haya visto eso, pero no lo estoy. Me sonríe.

—¿Puedo invitarte a una copa?

Asiento una vez.

—¿Sabes qué, Tom England? Pues que puedes invitarme a unas cuantas copas.

Da un par de palmadas encima de la barra para llamarle la atención al camarero.

—Hecho.

Tom England no fue a Varley. Fue a Hargrave-Westman. Él es algo mayor que yo. ¿Veintinueve, quizá? Podría tener treinta.

Todo el mundo se enamoró de él de pequeño, incluso los chicos, creo. Es tan apuesto y tan maravilloso y es como el mismísimo príncipe elegido de la sociedad londinense. Es encantador, y listo y con él pierdes un poco la noción del tiempo, ¿sabes? No hay nada juvenil en él, lo cual es de lo más encantador. Nada que ver con lo que estoy acostumbrada a ver con mi pequeña brigada de chicos perdidos que toman decisiones lamentables, estúpidas, guarras y malísimas todo el rato. Al parecer. Tom solo toma buenas decisiones, te apuesto lo que quieras.

No aparece mucho en los medios. Tiende a ser más privado, tiende a esquivar las fiestas en las que pueden sacarle fotos y por alguna razón todo eso lo hace un poco más sexy.

Tom y yo estamos ahora en una mesa. BJ se ha ido. Dios sabe dónde. A un cubículo del baño, seguramente. Pero todavía veo a Henry y a Jonah, que me vigilan de cerca. Noto sus miradas en mí.

Más de lo normal…

Lo normal es: BJ no anda por aquí, ellos lo vigilan todo un poco.

Lo anormal es: esto. Es como si estuvieran a un paso de sacar las gafas de visión nocturna y un dron con control remoto. Miro con fijeza a mis viejos amigos, intento mandarlos a la porra y decirles con los ojos que me dejen en paz, pero ellos no hablan el mismo idioma mudo que BJ y yo.

Tom me observa unos segundos, con arrugas en las comisuras de los ojos.

—¿Te sientes un poco mejor? —pregunta mientras le da vueltas al whisky dentro del vaso.

—Ah —digo, pensando en voz alta—. Me va a llevar unos cuantos días desahuciarlo de mi memoria.

Ahoga una risa.

—Ese Ballentine siempre ha sido un poco idiota —dice, y después hace una pausa—, pero lo aprecio, es buen chaval.

Apenas puedo contener el regocijo que me produce escuchar a Tom referirse a BJ como a un «chaval». Beej siempre ha dicho —sus palabras, no las mías— que Tom England es «la hostia». Se moriría si supiera que Tom England lo considera un crío.

—Pero es que... es un poco... estúpido. Especialmente contigo —añade. Parece molesto por eso último.

—¿Conmigo? —sonrío, sintiéndome terriblemente alta y poderosa.

—Pues sí —asiente.

La chiquilla de ocho años que lo siguió a todas partes en esa fiesta en el castillo de Windsor apenas puede contener la emoción. Le dedico una pequeña sonrisa de agradecimiento.

—Hey. —Hace un ademán hacia la puerta—. ¿Quieres que nos vayamos de aquí? ¿Vamos a tomar algo a otra parte?

Asiento deprisa, confundida. Intento parecer segura de mí misma, pero creo que solo consigo quedarme aturdida. ¿Tom England me está pidiendo una cita? Coge mi abrigo, lo sujeta abierto para que me lo ponga —tan encantador— y luego me coge por la cintura y me hace girar para quedar de cara.

—Espera... Tengo que hacer una cosa. —Me levanta la barbilla con la mano y me besa con suavidad. Ni siquiera le devuelvo el beso, estoy anonadada. Se acerca más a mí y me susurra—: Los chicos le contarán que lo he hecho.

Luego me coge la mano y me lleva hasta la salida. Me vuelvo para mirar a Jonah y a Henry a través de la multitud, y como esperaba, ambos tienen los ojos abiertos como platos; Henry no se lo puede creer. Levanto una mano y les hago adiós.

Ambos me devuelven el gesto con una especie de incertidumbre paralizadora y luego Tom me lleva hasta la calle.

Levanto la mirada, a la espera de más instrucciones.

—¿Alguna sugerencia? —dice, mientras me sonríe con alegría y mete las manos en los bolsillos de la chaqueta. Niego con la cabeza. Me gusta que él me diga qué hacer. Sonríe y asiente—. Conozco un sitio a unos diez minutos andando de aquí...

Y entonces hace ese gesto increíblemente sexy, increíblemente adulto en que me pone la mano en la parte baja de la espalda, pero sin duda no en el trasero, para guiarme hacia el sitio en cuestión. Solo dura unos segundos, pero ya te digo que casi me muero, porque Paili recortó una foto de Tom que salió en *Tatler* y la pusimos en el *collage* de tíos buenos que teníamos en la pared del cuarto cuando estábamos en el internado, y ahora aquí me tienes, de camino a tomar una copa con él después de ver cómo el amor de mi vida tenía bailándole en el regazo a una horrenda chica que, viendo las cejas tan agresivas que me llevaba, solo puede ser de Surrey.

—Espera. —Me paro, confundida—. ¿Has dicho andando?

—¿No te aburres nunca? —me pregunta, apoyándose contra el respaldo de su silla de Barts y pasándose una mano por el pelo.

—¿De qué? —digo, frunciendo el ceño.

—De esta... mierda. —Se encoge de hombros—. La alta sociedad. ¿El dinero?

Niego con la cabeza, juguetona.

—Las posesiones materiales me parecen increíblemente gratificantes.

—Es bueno saberlo. —Me mira con una risita.

—El amor desaparece, pero los objetos son para siempre. —Le doy unos golpecitos a mi bolso Devotion de Dolce & Gabbana que vale tres mil libras. Él se echa a reír—. No me gustan los ojos —admito—. *The Sun, LMC, Loose Lips, Daily Mail...* —digo, señalando a una persona que hay en un rincón—. Lleva semanas siguiéndome para sacarme una mala foto.

—Imposible. No podría sacarte una mala foto ni aunque la vida le fuera en ello. —Sonríe y medita un poco sobre el asunto—. Honestamente, no entiendo gran parte de todo esto —dice, al tiempo que hace un gesto con la cabeza hacia el idiota que está en el rincón con el teleobjetivo.

—Al final, al cabo del tiempo, acaban por desaparecer entre la multitud —me encojo de hombros.

Me da un golpecito en el brazo.

—¿Cómo te sientes?

—Sorprendentemente bien.

Se aparta fingiendo ofenderse.

—¿Sorprendentemente?

—Bueno, teniendo en cuenta que la noche ha empezado con la próxima integrante de las Little Mix sentada a horcajadas encima de BJ...

mis expectativas para la velada eran bastante bajas. Pero esto está siendo divertido.

—¿He redimido la velada, entonces?

—¿Redimirla? —Suelto una risita tímida—. Estoy sentada en un bar con Tom England y justo antes me ha besado en un local para poner celoso a mi… quien cojones sea.

Entorna los ojos, divertido.

—¿Por qué no paras de decir mi nombre completo?

Frunzo los labios.

—Cuando íbamos al colegio, todas estábamos enamoradas de vosotros. De ti y de Sam. Yo era una chica Tom England de los pies a la cabeza, pero Paili iba cambiando entre tú y tu hermano… —Sonrío al acordarme—. Entonces parecías mucho más mayor que nosotras.

Me mira.

—Sigo siendo mucho más mayor que vosotras.

Y no sé por qué me ha parecido algo sexy que decir, pero así es.

—Hubo un verano —le digo, y empiezo a sonrojarme al recordar— en que estábamos todos en la Costa Amalfitana a la vez que tú y tu hermano y las chicas. Paili y yo nos fuimos en la pequeña Aquariva a la playa de Tordigliano, y… —empiezo a reírme. Tengo las mejillas encendidas.

—Ay, Dios…

—Tú y Erin estabais en la playa… —digo, y hago una pausa para escoger las palabras con delicadeza— haciendo nudismo.

Me mira, divertido.

—Es una forma educada de decirlo.

—Y supongo que no oísteis la barca o no visteis la barca, o sencillamente os dio igual, no lo sé, y nosotras estábamos tan muertas de vergüenza por haberos visto, pero a la vez… —Aparto la mirada hacia un lado con unos ojos tremendamente abiertos y la boca apretada.

Él empieza a reírse.

—¡Joder! Qué vergüenza.

—¡No! —Niego con la cabeza—. Fue muy…

—¿Ilegal? ¿Indecente? ¿Algo que haría llorar a mi madre?

—Sí, todas las anteriores, pero sigue sin ser la palabra que busco.

Suelta una risita.

—¡Inspirador! —exclamo, cuando por fin la encuentro, y él se ríe con fuerza, pegando un puñetazo en la mesa.

—¿Y qué inspiró exactamente?

—Ay. —Lo miro poniéndole ojitos—. Ya te gustaría saberlo.

—Sí, me gustaría. Y mucho. —Suelta otra risita. Luego le cambia un poco la cara—. Ahora pareces de mejor humor.

Muerde un pimiento del padrón.

—Lo estoy —asiento.

—Entonces, dime. —Se seca las manos—. ¿Cómo es estar enamorada de alguien que te hace daño continuamente?

Me quedo perpleja un momento. Parpadeo un montón de veces. Suelto una risa desconcertada.

—Horrible.

Él asiente con calma.

—Eso mismo pensaba.

Y entonces me dice:

—Tú también le harías daño.

Lo miro con el ceño fruncido.

—¿Cómo lo sabes?

—¿Con una cara como la tuya? —La señala con un gesto—. Joder, si me está haciendo daño a mí ahora mismo. Solo estoy aquí sentado, delante de ti, sin compartir ningún pasado, sin estar enamorado de ti, y pareces triste porque te lo he dicho, y ya quiero cortarme las muñecas. —Ahoga una risa y él también parece un poco triste.

Pienso unos instantes.

—No confío en él.

Él asiente.

—Parece justo.

—Antes tenía novio —empiezo a contarle—. Era como algo de atrezo que me servía para esconderme. Como una barrera que BJ no podía cruzar porque había otra persona. —No sé por qué le estoy contando todo esto. Nunca lo había dicho en voz alta—. Y entonces, rompimos. Porque él era imbécil. Y, a decir verdad, yo fui imbécil. —Esboza una sonrisa triste, como si me entendiera—. Pero ahora, estoy en mitad de tierra de nadie, bajo ataque, sin una sola trinchera.

Me mira largo y tendido. Y no exagero. Al menos diez segundos y veo los engranajes de su mente girando.

—Yo podría ser tu trinchera —acaba diciendo por fin. Me siento erguida, un poco sorprendida, y le lanzo una mirada extraña. Él se encoge de hombros—. Podría.

Lo miro desconfiada.

—Podrías tener a cualquier chica que quisieras en Londres.

—Sí —considera—. Pero, a decir verdad, siempre me has gustado un poco. —Me muero. Él continúa—: Y ahora mismo no puedo salir con nadie. Después de lo de Sam… —Niega con la cabeza—. Tengo un montón de mierda que gestionar y… muchas cosas que me están pasando ahora mismo.

—Vaya. —Me pongo triste por él. Él parece triste.

—Sería un novio pésimo —me dice, bastante en serio, pero entonces se le iluminan los ojos—. Pero sería una trinchera sensacional.

Apoyo la barbilla en la mano y frunzo el ceño con curiosidad.

—¿Hablas en serio?

Asiente.

—Entonces… ¿qué? —Jugueteo distraídamente con mi pendiente de aro de diamantes de Sydney Evan—. ¿Fingimos que estamos juntos? ¿Que nos gustamos?

—Sí, como tu último novio, pero yo estando al tanto y dispuesto —contesta, riendo.

Lo miro con suspicacia, como si la mera idea no fuera tremendamente emocionante.

—¿Intentas acostarte conmigo? —pregunto, bromeando solo a medias.

—Uy —contesta—. Pues claro que intento acostarme contigo. Si lo hacemos o no… —añade, encogiéndose de hombros— depende de ti.

Lo miro.

—No soy una chica muy dada al… sexo ocasional.

Se encoge de hombros.

—Ya me lo había imaginado. Merecía la pena intentarlo. —Cruza los brazos ante su enorme y fornido pecho—. Entonces ¿qué me dices? ¿Te interesa una trinchera sin sexo?

—¿Y a ti? —me río, divertida. Él asiente, sin dudar—. ¿Irás a los sitios conmigo? —pregunto. Él asiente—. ¿Me darás la mano? ¿Me llevarás de compras?

—Sí y sí.

Le pongo ojitos.

—¿Me besarás?

Él se ríe por debajo de la nariz.

—Claro, llevo intentándolo toda la noche.

—Uy —digo, inclinándome sobre la mesa—. Entonces voy a ponértelo fácil.

Me sonríe un poco y se inclina también, acerca los labios a los míos y me besa con suavidad. En algún lugar del restaurante brilla el *flash* de la cámara de un móvil. Él me sonríe, con las bocas todavía juntas.

Me aparto un poco.

—Creo que esto va a funcionar muy bien.

23.46

Henry

Estás bien?

Genial!

Jaj

Llegaste bien a casa?

Sabes que sí...

Jaja

Por qué no me preguntas lo que quieres saber, señor cotilla?

Te fuiste a casa con él?

115

Quién lo pregunta?

Yo.

Tu más viejo amigo.

Solo tú?

Sip.

No.

Y si pregunta Beej?

Pues que me tirado a Tom England.

Dos veces.

Hecho.

CATORCE

BJ

Me despierto y tengo al lado, durmiendo en mi cama, a una chica con las cejas más demenciales que haya visto en mi vida. ¿Están pintadas? ¿Están tatuadas? ¿Qué cojones? ¿Tan borracho iba? Nunca dejo que las chicas pasen la noche aquí. Todavía duerme, así que salgo de la cama como si fuera un espía del MI5, porque me da miedo que se despierte y tengamos una conversación sobria sobre lo que fuera que hicimos anoche, y salgo de mi cuarto, aventurándome escaleras arriba.

El sol parece bastante alto. Mediodía, supongo.

—Hoola —canturrea Jonah cuando voy hasta la nevera y abro una botella de agua.

—Menuda nochecita, ¿eh? —dice mi hermano, que está sentado en el sofá—. ¿Cómo estás, campeón?

Lo fulmino con la mirada, imbécil adulador. Bostezo fuerte y me estiro.

—Oxidado. —Me froto la cabeza—. ¿Qué pasó?

Y entonces tanto Jonah como Henry se quedan extrañamente quietos y se miran a los ojos.

—Pues... —dice Jonah, aclarándose la garganta—. ¿Qué recuerdas de anoche?

Me froto las sienes con el pulpejo de la mano.

—Llegué allí, me emborraché... creo que la chica de mi cuarto me... ¿hizo un baile erótico? Y entonces... —Jonah asiente. De momento, todo correcto. Pero Jonah está raro. Y luego lo recuerdo. Me quedo paralizado—. Mierda. ¡Joder! —Los miro a los dos—. Parks.

Henry pone una expresión incómoda y luego asiente. Me pongo las manos en las mejillas, tengo la sensación de que voy a vomitar. Puedo visualizar su cara. Le hice muchísimo daño. ¿Cómo pude hacerle tantísimo daño otra vez? Gruño, me tumbo boca abajo en el banco.

—Hum —dice Jonah, carraspeando—. Eso no es todo.

Vuelvo la cara sobre el frío mármol y lo miro, desesperanzado.

—¿Tú o yo? —dice Henry mientras se acerca.

Jonah niega con la cabeza.

—Todo tuyo, amigo mío…

Henry respira hondo y piensa un segundo.

—Beej —empieza—. ¿Te acuerdas de Tom England?

—¡Claro! —Me animo. Es una leyenda. Seguramente es uno de los tíos más guais del planeta—. ¿Qué le pasa? —Me entra el miedo—. Ay, joder… No le pegué ni nada, ¿no?

(—Todavía no —suspira Jonah con un hilo de voz).

—Bueno —dice Henry, rascándose la barbilla—, Magnolia se fue de Raffles con él anoche.

—¿Qué? —Frunzo los labios, confundido—. ¿La llevó en coche?

(—Y sería el viaje de su vida —le susurra Henry a Jo).

Jonah cierra la boca con fuerza.

—Hum —tararea Jonah, con la voz aguda—. No lo creo. Se… esto, se fueron… juntos.

—No, pero… la dejaría a casa y ya está. —Me encojo de hombros—. Él tiene novia.

—¿Erin? —Henry frunce el ceño y niega con la cabeza—. Beej, lo dejaron hará un año.

—Espera… —digo, parpadeando—. ¿Me estáis diciendo que él y Parks se fueron… juntos? ¿Juntos, juntos? —No lo capto. Tom England. Somos colegas.

Henry me mira y niega con la cabeza.

—La besó, Beej.

Miro a Jonah.

—¿Qué?

Jonah tiene un escalofrío y asiente.

—¿Qué clase de beso? —pregunto, asustado.

—Uy, de la peor clase, ya te lo digo —dice Hen haciendo una mueca—: cariñoso.

118

—¡Joder! —grito. Jonah asiente, lo pilla—. ¿Me estáis diciendo que anoche, después de que la jodiera que flipas… la chica de mis sueños se fue a casa con el hombre con el que ha fantaseado públicamente desde que tenía nueve años? —Me quedo mirándolos, incrédulo.

—A ver, el tipo está, en fin, bueno —asiente Jonah—. Ella lo tenía en la lista, ¿verdad? Vamos, su lista de intocables, ¿no? —Me quedo mirándolo—. Lo siento. —Se rasca la nuca—. No sé por qué he… da igual. Es un imbécil…

—¡Joder! —vuelvo a gritar—. ¡Mierda! Joder. ¡Joder!

Henry me mira entornando los ojos.

—¿Te está dando un ataque?

—¿Por qué no la parasteis? —le pregunto, desesperado.

—Sí, claro. —Asiente—. Oye, Magnolia, sé que tú y Beej compartisteis un momento supertierno la otra noche y ahora lo acabas de ver restregándose con una tipa cualquiera, pero hazme un gran favor y no te vayas a casa con el mayor buenorro de Inglaterra.

—¡Henry! —rujo. Me agarro el pelo con los puños. Estoy sudando.

—Beej —dice Jonah, tocándome el brazo—, todo saldrá bien.

—No lo sé. —Henry se encoge de hombros—. Tiene razón. ¿Parks y Tom England? Tiene bastante sentido.

—Joder —aúllo de nuevo.

Y entonces aparece Surrey.

—Esto…

Está de pie, nerviosa, en un rincón. La miro con ojos de loco.

—¡Mierda!

—¿Estás b…?

Niego con la cabeza. Ya no me quedan palabras en el vocabulario. «No», sin embargo, es la respuesta. Henry suelta una tranquilizadora risa de disculpa.

—Hola. Soy Henry, este es mi hermano. Es que acaba de descubrir que la chica de sus sueños se ha ido a casa con el hombre de sus sueños, los de ella, y le está llevando un momento procesarlo…

Le pego una patada a la nevera. Digo «hijo de puta». La pateo otra vez.

—Ah. —Parpadea, mirándome, probablemente preocupada sobre todo por ella misma—. Vaya. ¿Puedo… debería… hacer algo?

Henry asiente.

—¿Irte, supongo? Sí…

—Pero… —se queja Surrey.

—Escucha —dice Henry, dedicándole una sonrisa de disculpa—, ¿tiene tu número? —Hace una pausa—. Da igual, no te va a llamar, le falta una palabrota para convertirse en Samuel L. Jackson…

Grito «joder» otra vez. Jonah se está riendo un poco, aunque creo que intenta no hacerlo. No pretendo ser gracioso. Tengo la sensación de que se me está derritiendo el cerebro. Esta es mi peor pesadilla. ¿Parks y Tom England? Mi auténtica pesadilla. Porque funciona. Tiene sentido. Ellos dos tienen sentido. Más del que teníamos nosotros. Él nunca la ha jodido, no le ha hecho daño. Tiene un historial limpio.

Y es mayor que yo, es un maldito piloto, se parece al puto Thor… Me tapo la boca con las manos.

Surrey ya se ha ido. Henry se me acerca.

—¿Qué vas a hacer? —me pregunta tan tranquilo, como si el mundo no se estuviera viniendo abajo.

—Vino al local. —Levanto la mirada y la fijo en ellos—. Me dijo que no vendría y luego apareció corriendo.

—Y luego tú también corriste —dice Henry y me mira juguetón—. Pero de otra manera.

Lo miro mal.

—¿También correría Tom? —se pregunta, solo para joderme.

Le tiro la botella de agua.

—¡Vete a la mierda! ¡No tiene gracia!

Jonah reprende a Henry con la mirada.

—Un poco de gracia sí tiene —admite Henry encogiéndose de hombros.

—Hen… —Jonah me señala con la cabeza, como si no pudiera verlo.

—¿Qué? —Henry se encoge de hombros otra vez—. A ver, es irónico. Porque BJ se fue a casa con la Anti-Parks, y Parks se fue a casa con un BJ versión de lujo. —Me froto la cara con las manos, estresado. Henry vuelve a poner cara de estar pensando—. Oye, y si te dijo que no porque estaba reflexionando las cosas un momento y decidió venir porque quería, no sé, volver contigo o cualquier mierda y tú, porque eres gilipollas…

—Henry… —advierte Jonah, fulminándolo con la mirada.

—Porque eres gilipollas —repite Henry en voz alta. A menudo aprecia a Parks más que yo. Es su amigo más antiguo y nunca me ha perdonado del todo que le fuera infiel—, te bajaste los pantalones al oler los problemas.

Jonah me señala, con la mirada perdida en el espacio.

—¿Se supone que esto ayuda?

Henry se encoge de hombros, tan optimista como ambiguo.

—Oye —dice Jonah, mirándome—, Parks no es así. Ella no se acostaría con él solo porque te haya visto… —Lo deja en el aire. Se le ve incómodo—. Ya sabes. —Me quedo mirándolo, esperando a que siga—. Ve y habla con ella.

QUINCE
BJ

Conduzco yo mismo hasta allí. Me gusta conducir. No puedo hacerlo a menudo porque moverse en coche por Londres es una mierda que alucinas. Pero tengo un Chiron Sport «110 ANS Bugatti» pequeño y sienta bien sacarlo a darle una vuelta cuando puedo.

El trayecto me parece tres veces más largo de lo que es en realidad y estoy sudando como un pollo durante todo el camino mientras me pregunto si Jo habrá dado en el clavo... que creo que sí. Parks no se acuesta con tíos a la primera de cambio. Ella no es así. Me planteo unos segundos cómo me sentiría si entrara en su cuarto y encontrara a otro hombre en su cama. Odio la idea. La aparto con fuerza.

Abro yo mismo la casa de Holland Park. Tengo una llave. No le digo a nadie que estoy allí. Hoy no tengo tiempo ni ganas para las manos largas de Bushka, necesito ver a Parks. Irrumpo en su habitación; está acostada en la cama, todavía sigue bajo las mantas —sola, joder, gracias— con la vista clavada en el techo. Me mira. Tiene el pelo ridículamente sexy y despeinado, la boca muy sonrosada como le pasa siempre por las mañanas, sin maquillaje. Joder. Esa cara. Haría lo que fuera por esa cara.

Frunce el ceño cuando me ve.

—¿Qué tiempo hace por allí, Parks?

Me mira a los ojos, parpadea unas cuantas veces, y luego vuelve a fijar la mirada en el techo. Jodidamente gélida. Mierda. Esto va mal.

Es nuestra pregunta. Jamás la deja sin contestar.

Camino hasta su cama, me siento en el borde.

—Oye.

—¡Oh! —dice, incorporándose un poco—. Qué detalle por parte de esa chica quitarte la lengua de la boca el suficiente rato como para que vengas y me des los buenos días.

—Parks…

Me mira y me doy cuenta de que ha llorado un poco. Tiene los ojos vidriosos. Como si fueran una joya o cualquier mierda que estoy seguro que me ha hecho caer un millón de veces y que me hará caer de nuevo, porque mírala. No es justo que sus ojos hagan eso, es devastador. ¿Qué decir? ¿Qué puedo decir?

—¿Estás bien? —pregunto con cautela. Me mira. No, es la respuesta evidente.

—Sí —dice, con la nariz levantada. Aparta la mirada—. Bien.

—No parece que estés bien.

—¿Por qué no iba a estar bien? ¿Porque prácticamente te vi fornicar en público con una chica rancia que vestía una falda de la colección de otoño de Prada de 2017 que, por si no te acuerdas, parecía sacada de la canción *Thrift Shop* de Macklemore…? —Intento no sonreírle porque sé que habla muy en serio—. Ya estoy acostumbrada —añade y se encoge de hombros, con modestia.

Suspiro.

—Viniste al club. —Vuelve a apartar la mirada—. ¿Por mí? —pregunto.

Me mira largo y tendido. Por dentro está llorando, chillando y pegándome. Pero no dice nada, no hace nada, ni siquiera cambia de expresión cuando dice:

—Tuve una cita con Tom England.

—Me he enterado. —Asiento, con calma—. ¿Cómo fue?

—Esta noche volvemos a salir.

Joder.

—¿Qué estás haciendo? —frunzo el ceño.

—Salir con Tom England.

—No, ya sabes de qué te hablo… ¿qué estás haciendo? —Aparta la mirada—. ¿Por qué viniste a Raffles anoche? —insisto. Tiene los ojos tristes y me da miedo que Henry tuviera razón.

—Da igual. —Se encoge de hombros—. Ahora estoy con Tom.

—No estás con Tom. —Pongo los ojos en blanco. Es ridícula—. Habéis salido una vez. Aún no hace falta que mandes las invitaciones de la boda.

Se levanta de la cama —apenas lleva nada, solo un pijama diminuto de color amarillo pastel—, empieza a hacer tareas porque sí por el cuarto. No le gusta que le llamen la atención y a mí me encanta hacerlo. Me siento en su cama y ella se acerca y me aparta para poder hacerla. Hacerla de verdad. ¿Quieres saber cuántas veces se ha hecho la cama Magnolia Parks desde que acabó el internado? La friolera cantidad de cero veces en total. Como mucho sube el edredón de vez en cuando y lo llama el trabajo duro del día o cualquier mierda por el estilo, pero aquí la tienes: haciendo la cama con la precisión de una oftalmóloga y la determinación de una atleta olímpica solo para tener una razón para tocarme cuando me aparta bruscamente.

Me quedo ahí de pie mirándola, con los brazos cruzados, haciendo todo lo que puedo para no mirarle el culo cuando se inclina con esas braguitas de encaje que sé que son de La Perla porque se las regalé yo. Me alivia que las lleve. Si me odiara de verdad no se las habría puesto. Por eso sé que no hemos terminado.

Tampoco me ha devuelto el anillo.

Cada uno tiene el sello familiar del otro desde que éramos unos críos. Yo le di el mío el día que me gradué en Varley, algo para que me recuerdes, creo que le dije, o cualquier mierda por el estilo. Es curioso volver la vista atrás ahora, es evidente que estaba marcando mi territorio. Pero ella lo llevaba puesto a todas partes. Nunca se lo quitó. Esas mismas Navidades me dio el sello de su familia.

Me acuerdo de haberlo abierto y haber levantado la mirada hacia ella… Podría haberme regalado un bombón de naranja y habría pensado que era el mejor regalo del mundo, pero su anillo, que tuvo que pedírselo a su padre… era algo muy importante.

—¿Me estás pidiendo que me case contigo, Parks? —dije, mirándola y entornando los ojos con gesto juguetón.

—Todavía no —sonrió.

—¿Algún día? —pregunté, enarcando las cejas.

—Las chicas no lo piden —respondió, ofendida, al tiempo que fruncía el ceño.

124

—¿Y yo podría? —Yo.

—Podrías —asintió, resuelta.

—Lo haré —asentí con calma.

Nunca me devolvió el anillo, ni siquiera después de serle infiel. Se lo quitó del dedo. Ahora lo lleva en un colgante larguísimo que no ve nadie, pero yo sé que está allí. Lo veo a veces antes de que se vaya corriendo a la ducha. Magnolia se pone un albornoz que parece ridículamente mullido.

—Lo estamos, por cierto —me dice por encima del hombro—, juntos.

—Y un cuerno.

Me lanza su móvil y en la pantalla hay una bomba de *Loose Lips*.

ALERTA DE NUEVA PAREJA DE MODA

¡Tenemos una nueva pareja en la ciudad! Las fuentes afirman que el multimillonario de ensueño Thomas England ha sido visto con la inexplicable y ridículamente hermosa Magnolia Parks. ¡Estad atentos!

—¿Y? —digo, encogiéndome de hombros, aunque siento una opresión en el pecho—. Todo el mundo escribe estas mierdas sobre nosotros. No por eso son verdad.

—Ya. —Se me acerca y me quita el móvil de la mano. Deja la mano sobre las mías, rozándose—. Pero esta vez no son cotilleos inventados.

La miro con fijeza.

—¿Qué cojones estás haciendo?

—Me parece que no tengo ni idea de qué me hablas —me dice con la nariz levantada, así que sabe perfectamente de qué cojones le hablo.

—¡La cagué! ¡Pasó sin más! ¡Fue una tontería! Pero…

—¿Tienes idea de lo que es perderte como te perdí yo? —me interrumpe en voz baja. Me mira y luego aparta los ojos—. Esas primeras semanas después de lo que pasó y terminamos, cada vez que cerraba los ojos te veía con otra chica. Cualquier chica. Todas las chicas del mundo menos mi hermana y Paili, cualquier chica con la que nos cruzábamos por la calle, cada camarera que te miraba más rato de la cuenta, cada cajera que te aguantaba la mirada cuando le dabas la tarjeta, la chica que trabaja en Saint Laurent, las antiguas compañeras de Varley, las chicas de las sesiones de fotos que hacías... Te visualizaba constantemente con ellas en todas las posturas que se me ocurrían, intentando imaginar qué cojones te hacían que yo no pudiera hacerte. Porque yo habría hecho cualquier cosa por ti...

Ya no puedo aguantarle más la mirada. Tengo ganas de vomitar.

—Y pensaba que lo sabías. Y pienso que lo sabías. ¿O no? Desde luego que sí. —Me está pidiendo una respuesta que no puedo darle—. Todo este tiempo he pensado que era por mí, que yo tenía algo mal, alguna carencia, algo que yo no podía darte, pero ahora, habiéndote visto, habiendo visto cómo eres cuando yo no estoy... veo que no es así. —Suaviza la voz—. No soy yo, eres tú. Es que eres... un cerdo.

Lo suelta con la cara seria y una ejecución perfecta.

La fulmino con la mirada.

—Retíralo.

—¿Por qué? —Se encoge de hombros con insolencia—. ¿Qué vas a hacer? ¿Tirarte a otra? ¿Hacerme daño? ¿Dejarme como una maldita idiota delante de todo el mundo? —Traga saliva, recupera la compostura—. Ya lo has hecho.

—Parks. —La agarro por las muñecas.

—Suéltame. —Intenta apartarse, me planta cara.

—No.

—¡Suéltame!

—No puedo. —Tengo la sensación de estar hiperventilando.

Me aparta con fuerza y le lanzo una mirada enloquecida.

—Creo que es hora de que te vayas, Beej —dice una voz tranquila desde la puerta. Bridget está en el umbral, observando, con el ceño fruncido.

Suelto una risotada incrédula y me largo de la habitación de la chica a la que amo. Paso al lado de su hermana y bajo las escaleras andando, pero lo más rápido que puedo.

—Empieza a hacerse pesado, ¿no crees? —me dice Bridge.

Me paro a mitad de la escalera y me vuelvo para mirarla.

—¿El qué? ¿Que tu hermana cambie más de novio que de bragas? —me burlo—. Pues sí.

Ella asiente.

126

—Y también que tú te tires a todo lo que se mueve solo para hacerle daño... Un poco cansino a estas alturas.

Niego con la cabeza.

—Yo jamás haría nada para hacerle daño.

—No me vengas con cuentos —dice. Está cabreada—. Nadie necesita tanto sexo como el que tienes tú. Y si lo necesitara, que no lo necesita, por cierto, entonces sería un adicto. ¿Tú eres adicto? —Me mira de hito en hito y me hace sentir incómodo conmigo mismo—. Pero pongamos por caso, para echarnos unas risas, que sí lo necesitas: no tienes que contárselo cada vez que lo haces. Se lo dices para hacerle daño. —Se cruza de brazos—. Te acuestas con otras personas y se lo cuentas porque cuando lo haces, ella se pone triste y que ella esté triste valida tus sentimientos hacia ella. A ella todavía le importas. Si no, no se pondría triste. Se pone triste cuando me acuesto con otras personas, seguro que es porque todavía siente algo por mí, te dices. Lo haces para sentirte cerca de ella.

La fulmino con la mirada, molesto y desafiado a partes iguales.

—No necesito una charla de psicología, Bridge.

—No, Beej. —Me lanza una mirada acusadora—. Necesitas un psicólogo.

DIECISÉIS
Magnolia

Estoy tumbada en la cama unos cuantos días más tarde, rememorando un poco los acontecimientos de los últimos días. La otra noche salí de casa pensando que quizá, posiblemente, potencialmente, hipotéticamente, iba a retomar la relación con BJ, y aun así no sé cómo llegué a casa horas más tarde con un nuevo falso novio. El nuevo falso novio no alivia el agujero que arde en mi pecho tras haber visto a BJ de esa manera con otra persona. Ya lo había visto besando a otras chicas, tocando a otras chicas, pero aquello me pareció distinto. Aquello fue casi exactamente como imaginé que pasó lo que fuera que pasara hace tres años, y ahora lo he visto con mis propios ojos. Él con los ojos cerrados, la cabeza hacia atrás, la mano en la cintura de ella, el cuello estirado y expuesto… eso es lo que me carcome. No sé por qué.

Lo que sí sé es que fingir que estoy saliendo con Tom England no hace que deje que visualizarlo mentalmente en bucle y que se me coma viva, aunque fingir que estoy saliendo con Tom England iguala un poco el terreno de juego.

Yo no me acuesto con cualquiera. No juzgo a las chicas que lo hacen, es que… para mí sigue significando algo. En toda mi vida solo he estado con BJ. Ni siquiera con Christian. He hecho otras cosas; he salido con un montón de chicos desde BJ. Pero nunca me ha parecido lo adecuado para mí. Nunca he querido hacerlo con otra persona. Todavía no he descubierto cómo superar ese sentimiento. Sentir que es algo solo para él y para mí.

Bajo tranquilamente las escaleras para desayunar y descubro que hay otro cuerpo en la mesa. Nuestra pequeña vecina, Sullivan Van Schoor: mona como ella sola, de unos catorce años. Pelo rubio, piel olivácea, ojos azules. Originaria de Sudáfrica, vive aquí desde que tenía tres años. Su padre es un implacable banquero mercantil que tiene una mirada muy intensa, como casi todos los hombres sudafricanos. Es un padre que se implica mucho y ella se las trae, así que bien por él y que Dios le acompañe.

—Pero bueno —dice Mars, mirándome con fijeza—. Mirad quién ha decidido al fin obsequiarnos con su presencia.

Le dedico una sonrisa poco entusiasmada y voy a sentarme junto a mi hermana. No esperaba compañía, pero, por suerte, suelo estar estupenda. Tengo bastante buen despertar. Creo que es una combinación de la cantidad de alcohol que consumo, que me conserva, además de llevar una vida prácticamente sin estrés y que apenas requiere tareas manuales. Visto el pijama de satén con estampado floral Mimi Martine de Morgan Lane que realza mi tez oscura, así que estoy preciosa. Le pongo ojitos a Louisa, una de las sirvientas de la casa, mientras me sirve el té.

—Sully. —Me aseguro de dedicarle una sonrisa extremadamente encantadora porque su madre me contó que Sullivan me sigue en Instagram y cree que soy «lo más de lo más»—. ¿Qué te trae por aquí?

—Los padres de Sullivan se han tenido que ir a Sudáfrica a última hora —me cuenta Marsaili—. Una emergencia familiar.

Me sonríe amablemente.

—Cabe la posibilidad de que los hijos… de la hermana… de mi padre… hayan dejado embarazada a la misma chica.

—Oooh. —Me inclino hacia ella, intrigada—. ¡Mantenme informada de esto! Parece una de esas historias que te enganchan.

—Se quedará con nosotros unos días —me dice Marsaili, pasándole a mi padre la mermelada, aunque no se la ha pedido.

—¿BJ no está esta mañana? —pregunta mi madre con alegría.

Niego con la cabeza recatadamente.

—Vaya. —Se la ve decepcionada—. ¿Dónde está?

Sullivan me mira, esperando mi respuesta. Seguramente tenía la esperanza de verlo aquí por la mañana —y, honestamente, yo también— pero aquí estamos, vieja amiga…

—¿Cómo quieres que lo sepa? —digo, mientras cojo una fresa.

Mi hermana me mira irritada.

—Pues porque le has puesto un localizador.

—No es verdad. —Frunzo el ceño. Aunque ¿no sería genial si lo hubiera hecho?

—¿Estáis peleados, cariño? —me pregunta mi madre, ladeando la cabeza.

Suelto una bocanada de aire, molesta.

—Pues sí, ya que lo preguntas.

—Vaya —suspira Mars con fingida empatía—. Qué pena.

Mi padre le lanza una mirada divertida. Antes Marsaili adoraba a BJ. Pero mucho. Lo perseguía con una cuchara de madera para echarlo de mi cuarto cuando pasábamos en casa los fines de semana que no estábamos en el internado, pero lo adoraba. Le encantaba cómo me quería. Confiaba en él; no me dejaba ir a según qué sitios si BJ no iba a estar ahí. La diferencia de entonces a ahora es aplastante.

Se enfada con él a la mínima. Antes él lo llevaba fatal, se pasó una eternidad intentando recuperarla, le compró flores cada día durante meses. Una vez le dio un ramo de rosas y ella las arrojó directamente a la compostadora. Creo que dejó de intentarlo después de aquello.

Cuando le conté que me había puesto los cuernos, me dijo que era malo y que no podía volver a confiar en él.

—Magnolia —empieza—, el hijo de un amigo mío viene a la ciudad. Había pensado que estaría bien que se la enseñaras.

La miro, confundida.

—¿Bromeas?

Frunce el ceño.

—No.

—Vaya —digo, frunciendo el ceño yo también—. Entonces... no. —Le dedico una sonrisa.

Mi padre levanta la mirada.

—¿Por favor? —me pide, haciendo un mohín—. Con todo lo que hago por ti.

La miro con expresión confundida.

—Sí, pero... es tu trabajo, ¿no?

Mi madre ahoga una risa.

—Magnolia —replica mi padre—, estaría bien...

—Ay, Harley. —Lo llamo así solo para mosquearlo—. Ojalá pudiera. Pero creo que a mi novio no le parecería apropiado.

—¿A tu novio? —repite Mars, frunciendo más el ceño. («No digas BJ, no digas BJ», añade con un hilo de voz).

—No es él. —Parpadeo con impaciencia—. Es otro novio.

—¿Cuántos tienes? —pregunta mi hermana, y le lanzo una mirada.

—¿Quién novio? —pregunta Bushka, frunciendo el ceño desde la otra punta de la mesa. Lo grita tan fuerte y con tan imprudente abandono de las reglas sociales, que no puedo evitar sonreír.

—Tom England —le contesto también gritando. No hace falta gritar, pero merece la pena anunciarlo. Mi padre levanta la vista del móvil, intrigado.

Bridge me mira con ojos incrédulos.

—¿Tú estás saliendo con Tom England?

La fulmino con la mirada.

—¿Por qué dices «tú» de esta manera? Sí, yo, claro que yo. ¿Con quién va a salir si no?

—No lo sé. —Mi hermana se encoge de hombros desconcertada—. ¿Con Kate Middleton?

La miro fijamente, sin expresión, durante un segundo.

—Esto, creo que está pillada, Fridge…

—¿Tom England? —interviene mi padre—. ¿El amigo de Gus? —Asiento—. ¿El del hermano muerto?

Lo reprendo con la mirada.

—Multimillonario, filántropo, piloto, soltero de oro, pero sí claro, tú ponle «el del hermano muerto» como etiqueta mental.

—¿Gus no ha dicho nada?

Le dedico una sonrisa tensa.

—No lo sabe.

—¿Quién es Tom England? —se mete Sullivan, frunciendo el ceño.

—Él era para mi generación lo que BJ es para la tuya —le digo sabiamente.

—¿Y estás con los dos? —Frunce el ceño todavía más.

—¡Sí! A ver, joder…

—Magnolia —suspira Marsaili—. No digas «joder».

131

La miro a los ojos, desafiante.

—Ебать.

—No lo digas en ruso tampoco. —Pone los ojos en blanco—. A ver, perdona, solo para aclararme, ¿el mismo Tom England que seguiste a todas partes como una colegiala enamorada durante un fin de semana entero en Ascot?

—El mismísimo. —Le dedico una mirada de gato satisfecho que ha conseguido la mejor leche. Mars se sienta de nuevo en su silla, aunque no sabe muy bien qué hacer con la información.

—Caramba —dice, y suspira.

—BJ tiene que estar subiéndose por las paredes. —Mi padre suelta una risita, satisfecho.

—¿Hum? —Finjo confusión—. ¿Quién es ese?

Marsaili pone los ojos en blanco.

—¿BJ Ballentine? —empieza Bridge—. ¿Como así de alto? —Levanta mucho una mano—. ¿Pelo fantástico? ¿Boca de ensueño? ¿El amor de tu vida?

—Ahora no me suena —canturreo.

—A ver, ¿perdiste o no la virginidad con él en el Maserati de papá?

Nuestro padre me mira con la cabeza inclinada hacia atrás y los ojos muy abiertos.

—¿Qué ha dicho?

—¡Está bromeando! —Fulmino a mi hermana con la mirada. Le tiro una uva cuando nadie mira—. ¡Pues claro que está bromeando! —Niego con la cabeza enseguida—. Harley, yo no lo haría jamás. Nunca. Jamás.

Me lanza una mirada muy sufrida antes de volverse hacia Bridge.

—¿Cuál?

Pellizco sutilmente a mi hermana por debajo de la mesa para que se calle, pero no funciona.

—El blanco con el techo negro.

—¡Mi MC20 no! —grita, herido.

Sullivan Van Schoor no se pierde detalle, le brillan los ojos, está encantada con todo aquello.

—¡Yo no lo haría! ¡No lo hice! ¡Está bromeando! —La fulmino con la mirada y la pellizco más fuerte—. ¡Está bromeando! Es solo que no es muy divertida, todos lo sabemos, tiene un sentido cómico de la oportunidad bastante nefasto. —Le pego un codazo.

—Estoy bromeando —cede a regañadientes.

Marsaili nos observa entornando los ojos con desconfianza.

La versión oficial, por cierto, es que no perdí la virginidad en el Maserati de mi padre. Hubo un principio discutible de penetración, pero BJ estaba tan distraído por si Marsaili salía y nos pillaba, que no paró de estropearlo así que esperamos y esa es otra historia para otro día.

—Tom England. Caramba. —Mi madre se apoya en la silla, perdida entre sus pensamientos—. Pero su madre es un poco aburrida, ¿verdad?

—¿Charlotte England? —parpadeo—. A ver, ¿no? Creo que es una madre... normal. Asiste a comidas, organiza obras benéficas, cuida un poco el jardín, tiene un par de perros pequeños en los que se fija demasiado...

Mi madre me mira con suspicacia.

—Parece aburrida.

—Si lo comparamos con, pongamos por caso, llamar a tu primogénita a las tres de la madrugada porque te has quedado encerrada en un establo con la marquesa de Milford Haven.

Mi madre se señala a sí misma.

—Nada aburrida.

Bushka vuelve a gritar desde la otra punta de la mesa.

—¿Tom England es Tom England como yo soy Bushka Rusia?

—No. —Bridget le sonríe con cariño—. Se apellida así.

—Aunque es muy inglés —le digo.

—Es casi como un príncipe —interviene mi madre.

—¿Como el *purple rain*? —aclara Bushka.

Nos quedamos todos mudos.

—Sí. —Asiento. A veces es más fácil así—. Da igual. —Miro a Marsaili—. Ahora tengo novio y es nuevo. No querría agitar las aguas...

—Desde luego. —Mars pone los ojos en blanco—. ¿Quién querría disgustar al artista antes conocido como Prince?

—¿Azúcar, señorita? —me ofrece Louisa para mi té.

—No, estoy bien —le sonrío.

—Necesita dos —le dice Marsaili.

Y la miro con mala cara.

—No es verdad —digo, haciendo un mohín—. Hoy no es día de dos terrones.

—Estás peleada con BJ —me recuerda Marsaili, pero me temo que ni todos los terrones de azúcar del mundo pueden arreglarnos.

Asiento.

—Pero ahora tengo a Tom England, y creo que todo el azúcar del mundo reside en su...

—Que no diga labios, que no diga labios —repite mi hermana para sí.

La miro mal.

—... meñique. Aunque besa de maravilla.

Mi padre gruñe.

—¿Por qué estáis peleados tú y BJ Ballentine? —pregunta Sullivan, de forma bastante abrupta.

Toda mi familia se queda medio paralizada; ¿quizá porque somos británicos y nunca jamás hablamos de nuestros sentimientos? ¿Quizá porque es una pregunta impertinente?

—Esto... —digo, parpadeando. Supongo que nuestra discusión acabó en la prensa—. ¿Por qué?

—Sé que os peleáis mucho —me dice.

—Bueno. —Ladeo la cabeza, planteándomelo—. Yo no diría mucho...

—Siempre os sacan fotos gritándoos el uno al otro en público.

—Ya, bueno, sí —asiento—. BJ puede ser irritante.

—Tengo el hilo cronológico de vuestra relación aquí, en el móvil. —Sullivan me lo enseña un instante—. *Loose Lips* publicó un artículo al respecto.

—Ay, Dios mío —dice Mars con un hilo de voz.

—¿Podéis darme una copia de eso? —pide mi padre.

Alargo la mano y Bridge y yo echamos un vistazo. Fotos mías y de BJ sacadas de los perfiles de Instagram de cada uno y de momentos que no sabíamos que nos observaban, unas cuantas fotos de *paparazzi*... un montón de fechas. Algunas dan en el clavo. Se han equivocado con la fecha de la ruptura, con el motivo. Creen que fui yo. Yo no lo habría hecho jamás si él no me hubiera obligado.

No todo es cierto. Aunque no todo es mentira.

—Os peleáis mucho —insiste Sullivan.

—Sí. —Levanto la mirada hacia ella, distraída—. Mucho.

Ella suspira, frustrada. Es una chica del Queen's College. Los niveles de confianza están por las nubes.

—Bueno —presiona—, ¿hay una razón? —Me falla la expresión—. Es que *Loose Lips* está haciendo un sorteo: quien envíe el cotilleo más jugoso gana un bolso Chanel 19 de pata de gallo multicolor. Como ya lo tengo en negro, papá no quiere comprármelo… pero lo necesito. —Me pone ojos de perrito apaleado.

Suspiro. Cualquier cosa por Chanel, ¿verdad? Es prácticamente un acto de caridad lanzarle un hueso. No puedo imaginar cómo me sentiría yo si alguien se atreviera a privarme tan despiadadamente de artículos de Chanel.

Además, todavía estoy al nivel cinco de enfado con BJ por lo que pasó el otro día, y solo hay cinco niveles.

—Me fue infiel —anuncio.

Seguramente no tendría que haberlo dicho, pienso nada más pronunciar esas palabras.

Sully se queda con la boca abierta.

—Hace mucho tiempo —aclaro mirando mi plato de huevos. No tengo fuerzas para mirar a nadie a los ojos—. Pero estamos peleados por eso.

—¿Cuándo? —mi madre me mira parpadeando, parece triste.

La miro con fijeza.

—Cuando rompimos.

Frunce el ceño.

—¿Y eso cuándo fue?

Marsaili pone los ojos en blanco, enfadada porque mi madre no sepa la respuesta.

—Cuando ella tenía diecinueve años.

Sullivan está escribiendo a toda velocidad en el móvil cuando levanta la mirada. Está radiante y dice:

—Bueno, ahora sí que el bolso va a ser mío.

Marsaili

Tom England.

Apenas puedo creerlo.

Lo sé!

Divertido, no?

Mucho.

Pero también,
curioso...

No habías dicho ni una palabra
de que estabas pasando tiempo
con Tom England.

Y qué?

Y nada.

Solo que la última vez que Tom
England te pasó una servilleta,
estuviste a punto de escribir
un soliloquio al respecto.

Ahora soy discreta.

Hace dos días, a pesar de mi
insistencia en lo contrario,
compartiste una historia gráfica
sobre ti y tu amigo con derecho
a roce en un barco en medio
del lago de Como.

Lo hice por ti!

Porque nunca haces nada.

O cuándo fue la última vez
que te acostaste con alguien?

Cuándo fue tu última vez?

Marsaili,
qué borde eres.
Y qué vulgar...
Yo no lo llamo amigo
con derecho a roce.

DIECISIETE
BJ

—¿Quieres un poco? —me pregunta la chica con la que estoy. Pelo rubio, ojos marrones, boca grande... probablemente demasiado grande. Es de Bath.

—¿Hum?

La miro sin prestar mucha atención. Estamos en el local de Jo, Hampton Haus. Todos los trabajadores se visten como si fueran de los Hampton y todas las camareras están buenísimas. Es uno de los diez recintos propiedad de los hermanos Hemmes, lo cual agradezco porque así no tengo que mentirle a Parks sobre lo que hacen. Puedo limitarme a evitar la pregunta.

—Voy corriendo al baño a pintarme una. —Me mira con una sonrisita—. ¿Quieres un poco?

Niego con la cabeza.

—Yo no me meto esa mierda.

Bath parece sorprendida. Quizá es sorprendente. Me gusta... me gusta demasiado, de hecho. Bath me mira raro, tiene los ojos más abiertos de la cuenta y más ávidos de la cuenta; a menudo los ojos de esas chicas son así.

—Bueno, es que me parecías alguien que... lo haría. ¿Sabes?

Me encojo de hombros. No se equivoca.

—Lo hacía.

—¿Pero ya no? —Niego con la cabeza, un poco preocupado con tantas preguntas. ¿Quién es esta, el maldito Piers Morgan?—. ¿Por qué?

Que me jodan, pongo los ojos en blanco.

—Se lo prometí a alguien —me limito a responder.

—¿A quién...? —se mofa—. ¿A tu madre?

Y entonces me cabreo.

—No, a la chica que amo.

Eso la desconcierta como yo quería.

—¿A la chica que amas? —repite.

—Pues sí —asiento, aburrido de nuevo—. Ve a hacerte tu raya. Estaré aquí cuando vuelvas.

Saco el móvil, compruebo los mensajes para ver si Parks me ha escrito. No lo ha hecho. Compruebo que tengo cobertura en el móvil. La tengo. Joder.

Por eso abro Instagram por si acaso ha decidido mandarme un privado, contestar una historia o cualquier mierda… las relaciones son tan raras hoy en día con todos los medios que existen para hablar el uno con el otro. No es que estemos saliendo. No estamos saliendo. Ella está saliendo con otro.

—Saliendo.

Llevo unos cuarenta segundos diseccionando la validez de Parks y Tom England cuando me doy cuenta de que mis comentarios de Instagram están a tope y que tengo un millón de privados…

A ver, siempre suelen estar así, pero esto es de locos.

Abro mi foto más reciente y hay centenares de personas comentando 🐀🐀🐀 y un montón de mierda como: no te creo, no te la mereces, un par de que te jodan, morid, perdedores. Estoy confundido, así que hago lo que no debes hacer jamás: me busco en Google.

Y entonces lo veo.

Una fuente personal cercana confirma la razón REAL tras la ruptura pública más confusa e interminable de la historia del mundo: BJ Ballentine le fue infiel a Magnolia Parks.

Mierda. Creo que voy a vomitar. Me siento mareado. No puedo ver bien un segundo.

—¿Estás bien? —me pregunta un camarero.

Asiento. No lo estoy. Podría desmayarme.

—¿Qué está pasando? —Jonah aparece de pronto, con el ceño fruncido—. ¿Te has metido algo? —Niego con la cabeza. Apenas. Le enseño mi móvil.

—Mierda. —Parpadea, tiene los ojos muy abiertos—. ¿Dice con quién?

Niego con la cabeza. Otra oleada de náuseas me golpea como un volquete.

Jonah se inclina por encima de la barra, agarra una botella de tequila y me la pasa. Doy unos cuantos tragos. Largos. Me siento raro, como si estuviera andando debajo del agua en sueños. Lo cual, por extraño que parezca, es como me sentí la noche que le puse los cuernos mientras pasaba… un andar a cámara lenta hacia algo que no quería hacer, pero tenía que hacer, y fue como si mi cabeza estuviera fuera del agua y el resto de mí estuviera debajo y caminara contracorriente para hacerlo. Cada caricia, cada agarrón, cada beso, cada gesto, la corriente del universo entero me decía que no lo hiciera y yo lo hice de todas maneras, joder, y ahora no solo ella lo sabe sino que todo el mundo sabe: no solo que perdí a la chica que todos sabemos que amo, sino que la perdí y fue todo por mi culpa.

Vuelvo hacia el despacho de Jo. Abro la puerta. Una chica se levanta de encima de Christian en el sofá. Tardo un segundo en enfocar la mirada.

Daisy Haites. Supongo que la cita que tuvieron hace un tiempo salió bien…

Está muy buena. Es muy peligrosa. No es una chica con la que yo haría tonterías. Su hermano es mucho más peligroso que los chicos Hemmes.

Tiene la boca rosa y el maquillaje un poco corrido.

—¿Está bien? —pregunta Daisy, mirándome, con la cabeza ladeada.

Me siento. Doy otro trago. Ella se me acerca, me mira con los ojos entrecerrados. Estudia segundo de Medicina. ¿Qué va a decirle mi pulso que yo no sepa ya? Mi corazón vive fuera de mi cuerpo, en Holland Park, y acaba de pasearse hasta los brazos del soltero más codiciado de Inglaterra.

—Se ha destapado —dice Jonah, mirando a Christian.

—¿El qué? —pregunta Christian, preocupado. Supongo que tengo unos cuantos secretos a estas alturas. Podría ser cualquiera.

Jo me señala con la cabeza como si no pudiera verlo.

—Él. Los cuernos.

—¿Le pusiste los cuernos a Magnolia? —parpadea Daisy, con los ojos abiertos mientras me toma el pulso—. Está a 150 —le dice a Jonah, y luego añade—: ¿Tiene ataques de ansiedad?

Jonah no contesta.

—¡Mierda! —suspira Christian, que viene a sentarse a mi lado—. ¿Quién lo ha contado? —le pregunta a Jonah, que niega con la cabeza.

—Bueno, vale. —Christian me mira a mí y luego a Jonah—. ¿Quién lo sabía?

—Solo nosotros —dice Jo, encogiéndose de hombros—. Nuestro grupo.

—Nadie de nosotros lo haría —dice Christian, enumerando con los dedos—. Hen no lo haría. Perry no lo haría. Pails seguro que no lo haría.

—¿Por qué? —pregunta Jonah, quizá demasiado rápido.

—Porque le da un miedo que te cagas estar a malas con Magnolia.

—Bridget tampoco habría dicho nada —les digo.

—¿Taura lo sabe? —pregunta Jonah.

Niego con la cabeza.

Daisy me observa, mira entre mis pupilas. Se pone de pie, con los brazos en jarras. Se vuelve hacia Christian.

—Seguramente ha sido ella.

—¿Qué? —parpadeo.

—Seguramente ha sido ella —repite, como si no acabara de enviar un misil directo al centro de mi vida entera—. ¿La has hecho enfadar últimamente?

—¿Que si la ha hecho enfadar últimamente? —Jonah se ríe con ganas… luego se recompone—. No es el momento, perdón.

Hago una mueca.

—Sí, quizá… pero ella no lo haría.

—Lo haría… —asiente Christian, dándole vueltas a la idea.

Lo fulmino con la mirada cuando lo dice. No lo pretendo; ha sido el modo de decirlo, como si él fuera a saberlo, como si él la conociera como la conozco yo. Toda esa mierda entre ellos y lo mucho que me cabrea me recorre por dentro y luego se me cae encima como un piano de cola: tú la destrozaste primero.

—Venga ya —dice Jonah, poniendo los ojos en blanco—. Ella no lo haría.

Me froto la cara mientras pienso en sus ojos, la noche que me vio. Vidriosos, anegados de un dolor demasiado profundo para que yo pueda alcanzarlo.

—¿Podría haberlo hecho? —Levanto la mirada hacia Jonah, algo aterrado.

Jo agarra la botella de tequila y da un trago largo.

—Joder, tío.

DIECIOCHO
Magnolia

Me subo a una de las limusinas para ir a la ciudad y encontrarme con Tom.

Está de pie en la puerta de Cartier de New Bond Street. Lleva una camiseta de rayas horizontales de tonos neutros de Jil Sander, unos vaqueros desteñidos azul marino de Brunello Cucinelli y unas All Star Chuck Taylor altas de color avena. Incluso cuando va lo bastante informal para parecer prácticamente un limpiacristales, es un poco como un sueño hecho realidad. Abre la puerta de mi coche sonriéndome desde las alturas mientras me ayuda a salir. Yo estoy adorable: llevo un cárdigan *oversize* de mezcla de lana, de Jil Sander; un vestido con estampado vichy de Miu Miu (ambos en azul marino); unas merceditas negras de Proenza Schouler, y unos calcetines blancos de Fendi que me llegan casi hasta las rodillas.

Nos quedamos de pie en la calle unos pocos y breves segundos, mirándonos el uno al otro fijamente y luego los dos soltamos una risita extraña. Él parece un poco nervioso. Tom England parece un poco nervioso.

Ladea la cabeza, intentando situarse.

—¿Deberíamos besarnos?

Nunca había tenido un falso novio que supiera que era falso al inicio de nuestra relación, así que no lo sé.

—Supongo —asiento, sin tenerlo claro—. ¿Seguro? Sí. Seguro.

Es rápido y raro y extraño y divertido y me dedica una larga mirada y entonces nos echamos a reír los dos. Tiene una risa brillante. Le sube de las profundidades de la garganta y hace que el peso que carga en el ceño afloje un poco.

La risa facilita las cosas, como si rompiera la tensión, alisando las arrugas de no conocernos. Me coloca la mano en la parte baja de la espalda otra vez, me guía por la calle.

—¿Entonces hoy vamos de compras? —digo levantando la mirada hacia él. Es verdaderamente alto. ¿Un metro noventa y cinco, quizá?

Asiente.

—Creo que necesito un armario entero nuevo.

—¿Dónde está el viejo?

—En casa de Sam.

Me limito a asentir.

—Vale. —Me agarro a su brazo porque no sé qué otra cosa hacer—. Un armario entero nuevo, entonces.

—¿Preparada para lograrlo?

—He nacido para lograrlo —asiento, resuelta.

Nos dirigimos a Burberry porque alguien con la constitución y los tonos de Tom debe llevar casi exclusivamente colores neutros y tonos de azul marino. Voy avanzando a través de los percheros, escogiendo piezas para él: un jersey de cachemir estrecho con el logo bordado, un jersey de lana de merino de cuadros, unos chinos de algodón entallados... Intento no elegir nada que me llevaría para BJ y me esfuerzo por no tomar nota mental de las cosas que seguramente vendré a buscar para él la semana que viene cuando le odie un poco menos.

Sea como sea, no se parecen. Además, los estilos de Tom y de BJ son completamente distintos.

El estilo de Tom es... Burberry cuando estaba Christopher Bailey. El estilo de BJ es Burberry en la era de Riccardo Tisci, ¿me entiendes? Claro que me entiendes.

Me fijo en dos chicas de unos diecisiete años. Llevan merodeando más o menos desde que me he bajado de la limusina, nos han seguido hasta la tienda y están acercándose cada vez más a mí con evidente nerviosismo.

(—Pídeselo.

—No, tú.

—¡No!

—Venga, vale).

—¿Disculpa? —dice una de ellas en tono agudo.

Las miro, sonriéndoles con tanta amabilidad como puedo. Tom mira también, curioso.

—¿Podemos hacernos una foto contigo? —pregunta la otra.

—Sí, claro —asiento—. Desde luego.

No sé por qué. Nunca he acabado de entender por qué la gente quiere sacarse fotos conmigo; aun así, me pongo a su lado. Le pasan el móvil a Tom —me parto— y nos saca unas cuantas fotos. Están a punto de irse cuando la primera chica se da la vuelta.

—¿Dónde está BJ?

Tom me mira divertido y yo respiro, respiro hondo por la nariz y hago más ruido del que debería —terriblemente poco refinado por mi parte— y les dedico una sonrisa natural.

—No estoy segura, pero él es mi novio. Tom. —Lo señalo.

—Ay, hola. —Se ríe con nerviosismo y se va corriendo.

(—¿Han cortado?

—¡Te lo dije! ¡Lo sabía!

—¡Está soltero!

—¡Ella nunca está soltera!).

Miro hacia Tom con aprensión, desvío la mirada, intentando enfrentarme a ello. Él se cruza de brazos, divertido.

—¿Pasa mucho eso?

—Oh —balbuceo un instante—. ¿Cuánto es mucho?

Frunce los labios.

—¿Una vez al día?

Lo miro de soslayo.

—¿La respuesta afectará el estado de nuestra… —miro a nuestro alrededor y susurro— relación falsa?

Él se agacha un poco (mucho) y me contesta en un susurro:

—No.

Me aparto y le sonrío.

—Entonces sí.

Él se echa a reír y me coloca un mechón de pelo detrás de la oreja, mirándome de una manera que, de no ser porque sé que esto es fingido, me hubiera desbocado el corazón, pero está todo bien, gracias. Quizá solo un murmullo.

Vamos a los probadores y me espero fuera mientras se prueba las prendas para que se las vea.

Sale con los chinos de algodón entallados en azul marino y el polo de lana de merino de color camel y manga larga, con las rayas características de la marca. Qué sexy.

—Voy con todo, por cierto —me dice mientras le coloco bien el polo por la cintura, metiéndolo dentro del pantalón, sacándolo, volviéndolo a remeter.

—¿Con qué? —levanto la mirada hacia él.

Vuelve a colocarme bien el pelo detrás de la oreja.

—Esto. Nosotros.

—¿El falso nosotros? —suelto burlona.

Él ahoga una sonrisa.

—Contra viento y marea.

Le doy la vuelta para inspeccionarle los pantalones por detrás.

—Me alegra oírlo, porque imagino que los dos están por venir.

—Ah, ¿sí? —dice, ante mí, mirándome desde las alturas.

Se me entrecorta un poco la respiración.

—Sí.

Suelto el aire, agarro una sudadera de algodón con los cuadros de la marca y se la planto en las manos; luego cierro la puerta al instante porque me estoy sonrojando. ¿Quizá esa sudadera sería algo que se pondría BJ? Da igual.

—¿Por qué? —pregunta Tom desde el otro lado de la puerta.

—Porque BJ está loco cuando se trata de mí.

—Oh. —Suelta una risita—. Genial.

Abre la puerta y me enseña la sudadera. A Tom no le queda bien, pero es perfecta para BJ. Niego con la cabeza y se la quita. Ahí mismo. Delante de mí. Se la quita de un tirón sin más... y, ay, Dios de mi vida.

Es una obra de arte. Una total y absoluta obra de arte. Podría ser la página central de una revista. Trago saliva con fuerza, apartando la mirada.

Él me mira, perplejo.

—¿Qué ocurre?

—Nada —parpadeo, interesada de pronto en la moqueta de color café con leche de los probadores.

—¿Me voy a ganar un ojo morado por esto? —pregunta con una carcajada.

Levanto la mirada con una mueca.

—Es posible.

Camina hasta mí, se agacha para quedar al mismo nivel y me acaricia los labios con los suyos.

—Merece la pena.

DIECINUEVE

BJ

Finjo que es casualidad que Jo y yo entremos en Bellamy a tomar un *brunch* informal. Finjo que no sé que es donde ella está siempre a la hora del almuerzo los martes.

—Pero bueno —grita Jonah cuando las ve. Parks y Paili. Me mira al instante, parece que le haga gracia—. ¡Qué casualidad!

Parks levanta la mirada, furibunda. Aun así, me parece verlo en sus ojos: la alivia verme. No está contenta, pero sí aliviada. Sé que se siente así porque yo me siento igual.

Jonah se sienta a la mesa contigua a la de ellas, sonriendo como un idiota. Magnolia pone los ojos en blanco. Paili sonríe, incómoda, a su estilo de amiga excesivamente entregada.

—¿Les has dicho que veníamos? —pregunta Parks mientras juguetea con el cuello de su blusa azul.

—No —responde Paili frunciendo el ceño. Luego me señala con la cabeza y añade—: Este te sigue.

—No es verdad. —Jonah niega con la cabeza y agradezco que me defienda—. Solo te ha puesto un chip localizador en esa pulsera que te regaló.

Le hago una peineta sin entusiasmo y él se encoge de hombros, con los ojos en el menú, no en mí. La miro a ella durante un segundo y luego frunzo el ceño.

—¿Llevas pantalones?

Ella me mira desconcertada.

—Son los Fumato. De Max Mara.

—Pero son pantalones —le digo.

—Joder. —Jo niega con la cabeza—. La has roto, tío. ¿Dónde está el botón de reinicio?

Le lanzo una mala mirada. Ojalá lo supiera, hermano.

Observo atentamente a Parks, que no me está mirando a propósito. Me pego con el puño en la boca unas cuantas veces mientras la fulmino con la mirada.

—Quería hablar contigo —le acabo diciendo.

Ella levanta la vista del menú que finge leer. Abre mucho los ojos y enarca las cejas. Esperando.

La miro con fijeza unos pocos segundos más.

—¿Contaste a la prensa que te puse los cuernos?

Jonah hace un ruido raro en lo hondo de la garganta, Paili se retuerce incómoda, evitando mirarnos a todos.

—¿Lo hice? —repite Parks—. No, no lo hice. —Pausa larga—. Sin embargo, ¿conozco a cierta quinceañera con una desesperada necesidad de un bolso de Chanel en concreto que, de otro modo, se le habría negado trágica y barbáricamente, y que pudo haberme sonsacado dicha información para adquirir dicho bolso? —Se encoge de hombros inocentemente—. Tal vez.

Me paso la mano por el pelo. No puedo creerlo. Joder. ¿Tan enfadada está? Intento no sentirme traicionado. Es verdad que le puse los cuernos. Tiene el derecho, supongo. No la obligué a guardar el secreto todos estos años, pero lo guardó. Creía que lo había hecho por mí... ¿quizá lo hizo por ella misma? Me rasco la nuca, miro al camarero, pido un Negroni muy cargado... y fulmino con la mirada a la idiota de la que estoy enamorado.

—¿Has manchado mi nombre por un bolso de Chanel?

—Ay, Beej... —Suelta una risita tan despreocupada como intencionada—. Tu nombre lleva muchísimo tiempo manchado, y no tuvo nada que ver conmigo. —Intento ocultar que eso me ha hecho daño. La miro con fijeza, la mandíbula apretada—. Existe una foto tuya metiéndole mano a una Kardashian. —Me mira intencionadamente—. Y no es a una de las dos buenas.

Se está comportando como una niñata y no quiero sonreír, pero lo hago un poco. Niego con la cabeza para disfrazarlo.

—Venga ya, Parks —gruño—. Hen no me habla. Mamá no me habla.

—Bueno. —Parks me dedica una sonrisa tensa—. ¡Ya somos tres!

Miro mal a Parks.

—Bridget ya ha hablado con Al, así que tampoco me habla.

Allison es mi hermana pequeña, le saco cuatro años y, por alguna razón, que no me hable apacigua un poco a Parks.

Me mira por el rabillo del ojo.

—¿Y Madeline?

La segunda más pequeña de tres. Ladeo la cabeza, incómodo.

—Nunca le caíste tan bien.

Y, tras decirlo, vuelvo a perderla. Levanta la nariz otra vez, se oculta detrás del menú, con una postura corporal de lo más defensiva.

—Magnolia —gimo—. Han pasado cuatro días, ¿no podemos…?

Deja el menú encima de la mesa con un fuerte palmetazo.

—¿Magnolia? —exclama, enarcando muchísimo las cejas.

(—Oh, oh —susurra Jonah, con un hilo de voz).

Nunca la llamo así. ¿No sabes por qué? No lo he hecho nunca, solo cuando me porto fatal con ella.

Me pongo testarudo.

—Te llamas así.

—Vaya… —Se cruza de brazos y yo ya estoy poniendo los ojos en blanco—. Bueno, Baxter-James David Hamish Ballentine…

(—Mierda —gimo con un hilo de voz. Miro a los ojos a Jo, que intenta contenerse).

—Discúlpame por no ser capaz de procesar instantáneamente esa horrenda imagen que imprimiste a la fuerza en mis retinas la otra noche —dice—. Siento que me perturbara un poco verte sumido en un dolor sexual…

—Eres ridícula —le interrumpo—. Eres una persona ridí…

Impone la voz.

—En el erótico abrazo…

—Por Dios —inhalo por la nariz y me armo de paciencia. Paili se cubre la boca con las manos. No sé si se está divirtiendo o lo está pasando mal. Y yo estoy igual.

—… las garras venéreas de esa guarra que te perreaba.

—¿Y a ti qué te importa, Parks? —pregunta Jonah, haciéndole un gesto con la barbilla mientras se inclina hacia delante.

—¿Disculpa? —responde ella, mirándolo con incredulidad.

—¿A ti… qué… te importa? —Mi amigo se encoge de hombros, con las cejas enarcadas—. Si solo eres amiga de Beej, si no hay sentimientos —añade, haciendo un gesto hacia ella—, lo cual es tu versión oficial, no debería importarte.

Mira a Jonah con fijeza, lo fulmina con la mirada, de hecho. No me gustaría ser Jonah ahora mismo. Esos ojos suyos le están disparando dagas cargadas con granadas. Dura unos cinco segundos. Ese extraño pulso entre ellos. Ella no admitirá nada, él no admitirá nada por mí. Lo único que pueden hacer, cualquiera de ellos, es retirarse y, conociéndolo, no será Jonah.

Y entonces, ella cuadra los hombros.

—Muy bien. —Se encoge de hombros—. Me da igual.

—Porque solo sois amigos, ¿verdad? —aclara Jonah.

Ella entorna los ojos.

—Exacto.

—Entonces ¿qué motivo tienes para estar disgustada?

Ella le sonríe secamente.

—Exacto.

—Solo amigos —le dice él a ella.

—Solo amigos —asiente ella.

No me mira cuando lo dice y me alegro porque veo en su forma de parpadear que toda esa mierda le está haciendo daño, y no puedo mirarla cuando le están haciendo daño.

Miro a Parks de reojo… no sé si estoy aliviado o nervioso.

—Entonces ¿estamos… bien?

—Estamos… fenomenal —asiente, pero su mirada sigue siendo de enfado.

Me paso la lengua por los dientes.

—Genial.

—Genial —repite con una sonrisa tensa.

—Genial —ríe Jonah, mirándonos alternativamente, luego da una fuerte palmada—. Entonces ¿cena de la Colección Completa este fin de semana? Reservaré en Le Gavroche.

—Perfecto —sonríe Paili, ansiosa por volver a la normalidad y dejar atrás lo que sea que esté pasando.

151

—Me muero de ganas —sonríe Parks, pero no con los ojos—. Iré con Tom.

Suelto el aire, exasperado.

—Desde luego.

Me fulmina con la mirada.

—¿Algún problema?

—Ninguno, amiga. —La miro con elocuencia—. Y como yo no soy un crío, no iré con nadie —le digo a Jonah.

Parks me mira.

—Y, aun así, ¿no es asombroso que el hecho de que no traigas a nadie a la cena no exima que alguien… se vaya contigo… después? —Me dedica una sonrisa extremadamente afectada y Jonah bebe para ocultar una risotada.

Está muy enfadada. Me muerdo el labio inferior, no quiero darle la satisfacción de una carcajada. La miro y niego con la cabeza. Ella se echa el pelo detrás de los hombros y me aguanta la mirada; no sonríe, pero afloja igualmente. Y entonces veo la larga cadena alrededor de su cuello, la que ella no querría que yo le viera, pero que quiere que le vea y se me van todas las preocupaciones de la cabeza.

Ve que la he visto y al instante se coloca bien el cuello de la blusa. No puedo evitar sonreír. Ella mira por la ventana, pero puedo verle la sonrisa a la legua.

VEINTE

Magnolia

Lo organizo todo para llegar quince minutos más tarde de la hora de nuestra reserva porque quiero que todo el mundo nos vea entrar y, madre mía, desde luego que nos ven. Tom lleva una camiseta blanca lisa de Sandro Paris, una cazadora *bomber* de cuadros reversible de Burberry, unos vaqueros ajustados de algodón de popelina de color índigo de Gucci, y unas Vans Old Skool de color blanco puro y maíz. Yo llevo un minivestido fruncido de seda satinada con estampado floral de Magda Butrym, un abrigo de mezcla de lana y cachemira de doble solapa de Saint Laurent, en un tono rojo intenso, y unos zapatos de Aquazzura, con tacón de diez centímetros y medio y lacito en el talón, a conjunto con el resto de mi atuendo. Todos y cada uno de los ojos están fijos en nosotros —menos los de BJ— cuando Tom y yo entramos en Le Gavroche de la mano.

Que BJ no mire es intencionado. Tiene la intención de hacerme enfadar. Y lo consigue.

—England —dice Henry, al tiempo que se pone de pie para estrecharle la mano.

Jonah lo imita. Christian se limita a hacerle un gesto con la cabeza. BJ se pone de pie y le da un abrazo.

—Hola, tío —dice, dándole un palmetazo en el brazo—. Qué alegría verte. —Me mira y asiente—. Parks.

Está guapísimo. No sé por qué está tan guapo. Lo único que lleva son los vaqueros de pitillo negros de tejido elástico con piezas de cuero gastado MX1 de Amiri, la sudadera negra de algodón lisa con el logo estampado de Givenchy, y las Vans negras.

En realidad, el conjunto no es gran cosa. Pero aun así, siento algo raro en el corazón.

Tom retira la silla para que me siente, y luego la empuja. Paili me mira y articula con los labios: «¡Dios mío!».

La miro como si le dijera «lo sé».

Señalo a las P.

—¿Conoces a Perry y a Paili?

Tom niega con la cabeza y les da la mano.

—Aunque he oído muchas cosas de vosotros.

Se sienta y se acomoda en la silla: es el hombre más seguro de sí mismo en todo el restaurante, y está sentado a una mesa llena de hombres que podrían ser megalómanos, narcisistas y leyendas sexuales, así que realmente es decir mucho.

Abre la carta de vinos, señala un Latour del 2005.

—Este es el que te comentaba.

Me aparto el pelo de los hombros.

—Oh, pídelo.

Tom lo pide y se muestra la mar de jovial con el *maître*, lo cual normalmente es el fuerte de BJ, que pone mala cara. Me evita la mirada.

—Bueno —dice Perry inclinándose hacia delante—. Tenéis que contárnoslo… ¿Cómo ha pasado?

Tom me rodea con el brazo, me dedica una tierna mirada y me guiña el ojo con discreción.

—Pues la otra noche tuve la peor cita de mi vida. Me fui pronto, quedé con Gus para encontrarnos en Raffles, y cuando entré, la vi en la barra. Tenía los ojos vidriosos… —dice, tocándome la cara con suavidad.

Es una trinchera muy buena. Mientras tanto, a BJ no le hace gracia la historia. Está taciturno y molesto y murmura cosas muy bajito a Jonah, que de vez en cuando le va pegando codazos con toda la sutileza posible. Tom finge no darse cuenta (o de verdad no se da cuenta porque es adulto).

—Nos tomamos un par de copas y me sentí más valiente, así que la besé. Para ser sincero, ella siempre me ha gustado un poco, pero siempre había estado ocupada… con otras cosas. —Mira a BJ solo para molestarlo—. Resultó que la otra noche todo se alineó —añade, dedicándole una sonrisa agradable a Perry.

BJ está tramando algo, se lo veo en los ojos.

Y luego:

—Pero tú tienes treinta y ella veintidós —comenta BJ—. Entonces, cuando tú tenías veintitrés y ella tenía quince, ¿ya te gustaba?

—Cállate —le susurra Henry, muerto de vergüenza.

—No —responde BJ, encogiéndose de hombros con aire inocente—. Solo digo que… es un poco raro.

—La primera vez que le metiste mano ella tenía catorce, tío —anuncia Jonah.

Me cubro las mejillas con las manos.

—¡Jonah!

—¿Qué? —Me mira con el ceño fruncido—. Estoy ayudando.

Lo fulmino con la mirada.

—¿Eso haces?

Christian suelta una risita, divertido. Tom lanza a Beej una larga y solemne mirada y luego dice:

—Desde que es mayor de edad. —Hace una pausa para lanzarle otra mirada a BJ—. Siempre me ha gustado.

—Pero entonces tenías novia —le recuerda BJ, por si se le había olvidado—. Así que, de nuevo, algo inapropiado…

—Sí, supongo que sí. Pero, disculpa —dice Tom. Hace una pausa—, ¿tú no le fuiste infiel?

Jonah hace un ruido en lo hondo de la garganta y Christian ya se está riendo a carcajadas.

BJ me mira, tiene los ojos llenos de culpabilidad, de disculpas, de tristeza. Frunce la boca y asiente una vez.

—¡Bueno! —exclama Jonah con voz fuerte, tomando el mando de la conversación para llevarla a aguas más tranquilas—. ¿Qué tal es ser piloto hoy en día?

Tom se pasa la mano por el pelo.

—Está bien. Es divertido. Siempre es divertido. Nunca deja de ser divertido pilotar un avión, ¿sabes? —Luego me mira—. Y, por cierto, me toca ir a las Américas dentro de unos días. ¿Quieres venir?

Le sonrío, y tropiezo con la mirada de BJ, que me está observando con demasiada atención. Parece algo asustado y me dan ganas de alargar la mano y acariciarle la cara, pero no puedo, de modo que le toco el brazo a Tom.

—Ojalá pudiera… Tengo una cosa del trabajo que lamentablemente no puedo perderme.

Tom asiente, comprensivo, y BJ se traga una sonrisa.

—Bueno —interviene Tom, mirándonos—, ¿sois todos amigos del instituto?

Asiento.

Nos señala a mí y a Paili.

—¿Compañeras de cuarto?

—Sí —asiente Paili, haciendo un gesto entre nosotras—. Pero somos amigas de toda la vida.

Tom niega con la cabeza, algo fascinado.

—Ojalá hubiera ido a un internado. Mamá nunca quiso mandarnos lejos.

—Ay, pastelito… —Le acaricio el brazo con un cariño sarcástico—. Qué terrible que tu madre te quisiera tanto que fuera incapaz de separarse de ti.

Él pone los ojos en blanco siguiendo la broma.

—Siempre me ha parecido que tenía que ser divertido —comenta.

—Y lo fue —dice BJ, mirándome solo a mí.

Me pongo roja.

—Nos dieron un asombroso nivel de independencia para ser tan pequeños —le cuenta Perry.

—Que evolucionó hasta convertirse en codependencia —se ríe Paili.

Jonah se encoge de hombros.

—Es que acabamos estando siempre todos juntos y dependiendo unos de otros.

—Es que tampoco te queda otra. Porque estás tan desconectado de tu familia que necesitas construirte otra —le digo.

—Los padres de Parks se olvidaron de su decimosexto cumpleaños —dice Christian, señalándome con la barbilla.

Tom parece escandalizado.

—¡No!

Pues sí. Fue triste y me sentó fatal, porque incluso Marsaili se olvidó, lo cual era rarísimo viniendo de ella. Pero Bridge se acordaba, desde luego, y para cuando llegamos al colegio, BJ y Paili habían puesto en marcha un plan de redención: Jonah proporcionó el jet familiar de los Hemmes (sus padres siempre fueron los que hacían menos preguntas), nos amontonamos todos en la limusina en la que mis padres nos mandaban al colegio y nos fuimos a París.

No puedo ni imaginarme lo ridículos que debíamos de estar, los siete con nuestras mochilas del colegio y los uniformes, en el vestíbulo de Le Bristol.

Beej cuadró los hombros y caminó directo a la recepción.

—Reserva a nombre de Ballentine. Tres habitaciones.

La mujer desvió la mirada de BJ al resto de nosotros, que estábamos detrás de él.

—Esto… ¿Tenéis un adulto? —preguntó con acento francés.

—No. —BJ le sonrió, encogiéndose de hombros.

—Hum. —Miró a su alrededor.

BJ deslizó su tarjeta de crédito Coutts World Silk hasta ella.

—¿Es tuya? —preguntó ella, al tiempo que la cogía.

—¿Me está diciendo que no parezco la clase de persona que tendría una tarjeta Coutts? —le preguntó, dedicándole una sonrisa juguetona.

Ella lo miró como si fuera una cucaracha… lo cual no pasaba nunca, porque en aquella época él era un sueño, así que supongo que a esa mujer no le gustarían los hombres.

—No, creo que pareces un niño —le dijo.

—Tenga, coja la mía.

Le ofrecí mi tarjeta AMEX Centurion, pero BJ la apartó de un manotazo.

—Puedo pagar en efectivo, si lo prefiere —le dijo.

La mujer nos miró con escepticismo unos segundos, luego parpadeó, y empezó a escribir en el ordenador.

—Ballentine. —Pronunció Bally-Teen—. Esto… has pedido… —Chascó la lengua, pensando—. Dos suites júnior y la suite Saint-Honoré, *oui?*

—*Oui* —asintió él.

Pasó la tarjeta, luego levantó la mirada y nos miró con tanta amabilidad como pudo.

—*Bienvenue à Paris.*

Se vinieron todos a nuestra cama esa noche. Yo lloré un poco, lágrimas de felicidad y de tristeza.

—Los padres son una mierda, Parks... —dijo Christian, negando con la cabeza mientras me pasaba una copa de champán.

—¿Una mierda al nivel de olvidarse del decimosexto cumpleaños de su primogénita? —le pregunté, con las cejas enarcadas.

—Los padres de todos y cada uno de nosotros nos han mandado a un internado —me recordó Paili—. Todos son una mierda.

—Nuestros padres ya no se hablan —contó Jonah, mirando a Christian, algo incómodo—. No se hablan desde que... —se le apagó la voz.

No se hablaban desde que su hermana murió ahogada, cinco años atrás. Beej y Jonah se miraron a los ojos, con expresiones sombrías. La niña llevaba más de quince minutos sumergida en la piscina de la casa cuando la encontraron. Se metieron y la sacaron. Jonah estaba demasiado desconsolado, BJ intentó reanimarla, pero era tarde.

Beej y Jonah ya eran mejores amigos antes de que sucediera aquello, pero desde entonces son hermanos.

—No pueden hablar. —Christian apuró una copa entera de champán antes de continuar—. Si lo hacen, solo pueden culparse el uno al otro.

—Mamá está bien, aún es bastante normal, a ver... —dijo Jonah, encogiéndose de hombros—. Está loca, compró un pulpo la semana pasada, pero está bastante bien, deja la casa tranquila. Pero papá...

Christian apretó los labios.

—No hace más que sentarse en su despacho a mirar fotos de Rem.

—Mis padres todavía creen que soy hetero —dijo Perry—. No se lo puedo contar —añadió antes de que pudiéramos decir nada—. Mi tío es gay. Mi padre no le habla.

—Tú eres su hijo —le recordó Paili con dulzura.

—No quiero que me mire como mira a mi tío.

BJ le dio un golpe en el brazo, sintiéndolo.

Luego miré a Henry, pero él desvió la mirada hacia BJ.

—Bueno —dijo, ahogando una risa—. No lo sé, nuestros padres molan bastante...

—Bueno. —Christian puso los ojos en blanco—. Pues que os jodan.

Hen y Beej se rieron.

—Mi madre se ha vuelto bastante fresca últimamente —anunció Paili, abatida—. Pero solo con hombres más jóvenes.

—¿Cómo de jóvenes? —preguntó Christian.

—Van a la universidad. Primer año —suspiró.

—Tu madre está bastante buena —admitió Jonah encogiéndose de hombros—. ¿Crees que puedo intentarlo?

Paili le dio una colleja con una almohada antes de encogerse de hombros.

—Hace siglos que no veo a mi padre. Se mudó a Berlín con su nueva familia.

Me acuerdo de que miré a mi alrededor, al grupo de personas reunidas delante de mí, amontonados en mi cama en una habitación de hotel tras huir a París con mi novio, y pensé que quizá ellos eran mi familia de verdad. Quizá ellos habían sido mi familia desde siempre. Quizá eran esas personas quienes me habían criado desde el principio.

Fue Christian Hemmes quien me contó en una escalera, cuando yo tenía trece años, qué era el sexo en realidad. No solo revolcarse debajo de las sábanas y besarse.

Fue Jonah quien, ese mismo año, me dio alcohol por primera vez, y quien me cuidó durante toda la noche mientras lo vomitaba.

Sería Perry quien, cuando al final acabó saliendo del armario con sus padres, me enseñaría a enorgullecerme de quién soy, pasara lo que pasara.

Sería Henry quien me enseñaría lo que era la constancia y tener un hermano. Paili me enseñaría a ser generosa (sigo en ello) y a ayudar a las personas que amas.

Y sería BJ quien me haría sentir valiente, segura y esperanzada a la vez, y con el tiempo también sería BJ quien me arrebataría esas cosas el día que llegó a casa oliendo a azahar y almizcle.

Tom me mira con tristeza, de vuelta a Le Gavroche.

—No puedo creer que se olvidaran de tu cumpleaños.

Es dulce lo ajena que le resulta esa idea.

BJ me mira con demasiada ternura para estar en esa mesa.

—Se lo compensamos.

Tom le dedica una sonrisa que tal vez contiene las semillas de un genuino agradecimiento.

—Me caen bien tus amigos —me dice Tom mientras volvemos a casa esa misma noche, más tarde—. Es bastante especial lo que tenéis.

Asiento, sintiéndome orgullosa de ellos.

—¿Incluso BJ? —pregunto.

—Incluso BJ —asiente—. ¿El Hemmes pequeño siente algo por ti? Te miraba un montón…

Hago un gesto con las manos porque ahora no puedo hablar.

—Es un mirón.

Tom ahoga una risita. Me mira.

—Bueno, ¿qué tal te está yendo la trinchera?

—Lo has hecho muy bien.

—¿Sí? —sonríe.

Le doy un beso en la mejilla cuando llegamos.

—Sí.

00.14

Parks

Hola

Hola

Qué tiempo hace allí, Beej?

Ahora mejor.

Buenas noches, BJ.

Buenas noches, Parks 😊

VEINTIUNO
BJ

La espero delante de la puerta de su trabajo, apoyado sobre el capó de mi coche.

Tom está en no sé dónde fuera del país. Le pedí a Henry que le preguntara a Parks si realmente se había ido, y sí. Gracias, joder. La echo de menos. Necesito un minuto con ella.

Se va charlando con una chica de la oficina, durante los segundos que tarda en verme, me la bebo con la mirada. Lleva un vestidito verde brillante con mangas abullonadas y unos tacones altos a conjunto que hacen que sus piernas parezcan kilométricas. Su amiga me ve antes que ella y le da un codazo. Parks levanta la mirada. Nuestros ojos se encuentran y quizá el mundo entero adopta el ritmo de su parpadeo, no lo sé.

—Hola —la saludo con un gesto de la barbilla.

—Hola —responde. Camina hasta mí y se para más cerca de la cuenta—. ¿Qué haces aquí? —me pregunta, como si hasta hacía dos semanas no la recogiera cada día que iba a la oficina.

—Pensé que te sentirías sola. —Me mira de una manera que me hace reír por debajo de la nariz—. ¿Quieres que te lleve?

Aprieta los labios.

—Creo que mi coche ya está aquí...

—Pues mándalo a casa —le digo y me encojo de hombros.

Se lo piensa un minuto, y me encanta lo que hace su boca cuando piensa. Luego asiente y le abro la puerta para que entre en el coche.

Conducimos hasta meternos en la hora punta de Londres y jamás me había hecho tan feliz ver un millar de coches ahí atascados. Es mía durante al menos una hora. Se quita los zapatos. No lo haría con Tom, eso lo sé. Solo se abre del todo conmigo.

—¿Sigues enfadada conmigo? —le pregunto, mirándola.

—No —me dice, mirando al frente.

Me pregunto si dice la verdad. ¿Menos enfadada, más triste? Mucho peor.

—¿Necesitas un reinicio fuerte? —le pregunto, observándola con atención.

Me mira.

—Pues en realidad sí.

—Venga, pues. —La miro y asiento—. ¿De cuántos segundos?

—Quince.

—Joder… —Me río por debajo de la nariz—. Nunca habías subido de los doce. —Una sonrisa asoma en su rostro—. Quince serán —concedo.

El tráfico está completamente parado. Subo el volumen de la canción. «Say You Will». Kygo. Ella gira todo el cuerpo para ponerse de cara a mí, se coloca los pies debajo del cuerpo.

La imito.

—¿Lista?

Asiente.

—Vamos.

Hacemos esto desde que íbamos al colegio. Después de todas las discusiones, nos miramos fijamente a los ojos el uno al otro durante diez segundos o algo así, no sé por qué. Creo que lo vio en *Oprah*. Pero funciona.

Sobre todo a ella. A mí me cuesta bastante seguir enfadado con ella mucho tiempo, pero ni te imaginas de qué manera puede guardarte rencor Parks. Sin embargo, cuando hacemos esto, veo cómo se le pasa todo.

Y ahí la tengo en mi coche, atrapados en un tráfico infinito, y por fin puedo mirarla abiertamente, sin pedir disculpas, durante quince segundos. Mi proceso mental es casi siempre el mismo.

Uno… dos… Joder, qué preciosa es. Es lo primero que pienso siempre que hacemos esto. Es jodidamente preciosa. No puedo creer que me quiera.

Le tiemblan los párpados, siempre pestañea más de la cuenta cuando hacemos esto.

Tres… cuatro… no sé si todavía lo hace. ¿Todavía me quiere? No lo sé. Antes pensaba que sí. A veces todavía lo pienso. Pero quizá ya no importa porque no puedes volver atrás cuando la has jodido como lo he hecho yo, ¿verdad?

Ladea la cabeza, cosa que solo hace cuando quiere algo de mí.

Cinco… Seis… No sé cómo pude hacerle eso. No lo sé. No sé qué se me pasó por la cabeza, ni siquiera cómo pasó. Sencillamente pasó. Y cuando estaba pasando, me pareció peor pararlo. Pero yo no quería hacerle daño. No tenía nada que ver con ella.

Apoya el codo, con el mentón en la mano, en el centro del salpicadero. No aparta los ojos de los míos y siento que mi corazón cae en picado.

Siete… ocho… ¿Lo superaremos algún día? ¿Seremos capaces de funcionar otra vez? Será diferente. Yo ahora soy diferente. Creo que funcionaría. Creo que logaríamos que funcionara.

Veo cómo empieza a abrirse por dentro cuando su rostro comienza a relajarse.

Nueve… diez… Mira qué boca. Joder. Adoro su boca. Me parece casi de locos haber vivido sin esa boca sobre la mía durante tres años ya.

Me ve mirándole la boca y empieza a temblarle con una sonrisa.

Once… doce… Recuerdo la primera vez que la hice sonreír. Me parecía un esfuerzo que merecía la pena cuando era un crío. Sigue pareciéndome un esfuerzo que merece la pena.

Aunque su sonrisa no haya acabado de emerger a la superficie, es demasiado tarde. Sus ojos la delatan, siempre le pasa. Una mirada y ya me dicen todo lo que necesito saber.

Trece… catorce… Nunca había necesitado hacer esto durante quince segundos, es territorio nuevo. Dios, quiero besarla.

Y creo que ella también quiere besarme. Sus ojos van de mis ojos a mis labios, y eso va contra las reglas: se supone que no puedes romper el contacto visual, aunque yo acabe de hacerlo, pero no lo digo porque quiero que me bese… tenemos las cabezas muy cerca, apenas nos separan unos centímetros, puedo oler su perfume. Huele exactamente igual que ha olido siempre, pues usa el mismo perfume desde los catorce. Gypsy Water. Ojalá no se lo cambie nunca. Cuando sale de la ducha y se lo echa, a veces la abrazo y ella se resiste porque ahora le parece raro; podemos dormir en la misma cama, puede tocarme la cara cuando cree que estoy dormido, pero si quiero abrazarla cuando ha salido el sol y las luces están encendidas… entonces se desata el infierno, pero a veces lo hago igualmente, y se me pega ese olor y puedo olerla en mí todo el día como la olía antes de echarlo todo por la puta borda.

Quince. Al primer segundo ya era suyo.

Me sonríe un poco, y luego vuelve a mirar por la ventanilla.

—¿Qué tiempo hace por allí, Parks? —pregunto, mirando al frente.

Estamos a veintiún cálidos grados. Apenas una nube en el cielo.

Me mira por el rabillo del ojo.

—Ahora mismo hace muy buen tiempo… pero he oído que luego puede llover.

—Vaya —digo, mientras la miro con el ceño fruncido.

Ella asiente, con la vista todavía fija en la carretera.

—Un tiempo espantoso para conducir. Quizá tendrás que quedarte a dormir.

Me trago una sonrisa.

—La seguridad es lo primero.

VEINTIDÓS

Magnolia

BJ se queda a dormir casi todo el tiempo que Tom está en América. No pasa nada, aunque supongo que nunca pasa nada. Nos quedamos en mi casa, miramos documentales de National Geographic. A veces en mi cama. A veces en el cine de mi casa.

A decir verdad, el cine de mi casa plantea ciertas complejidades, la mayor de las cuales es que tengo que inventarme formas nuevas y creativas cada vez que vamos para justificar que Beej y yo solo podamos sentarnos en el sillón grande, aunque hay otras muchas alternativas. Las excusas van de «Creo que hay una abeja en ese asiento» hasta «No, no puedes, la tapicería de ese es nueva».

No me hace falta una excusa para que se siente a mi lado, él se sentaría donde yo le dijera, fuera donde fuera, eso lo sé. La excusa es para mí.

National Geographic es la cima del romanticismo para ambos. Una especie de tradición que se remonta al inicio de los tiempos, desde la primera noche que dormimos juntos. En el sentido de acostarnos de verdad.

Fue increíblemente planeada nuestra primera vez. Lo cual ahora me parece gracioso cuando lo pienso, porque ahora que soy mayor, el sexo espontáneo me parece mucho más emocionante —aunque no es que haya tenido un montón estos últimos tres años—, pero esa noche, la forma en que él lo planeó todo… en ese momento me pareció de lo más romántico y de lo más serio. Supongo que lo fue.

Después de la debacle del Maserati y una desastrosa primera Nochevieja en Mikonos (no preguntes), todo tenía que ser perfecto, dijo él. Fue inflexible con ello, el romanticismo de todo el momento, la previa… todo iba a ser perfecto. A mí no me importaba mucho cómo pasara porque solo lo deseaba a él. Nunca antes había deseado a nadie, en realidad.

Nunca antes había tenido el deseo de verdad. Pero cuando te viene, te viene, y ¿cómo no me iba a venir a mí con BJ Ballentine? Era como si alguien hubiera encendido una luz en un sótano lleno de osos hambrientos, así me sentía cada vez que aparecía BJ. Como si alguien prendiera una cerilla en mi tripa, había un calor creciente debajo de mi piel. Yo lo habría hecho antes, si él lo hubiera permitido.

Es que éramos unos críos. Haciendo cosas de mayores con unos corazones del tamaño de Texas y una lujuria tan profunda como la Fosa de las Marianas. Éramos demasiado jóvenes, pienso. Cuando ahora pienso en ello. Bridget dice que lo éramos, que le transferí mi dependencia paternal a él y arraigó. Aunque no fue culpa mía, ¿no? Yo no me mandé a mí misma a un internado a la tierna edad de once años. Yo no pedí tener unos padres absolutamente ridículos que preferían irse a navegar con Jay Z en lugar de pasar los fines de semana en casa conmigo y mi hermana. ¿Qué se supone que tenía que hacer? ¿No aferrarme desproporcionadamente al chico más perfecto del mundo?

En fin.

Reservó la Knightsbridge Suite en el Mandarin Oriental.

Hubo muchas veces que casi... casi, a punto, pero nunca del todo. Muchas veces que podría haber pasado orgánicamente, pero estaba tan planeado... tan discutido. Paili y yo hasta nos fuimos de compras para esa noche.

Era la primera vez tanto para mí como para BJ, lo cual es raro, ¿no crees? Entonces era algo importantísimo para él, pero ahora se acuesta con todo el mundo.

Quedamos que nos encontraríamos en el hotel a las ocho. Yo no cené (¡gracias Cosmo Girl!) y recuerdo entrar en el vestíbulo, llevando la ropa interior más sexy y más incómoda que puedas imaginarte debajo de mi minivestido blanco de Calvin Klein, con la bolsa para pasar la noche. Él estaba sentado en un sofá del vestíbulo, leyendo *Cómo matar a un ruiseñor* por millonésima vez.

Con el pelo hacia atrás, los labios abiertos, el pulgar descansando entre los dientes superiores e inferiores, pensando. Concentrándose. Entonces me vio. Primero una sonrisa se apoderó de su rostro, después lo vi tragar saliva con nerviosismo. Me cogió la mano y me atrajo hacia él.

—Hola —dijo sobre mi pelo.

—Hola —contesté, mirándolo apenas a los ojos antes de sonrojarme. Por alguna razón, mi incomodidad lo tranquilizó; un motivo para ser más valiente, y esbozó una sonrisa con los labios mientras me cogía de la mano y me llevaba hasta nuestra habitación.

Robó unas cuantas botellas de Moët de la bodega de casa de sus padres. No es mi sabor favorito en lo que al champán respecta, pero siempre será la bebida más especial del mundo para mí porque lo tomamos esa noche. Nos achispamos bastante rápido, creo que fue porque estábamos muy nerviosos.

Nos pusimos los albornoces y nos quedamos de pie muy separados durante un buen rato, fingiendo que lo que sucedía nos resultaba tan normal, algo que ninguno de los dos había verbalizado desde que habíamos llegado al hotel.

—He traído el Uno —le dije, mientras rebuscaba por mi bolsa de Marc Jacobs.

Él me miró durante unos segundos y luego una sonrisa irrumpió en su rostro.

—¿Sí? —Alargó la mano para que le diera las cartas—. ¿Al mejor de tres? —preguntó.

Y cuando asentí, nuestras manos se tocaron y sentimos una chispa, como cuando enciendes un coche. Que nuestras manos se tocaran nos encendió, y entonces fue como si algo se apoderara de él, quizá el champán que por fin había hecho efecto. Me atrajo con fuerza hacia él, con la confianza de siempre, me colocó una mano en el rostro y la otra en la parte baja de mi espalda, me hizo retroceder hasta la cama, como si él ya fuera un profesional, y me tumbó.

Nunca antes había tenido una lujuria que luego se satisficiera. Me acuerdo de lo mucho que pesaba su cuerpo sobre el mío. Asocié esa sensación con la seguridad durante muchísimo tiempo. Él tumbado encima de mí como la mejor colcha hasta que se tumbó así encima de otra persona y todo cambió.

Él dice que hablé todo el rato. Parloteé nerviosa sobre que los palitos son una comida tremendamente infravalorada y lo mucho que me encanta el color lila, porque me realza los ojos. Todavía me toma el pelo

167

por ello. Porque al parecer no solo parloteé nerviosa al principio, lo hice todo el rato, incluso cuando me corrí. Dice que en lugar de uno de esos gemidos orgásmicos de estrella del porno, hubo un brevísimo segundo de silencio, una respiración algo entrecortada por mi parte cuando me relajé, un tragar saliva nervioso, y luego con las mejillas encendidas y el corazón más feliz del mundo, dije:

—No se dice «idiosincracia», sino «idiosincrasia», ¿lo sabías? Creo que nos confundimos por la similitud con palabras como democracia o burocracia. ¿Te lo puedes creer?

Y me abrazó con fuerza contra sí, riendo flojito mientras su cuerpo temblaba dentro del mío involuntariamente.

Recuerdo que en algún momento despegó su cara de la mía: estábamos sudados, pegajosos y jadeantes, y teníamos los cuerpos enlazados y enredados.

—Espera... ¿entonces las abejas se están muriendo de verdad? —dijo, con expresión intrigada.

—Sí, es que, en serio, alarmantemente deprisa. —Asentí con seriedad.

Y colocó la frente sobre la mía y se rio de una manera que lo sentí por todo mi cuerpo.

Después, pasamos la noche enredados, buscando cosas por internet sobre las abejas y mirando documentales sobre ellas y creo que ese momento de después, en la cama con él y las abejas, es uno de mis recuerdos favoritos.

Es donde estamos intentando volver siempre, creo. Al lugar donde estábamos antes de empezar a matarnos el uno al otro para que nuestros corazones siguieran con vida.

Y es en mitad de una de esas ensoñaciones cuando Tom England aparece en mi cuarto y se encuentra a mi exnovio en mi cama, sin camiseta, vestido solamente con unos ceñidos pantalones de chándal de Gucci, de satén estampado y terciopelo de seda en color negro y camel, y un par de calcetines de Anonymous ISM.

Tom se queda en el umbral de la puerta unos segundos, asimilando la estancia, y luego avanza unos pocos pasos más. Es raro, en realidad. Todo se queda ahí sostenido, suspendido en el tiempo. Y no sé qué significa nada. Qué significan los segundos, hacia dónde va esa cuenta atrás. Puedo sentir que el ambiente de la habitación cambia al instante, se vuelve tenso, pero no acabo de entender por qué.

Parece que estemos haciendo algo malo. Quizá BJ piensa que sí. Aunque también me lo transmite Tom. Yo sigo paralizada, mirándolo fijamente, y por el rabillo del ojo puedo ver a BJ, boquiabierto, como si lo hubieran pillado con las manos metidas en los pantalones o algo. Se le ve terriblemente poco inteligente.

Salto de la cama al instante y lo mismo hace Beej.

—¡Tom! —Me lanzo hacia él. Y él me coge con cierta indecisión.

BJ se da prisa, mete sus zapatillas Dezi Bear de Ralph Lauren en su bolsa de fin de semana y recoge una sudadera de Celine que ni siquiera se pone.

—Nos vemos, Parks. —Hace todo lo que puede para no reírse de oreja a oreja. Pasa al lado de Tom, se coge de las manos como si las tuviera llenas de mierda y hace una especie de reverencia rara como diciéndole «gracias»—. Adiós, tío —dice Beej de camino a la puerta.

Tom no dice nada, solo lo observa. Espera unos pocos segundos, solo me observa. Parecen segundos más largos que los segundos humanos, y no es una sensación muy distinta de cuando te mandaban al despacho de dirección cuando eras pequeño.

Cierra la puerta. Respira hondo unas cuantas veces, me mira por el rabillo del ojo.

—¿Has dormido con él?

—No, bueno sí —admito—. Pero no.

No se le ve excesivamente entusiasmado con mi repentina inclinación para la semántica. Aprieta la mandíbula.

—¿Has tenido sexo con él?

—¡No! —Niego con la cabeza al instante.

Él me mira de hito en hito. No me cree. ¿Por qué iba a creerme? BJ iba medio desnudo. Yo estoy en pijama. Lo cual me lleva a mi siguiente afirmación:

—¿Tú crees que me pondría esto si intentara seducir a alguien?

Señalo mi pijama estampado Gisele, el blanco con corazoncitos rosas de Eberjey.

—No —dice, reprimiendo un atisbo de sonrisa—. Pero no creo que tengas que esforzarte mucho para seducir a nadie… podrías ponerte una cortina de ducha y él seguiría queriendo acostarse contigo.

¿Está celoso? Parece celoso. A Tom England se le pone rosa el puente de la nariz cuando está celoso, creo. Es bastante mono. Frunzo los labios.

—No lo he hecho,

Entorna los ojos y se encoge de hombros como si no le importara.

—Escucha, no pasa nada si lo has hecho, porque esto… ya sabes, nosotros…

No me gusta verlo nervioso. Me hace sentir una opresión en el pecho.

—No lo hemos hecho —niego con la cabeza mientras le toco el brazo, intentando calmarlo—. Lo prometo.

Asiente una vez.

—Entonces ¿por qué estaba en tu cama?

Frunzo el ceño al oír la pregunta.

—Siempre está en mi cama.

—¿Qué? —parpadea unas cuantas veces.

—Siempre duerme en mi cama. —Me encojo de hombros—. ¡Pero solo dormimos!

Parpadea todavía más.

—¿Él duerme siempre en tu cama, pero no… os acostáis?

—Exacto —asiento.

—¿Duermes siempre en tu cama con tu exnovio pero no os acostáis? —aclara.

—Correcto —asiento de nuevo.

—Estáis locos.

Me aparto, ofendida.

—¿Disculpa?

Se ríe.

—Es una… puta locura.

—No, no lo es —protesto.

Se me han encendido las mejillas, pero me alegro de que esté riendo. Tom England triste no es algo que quiero que pase durante mi guardia.

Me dedica una mirada risueña y confundida a partes iguales.

—Qué raro —me dice, negando la cabeza—. Sois raros. Lo que hacéis es muy raro…

—Ah, pues muy bien —digo, poniendo los ojos en blanco—, como si tú fueras tan perfecto, tú eres así, tú tienes eso... es que tú eres tan... con tu... —Joder—. Tienes una raya del pelo rara.

Se pasa la mano por el pelo, con una sonrisita arrogante. Muy arrogante. Muy sexy. Tom se deja caer en mi cama y mira el techo. Yo me tumbo de cara a él. Me mira y vuelve a ponerse serio.

—No quiero quedar como un estúpido —me dice—. No me hagas quedar como un estúpido, ¿vale?

—Tenemos una relación falsa para enterrar mis sentimientos por mi exnovio. Estamos siendo estúpidos.

Sus mejillas vuelven a hacer lo de antes. Lo de ponerse celoso.

—Pues asegúrate de que nadie te ve siendo estúpida con él —me dice.

Se acerca, me besa en la mejilla, me revuelve el pelo y se va.

¡Me revuelve el pelo!

¡Como si fuera un puto labradoodle!

Miro cómo se va... furibunda y, aun así, suavemente excitada.

Voy a sugerirle a mi madre que llame así su próxima fragancia.

15.32

Beej

> Te veo esta noche?

Sí 😙

> Estás bien?

Sí!

> El tiempo está mal allí?

Cielos claros, Parks

> Lo prometes?

Te veo con Tom en un rato 😙

VEINTITRÉS

BJ

La Chelsea Flower Show Gala de la Real Sociedad de Horticultura o como se llame seguramente es el evento floricultural más estúpido del planeta. Asiste la familia real, asisten famosos, asiste gente como nosotros, vale unas ochocientas libras la entrada... no es mucho, hablando en general, pero pica un poco porque he pagado ochocientos pavos para ver al amor de mi vida paseándose por este maldito jardín con otro tío. Taura me pidió que fuera con ella, pero le dije que no. Ya estoy en la cuerda floja con Parks, eso sería tirar de la cuerda más de lo aconsejable. Además, es su evento social favorito de la temporada y no quiero echárselo a perder.

Aunque que yo fuera con Tausie no tendría que echárselo a perder, porque no le puse los cuernos a Parks con ella, aunque Magnolia no se lo crea. Además, no hay nada entre Sax y yo. Desde hace meses, por lo menos.

Seguro que se está tirando a Jonah y, además, el otro día me pareció ver una chispa rara entre ella y Hen. No lo sé.

Llego tarde. Parks llega tarde. Va del brazo de Tom, y a él se le ve cada vez más y más a gusto abrazándola y se me ocurre —me aterra por un segundo— que quizá se han acostado.

Que Magnolia no se haya acostado con nadie más es un alivio y mi propia pesadilla personal a la vez. Un alivio porque algo en eso hace que siga siendo mía. Más mía que de cualquier otro, vaya. Y una pesadilla porque está como está. Tanto con un vestido de gala como en pijama, da igual. Yo la veo igual. Unos ojos que veo cada vez que cierro los míos.

Lleva ese vestido que parece un cuadro de acuarela, verde, rosa y puto lila... y lo ha hecho a propósito, y está jodidamente perfecta, y me da esa rara sensación de que me va a arrancar el maldito corazón con ese vestido esta noche o algo.

Me ve desde la otra punta de la estancia y me aguanta la mirada como no podemos hacer con las manos.

«Hola», articula con los labios.

Le dedico una sonrisita y aparta la mirada, sonrojándose un poco. Me tranquiliza un segundo seguir siendo capaz de hacerle eso. Hacer que su cuerpo haga lo que quiero con una mirada. Me quedo donde estoy porque sé que vendrá a mí. Imanes. Eso es lo que dicen los chicos de nosotros. A veces somos el mismo polo, a veces somos polos opuestos, pero nos movemos el uno al otro. Nos repelemos, nos atraemos. Tendrías que haber oído a Jonah el otro día, cuando se le ocurrió esta metáfora, como si hubiera ganado un puto Pulitzer.

Llega hasta mí; hace que parezca que es obra de Tom, pero no lo es. Nadie domina un espacio como Magnolia Parks. Lo cual es divertido y molesto, porque no creo que sepa siquiera que lo hace. Cuando estábamos juntos no me importaba que todos los ojos estuvieran siempre fijos en ella porque los de ella siempre estaban fijos en mí. Sin embargo, desde que rompimos, me come vivo observarla en una sala, porque ella no se da cuenta. Se pone nerviosa conmigo y las señoras y las camareras y las chicas en los bares, pero a mí no me pasa desapercibido, yo sé que está pasando. Parks, sin embargo, no tiene ni puñetera idea.

Me acuerdo de estar sentado delante de ella unos meses atrás; estábamos en un pequeño café de un pueblecito en algún lugar lejano, un día de esos que nos fuimos con el coche, y todo el mundo la observaba. Todo el mundo, y ella repasaba el menú, sin ser consciente en absoluto. Ni siquiera se dio cuenta hasta que me lo vio en la cara: en algún lugar cerca del terror divertido (aunque no era que toda la población de Rye me pareciera en absoluto una amenaza).

—¿Qué? —parpadeó.

Le dediqué una sonrisita.

—Todo el mundo te mira.

—Sí, bueno. —Se sentó un poco más erguida—. Llevo un abrigo de Chanel, de pata de gallo ribeteado en pelo. Es un vintage de 1977.

—Ya —dije, riéndome por encima de la cerveza—. Por eso te miran.

—Beej. —Me sonríe, ladea la cabeza y me pone ojitos.

—Parks. —La beso en la mejilla tan cerca de sus labios como puedo sin cruzar la línea y pone los ojos en blanco en una protesta fingida.

—Ballentine —dice Tom, al tiempo que me agarra por los hombros con una sonrisa—. Estás estupendo, tío.

Me coge el mentón con la mano, con una sonrisa burlona, pero es un gesto de poder, lo cual me cabrea por seis porque si me lo hiciera cualquier otra persona, le pegaría una paliza allí mismo, pero ¿Tom England? No lo sé. No sé cómo este cabrón estúpido que parece un pirata y un dios griego puede hacerme sentir como el mejor del mundo y como un crío de cinco años a la vez. Capullo.

—Qué traje tan guapo —me dice y para colmo se nota que lo dice en serio.

Parks me mira un segundo.

—Tom Ford. Americana de esmoquin entallada de lana elástica ribeteada de satén.

Tom la mira, luego me mira a mí, luego de nuevo a ella.

—¿Se la compraste tú?

Ella coge una copa de champán de la bandeja que lleva un camarero que en ese momento pasa por ahí y da un sorbo, aburrida.

—No.

Hago todo lo que puedo para mantener a raya mi diversión.

—Es lo suyo —afirmo, encogiéndome de hombros—. Siempre lo ha sido.

Tom la mira, confundido.

—¿Sabes… sin más… lo que viste la gente?

Ella asiente una vez.

—Sí.

—¿Qué llevo yo? —pregunta.

Ella lo mira unos segundos.

—Americana de esmoquin entallada de terciopelo de algodón, ribeteada con grogrén de color beis, con unos… —dice, pero se interrumpe, entorna lo ojos y lo hace girar sobre sí mismo—. Con unos chinos de Prada, de sarga de algodón con raya. —Le señala los zapatos—. John Lobb, zapatos oxford de piel Prestige Becketts.

Tom ahoga una risa y señala una señora que pasa a nuestro lado con un vestido largo y negro, de hombros raros, cubierto de purpurina.

—¿Y ella?

—Alex Perry, vestido de gala de terciopelo y purpurina Houston.

—¿Y ella? —pregunta de nuevo, señalando a una chica que lleva un vestido negro sin mangas ni tirantes. Con puntos dorados.

—Vestido midi de tul fruncido, con lunares y lentejuelas, escote palabra de honor. Marchesa Notte. —A esa apenas la mira—. Lo tengo.

Tom señala a una señora que está en la otra punta de la sala, vestida con un kimono raro cubierto de criaturas de bosque o alguna mierda así.

Ella fuerza la vista.

—Vestido midi de seda estampada, deshilachado y asimétrico de Lanvin.

Tom suelta una risa por debajo de la nariz, divertido.

—Es como Dustin Hoffman en *Rain Man*... ¿pero con la ropa?

—Y ya puestos... —dice, mirándonos a los dos—. ¿Qué nos parece Taura Sax con ese traje de gala midi de Marchesa Notte, con detalles florales en una gala dedicada a las flores? Muy poco sutil, ¿no?

Miro su vestido. Es bastante bonito, creo. Taura nos ve a los tres mirándola, nos saluda incómoda con la mano y siento una punzada de culpa. Le hago un gesto con la cabeza. Siempre ha intentado ser amable con Parks, pero Parks no sabe ver más allá del hecho de que me haya visto desnudo. Juego limpio, supongo.

—A mí me gusta —me encojo de hombros.

Parks pone los ojos en blanco.

—Ya, claro. A ver, en serio, ¿qué será lo siguiente? —Me mira a mí y luego a Tom—. ¿Cuadros y tartán escocés en época navideña?

Miro a Parks con fijeza.

—Tú llevaste cuadros el día de Navidad el año pasado... y llevaste tartán escocés en Nochebuena... lo llamaste inspirado.

Me mira absolutamente boquiabierta y entorna los ojos.

—¿De qué vas, de erudito de la moda en épocas festivas? Vete a la mierda.

Coge a Tom de la mano y se va.

—Hasta luego, tío —dice Tom.

Me dedica una sonrisita divertida y transmite algo que me hace pedazos. Como si él entendiera que ella está siendo una mosca cojonera. Como si la entendiera.

Está enfadada porque he defendido a Taura.

Seguramente no tendría que haberlo hecho, seguramente no merecía la pena.

Parks me lo hará pagar luego, pero ahora Taurs y yo somos amigos. No podía dejarla tirada. Henry me ve y se acerca con Taura.

—¿Estabais hablando de mí? —pregunta.

—¿El qué? —pregunto, haciéndome el tonto—. No, Parks solo comentaba que le gustaba tu vestido.

—Ya, claro —se ríe Hen.

Taura le pega en el brazo.

—¿Estás bien? —me pregunta, señalando con la cabeza hacia Parks.

—Sí —bufo—. ¿Por qué no iba a estarlo?

—¿Porque probablemente dentro de un rato el multimillonario más sexy del mundo le dará a Parks como cajón que no cierra?

—¡Henry! —se sorprende Taura.

Yo fulmino a mi hermano con la mirada. Más herido de lo que desearía estar, también más enfadado. Respiro hondo, molesto. Me voy hacia la barra.

Si cualquier otra persona hubiera hablado de Parks de esa manera, barrería el jodido suelo con ella, pero Henry lo hace porque la quiere y porque son como hermanos. Además, le gusta sacarme de mis casillas y nada me saca más de mis casillas que el hecho de que me hagan tragar que, en realidad, Parks ya no es mía.

Henry siempre ha estado enfadado conmigo por eso, por lo que hice. De vez en cuando le sale de maneras extrañas. Comentarios pasivo-agresivos, comentarios agresivo-agresivos, plantar imágenes de mis peores pesadillas en mi mente en mitad de una fiesta de jardín, ya sabes... esas mierdas. Pido un whisky en la barra, lo apuro de un trago, y luego pido un Negroni. Jonah se sienta a mi lado.

—Eh —dice, mirándome con cautela—. ¿Estás bien? —Pido otra copa—. Solo está jugando, tío... —dice Jo, negando con la cabeza—. Además, a Parks no pueden darle como a un cajón que no cierra, la partiría en dos —añade. Lo fulmino con la mirada, porque esta noche no puedo. Frunce el ceño—. ¿Qué te pasa?

La busco con la mirada, está en la otra punta de la estancia.

—¿Crees que la estoy perdiendo?

Jonah me mira un par de segundos, como si nunca se hubiera planteado esa posibilidad. Y entonces, tal vez, pasa lo peor. Me da la sensación de vérselo en la cara. Él también se pregunta si la estoy perdiendo.

Porque ahí está Parks, con Tom y sus padres, Andrew y Charlotte England. Gente simpática, gente buena, gente rica, personas que tienen un hijo que no lleva tres años haciéndole daño. Y Parks es el tipo de chica que todos los padres sueñan con tener de nuera; es una tostada con miel hecha persona, y se la están comiendo.

Y yo la miro con él, la veo con las manos apoyadas en su pecho, riéndose mientras les cuenta algo. Todos los ojos están fijos en ella y no pasa nada, porque hay algo magnánimo en ella que te hace querer acercarte, pero son los padres de él.

¿Por qué está con los padres de él? Ella nunca conoce a los padres del chico. Y con todos los chicos con los que ha salido hasta ahora, si los tocaba, lo hacía mirándome; si los abrazaba, lo hacía aguantándome la mirada. Pero ahora le está tocando el pecho y ella lo mira a él, y se ríen, y creo que son una pareja de verdad porque ella no me mira ni una sola vez.

Entonces Tom le levanta la cara con un dedo —¿por qué mola tanto este tío? Le odio— y la besa. No los había visto besarse. Es raro, me da una sensación rara. Al principio nada. Solo… nada. Y entonces es como si alguien me cortara el puto brazo de cuajo con un machete. Nada y de repente todo. Todo sangrando por todas partes, muriendo ahí mismo sobre un lecho de peonias con el amor de mi vida en la otra punta de la estancia con un hombre que no soy yo, que en realidad es probable que al fin la merezca, joder, y la sensación de desangrarme se empieza a hacer demasiado real. Esa parte de tu cerebro que suena como una alarma: ¿no estamos bien? Se dispara. No estoy bien. Me siento como si me hubiera caído en un agujero. No tengo dónde agarrarme, no hay un final a la vista, tengo el culo en el estómago, el estómago en la garganta, el corazón en la mano de una chica que se la está dando a otro… una especie de caída eterna, esta puta suspensión siempre cayendo, lo cual a fin de cuentas es más o menos lo que siento a estas alturas al estar enamorado de ella.

Agarro a Jo, desesperado.

—¿Tienes coca? —digo con un hilo de voz.

Jonah frunce el ceño.

—¿Qué?

No me inmuto.

—¿Tienes o no?

—Beej… —Sigue mi mirada y ve el problema. Parece nervioso—. No es buena idea… es un poco exagerado…

Asiento una vez.

—Sí.

—Se lo prometiste —me recuerda.

—Sí. —Me encojo de hombros—. No será la primera promesa que rompo con ella, así que…

—Sí, pero esta le va a importar —responde, negando con la cabeza.

—Jo, mírala… —Fijo la mirada en ella. Tiene la cabeza apoyada en el brazo de él, están posando para una foto—. Es feliz.

Y el corazón se me empieza a romper en mitad de mi cara.

Jonah hace un ademán para apartarme de allí.

—Venga, pirémonos…

Me paro en seco.

—¿Tienes o no?

—Sí. —Me mira contrariado—. Tengo.

Señalo el baño con la cabeza. Echo a andar y mi mejor amigo me sigue arrastrando los pies. Me meto en un cubículo. Él entra conmigo. Me da la bolsita con un gran suspiro y los ojos enturbiados, pero todo Dios tiene los ojos enturbiados esta noche así que a la mierda. Llevo casi dos años sin meterme, desde que le prometí a ella que no lo haría.

Solo me pinto una raya, es lo que necesito para atemperarme. Jonah me vigila mientras lo hago, reprendiéndome con la mirada. No está de acuerdo. Me parece hipócrita de cojones, siendo el gran señor de la mafia y todo el rollo, aunque que, claro, no fue él quien tuvo una sobredosis.

Me quita la copa de la mano.

—Basta de alcohol esta noche.

Me encojo de hombros.

—No me hace falta.

Me paso las manos por el pelo, ya me siento mejor, y volvemos a la fiesta. Veo a Vanna Ripley en la otra punta de la estancia. El pelo peinado hacia atrás, un vestido escotado, los ojos de gato. Me gusta Vanna Ripley. Está jodidamente buena. Es una actriz pésima, seguro que también lo sabe. Sin embargo, eso la hace sobresaliente en la cama. Y le gusto más de lo que merezco gustarle a nadie. Creo que ahora somos más o menos amigos.

Creo que me la voy a tirar igualmente.

01.05

Beej

No he podido decirte adiós antes de irme.

Adiós

?

Estás bien?

Parecías ir un poco pasado cuando me marchaba.

Sí, sty bienm

En serio?

Su

Sí

Vale.

Oye parsk qué al tu nocio

Qué haces?

Nafa

Estoy biem

Quieres coger el teléfono?

Estoy com alhuien

Yo también lo estoy.

Mo me refería a eos

Ya sé a qué te referías.

Aa que me reffría. Eh?

Para ya.

Etsa ebfadads commigp?

Estásenfadada con migo

Sí.

Pero llama cuando llegues
a casa, de todos modos.

No boy a cass esta nohce

Perfecto.

14.06

Parks

Joder.

Joder joder

Lo siento

Iba pasadísimo

Lo vi

Lo siento.

Con quién te fuiste a casa?

En serio quieres saberlo?

Sí

Vanna

Ripley?

Sí.

Vale.

Genial.

Parks?

Qué?

Lo siento.

Solo bebiste, verdad?

Solo tomaste alcohol?

Unos Negronis de más...

Vale

Cuídate 🖤

VEINTICUATRO

Magnolia

Tom no me recoge para ir a cenar con su familia esta noche; me ha dicho que no podía llegar a tiempo de su casa a la mía y luego allí y, por un momento, me resulta raro, pero entonces recuerdo que, en primer lugar, no es mi novio de verdad y, en segundo lugar, cabe la gran posibilidad de que yo esté excesivamente sensible como resultado de que BJ se acostara con una famosilla la semana pasada y me entran náuseas de pensarlo.

Esa tal Vanna Ripley no es tan guapa como yo, pero es una actriz emergente además de una fresca en la cama, según Christian, que me contó mucho más de lo que necesitaba o le pedí saber.

En fin, voy con la limusina hasta el Mandarin Oriental, lo cual me hace sentir un poco como si le fuera infiel a BJ porque este es nuestro hotel, y creo que se moriría un poco si supiera que he estado aquí con Tom, porque yo también me moriría si él trajera a otra persona. Aunque no fue propuesta mía. Heston Blumenthal es amigo de Charlotte, además de su chef favorito del mundo entero, así que con un poco de suerte no me sacarán ninguna foto aquí y Beej no se enterará de nada.

Además, BJ te fue infiel de verdad, me recuerdo.

Mientras estabas enferma de gripe en casa, el amor de tu vida tuvo una relación sexual con penetración, en una fiesta, en su antigua casa, en una bañera sin agua, con una persona que olía a azahar y a almizcle y... a nardo (creo) y por eso, si te apetece ir al Dinner by Heston en el hotel donde perdiste la virginidad con él hace casi siete años, deberías poder hacerlo, porque él renunció a los derechos del Mandarin cuando renunció a ti.

Esa es la charla que me doy mientras camino hacia una mesa donde todos los England están ya sentados.

Voy sobre seguro con la ropa, algo que les gustará a sus padres: una blusa corta con cuello festoneado de Miu Miu, una falda plisada con el logo de Prada y un cárdigan de cachemira con cuello de pico de Versace. Adorable, pero conservadora.

No sé por qué estoy nerviosa. Ni por qué me importa impresionarlos. Y no es que no los haya visto nunca antes, desde luego que hemos coincidido, cien veces desde que era una niña, pero ahora no soy una niña y Tom England es mi falso novio con padres reales a quienes, al parecer, estoy resuelta a deleitar con mis ojos de diamante y mi mansedumbre.

A decir verdad, ni siquiera había pensado que Clara England estaría allí, qué terrible por mi parte, desde luego que iba a estar. Que su marido se muriera no significa que ella ya no sea una England, es solo que se me medio olvidó que lo era. Tiene veintiséis años, creo. Imagínate tener veintiséis años y ser viuda.

Ella y Sam se casaron bastante jóvenes, justo después de graduarse. Es bastante raro entre la gente de nuestra posición; hubo mucha especulación sobre si estaba embarazada. Yo no creo que lo estuviera. No tuvieron hijos.

Tom se pone de pie cuando me acerco a la mesa.

Lleva una chaqueta *bomber* de ante en color teja de Gucci, a conjunto con los vaqueros elásticos, orgánicos y ajustados Steady Eddie II de Nudie, a conjunto con las Converse Chuck Taylor All Star de los 70 en cuero negro. Está muy guapo, y me pregunto cuándo se me pasará... ese vuelco que me da el corazón como a una colegiala cada vez que me mira a los ojos. Pasó cuando yo tenía siete años y él quince y me dio una servilleta en una fiesta en el castillo de Windsor, y acaba de pasar ahora cuando no ha hecho más que guiñarme el ojo.

Se separa de su silla, camina hacia mí, me toma el rostro entre las manos y me besa con más profundidad de la que desearía delante de sus padres, porque quiero caerles bien y que me tomen en serio, aunque técnicamente yo no me estoy tomando a su hijo en serio, pero ¡las apariencias lo son todo! Me coge de la mano y me lleva hasta la mesa.

Educados besos al estilo británico por parte de sus padres, pero un cálido abrazo de parte de Clara que creo que no me merezco.

—Qué bien que hayas podido venir —me sonríe.

—Estamos encantados por tú y Tom, Magnolia —me dice Charlotte.

—Sí —asiente Andrew—. Es maravilloso. Hacía tiempo que no lo veíamos tan feliz.

—Aunque, si puedo preguntar —interviene Clara, mirando a Tom un par de segundos antes de mirarme a mí—, y lo siento mucho si es inapropiado —añade, volviendo a mirar de soslayo a Tom—, creía que todavía salías con BJ Ballentine.

—Ah. —Niego con la cabeza una vez y suelto una carcajada nerviosa—. No, pero es normal que me lo preguntes, seguimos teniendo bastante relación.

Tom me rodea con el brazo y durante un segundo me parece un escudo, como si me estuviera protegiendo de los ojos curiosos de su familia. Y la verdad es que veo curiosidad en sus ojos —como la mayoría de gente cuando se trata de BJ y yo, con un amor como el nuestro que parece una atracción de feria—, pero entonces me fijo en la cara de Tom, la mandíbula apretada, el ceño fruncido, ni tierno ni protector, y me pregunto si quizá lo estoy escudando yo a él de algo que desconozco.

—Y dime —pregunta Clara con una sonrisa, pero le sonríe a Tom, no a mí, aunque la pregunta me la hace a mí—: ¿Cómo os conocisteis Tom y tú?

Tom la mira fijamente.

—Hace años que nos conocemos.

Clara lo acepta con una inclinación de cabeza y no insiste en la pregunta.

—Claro, no, es que no sabía que hubierais pasado mucho tiempo juntos.

Andrew asiente.

—Ni nosotros tampoco, en realidad, pero aun así fue un agradable descubrimiento.

Le dedico una sonrisa de agradecimiento y cotorreamos sobre esa noche, dejando a un lado la parte del baile erótico en el regazo de BJ y cambiando club por restaurante para que a sus padres les parezca más aceptable.

Tom no ha apartado el brazo que me rodea. Tampoco me ha mirado una sola vez.

—¿Y eres editora de ocio para *Tatler*? —asiente Andrew, respondiendo su propia pregunta.

—Lo soy.

—¿Cómo conseguiste el trabajo?

—Bueno, tengo mucha experiencia en el ocio y, además —le dedico una sonrisa juguetona—, fue un flagrante caso de nepotismo.

Se ríe con ganas.

—¿Me vas a decir que Albert Read es tu padrino?

—Solo un buen amigo de mi madre. —Le sonrío como si fuera bobo—. Mi padrino es Elton John.

Eso sí llama la atención de mi falso novio. Al fin.

—Venga ya, ¿en serio?

—Thomas —dice su madre, parpadeando.

—¿Elton John? —se queda boquiabierto.

—Ajá —asiento.

—El Elton John de verdad—aclara Clara.

—No, el de mentira —digo, poniendo los ojos en blanco irónicamente—. Sí, él.

Tom ahoga una risa.

—¿Cómo? ¿Por qué?

—Bueno era 1997 y mi padre trabajaba con George Martin en esa época, era un poco su protegido. Y estaba mezclando para la reedición de «Candle in the Wind», y mi madre se quedó embarazada de mí, y Elton estaba siempre por allí, y pasó.

—¿Es un padrino muy implicado? —pregunta Clara, inclinándose sobre la mesa, cautivada.

—¡Sí, bastante! Sí —asiento—. Ha venido a todas mis fiestas de cumpleaños. Es escandalosamente coqueto con los hermanos Ballentine…

—No puedo culparlo —interviene Clara—. ¿Cuál es el mejor regalo que te ha hecho? —pregunta, con la barbilla apoyada en la mano.

—Cuando cumplí dieciocho años, me compró un *chateau* del siglo XII en Aquitania. No, espera —reconsidero—, cuando cumplí veintiuno me compró un collar con un diamante de diez quilates que me gusta bastante.

—Oooh. Me encantaría verlo algún día —dice Charlotte, sonriéndome.

Antes de que llegue la comida, me excuso para ir al servicio y Clara viene conmigo. No sé por qué las chicas van al baño juntas, yo prefiero ir sola. ¿No te parece más difícil hacer pis si alguien te oye?

Cuando salgo del cubículo, creo que me está esperando junto a la pila, arreglándose ante el espejo. Me lavo las manos, me las seco despacio. Incómoda.

No voy a empolvarme la nariz: sigo una rutina de cuidado facial de quince pasos, por lo que no tengo prácticamente ni un solo poro en la cara. Aun así, le sigo el juego. Me pongo un poco de pintalabios, como si mis labios no tuvieran ya ese color de por sí.

Clara me mira a través del espejo unos segundos, sumida en sus pensamientos.

—Lo siento si antes me he excedido —me dice.

—¿Por lo de BJ? —aclaro.

Ella asiente y yo me encojo de hombros.

—No pasa nada. —Y es verdad que no pasa nada. Siempre me gusta tener una excusa para hablar de él.

—¿Estuvisteis juntos mucho tiempo?

No lo pretendo, pero suspiro.

—Empezamos a salir cuando yo tenía catorce años. —Una sonrisa triste susurra en su rostro—. Ahora tengo veintidós —le digo antes de que me pregunte.

—Es mucho tiempo.

—Pero, como es evidente, ya no estamos juntos.

—Claro. —Asiente una vez—. ¿Cuándo rompisteis?

—Hace tres años.

Sigue asintiendo.

—¿Y eso?

Frunzo los labios, curiosa.

—¿No lees la prensa?

Niega con la cabeza. Eso hace que me caiga mejor. El clic de la tapa de mi barra de labios ultrafina Hourglass Confession de alta intensidad resuena por todo el lavabo.

—Me fue infiel.

—Ay, no —suspira—. Lo siento… —Niega con la cabeza, apartando la mirada.

Se la ve afectada.

¿Se le están llenando los ojos de lágrimas?

—¿Estás bien? —le pregunto, observándola con cautela.

Ahoga una risita.

—No quiero ser cotilla, es que vosotros dos siempre me habéis recordado un poco a Sam y a mí.

Hay algo en ello que hace que se gane mi simpatía.

—¿En serio?

Asiente.

—Es que erais tan jóvenes cuando os enamorasteis, siempre tan absortos el uno en el otro. —Su rostro muestra lo mucho que le echa de menos, y luego me mira a los ojos, muy seria—. Hay cosas peores, ¿sabes?, que ser infiel…

Le aguanto la mirada.

—¿Como morirse?

Vuelve a asentir.

—Como morirse.

Se coloca las manos en las sienes.

—Mírame, acorralando en un lavabo a la pobre novia del hermano de Sam y repartiendo consejos que no me ha pedido sobre relaciones. —Niega la cabeza para sí—. He perdido un tornillo.

—No. —Niego con la cabeza, pero solo estoy intentando volver a quitarme de la cabeza la idea de BJ muriendo.

No sé qué haría. No sé cómo sería el mundo sin él.

Se me rompe el corazón por esta chica; si Sam England fue su BJ, y ahora ya no está y ya ni siquiera cabe la remota posibilidad de, tal vez, volver a estar bien y arreglarlo algún día, cuando él pare de tirarse a todo lo que se mueve y tú puedas asimilar la idea de volver a confiar en él, entonces esta chica debe de ser una cáscara y los huesos de su corazón tienen que estar completamente rotos.

Volvemos a la mesa y, una vez sentadas, Tom vuelve a besarme y, una vez más, es más de lo necesario.

Y justo cuando se aparta, veo a Clara mirando sus labios sobre los míos, y en los ojos de ella observo florecer una peculiar envidia que creo que ni ella puede entender porque, ya te lo aseguro, yo no la entiendo. Miro a Tom y luego a Clara, y ahí hay algo. Una especie de pesadez. Y quizá si tuviera unos ojos que pueden ver cosas invisibles encontraría una pesada cadena desde él hasta ella que los une… pero mis ojos no pueden verla.

Sin embargo, sí pueden ver los ojos de Tom, que por fin se encuentran con los míos. Y parece, a ver, no parece un cervatillo asustado ante las luces de un coche, sino más bien un corderito atrapado en un matorral. Y no sé qué es, pero no soy idiota y sé que acabo de ver algo entre ellos. Intento mirarlo a los ojos, darle una oportunidad de tranquilizar mi mente. No sé por qué, honestamente, pero de pronto me siento rara. ¿Alerta? Como expuesta.

Y entonces llega la cena.

Después de pagar la cuenta, los England sénior se levantan, listos para irse.

—¿Quieres que te lleve de vuelta a Holland Park? —me pregunta Tom.

Asiento, sonriéndole, aliviada por poder tener un minuto a solas.

—Vaya —suspira Clara—. Esperaba que pudieras llevarme a mí.

—Vaya —dice Tom. Y entonces se hace una pausa extraña. Lo miro, esperando que aparezcan más palabras. Me mira a los ojos y entonces se me ocurre: está esperando a que lo excuse para no tener que llevarme a casa. No lo hago—. Podría dejaros a las dos en casa —dice—. Holland Park no está muy lejos y luego puedo acercarte a ti a Rosie.

Ella asiente, sonriendo un poco, más tranquila.

Achico los ojos.

—Mira, no. No pasa nada. Tengo un coche aquí. Se me había olvidado.

—Ah, ¿sí? —pregunta Tom, quizá con demasiado entusiasmo.

—Tampoco has podido venir a recogerme, ¿recuerdas?

Aparta la mirada con un gesto de culpabilidad.

Miro a sus padres.

—Muchas gracias por la cena, ha sido maravillosa.

Me vuelvo hacia Clara y le dedico una mirada sutil.

—Cosas peores.

Le cambia la cara. Tom se inclina para besarme, pero lo esquivo, ofreciéndole la mejilla.

—Te llamaré —me dice.

Me vuelvo para mirarle por encima del hombro.

—Hum.

Por qué eso me ha puesto triste, no lo sé. Pero es así… incluso me he puesto un poco llorosa en el coche, de vuelta a casa.

Me voy directa a mi cuarto, evito a toda mi familia, pero especialmente a mi hermana y especialmente a Marsaili, porque no me apetece mucho explicar unos sentimientos que ni siquiera puedo explicarme a mí misma. Me ducho y luego me pongo una sudadera del cajón de BJ, la sudadera de Ralph Lauren con capucha y un osito estampado. A él le va grande, yo puedo perderme en ella. Huele a él y tocarla me recuerda a él, y solo quiero sentirme más cerca de él porque no entiendo qué ha pasado antes, y odio no entender las cosas, pero casi siempre puedo entender a BJ.

Y entonces mi móvil suena. Es Tom. No lo cojo. Vuelve a sonar.

23.53

Tom

Contesta.

No.

Estoy fuera.

Miro por la ventana y está en la calle. Al lado de su coche, mirando hacia arriba con el móvil en la oreja. Me saluda con la mano y me hace señas para que baje.

Articulo «vete» con los labios, pero él me hace señas con más insistencia y sigue llamándome.

Pongo los ojos en blanco y bajo las escaleras.

Calcetines de Gucci, chancletas y la sudadera, es lo único que llevo… no he ido tan descuidada en toda mi vida. Cierro la puerta principal con sumo cuidado porque estoy convencida de que mi hermana está escuchando a hurtadillas y sospecho que ella ya sospecha que Tom y yo somos una especie de farsa, pero no quiero que lo sepa con seguridad.

Tira de la manga de la sudadera y me mira.

—¿Es tuya?

Le lanzo una mirada airada.

—No.

Ahoga una risa.

—¿Entonces está arriba?

—No. —Frunzo el ceño—. ¿Acaso tengo prohibido llevarla?

Ahora es él quien frunce el ceño.

—Desde luego que no, es solo que…

—«No quiero quedar como un estúpido» —lo corto—. Es lo que me dijiste la semana pasada, que no querías quedar como un estúpido, y entonces me llevas a cenar con tu familia y se te olvida compartir un detallito increíblemente crucial.

—¿Que es…? —dice en tono desafiante, pero traga saliva con nerviosismo.

—Que tú también necesitas una trinchera. —Me evita la mirada—. Es la mujer de tu hermano…

—Es complicado…

—¿Sí? ¡No me digas! —lo corto—. Yo no estoy jugando a nada con una viuda desconsolada.

Se le tensa la mandíbula y niega con la cabeza.

—Tú no… nosotros no.

—Entonces ¿qué estamos haciendo? —Levanto la mirada hacia él, con los ojos muy abiertos e impacientes.

Su respiración superficial hace que el robusto pecho se le hinche un poco. Suelta el aire por la boca como si hubiera una vela que yo no puedo ver. Está blanco como el papel.

—Estoy enamorado de ella.

—¡Tom! —grito un poco y no me cabe duda de que se me ve el blanco de los ojos alrededor de los iris—. ¿Ella lo sabe?

Esboza una expresión extraña.

—Nos hemos besado.

Me quedo atónita.

—¡Tom!

No me lo puedo creer. Lo miro con fijeza, como si me hubiera dicho que tiene un campo de trabajos forzados en el sótano de su casa. Estoy parpadeando mucho.

—Esta noche no —aclara con el ceño fruncido, y debo admitir que me alivia. ¿Por qué me alivia?—. Fue una semana antes de que tú y yo... —dice, pero se le va apagando la voz— ya sabes. Empezáramos, ¿supongo? —Niega con la cabeza—. Necesitaba olvidarlo.

Dios, qué bien me vendría un martini ahora. Suelto el aire por la boca y lo miro con los ojos entornados.

—¿Fue solo un beso?

Algo cambia en su rostro. Es la primera vez en la vida que lo veo un poco asustado.

—Necesito que lo fuera.

Asiento una vez, procesando. Me cruzo de brazos y me siento en el escalón de la entrada.

—¿Cómo pasó?

Suspira.

—Es complicado.

Lo fulmino con la mirada.

—Pues simplifícalo por mí.

Me suplica con los ojos.

—No puedo. ¿Confías en mí?

—No. —Me encojo de hombros—. No particularmente.

Es mentira. Lo sé en cuanto lo digo. Tom England es digno de confianza y sí confío en él. Y bastante, a decir verdad. Sin embargo, quiero hacerle daño por alguna razón.

Y lo consigo, porque veo cómo se le refleja en la cara.

—De acuerdo —dice asintiendo unas cuantas veces, sin mirarme a los ojos ya.

Me cubro los ojos con las manos y suspiro.

—¿Quieres parar... —hace una pausa— esto?

No me aparto las manos de la cara cuando respondo.

—No.

—¿No? —responde, sorprendido.

Lo miro detenidamente.

—No.

—¿Por qué «no»?

La respuesta real es que no me gusta la cara que acaba de poner. No me gusta ver a Tom un poco asustado, hace que los pequeños guardianes que hay en mi corazón se pongan en alerta. Sin embargo, en lugar de eso digo:

—Porque sigo necesitando una trinchera.

—Vale. —Asiente una vez—. Pero… ¿estamos bien? —Me busca los ojos cuando lo pregunta, su preocupación es sincera.

Pongo los ojos en blanco.

—Supongo —contesto, apartando la mirada y mostrándome más que irritada, solo porque me gusta tener a los hombres a mi servicio.

Él se sienta en el escalón a mi lado.

—¿Te compro un par de zapatos mañana?

Lo miro de hito en hito.

—Me compras tres pares.

Tom esboza una sonrisa torcida.

—Vale.

—Vale —asiento, mirando hacia la calle.

Él sigue mi mirada y se queda ahí un minuto.

Es bonito, el aire que corre entre nosotros. Y me siento segura aquí a su lado, lo cual me parece peculiar porque realmente solo me he sentido segura con una persona antes. Y mientras empiezo a retirar las capas de esa idea, y lo que puede significar, Tom se recuesta sobre el escalón y levanta la mirada. Bajo el cielo negro como la tinta de esta noche, su pelo rubio peinado hacia atrás se ve mucho más oscuro de lo que es, pero de algún modo sus ojos se ven más claros. Más azules y límpidos. Quizá como si se hubiera quitado un peso de encima.

Me mira unos segundos.

—¿Te has puesto celosa? —pregunta—. Cuando has sabido que la besé.

Me da vergüenza que se haya dado cuenta y agradezco que esté todo tan oscuro que no se ve el rubor de mis mejillas.

—Sí —les digo a las estrellas—. Pero no saques conclusiones precipitadas… Soy bastante posesiva y archiconocida por lo mal que se me da compartir.

Él ahoga una risa.

—Va bien saberlo.

VEINTICINCO
BJ

Parks se ha tomado lo de Vanna mejor de lo que esperaba.

No sé si es buena o mala señal, pero me ha gustado que me pidiera que fuera con ella a echarle un ojo a un hotel nuevo para su artículo de ocio.

En algún lugar del que no había oído a hablar nunca... ¿Farnham House? Por la bahía de Saint Ives, creo. Se ha presentado en el portal de mi casa. Por eso nunca dejo que las chicas se queden a dormir. Tiene una llave, pero no la usa nunca. Creo que le da miedo que al otro lado de la puerta esté pasando algo que no quiere ver. Motivos no le faltan. Supongo que lo más seguro es que llame a la puerta, sí.

He abierto la puerta y, como me conozco esa cara igual que si fuera la palma de mi mano, me he dado cuenta de que estaba nerviosa por algo. No sé qué era, no sé por qué. Pero me ha alegrado que viniera a verme.

—Hey —le he sonreído mientras me apartaba del portal para dejarla entrar.

—¿Estás libre? —ha preguntado—. Los próximos días.

La respuesta: en realidad no. Tenía una sesión de fotos esa misma tarde y, al día siguiente, una cita con una modelo, pero con esa cara delante de mí estaba libre como un puto pájaro. He asentido.

—Puedo estarlo.

—¿Te apetece llevarme a Cornualles? —ha planteado—. Por el trabajo.

He ladeado la cabeza, curioso.

—¿No quieres que te lleve Tom?

—No. —Ha negado un pelín con la cabeza—. No quiero.

Nuestros ojos se han encontrado y me he sentido como si estuviera

194

alargando la mano hacia mí para cogerme, como si ella pensara que yo estaba muy lejos, pero no lo estaba. Aquello ha tirado de un extraño hilo en mi cabeza, en realidad, porque si ella estaba así, si ella sentía una distancia entre nosotros que no venía por mi parte, significaba que venía de ella.

—¿Conduzco yo o conduces tú?

—He venido con el Mulsanne —me ha dicho—, pero conduces tú. Me gusta más cuando conduces tú.

La he hecho entrar en mi piso.

—Dame cinco minutos, voy a hacerme la maleta.

Me deja conducir y me encanta conducir por la M3 con ella. He conducido por aquella autovía mil millones de veces y siempre se me antoja estar volviendo a donde estábamos antes.

Su familia tiene una casa en Dartmouth que significa mucho para nosotros. Vamos de vez en cuando. No a menudo. Pero sí de vez en cuando.

Esas carreteras me recuerdan a ella, a esa noche, a todo lo que pasó. Suspiro más fuerte de lo que pretendo, en un intento de romper el recuerdo. Ella me mira y sé que lo sabe. Coge mi móvil, que lo tengo en el regazo, y cambia la canción a «I'll Be Seeing You» y mira por la ventana. Lo sabe. Siempre me entiende y yo siempre la entiendo a ella, y seguramente no es sano y está mal porque no es solo que no pueda superar lo nuestro, es que, aunque pudiera descubrir cómo hacerlo... igualmente no lo haría.

Porque sus ojos ahora mismo, tan heridos y tristes como están los míos, nos anclan al fondo del mar de lo que sea que somos, fuimos y seremos. Y me pregunto qué será el amor para otras personas... ¿Para todo el mundo el amor son intercambios mudos y un millón de recuerdos que te destruyen hasta los huesos?

Se anima un poco cuando cruzamos Plymouth. Desde allí queda cerca de una hora y media de viaje hasta Toms Holidays y me hace feliz pasar tiempo con ella.

Nadie más, nada de ojos curiosos, nadie que nos escuche a escondidas, nada de novios... solo ella y yo y rozarnos las manos y mirarnos a los ojos para recalibrar y volver a los buenos tiempos.

—Soy una chica con muchas ideas —me dice.

Y la miro.

—Ah, ¿sí?

Ella frunce el ceño, indignada.

—Evidentemente.

—Muy bien, pues, dispara tu mejor idea…

Se gira hacia mí, con las piernas oscuras remetidas debajo del cuerpo, y se aclara la garganta. Pausa dramática.

—*Titanic*: el parque acuático.

Niego con la cabeza.

—Absolutamente jamás.

—¿Qué? —frunce el ceño, picadísima—. ¿Por qué?

La miro por el rabillo del ojo y me encojo de hombros como si estuviera haciendo una mera sugerencia.

—¿Porque quizá es un poco desconsiderado?

—¿Para quién? —dice, mirándome con incredulidad—. ¿Para James Cameron? No te preocupes por eso, es un amigo…

—No…

—Vale, muy bien —admite—. Estábamos sentados de lado en un banquete de Estado hasta que él pidió que le cambiaran el sitio, pero no creo que tuviera que ver conmigo, creo que fue porque él estaba justo debajo de un conducto de aire. Imagínate sentar a James Cameron debajo de un puto conducto de aire. ¡Alguien se quedó sin trabajo esa noche!

Estoy haciendo todo lo que puedo para contenerme y no reírme. A Parks no le gusta que me ría de ella. Es una destreza que me ha llevado años perfeccionar y que seguramente me ha quitado unos cuantos días de vida. Le dejo unos segundos antes de preguntar con cuidado:

—¿Le contaste lo de tu idea para el parque temático?

Vuelve a fruncir el ceño.

—¿Sí?

Muevo la boca sin querer.

—Se cambió por ti.

Parks hace una pausa mientras lo piensa.

—¿Crees que va a robarme la idea?

—En absoluto —respondo, negando con la cabeza.

Ella entorna los ojos.

—¿Estás seguro?

Asiento una vez.

—¿Por qué?

Suelto una risotada que parece un suspiro y que no encaja con lo feliz que me siento de estar ahí charlando tranquilamente con ella.

—Porque sería como si alguien hiciera una atracción ambientada en el espacio y la llamara Apolo 11. O un campo de aviación llamado Amelia Earhart.

Me mira unos cuantos segundos largos y creo que lo pilla por fin.

—¡Mierda! ¡Beej, es brillante! ¡Inspirador! ¡Un parque temático de desastres! ¡Seremos ricos!

Ahora ya me río abiertamente.

—Somos ricos.

—Más ricos —matiza.

Aparcamos en los terrenos de Farnham House.

El edificio se parece un poco a un *chateau* francés. Piedras antiguas, ¿quizá arenisca? Tejado de pizarra, ventanales enormes.

—Es bonito. —La miro tras tirarle las llaves al aparcacoches y guiñarle el ojo. Luego señalo con la cabeza un coche que me resulta familiar—. Ese coche parece el de tu padre.

Ella mira el Quattroporte GTS GranSport negro.

—¿HP1977? —Me mira, confundida—. Es su coche.

Frunzo un poco el ceño.

—¿Sabes qué? Hace un par de meses me pidió que le recomendara un hotel tranquilo para un viaje de negocios que iba a tener. Creo que era con Post Malone.

—¿Tu padre está ahí dentro con Post Malone? —digo. Parpadeo y luego señalo la puerta con la cabeza—. Vamos a buscarlos.

Quiero parar aquí un momento y decir esto: Parks y yo tuvimos infancias muy distintas.

Mi madre es la mejor madre del mundo: cinco hijos, no es católica.

Cinco hijos porque le encantan los críos, a la muy loca. Lloró cuando nos mandó al internado, pero si nos mandó fue porque realmente es lo que hacen las familias como la nuestra. Y con papá tenemos una relación un poco más complicada porque creo que cree que soy una decepción —que estoy echando a perder mi vida, y es posible que tenga razón—, no lo sé, pero jamás he pensado que no me quisiera. Parks, sin embargo… su infancia y la de Bridget estuvieron repletas de momentos extraños en los que ellos las hacían sentir como si ellas fueran imposiciones.

Como si sus padres las hubieran tenido porque se suponía que debían tenerlas, y no porque quisieran tenerlas. Y no pienso que no las quieran. Las quieren. Vi a su madre pelear por ella una vez —solo una—, pero fue una vez importante. Y su padre… cuando Parks y yo empezamos a dormir juntos, mi padre se puso furioso, condujo hasta su casa, entró hecho una furia y yo me escondí debajo de la cama. Marsaili nos cubrió, mintió —dijo que yo me había ido a casa de Jonah—; en cambio el padre de Parks no le dijo nada a ella, pero sí me cogió aparte esa misma noche. «No dudaré en matarte si es necesario», me dijo.

Pero no se implican nada. Ella podría haberse metido cocaína, que ellos tan panchos. Ambos vivían en su mundo paralelo. Hicieron un montón de mierdas como olvidarse de sus cumpleaños, se iban en Navidades sin las niñas, desaparecían durante semanas, no contestaban al teléfono… todas esas mierdas de padres. Podrías preguntarle a Parks y te diría que sin ninguna duda la única razón por la cual es una persona vagamente funcional (y dependiendo del día creo que todos podemos estar de acuerdo en que hay distintos grados en su escala de funcionalidad) es Marsaili.

Pero bueno, que entramos en el vestíbulo para ir a la recepción. Habla Parks y yo reprimo la necesidad de meterle un empujón al chaval del *check-in* que está detrás del mostrador porque el muy capullo la está mirando como si yo no estuviera allí mismo, pero ella no se da cuenta. Nunca se da cuenta. Me acerco un poco más a ella de lo que haría si estuviéramos en Londres. Parks no me aparta, nunca lo hace cuando la gente no puede vernos.

Por eso nos encantan los pueblecitos ingleses tranquilos. A nadie le importa lo más mínimo quiénes somos, y puedo tocarle la cintura sin que luego aparezca una foto en *The Sun*, y puedo apoyar el mentón sobre su coronilla mientras ese tontarro de la recepción evita mi mirada para flirtear con mi chica.

—Tenemos una suite con dos camas dobles, o una con una cama extragrande. ¿Cuál preferís?

Fulmino al recepcionista con la mirada.

—¿A ti qué te parece, tío?

Frunce los labios y empieza a escribir en el ordenador.

Todavía están limpiando las habitaciones, dice que seguramente les llevará una hora. Estoy bastante convencido de que es una especie de gesto de poder por parte del tipo, que intenta retrasarnos el momento de empezar a tener todo el sexo que de todas formas no tendremos.

Nos vamos al bar mientras esperamos.

Tengo ambas manos sobre sus hombros y la guío para cruzar la puerta, y ella está riendo y sonriendo y de repente se para en seco.

Sigo su mirada hasta un rincón alejado del bar.

Su padre... ¿Y Marsaili?

Ella frunce el ceño.

—Qué raro.

Y no le encaja porque no puede encajarle, porque Parks no es así, no está programada para pensar en los puntos flacos de los sentimientos y porque ha tenido a Marsaili en un pedestal toda su vida como la única adulta que no la ha decepcionado. Tengo la sensación de que debo largarme de allí con ella, de que debo evitar a toda costa lo que está a punto de ver...

—Venga... —La agarro de la mano y tiro de ella hacia atrás—. Deberíamos subir a la habitación.

—No. —Aparta la mano de un tirón—. ¿Qué están haciendo aquí?

Y en cuanto lo pregunta, le llega la respuesta: ambos se inclinan por encima de la mesa y se besan de esa asquerosa manera que los viejos tienen de besarse.

Parks abre tanto la boca que casi le llega al suelo.

—Parks —digo, cogiéndola por la muñeca—, vámonos.

Se vuelve para mirarme y tiene los ojos tan abiertos por la sorpresa y por otra cosa... algo que no puedo ubicar. Una especie de dolor, pero peor.

Le aprieto la mano.

—Creo que deberíamos irnos.

—Ni hablar. —Niega con la cabeza, gira sobre sus talones y se va hacia allí a buen paso.

—¡Bueno! —dice Parks dando una palmada—. ¿Qué tenemos aquí?

—Mierda —farfulla su padre, poniéndose de pie a regañadientes.

—¡Magnolia! —exclama Marsaili, y el color abandona su rostro.

Parks los mira a los dos durante unos segundos.

—Vamos, es que alucino.

—Cielo… —empieza a decir Harley.

Ella levanta una mano para silenciarlo.

—Vamos, es que alucino en serio.

—Magnolia —empieza a decir Marsaili, mirándola a ella y luego a mí, como si creyera que voy a echarle un cable—. Puedo explicarlo…

—¿Puedes? —dice Magnolia, mirándola con incredulidad—. Por favor, adelante.

Harley niega con la cabeza, avanzando un paso.

—Cariño, escucha…

Lo mira haciendo un gesto.

—Que tú hagas esto… vale. En fin. Llevas años tirándote a las chicas de los videoclips de raperos.

Él echa la cabeza para atrás, indignado. Es un tipo muy grande, su padre, mide casi metro noventa. Le sacaré un par de centímetros, como mucho. Pero es una mole. Calibre gladiador. Lo he visto entrenar con Dwayne Johnson y seguirle el ritmo. Ella, Parks, medirá metro setenta, tiene piernas de Bambi, la boca grande y una mirada beligerante; es incapaz de apartarse de un conflicto con ese hombre.

Siempre me he preguntado si algún día tendría que pelearme con él. Me pregunto si hoy será ese día.

—¿Disculpa? —le gruñe.

—¿Crees que no sé qué hacías con esa chica con la que estabas en Britannia Row cuando entré en la cabina de sonido? Yo tenía trece años. —Niega con la cabeza—. Me espero esta mierda de ti, Harley, ¿pero de ti? —añade, mirando a Marsaili a los ojos. Y yo adoro hasta la locura que mi Parks se haya convertido en un pequeño dragón—. Con tus humos, mirándonos a todos por encima del hombro, poniéndote en plan mojigata y echando pestes de él —dice, señalándome con un gesto del pulgar— y de sus recelos, insistiendo en lo imperdonable que era su comportamiento, ¿y todo esto mientras te estabas tirando a mi padre, que está casado?

A Marsaili se le cae la cara de vergüenza. Yo frunzo los labios.

—Magnolia… —Harley se interpone entre ellas—. Ya es suficiente.

—¿Cuánto tiempo hace? —pregunta Parks, ignorándolo.

Su padre le lanza una mirada iracunda y aprieta los puños.

—Seis años —responde Marsaili a toda velocidad.

Ante aquello hasta yo me quedo pasmado.

—Seis años —repite Magnolia despacio.

Algo entre ellas cambia… Pasa de la sorpresa a quizá cierta traición a… no lo sé. Miro a Parks a los ojos: conozco todos sus colores y todo lo que les delata y mi mejor apuesta es que… ¿reflejan cierta aflicción?

Parks parece demasiado herida para que el sentimiento sea solo rabia.

Mars y Parks se miran fijamente y se hablan a través de la mirada: Mars suplica con los ojos y los de Parks están sencillamente destrozados. No aparta la mirada, es como si se hubiera quedado enganchada. Y yo desearía poder escuchar lo que sea que se estén diciendo porque siento que puede tener que ver conmigo.

Magnolia apunta con un dedo débil a la mujer que ha querido toda su vida y no dice nada durante unos pesados segundos.

—No vuelvas a dirigirme la palabra jamás —le dice.

Y entonces me agarra la mano y me lleva de vuelta al coche.

VEINTISÉIS

BJ

Entramos en el coche y nos vamos. Conducimos un rato en silencio. Respira con dificultad. La observo con atención en busca de lágrimas. Vendrán, ahora o más tarde, todavía no lo sé porque tengo medio cerebro concentrado en ella y el otro medio en la carretera, pero llorará y yo haré que esté mejor.

—¿Adónde quieres que te lleve, Parks? —le pregunto. Me mira, algo aturdida. Se encoge de hombros—. No estamos muy lejos de Saint Ives.

Ella asiente y vuelve a mirar por la ventana.

Hotel Carbis Bay y Spa es donde aterrizamos. Consigo la mejor habitación que puedo en el último minuto, y luego la llevo hasta ella. ¿Cuántas veces, desde que rompimos, he imaginado que llevaba a Parks de la mano hasta la habitación de un hotel? No lo sé. Fácilmente más de un millón.

Pero tiene el rostro destrozado. Toda ella lo está, de algún modo. Creo que acaba de ver a su heroína caer hasta un feroz infierno.

Desde que la conozco, Parks siempre ha tenido a Mars en un pedestal. Nunca me preocupó mucho porque cuando éramos más jóvenes me quería como si yo también fuera suyo, pero después de lo que pasó —lo cual ahora se hace raro, poniéndolo en contexto con todo esto—, ¿quizá daba demasiado en el clavo? Como si levantaran un espejo o algo así.

Seis años.

La aventura debió de empezar cuando Parks tenía quince o dieciséis y es un pensamiento extraño porque Marsaili era la mejor. Los fines de semana que volvíamos del internado y llegábamos borrachos a casa de alguna fiesta, nos recogía y nos llevaba al McDonald's y ella y mi madre tenían un trato que creían que nosotros no conocíamos, pero era una política de no hacer preguntas si llegábamos bien a casa. Significaba que siempre las llamábamos a la una o a la otra. Casi siempre, vaya.

Antes, para echarme del cuarto de Parks, me perseguía con una cuchara de madera —menudas zurras me pegaba con ese trasto—. Ahora, desde mi perspectiva de adulto, me doy cuenta de que Parks y yo hicimos un montón de mierdas que no puedo creer que se nos permitieran cuando éramos críos. Realmente, a los padres de Parks todo les traía sin cuidado. Su madre la llevó al médico para que le recetaran la píldora anticonceptiva un mes después de que empezáramos a estar juntos. No lo sé con certeza, pero no creo que Parks fuera un embarazo planeado. Eso es lo que he ido intuyendo con los años. Lo fui sospechando con el tiempo, a través de discusiones que no deberían haber tenido lugar delante de nosotros, pero lo tenían, porque en ese sentido eran bastante negligentes emocionalmente.

Me pregunto si su madre lo sabe. Me pregunto qué es lo que pasará con Bushka.

Siento a Magnolia en la cama y acerco una silla para sentarme delante de ella.

—¿Qué necesitas, Parks? Lo que necesites, joder, te lo juro.

Alarga las manos para tocar las mías. Tiene una expresión extraña en el rostro. Parece… ¿en conflicto? Triste.

—Lo siento mucho —me dice y se le rompe un poco la voz.

Mi corazón cae en picado y no sé por qué.

—¿Por qué?

—Nada. —Y entonces niega con la cabeza—. ¿Beej? —dice. La miro—. ¿Sabes la noche que tuviste la sobredosis? No lo hiciste a propósito, ¿verdad?

—¿Qué? —exclamo, apartándome—. No. ¿Por qué ibas a…? No.

Asiente. Parece estar a punto de romperse.

—¿Tuvo que ver conmigo?

Suspiro mientras levanto la mirada hacia el techo. Respiro hondo.

—Parks, no hay mucho en mi vida que no tenga que ver contigo. —La miro un segundo, luego vuelvo a fijar la vista en el techo—. Pero no intentaba matarme, si es lo que preguntas.

—Vale —asiente.

Luego se cubre los ojos con las manos, vuelve a negar con la cabeza y se pone de pie.

—Necesito ducharme.

Se pone de pie y echa a andar, luego se para sin mirar atrás.

—¿Vienes?

Me levanto sin decir nada, la sigo. No le busco más significado del que tiene. Lo ha hecho toda la vida. No le gusta estar sola en los baños. No le gusta tener que estar sola con sus pensamientos. Su cerebro se desboca en la ducha. Me siento en el borde de la bañera, mirándome las manos con fijeza; hago todo lo que puedo para no mirar por el rabillo del ojo y observarla mientras se desviste.

Pero sí miro y ella me observa observándola. Nuestros ojos se encuentran, y ella me mira, quizá como si me deseara; luego traga saliva con esfuerzo y se mete en la ducha.

Tengo los nudillos blancos de agarrarme las rodillas para serenarme, para controlar lo mucho que la quiero y todas las cosas que me gustaría hacer al respecto.

El agua corre y espero un minuto.

—Te lo estás tomando bastante mal —le digo.

—¿Y cómo debería estar tomándomelo? —contesta.

Me pongo de pie y me acerco más a la ducha.

—No lo sé.

—Ya. —Suena justificada.

—¿Qué estás evitando pensar ahí dentro?

—¿Hum? —murmura, pero sé que me ha oído.

Ahora el baño está lleno de vapor. Las ventanas están empañadas. Me inclino con la espalda contra ellas.

—¿Qué pasa, Parks? —le pregunto, cruzándome de brazos.

Está de pie debajo del agua, que la recorre como desearía que lo hicieran mis manos. Suspira.

—Una vez me contó algo.

—¿Y qué pasó?

Me mira con los ojos redondos y llorosos.

—Que escuché.

VEINTISIETE

Magnolia

—¿Dónde está Beej? —pregunta Bridget, apoyada contra el quicio de la puerta antes de entrar y sentarse en mi cama.

Recurro a todo mi autocontrol para no gritar extasiada cuando veo que lleva uno de los conjuntos que le preparé. Un cárdigan de muaré de rayas con unos pantalones deportivos con un detalle rayado (ambos de Marni), conjuntados con unas chancletas con el logo estampado de Isabel Marant. Todas las noches le preparo distintos conjuntos para que tenga opciones al día siguiente, es un trabajo un poco ingrato, pero alguien tiene que hacerlo, de otro modo tendría una hermana que se pone Birkenstock que no son las ediciones especiales de Proenza Schouler.

—¿Dónde está Beej? —pregunta mientras yo tiro otro bikini dentro de mi maleta Chelsea Garden Globe Trotter.

—En Angler. —Levanto la mirada—. Es la cena del aniversario de bodas de sus padres.

—¿Y no has ido? —se extraña, frunciendo el ceño.

La miro.

—Sería un poco descarado ahora mismo, ¿no crees? Además —añado al tiempo que me encojo de hombros—, Lil se habría pasado todo el rato preocupada. Les habría amargado la cena.

Lily Ballentine había ascendido oficialmente al adulto número 1 de mi vida desde ayer mismo.

Se lo escribí en una tarjeta, en la que también puse «Lo siento, Hamish. Tú eres el número 2», y la envié con BJ a la cena a la que debería de haber asistido con ellos —la cena a la que él había intentado llevarme, la misma cena que había intentado eludir quedándose en casa— porque «Lo que necesites, joder, Parks». Eso me dijo. Es lo que siempre me dice.

—Creo que es una buena idea —me dice.

Miro por encima del hombro.

—¿Qué?

—Esto —dice, señalando con un gesto de la cabeza la maleta que estoy haciendo—, que te vayas de viaje. —Me doy la vuelta—. ¿Adónde vas?

—A Monemvasia.

—¿Con? —pregunta.

Vuelvo a mirarla y no me apetece contestar porque ya sabe con quién, así que en lugar de hacerlo achico los ojos.

—¿Tú lo sabías?

Coge aire despacio.

—Lo sospechaba…

—¡Y no me lo dijiste! —parpadeo, horrorizada.

—No, lo sé —suspira—. Es que tenía esa extraña sensación de que no te lo tomarías particularmente bien.

La miro de hito en hito mientras doblo la blusa corta de estampado rosa de Miu Miu que acabo de doblar hace un momento porque no estoy mucho por la labor.

—¿Crees que mamá lo sabe?

—Creo que mamá lleva un año o así saliendo con un buenorro francés, a la expectativa de lo que considero un divorcio inminente.

—¡Qué cojones! —gruño—. ¿Desde cuándo nos hemos vuelto todos tan laxos con las infidelidades?

Suaviza la expresión.

—No es eso, Magnolia, es solo que… Es distinto. No creo que se hayan querido nunca de verdad.

—Entonces ¿por qué se casaron? —pregunto con las cejas enarcadas.

Frunce un poco los labios y me señala con cautela. Pongo los ojos en blanco porque no puede ser verdad. Elton me lo habría dicho.

Alguien llama a mi puerta y no me vuelvo para ver quién es porque por la manera de llamar ya lo sé.

Dos golpecitos en rápida sucesión usando solamente el nudillo del dedo índice, y nunca espera a que le dé permiso para entrar.

—¿Puedo hablar un momento contigo, Magnolia? —pregunta Marsaili.

Desvío la mirada hacia ella y la observo con rostro inexpresivo.

—No.

Lleva un vestido midi de crepé de seda, con estampado de topos y cuello de corbata. Es de Valentino y ella antes nunca se ponía vestidos de Valentino; antes no le importaban los vestidos de Valentino, ¿por qué ahora sí?

—Magnolia, mira…

—Te dije que no volvieras a dirigirme la palabra jamás —la corto.

Su expresión flaquea un poco porque parece divertida y la odio por ello.

—¿Creías que iba a hacer caso de esa ridícula exigencia?

Pongo los ojos en blanco ante su insolencia.

No me extraña que se haya venido tan arriba últimamente, con eso de tirarse a mi padre y tal.

—Escucha, Magnolia —vuelve a empezar, andando hacia mí. El taconeo de sus delicados salones Gilda 60 de Gianvito Rossi, de ante negro, me enfurece aún más—. Esto parece ir cada vez menos sobre tu padre y yo, y de algún modo… cada vez más sobre ti.

—¿De algún modo? —repito, parpadeando mucho—. ¿De algún modo?

Coge una bocanada de aire para tranquilizarse, preparándose para lo que se viene, me parece, lo cual creo que es muy sensato por su parte porque me siento como si las aguas acabaran de retirarse de la orilla de mi razón, igual que sucede justo antes de un tsunami.

—Cuando tenía veinte años, sabías —digo, señalándola con el dedo— que BJ y yo íbamos a volver a estar juntos; sabías que era lo que yo quería más que nada en el mundo, y tú, sabiéndolo, me dijiste que era un infiel y que era malo y que no podía volver a confiar en él y…

Ella niega con la cabeza, rechazándolo.

—No me responsabilices de las decisiones que tomaste tú sola después de recibir consejo…

—¿Yo sola? —parpadeo—. ¿Consejo? —Suelto un poco de aire, atónita—. Un consejo de mierda manipulador e hipócrita de la persona en quien yo más confiaba en el mundo, que me dijo que el chico al que amo solo me haría daño, que eso era lo único que era capaz de hacer porque me había sido infiel una vez, y todo eso mientras tú estabas teniendo una aventura con mi padre…

—Magnolia…

—Estuvo a punto de morir —digo en voz baja y no pretendo decirlo, pero se me escapa porque creo que es culpa de ella.

Aunque ella no sepa qué pasó, es su culpa. De ella y de su consejo de mierda que me hizo sentir que no podría volver a estar con él y que no debía querer estar con él. Por eso empecé a salir con Reid, completamente de golpe y porrazo… y BJ estaba tan cegado y tan herido por ello que…, en fin, ya sabes lo que pasó… Ella no, pero tú sí.

A Marsaili se le cambia la cara.

—¿Qué?

—Te odio —susurro.

—Magnolia…

—Vete.

Señalo la puerta y Tom está ahí de pie. Llama con recelo, me observa con prudencia. Marsaili tiene los ojos llenos de lágrimas cuando se va corriendo. Tom se hace a un lado, deja pasar a Marsaili y luego me mira.

—Me acaba de llegar la noticia.

—¿La noticia? —repite Bridget—. ¿Ya ha salido a la luz?

Tom camina hacia mí.

—¿Estás bien?

Tiene el rostro superserio, y desearía que Bridget no estuviera aquí, porque seguro que el hecho de que no me esté dando un abrazo ni un beso nos acaba de delatar sin remedio. En lugar de eso, está siendo superbritánico y tiene los brazos cruzados ante el pecho.

—Supongo —me encojo de hombros.

—¿Cuándo te enteraste?

—Ayer —le digo.

—No me llamaste —me dice, y me pregunto si ha parecido un poco sorprendido.

Le dirijo a Bridget una mirada vacilante, esperando que nos deje a solas, pero no lo hace.

Frunzo los labios.

—Estaba con BJ.

Él asiente una vez.

—Era de esperar.

Esa respuesta se me antoja extraña teniendo en cuenta cómo dejamos las cosas la última vez que nos vimos, con él enamorado de la viuda de su hermano y demás.

Hace un gesto con la cabeza hacia la maleta medio llena que tengo en la cama.

—¿Te vas a algún sitio?

—Ajá —asiento—. Estaba pensando en irme de aquí un tiempo. Hasta que la prensa se calme un poco. Se olvide…

Asiente.

—¿Esta vez estoy invitado?

Me quedo parada un momento.

—¿Claro?

Tom mira a Bridget, y luego a mí.

—¿BJ también va?

Bridget mira a Tom y luego a mí, como si estuviera viendo un partido de tenis.

—A ver… —digo, colocándome un mechón de pelo detrás de la oreja—. Fue idea suya.

Tom pone una cara rara, entre divertida e irritada.

—Era de esperar.

Tiro el bikini de lurex elástico multicolor de Oséree en la maleta mientras lo miro.

—No tienes que venir si no quieres.

Su expresión vuelve a vacilar.

—¿Preferirías que no fuera?

—No —contesto más rápido de lo que pretendo.

—¿No, no quieres que vaya? —aclara.

—No. —Niego con la cabeza—. Sí que quiero.

Bridget nos mira a los dos, con la cabeza ladeada, en cierto modo fascinada.

—Guau.

La miro y pongo los ojos en blanco.

—Iré con Gus —me dice Tom—. Iremos en nuestro avión. Pilotaré yo.

Y justo cuando estoy a punto de meditar las maravillas de tener un falso novio que es piloto, ocurre algo y ocurre bastante deprisa: se oye algo así como un ruido sordo —una especie de colisión—, oigo a Harley Parks gruñir mi nombre como no lo ha gruñido en la vida y luego mi padre irrumpe en mi habitación y aparta a Tom para abrirse paso. Tiene una mirada enloquecida, se aguanta un móvil contra la oreja y me señala con otro que tiene en la otra mano, amenazador.

—¿Lo has filtrado tú? —ruge, alzándose ante mí—. ¿Has sido tú?

Lo miro desde abajo parpadeando. La expresión no me flaquea, pero por dentro estoy un poco asustada porque no lo había visto nunca así.

—¿Has sido tú, joder? —grita con más fuerza.

No me gusta cómo ha dicho la palabra «joder». Está terriblemente enfadado.

—No sé de qué me estás hablando —le contesto con calma.

Se le hinchan las aletas de la nariz y niega con la cabeza.

—Sí, lo sabes perfectamente, joder.

Me aliso la falda del minivestido de Miu Miu, de seda con estampado de topos y cristales de adorno, y le dedico a mi padre una sonrisa tensa.

—Tengo bastante claro que no sé de qué me estás hablando.

—Ha aparecido por todas partes —gruñe.

—¿Tu infidelidad, quieres decir? —aclaro con dulzura. Él no responde pero tiene los dientes apretados—. Oh, vaya. —Me encojo de hombros con delicadeza.

Mi padre se acerca más a mí, con la mandíbula apretada y los puños cerrados.

—Te juro por Dios, Magnolia, que si lo has filtrado tú, voy a…

—¿Vas a qué? —pregunta Tom, interponiéndose entre nosotros y empujando un poco a mi padre.

Mi padre es un hombre bastante alto, a decir verdad, pero Tom es más alto. Tiene los ojos encendidos, la mandíbula apretada y una cara que no puedes tomarte a la ligera.

—Acaba la frase —lo desafía Tom, fulminándolo con la mirada desde arriba.

No sé cómo habría acabado esa frase. Mi padre no me había amenazado nunca, nunca se había enfadado de esta manera, nunca me había mirado como si quisiera pegarme, todavía menos matarme, ni siquiera esa vez que filtré sin querer una canción de Kendrick Lamar de fondo en un vídeo de Instagram.

—¿Eres consciente de a quién pertenece esta casa? —pregunta mi padre, cuadrando los hombros.

—Pues sí —asiente Tom, sereno—. Y a pesar de ello creo que podría limpiar sus suelos contigo.

—Muy bien, campeón —gruñe Harley, y esboza una desagradable sonrisa—. ¿Quieres llegar a las manos?

—No particularmente. —Tom niega con la cabeza y empieza a arremangarse—. Pero lo haré.

—Bien. —Harley ríe, y quizá resulta algo siniestro y quizá me siento más nerviosa de lo que una querría sentirse por culpa de su padre—. No me importaría partirle la cara a un England —dice mi padre antes de empujar a Tom hacia atrás, y yo estoy detrás de él. Es un poco un efecto dominó: Tom se me cae encima, yo me caigo encima de la mesilla de noche, la lámpara se cae al suelo.

Mi padre parece que acabe de ver un fantasma. Tom parece estar a punto de asesinar a alguien. A mí me sangra la mano, pero solo un poco. No es un corte profundo.

—Magnolia —dice mi padre, y de repente su voz suena muy distinta—. Cariño, lo…

Tom aparta a Harley de un empujón, con violencia.

—Da un paso más si te atreves —le dice, luego me levanta del suelo.

—¿Qué está pasando aquí? —exclama Marsaili, que acaba de llegar corriendo.

Bridget me da un pañuelo para la mano.

Tom señala mi maleta con la cabeza.

—¿Esto está listo?

Asiento, un poco aturdida.

Mi hermana me da mi pasaporte, que se ha caído junto a mi mesilla de noche, luego me besa en la mejilla. Tom coge mi maleta, la levanta de la cama como si fuera una hoja de papel, aunque pesa bastante más de treinta kilos, me coge de la mano buena y me lleva hasta la puerta.

Estamos en su coche. Un Range Rover SVAutobiography gris oscuro.

Agarra el volante con mucha fuerza con una mano, mientras se mordisquea el índice de la otra con aire ausente. Tom me mira.

—¿Se había puesto así alguna vez?

—No. —Niego con la cabeza—. Nunca.

Él sigue conduciendo.

—¿Adónde vamos?

Observa la carretera unos segundos. Parece cansado. Si fuera un MacBook tendría ese arcoíris girando en mitad de su cara.

—¿Dónde está BJ? —pregunta, mirándome.

—Celebrando el aniversario de sus padres.

—¿Dónde? —repite.

Frunzo el ceño, confundida.

—En Angler.

Asiente una vez.

—Nos vamos a Angler.

20.32

Tom England

Estamos yendo a buscarte.

Qué?

Por qué?

Todo bien?

Pelea fuerte con Harley

Mierda. Vale.

Ella está bien?

En Angler, verdad?

Sí. South Place Hotel.

VEINTIOCHO

BJ

Espero fuera antes de que lleguen. Todo esto me está dando ganas de vomitar y ni siquiera sé qué pasa. Que ella se haya peleado y yo no estuviera allí. Tendría que haber estado. Aunque me alegro de que Tom estuviera allí… Pero también me hace sentir raro. ¿Por qué él estaba allí cuando yo no estaba? La he dejado hace unas horas, ¿y él ya ha ido?

Aparece su coche. No es un Bentley.

Tampoco un Rolls, ni un Lambo, ni un Porsche. Es un Range Rover y me irrita que sea así de poco pretencioso. Es un SVAutobiography gris, un coche que vale ciento cuarenta mil libras y que parece casi el mismo que vale treinta y cinco mil. Me parece un jodido alarde comprarse un coche que parece normal y que vale cuatro veces lo que el de clase normal.

Parks abre la puerta del copiloto, salta y viene corriendo a mis brazos. La estrecho con fuerza; ella me apoya la cabeza en el pecho, yo hundo las manos en su pelo, presiono los labios sobre su coronilla. Tom England se queda ahí al lado del coche, mirándonos con el ceño fruncido. Y siento una punzada de pena por él, ojalá pudiera decirle que no está haciendo nada mal, que no es su culpa, que es que nosotros somos así.

No sé por qué la ha traído hasta aquí.

Y entonces me fijo en la sangre.

—¿Qué cojones ha pasado? —pregunto mientras le agarro la mano.

Ella niega con la cabeza.

—Nada, es solo un corte.

—¿Qué ha pasado? —pregunto con voz más fuerte y más clara mientras la miro a ella y luego a Tom—. ¿Te lo ha hecho tu padre?

Le examino la mano: seguramente no necesita más que unos pocos puntos de aproximación, pero no le suelto la mano.

—Ha sido un accidente —me dice, con los ojos muy tristes.

Ella me mentiría si con eso se asegurara de que yo no iba a cometer una estupidez, así que miro a Tom, con las cejas enarcadas, preguntando sin preguntar. Él asiente y camina hacia nosotros y ¿la verdad? Que se vaya a la mierda. Por ser tan guay, y tan calmado, y por llevar a su novia con su exnovio en mitad de una crisis y por no comportarse como un imbécil inseguro incluso cuando el rostro de Parks está enterrado en mi pecho como lo está ahora.

—¿Pues qué ha pasado, tío? —pregunto, negando con la cabeza.

—Su padre ha aparecido gritando... —Me mira—. Gritando de verdad...

Frunzo el ceño.

—¿Por qué?

Tom se encoge de hombros esbozando una leve mueca.

—Lo han publicado.

Me separo un poco y la miro entre mis brazos.

—¿Has sido tú? —le pregunto. No dice nada pero me mira con esos ojos de Bambi... Sí, ha sido ella. Ja, ja. Ni el infierno tiene la furia de una Magnolia Parks despreciada. Le muevo un poco la barbilla—. Esta es mi chica.

Tom cambia el peso del cuerpo de una pierna a la otra.

—¿Tú estás bien? —le pregunto.

Él se encoge de hombros, como si nada.

—Bien, sí... solo cuatro empujones.

Asiento y vuelvo a bajar la mirada hacia Parks.

—¿Qué te ha dicho?

Tom niega un poco con la cabeza.

—La ha amenazado un poco.

—¡No! —Pongo mala cara, mirando a Tom y a Parks—. ¿Harley la ha amenazado?

Tom asiente.

—¿Qué cojones? —gruño—. Joder, me alegro de que estemos a punto de irnos...

Ella se aparta y me mira.

—Por cierto —me sonríe un poco—, Tom va a venir.

—Ah —digo y luego suelto una sonrisa al final, y juro que veo la boca del tipo moviéndose un poco, divertido—. Genial. Es… claro. Genial.

—Podemos ir con mi avión… —ofrece.

Me encojo de hombros.

—Yo tengo un avión, ella tiene un avión. Todos tenemos aviones…

—Sí —dice Parks, reprendiéndome con la mirada—. Pero él es el único que tiene licencia para pilotar uno y llevarnos hasta allí.

—Venga, pues —asiento como si nada, maldiciendo el puto día en que no me apunté a la academia de aviación.

Podría ser piloto, si quisiera.

Tom vuelve a su coche.

—Saldremos para allá mañana por la tarde —nos dice ese idiota lisonjero—. Farnborough. —Me señala y dice algo que odio más que cualquier cosa que nadie me haya dicho jamás—: Cuídala bien.

VEINTINUEVE

Magnolia

El vuelo dura algo menos de cuatro horas desde Londres hasta Monemvasia, este pueblecito de una isla griega, al este de la costa de la región del Peloponeso. Está unida a la isla principal por una carreterita elevada, de modo que evidentemente no hay aeropuerto allí, y normalmente lleva unas seis horas en coche desde Atenas, pero en un espantoso giro de los acontecimientos, Tom es un England y un piloto, así que no sé por qué no empecé a salir con él antes. Ay, espera, sí que lo sé. Dos letras, una boca fenomenal, me he quedado en su cama esta noche, he llorado en el hueco de su cuello toda la mañana.

Me di cuenta de que el hecho de que Tom me llevara con él molestó un poco a Beej. A mí también me molestó un poco, a decir verdad. Tom estuvo tan tranquilo, me defendió tan rápido, fue tan valiente al enfrentarse a mi padre, y se mostró tan relajado al llevarme con BJ porque pensaba que sería lo mejor para mí…

Vamos, es que ¿quién hace eso?

Yo tendría que ir borracha como una rata para llevarlo con Clara por cualquier razón, y eso que Tom solo es mi trinchera. Y solo eso, supongo. Solo somos el escondrijo del otro hasta que la tormenta amaine y sea seguro volver a salir. Seguramente mi tiempo con Tom esté llegando a su fin, creo…, aunque incluso pensarlo hace que se me erice un poco la piel. No me apasiona la idea de no estar el uno en la vida del otro. Supongo que nos hemos hecho amigos mientras fingíamos.

Creo que para mí está amainando… la tormenta BJ. Y eso si es que hubo tormenta en algún momento. Quizá fue más bien como si una persona borracha se hubiera presentado en un plató de noticias para hacer una previsión del tiempo muy convincente pero fácticamente errónea y hubiera anunciado un terrible monzón de muerte y por eso te escondes, y te escondes y te escondes y te escondes, esperando que pase la tormenta cuando en realidad no había tormenta.

Quizá no había tormenta con BJ.

Quizá todo el daño que me ha hecho hasta ahora es porque yo le hice daño a él, y ¿quizá ahora será diferente porque puedo confiar en él?

Estamos todos parados en el vestíbulo de Kinsterna. Es uno de mis hoteles favoritos, a decir verdad. Es una mansión bizantina restaurada que se desliza por la ladera de la colina hacia el mar. Ya había estado aquí con mi hermana. Por eso BJ lo escogió, porque él quería venir conmigo la última vez, pero creo que se acostó con Taura o algo, así que vine con Bridget. Somos un grupo variopinto. Beej, Tom, Paili, Henry, Gus, Perry, Christian y yo. Jonah no ha venido por una cosa del trabajo, con un poco de suerte será un negocio legal, pero con él nunca se puede estar del todo seguro.

—Necesitamos ocho habitaciones —le dice Beej a la mujer de la recepción, metiéndose las manos en los bolsillos de los pantalones de chándal teñidos de Bassike Karamatsu.

—En realidad solo siete, tío —le dice Tom.

—Vaya —dice BJ. Se vuelve hacia nosotros y luego me mira a mí—. ¿Vas a compartir con Pails?

—Ejem. —Miro a Tom, luego niego con la cabeza.

—Vaya —dice BJ, parpadeando mucho—. ¿Vais a compartir una habitación? ¿Vosotros dos?

Aprieto los labios. Christian no se pierde detalle, creo que se divierte más de la cuenta.

—Vale —dice y asiente. Asiente mucho—. Desde luego que compartís, sois novio y... —BJ clava los ojos en los míos— novia. —Sigue asintiendo—. ¿Dos dobles?

Tom parece algo satisfecho.

—Una cama doble grande va bien.

BJ aprieta la mandíbula.

—Una cama doble grande va bien —repite, asintiendo—. Sí. Por supuesto que sí. Camas grandes... muy grandes... espacio con...

—¡Por Dios! —Henry lo aparta de en medio y retoma él la conversa-

217

ción con la mujer—. Siete habitaciones, por favor. Y ¿podéis llevarle un poco de Xanax a la suya?

Tom se va a organizar nuestro equipaje y BJ merodea a mi alrededor, observándome con atención.

—¿Has dormido con él? —pregunta con los ojos entornados.

Frunzo el ceño y niego con la cabeza.

—¿No has dormido ni te has acostado con él? —aclara.

Probablemente nadie en el planeta necesitaría aclaración sobre eso, pero él sí.

Me encojo un poco de hombros.

—Ni una cosa ni la otra.

Él asiente, pensativo.

—Pero vais a estar tú y él. En una cama. En una habitación. Solos. Juntos.

—BJ —lo interrumpo.

Él me ignora.

—Y yo estaré en… una habitación distinta. En una cama, también. Pero tú estarás en… ¿su cama?

Me mira a los ojos con intensidad, y los veo tensos y estresados.

Asiento una vez, con cautela.

—¿Supongo que sí?

—Vale —asiente—. Sí, pues… —Asiente de nuevo—. Vale.

Frunzo los labios.

—Vale.

—El cuarto está listo —me dice Tom.

Lo miro y asiento.

—Ya voy.

Vuelvo a mirar a BJ y le veo en la cara que tiene el corazón en carne viva, y quiero hacerlo sentir mejor, arreglarlo, borrarlo todo… pero no sé cómo. Supongo que podría decirle que era una pantomima, pero cuando BJ y yo hemos llegado al aeropuerto de Farnborough y Tom se me ha acercado tan tranquilo, me ha cogido el rostro y me ha besado que alucinas, me he preguntado… ¿Qué queda de la pantomima?

Echo a andar unos pocos metros antes de pararme y darme la vuelta. Beej me observa, tiene los ojos más grandes y tristes de lo que él querría que nadie, aparte de mí, le viera. Tom también me observa, pero no me importa tanto.

—¿Quieres hacer algo mañana? —le digo a BJ.

Beej parpadea unas cuantas veces.

—¿Qué?

Vuelvo andando hasta él. Nos separa más o menos un palmo.

—¿Quieres hacer algo mañana? Conmigo. —Hago una pausa—. Solo conmigo.

BJ mira más allá de mí, a Tom, luego vuelve a mirarme.

—¿Qué hay de England?

Niego con la cabeza.

—No te preocupes por England.

—Vale —dice, asintiendo una vez y sonriendo un poco—. ¿Qué vamos a hacer?

—Eh, venga ya. —Pongo los ojos en blanco, un puntito enfadada porque prácticamente le he pedido una cita y él ha tenido la audacia de dar por hecho que encima también la organizaría yo—. ¿Es que tengo que hacerlo todo? Haz tú el plan.

Él se ríe y yo me voy.

Tom me espera.

—¿Estás bien? —me pregunta con una cálida sonrisa. Asiento—. ¿Él está bien?

Hago un gesto con la boca al levantar la mirada hacia él.

—Seguramente ha estado mejor.

Tom suelta una risotada.

—Pobre desgraciado.

—Voy a pasar el día con él mañana, ¿está bien?

Y me pregunto si de verdad los he visto, porque son diminutos, casi imperceptibles… pero es posible que unos celos mudos le hayan cruzado levemente el rostro. Están allí un segundo y, al siguiente, desaparecen.

Luego Tom se encoge de hombros con indiferencia.

—Claro que está bien. No tienes que preguntarlo.

Asiento, le dedico una sonrisa que se me antoja hipócrita y forzada.

—Sé qué soy para ti —añade como si se le hubiera ocurrido más tarde.

Hago una pausa y lo miro.

—Y yo para ti.

Él asiente una vez.

—Bien.

Yo asiento también.

—Bien.

—Estamos terminando, ¿verdad? —pregunta Tom después de observarme unos segundos.

—Quizá. —Soy evasiva porque por alguna razón no me siento del todo preparada para ser clara. Quizá solo me da miedo volver a estar sola—. No lo sé.

El rostro de Tom es difícil de interpretar, el sentimiento que transmite es algo confuso y ese rasgo suyo me frustra. Nunca me había importado comprender los sentimientos de los hombres con los que salía antes, exceptuando a BJ y a Christian, aunque a ellos ya los comprendía porque los conocía de toda la vida. Pero Tom, a quien querría comprender desesperadamente, por quien moriría a cambio de escuchar su mente y sus pensamientos secretos hacia mí, me habla como si viniera del condado de Kerry y me pusieran subtítulos en sueco.

Creo que está enfadado. Por cómo tiene las cejas ahora mismo, creo que lo está.

—¿Qué no sabes? Vas a volver con él.

—Ah, ¿sí? —parpadeo.

Le cambia el gesto.

—¿No?

—Yo… —Me limito a encogerme de hombros.

—Es lo que tú quieres —me dice.

Asiento.

—Supongo.

Él vuelve a asentir.

—Bien.

Le devuelvo el gesto.

—Bien.

Aunque no estoy para nada convencida de que las cosas estén bien.

TREINTA
BJ

Me ha pedido una cita. Creo. ¿Verdad? Delante de Tom. En serio, pensaba que iba a potar cuando England ha dicho un cuarto, una cama, pero luego ella me ha pedido una cita.

Me paso la tarde planeándola con Henry, que también llevaba mucho tiempo sufriendo por todo esto.

—Estoy preparado para que termine esta saga —me dijo para justificar su nivel de implicación personal, pero en realidad creo que nos quiere y ya. Me quiere, la quiere, le encantaba que estuviéramos juntos, igual que a toda mi familia. Porque no soy tan mala persona cuando estoy con ella. Soy más sensato. Es raro, lo sé, porque ella es la persona menos sensata de toda la puta Commonwealth, pero es que me hace algo... no sé el qué.

Bajamos al restaurante, al elegante. Yo preferiría ir a comer algo por ahí, si soy sincero, pero a Parks le encantan los restaurantes de hotel, y es una presencia vacacional muy dominante.

Autoproclamada Capitana de actividades, autoproclamada Capitana de *cuisine* (sus palabras, no mías) y, así en general, Gran Señora Emperatriz de Vacaciones (mis palabras, no suyas).

Ya está allí con Tom cuando Hen y yo llegamos. Mesa circular. Me siento a su otro lado, hago todo lo que puedo para no mirarle la tripa bajo ese top de Dolce & Gabbana que lleva y que le compré para que solo lo vieran mis ojos. El resto del grupo va apareciendo, Lorcs es el último en sentarse porque el muy capullo siempre llega tarde a todas partes, pero llega especialmente tarde cuando tiene algún motivo para hacer una entrada triunfal... como Gus Waterhouse, por ejemplo. Que es una pasada, por cierto. Escuchamos sus anécdotas toda la noche. Son graciosas y ridículas y adora su trabajo, y el padre de Parks está como una cabra en todas ellas, y yo sigo queriendo matarlo por lo que pasó el otro día, pero las anécdotas sobre él son divertidas que te cagas.

—No me lo puedo creer viniendo de tu padre, Parks —acaba diciendo Gus.

—¿En serio? —parpadea ella—. ¿No te lo puedes creer? —repite, mirándolo fijamente—. ¿Y esa vez que tú y yo fuimos a comer y él se quedó en el estudio por una «reunión» y cuando volvimos nos cruzamos con una actriz malísima saliendo del edificio con todo el pintalabios corrido?

—No —niega con la cabeza—. Eso sí me lo puedo creer, lo que no puedo creer es que fuera lo bastante descuidado para dejarse pillar, en público, con tu niñera…

Yo muevo la cabeza, considerando lo que ha dicho.

—¿Pillado? ¿Delatado por una hija vengativa? Difícil de decir.

Ella me reprende con la mirada.

Tom mira a Parks.

—¿Por qué tienes niñera, por cierto?

Ella lo mira, confundida.

—¿Qué?

Él se encoge de hombros.

—Es que eres… tienes veintitrés años.

Bien jugado, Tom. Una pregunta absolutamente válida. Me lo he preguntado un millón de veces a lo largo de los años. ¿Por qué narices Parks necesitaba una niñera si estaba en el internado la mayor parte del tiempo? ¿Por qué Parks necesitaba una niñera cuando acabó la secundaria y Bridget estaba fuera, en el internado? ¿Por qué Parks necesitaba una niñera cuando la niñera nunca cocinaba, ni limpiaba, ni llevaba a cabo ninguna tarea del hogar… que nosotros supiéramos? Si lo pensamos ahora, se podría concluir que en realidad sí que había ciertas tareas que… se llevaban a cabo, pero a estas alturas su valor para el hogar podría debatirse.

—A ver, tengo veintidós —lo corrige, y me siento aliviado un segundo porque no le gustará tanto si ni siquiera sabe cuántos años tiene—. Pero sí, es una buena pregunta, Tommy. ¿Por qué tengo una niñera?

—A ver, vamos, creo que ahora todos sabemos la respuesta —dice Henry, torciendo el gesto—. Y, en el mejor de los casos, es complicado.

—Va, venga ya —interviene Perry, que ha puesto los ojos en blanco—. Si se parece a Kate Winslet. No es ninguna sorpresa. A ver, esa mujer no se vestiría bien ni aunque su vida dependiera de ello, pero Jonah la tuvo en su álbum mental para hacerse pajas durante años.

Parks abre la boca hasta lo absurdo y Jonah estaría contentísimo de no haber venido porque lo que acaba de decir Lorcs es absolutamente cierto y, de haber estado aquí, se habría muerto de vergüenza.

Paili se cruza de brazos y se inclina hacia delante.

—¿Te acuerdas hará un año, cuando estábamos en un evento, algo de tu madre, y nos fuimos al lavabo y Marsaili salió del lavabo adaptado muy ruborizada…?

—¡Dios mío! —exclama Parks.

La otra continúa.

—Y tu dijiste: «Parece que acabe de tener un orgasmo», y tu madre no paraba de preguntar por todas partes dónde estaba tu padre. Te apuesto lo que quieras a que estaban follando en el lavabo.

Suelto una risotada.

Henry me mira mal.

—Como si tú pudieras decir algo, colega, has tenido un millón de orgasmos en lavabos adaptados.

—Oye —me burlo—, no solo en lavabos adaptados, en todo tipo de lavabos, yo no discrimino.

Tom suelta una risita y yo intento mirar a Parks a los ojos, asegurarme de que no le ha hecho mucho daño, pero ella me esquiva.

Perry levanta la copa de vino.

—Yo nunca nunca he tenido un orgasmo en público.

Y, luego, todos los chicos de la mesa beben: Tom, Henry, Christian, Lorcs, Gus y yo.

Christian se ríe y me señala con el mentón.

—Tú ya puedes ir apurando la copa entera, amigo.

Lo ignoro, en un intento de recuperar a Parks.

—Y tú —dice Christian, mirando a Parks de arriba abajo desde la otra punta de la mesa—, tú tendrías que haber dado un trago.

Ella parpadea y echa la cabeza para atrás, sorprendida.

—¿Disculpa?

Se me calienta la nuca. Tom también se pone rígido.

—Aquí todos sabemos que una vez tuviste un orgasmo en público —dice ante toda la mesa, y yo lo miro con el ceño fruncido.

¿Todos lo sabemos?

—¿Todos lo sabéis? —repite ella, mirándolo con los ojos como platos.

Christian asiente.

—Sí.

—Cállate —le susurra Paili, bajito.

—Pues no —responde Parks.

Ha levantado la nariz, de modo que es verdad.

Él se encoge de hombros, indiferente.

—Solo que sí lo tuviste.

—Yo nunca… —Se está poniendo colorada—. Es de lo más indecoroso.

—Ya —se mofa él—. Estabas tú muy preocupada por la etiqueta social en ese momento.

La mira y me doy cuenta de que va un poco borracho. Le gusta contrariarla un poco cuando va borracho. Siempre le sale el tiro por la culata.

Él no le quita los ojos de encima.

—En el tugurio ese de París. Tú y él —dice Christian, señalándome con la barbilla. Me dan ganas de tumbarlo de una hostia—. En el rincón del fondo. Con su mano. Debajo de la mesa.

Mierda. No se equivoca, sí pasó. Muy poco propio de ella dejarme hacerlo siquiera, además. Fue una gran noche.

Noto que Parks se pone tensa a mi lado y deseo haberme dado cuenta solo yo, porque somos ella y yo y notamos mierdas así entre nosotros.

—Christian —dice Paili, intentando calmar los ánimos mientras pone los ojos en blanco desdeñosamente—, ¿qué vas a saber tú?

Y luego él contesta mirando fijamente a Magnolia a los ojos:

—Porque sé qué cara pone cuando está teniendo un orgasmo.

Henry lo mira boquiabierto.

—¿Qué cojones, tío?

Niego con la cabeza, apretando los labios.

—No soporto todo esto…

Tom está fulminando la mesa con la mirada.

—Yo tampoco puedo decir que me apasione…

Paili no puede creerlo, a Perry están a punto de salírsele los ojos de las órbitas, Gus lo observa todo con curiosa fascinación. Tendría que pegarle un puñetazo a Christian por eso, probablemente. Sé que debería. Si fuera cualquier otro, lo haría. Pero me siento como una mierda también por ella. No es su culpa, lo sé. Pero bueno, fue ella quien decidió tener un orgasmo con mi mejor amigo, así que…

Magnolia está paralizada, tiene la mirada fija en la mesa, y hay una mierda de tensión extraña, porque por un lado nunca he querido que ella se sintiera como Christian la acaba de hacer sentir ahora, expuesta y avergonzada y todo eso, pero a la vez, tampoco quiero recordar lo que pasó entre ella y él y, cuando me obligan, las reglas de la casa parecen salir volando por la puta ventana, y seguramente me convierto en un mierda, pero no me apetece defenderla ahora.

Me aparto de la mesa.

—Voy a por una copa…

Tom fulmina a Christian con la mirada.

—Sí, voy contigo.

England y yo vamos al bar. Suelto aire por la boca. Pido dos chupitos de Casamigos Reposado y empujo uno hacia él. Lo apuro en silencio.

Tom me mira unos pocos segundos.

—¿Qué cojones ha sido eso?

Echo la vista atrás por encima del hombro, y evito los ojos de Magnolia, que nos observa con nerviosismo a los dos.

—Salieron juntos.

Tom retrocede, sorprendido.

—Vale. ¿Cuándo?

Ladeo la cabeza, pensativo.

—Poco después de que rompiéramos.

—Guau —dice parpadeando mucho.

—Sí. —Fulmino a Christian con la mirada, apretando la mandíbula—. Guau.

Pasan unos cuantos minutos hasta que Parks llega hasta nosotros, con cautela.

Tom le sonríe levemente.

—¿Estás bien?

Mira, que se vaya a la mierda por ser mejor tío que yo, por preguntarle eso. Tendría que habérselo preguntado yo, pero todavía estoy jodidamente cabreado con ella por todo eso. Y, además, él no la quiere como yo.

Ella asiente y, siendo generosos, no parece muy convincente.

—¿Quieres que le pegue un puñetazo? —le propongo, queriendo ser tan buen tío como Tom.

Ella suelta una risa.

—Sí —responde, pero luego me mira con el ceño fruncido—. No. Era una broma. Por favor, no lo hagas.

La miro con fijeza.

—Se lo merecería.

Ella se encoge de hombros.

—Está borracho. Ya sabes cómo se pone.

—¿Qué? —se mofa Tom—. ¿En plan amargado y beligerante?

—En plan gilipollas —contesta Magnolia.

Parks parece exhausta y le hago un gesto con la barbilla.

—Deberías irte a la cama. Mañana te espera un gran día…

—¿Sí? —me sonríe.

Asiento una vez. Miro a Tom, reprimiendo un escalofrío.

—Gracias por dejarme pasar el día con tu novia.

Él ahoga una risa y traga saliva.

—Claro, tío. Pero asegúrate de que la devuelves de una pieza.

Luego le pasa el brazo por el cuello como hago yo y se la lleva hacia su habitación. Ella se vuelve para mirarme. Le guiño un poco el ojo.

Ahora la veo cansada de otra manera, pero me sonríe igualmente.

23.54

Christian

Por qué lo has dicho?

Porque es cierto, Magnolia.

Qué parte?

Todo.

Sí lo tuviste y sí lo sé.

Intentas hacerme daño?

Qué va.

Intentas hacerle daño a él?

A qué él, Parks?

Guau.

Daisy y tú estáis peleados?

Que te follen

Vaya, qué divertido...

Tenía la impresión
de que ya lo habías hecho.

TREINTA Y UNO

Magnolia

Estoy tumbada en la piscina, Tom ha salido a correr. BJ todavía no se ha despertado. Gus está a mi lado, pero lleva los auriculares puestos y no me está prestando atención, lo cual significa que mi nuevo bikini Sole de Marysia, con cuello halter, bordados y estampado de mil rayas en la parte superior, y braguitas Broadway reversibles y festoneadas, está siendo completamente desaprovechado por el distraído hombre gay que tengo al lado.

Una sombra cae sobre mí, y echo un vistazo con un ojo.

Christian Hemmes me mira desde arriba con una camisa de bolera blanca y negra de manga corta con el logo estampado de Palm Angels, toda desabrochada, y un bañador corto de Balmain con el logo estampado y cierre de cordones. Está tan serio como siempre. Tiene las cejas juntas, casi fruncidas. La mandíbula apretada, aunque él siempre tiene la mandíbula apretada.

—¿Por qué estás siempre tan serio? —le pregunté una vez cuando estábamos juntos, y él me agarró la barbilla entre los dedos y, durante un segundo, se le iluminó toda la cara.

—Amarte es algo muy serio.

Pero esa no era la razón, lo supe incluso entonces. Es por lo que sea que hace. Todas las cosas que esos chicos me ocultan, todos los susurros sobre los Hemmes que creen que no me llegan, todos los susurros que son verdad; por eso está siempre tan serio.

Christian me da una patadita con el dedo gordo del pie, señalando con la cabeza la tumbona que tengo al lado.

—¿Puedo sentarme aquí?

—Uy, desde luego. —Hago un gesto desdeñoso con la mano—. Aun-

que ándate con cuidado, se ve que tengo orgasmos espontáneos en público… ay, no, espera… que ya sabes qué cara pongo cuando los tengo. No
te pasará nada.

Echa la cabeza para atrás, mirando hacia el cielo, y suspira.

—No seas imbécil.

Lo miro con las cejas enarcadas.

—¿Disculpa?

Se vuelve hacia mí.

—Lo siento.

Le lanzo una mirada afilada y me cruzo de brazos.

—Eso me parecía.

Gruñe y se recuesta en la tumbona. Lo observo unos pocos segundos,
luego niego con la cabeza.

—¿Por qué lo hiciste?

Se pasa las manos por el pelo al tiempo que aprieta los dientes.

—No lo sé.

Sí, sí lo sabe, y yo también. Esos pequeños estallidos suyos no son nada
nuevo. En realidad, nunca me perdonó. Tal vez fue él quien puso fin a lo
nuestro, pero la culpa fue mía y él me lo ha reprochado desde entonces.

—Es divertido joderte —dice encogiéndose de hombros.

—Ah. —Asiento con los ojos muy abiertos—. Estupendo.

Me mira.

—Ya sabes qué quiero decir.

Lo fulmino con la mirada.

—No, Christian, no lo sé. A mí no me gusta joder a la gente.

—¿En serio? —dice parpadeando. Yo ladeo la cabeza y él me mira con
expresión de incredulidad—. ¿A ti no te gusta joder a la gente? —Tiene
las cejas enarcadas, los ojos oscuros, y antes de que empiece a hacerlo ya
me doy cuenta de que va a atacar con todo el arsenal otra vez—. Has salido con, ¿cuántos?, cinco tíos en los últimos dos años y medio, sin contar
a un servidor, ¿y no los estabas jodiendo? —Abro la boca para contestar,
pero me corta—. Me jodiste a mí.

—No, no lo…

—¿Entonces qué hacías? —pregunta, mientras se sienta y gira las
piernas para ponerse de cara a mí.

Achico los ojos.

—Ya sabes qué hacía.

—No —niega con la cabeza—. Sé lo que yo hacía. —Me mira de una manera que me dan ganas de llorar—. Tú… No tengo ni puta idea.

Aparto la mirada, cansada. No puedo ganar esta discusión.

—¿Has terminado?

—No —niega con la cabeza, desafiante—. ¿Qué pasa con Tom?

Pongo los ojos en blanco y me cruzo de brazos.

—¿Qué pasa con Tom?

—¿Estás con él o no?

Suelto una carcajada sin humor, negando con la cabeza. Debería mentir y listo. Aunque ahora ya no sé ni cuál es la respuesta.

—¿Y a ti qué te importa?

Christian echa la cabeza hacia atrás.

—¿Que a mí qué me importa? —repite, enarcando mucho las cejas—. ¿En serio?

Tengo los ojos como rendijas ya.

—Sí, en serio.

Le sobresale la mandíbula.

—Verdaderamente te las traes, Parks. ¿Lo sabes?

—¿Qué te pasa? —le pregunto, mirándolo de hito en hito—. No he hecho nada.

Se ríe por debajo de la nariz con esa risa hueca y deja de mirarme y me hace sentir extrañamente culpable y expuesta, pero creo que eso es culpa suya y no mía.

Se pone de pie negando con la cabeza.

—Es divertido… Creo que la única persona a la que crees que no estás jodiendo en realidad es a Beej, pero lo estás haciendo. Le estás jodiendo a él y él te está jodiendo a ti. Y él está jodiéndose a todo lo que encuentra. Todo el…

—Deberías irte, tío —dice Gus, poniéndose de pie.

—Ah, ¿sí? —se ríe Christian.

—Sí —responde Gus, asintiendo de nuevo—. Le estás diciendo de todo a ella como si fueras un gran hombre porque tu hermano no está aquí para mantenerte a raya.

Christian ahoga una risa seca, apartando la mirada porque lo que ha dicho Gus es cierto y le ha picado.

—Venga —dice Gus, señalando con la barbilla en dirección opuesta a nosotros—. Lárgate de una puta vez y relájate.

Christian no me mira a los ojos antes de irse. Me vuelvo hacia Gus y lo miro, alzándose imponente ante mí.

Vuelve a sentarse y me observa con atención unos segundos.

—¿Estás bien?

—Uy, sí. —Hago un ruido con la nariz y niego con la cabeza porque en realidad no lo estoy, aunque mi boca diga lo contrario—. Lleva ya casi dos años enfadado conmigo, así que... nada nuevo bajo el sol.

Él asiente unas pocas veces, mirando hacia la piscina.

Todo esto es muy dramático: olivos que cubren la tierra hasta la playa, que llega hasta el Egeo. Es una clase de dramatismo mucho mejor que mi vida amorosa, que también es dramática y que probablemente ha crecido descontrolada llena de cosas que tendría que haber hecho de otra manera, con semillas de miedos y remordimientos tan profundos que competirían con el Challenger.

—Bueno —dice Gus—, ¿cuántos hombres de los presentes están locamente enamorados de ti? —Me mira—. Yo he contado tres.

Ahogo una sonrisa.

—¿Es tu manera de decirme que tú no estás locamente enamorado de mí, Gus?

Se pasa la lengua por los dientes, divertido.

—El otro gay y yo somos inmunes, igual que el hermano. El hermano Ballentine, no el hermano del mafioso. El hermano del mafioso...

—Me parece que no les apasiona ese término —interrumpo.

Él se encoge de hombros con indiferencia.

—Entonces no tendrían que haberse convertido en mafiosos. —Hace una pausa—. Él siente algo por ti, ¿verdad?

—No lo sé. —Me encojo de hombros, evasiva.

Él me mira con fijeza.

—Sí lo sabes.

Me rasco la barbilla mientras lo miro de hito en hito, antes de responder con cautela.

—Me lo he preguntado.

Gus lo reflexiona.

—¿Y él lo sabe?

Frunzo los labios.

—Él ¿quién?

Me mira.

—Cualquiera de los dos que también te gustan.

Tomo una bocanada de aire, luego la suelto.

—Tom me ha preguntado al respecto... yo le he quitado peso. Y sospecho que BJ tiene que ignorarlo a toda costa para que nuestro grupo funcione... más o menos.

—¿Y tú? —dice, señalándome con la cabeza—. ¿Tú qué es lo que sientes por él?

—¿Por Christian? —pregunto. Luego hago una pausa. La pregunta me pesa en el pecho un momento, la verdad burbujea en mi interior como una lata de Fanta agitada—. Le quise una vez. —Nunca se lo había dicho a nadie aparte de a Christian, en realidad. No sé por qué estoy aquí contándoselo a August Waterhouse. Me encojo de hombros—. Pero nunca le quise tanto como a BJ.

—¿Alguna vez has querido algo tanto como a BJ?

Me muevo, incomoda, evitando con cautela sus ojos, mirando las maravillosas vistas que me rodean. ¡Qué azul está hoy el Egeo!

—Sé lo de Tom, por cierto —me dice Gus mientras me observa—. Lo que estáis haciendo...

Lo miro frunciendo el ceño.

—¡Dijimos que no se lo contaríamos a nadie!

Él suelta una risita.

—No me lo ha contado.

Mierda.

Creo que Gus me lo ve en la cara y hace un gesto con la mano para quitarle importancia.

—Por favor. Tom besa a Clossy, lo cual doy por hecho que sabes, ¿verdad? —pregunta, aunque no espera a que le responda—. ¿Y luego al cabo de una semana, de la noche a la mañana, está saliendo con la *It Girl* de Londres, que por casualidad acaba de quedarse soltera tras toda una racha encadenando un novio tras otro y que nunca ha cortado lazos con su ex? ¿Se supone que tenemos que pensar que es una mera coincidencia?

Lo miro con el ceño fruncido.

—¿Cómo sabes lo de Clara y Tom?

Él se encoge de hombros.

—Los pillé.

Hay algo en ello que me hace sentir extraña.

Hay algo en el hecho de que una persona viera a Tom tocando a Clara que lo hace más real que antes, cuando solo era algo que teóricamente había pasado una vez, algo que Tom me había contado y que yo jamás diría a nadie. Que alguien los pillara le da una vida que me disgusta mucho. Quiero que sea abstracto, en 2D, sobre el papel. Como la Dora de Picasso. Cierto pero extraño, real pero no mucho.

Que Tom tocara a otra persona... no tendría que hacerme sentir rara, eso lo sé. No tendría que notar la boca seca, no tendría que notar las manos sudadas y mi ritmo cardiaco debería de ser regular.

Esta es la historia. Estamos haciendo esto porque a los dos nos gusta tocar a otra persona respectivamente y no deberíamos, de modo que aquí estamos, esa es la razón de que estemos como estamos, pero lo que estoy en este preciso instante es celosa.

Me cuesta respirar más de lo que me gustaría. Espero que Gus no se dé cuenta.

—El plan es excelente —me dice, asintiendo.

Me siento satisfecha y aliviada por haberlo engañado.

—Solo tiene un gran defecto. —Me mira.

—Ah, ¿sí?

—Él se está enamorando de ti y tú te estás enamorando de él.

Mierda. ¿Me estoy enamorando? ¿Nos estamos enamorando? No lo sé. Pero sin duda no quiero que sepa que no lo sé y por eso hago un ruido que suena como «pffft».

Gus me ignora.

—Te estás enamorando de él, a él es evidente que le gustas, y simultáneamente tú sigues enamorada de BJ, y Tom sigue enamorado de Closs. Así que esto está tomando una forma que lo hace... —Da una palma-

233

da— ¡horrible! Muy, pero que muy malo. Un desastre iconoclasta...
titánico, incluso.

Lo fulmino con la mirada.

—Eres... un sabihondo tremendo.

—Lo sé. —Se encoge de hombros y se pone las gafas—. Terrible,
¿verdad?

—Y te equivocas, por cierto —le digo.

—Ah, ¿sí? —contesta, tan impasible que ni siquiera me mira—. Porque yo creo que no.

—Pues te equivocas.

Me dedica una gran sonrisa con las cejas enarcadas.

—Ya lo veremos cuando vuelvas de tu cita con tu exnovio y llegues a
la romántica suite del romántico hotel que compartes con tu novio actual, que representa que es falso, pero que me atrevería a decir que a cada
segundo que pasa lo va siendo menos...

Pongo los ojos en blanco.

—... y que dice que le parece bien que te vayas todo el día con tu
exnovio, pero que ahora mismo está corriendo media maratón «porque
le apetece».

Me encojo de hombros con desdén.

—Y qué si le gusta correr...

—Tom odia correr —dice sin levantar la mirada de su libro, *Esto te va
a doler*, de Adam Kay.

Suelto una ruidosa bocanada de aire.

—Eso no significa que sea por mí.

—Y una mierda —dice, poniendo los ojos en blanco—. Todos estos
chicos están tarados por ti.

Frunzo el ceño.

—Esto no es ningún cumplido.

Él enarca las cejas y me mira de soslayo.

—No pretendía serlo.

TREINTA Y DOS

BJ

Estoy hecho un flan, lo cual es absurdo; he pasado más tiempo con Parks que literalmente con cualquier otra persona en el planeta. Crecimos juntos. Ella me ha visto desnudo; yo la he visto desnuda. Me ha visto caerme, romperme huesos, me ha visto llorar, vomitarme encima, tener una sobredosis… me ha visto en mis peores momentos, y ya hemos tenido un millón de citas a lo largo de nuestras vidas y, aun así, esta cita me tiene sudando de nervios.

Creo que esta es muy importante. No lo sé, todavía no hemos hablado de ello. Pero parece un cambio. Como un viento del este, para citar a mi otra chica favorita.

Como si quizá, no lo sé, quizá estuviéramos a punto de… ¿volver? Se me antojó raro intentar planificar esto para ella: estamos en Grecia, joder, y hemos llegado aquí en el jet privado que pilotaba su novio. Cuando éramos unos críos la llevé con nuestro avión privado a España para nuestra primera cita de verdad. Hace un par de semanas la llevé de compras a la avenue Montaigne porque me apeteció. A ella le parece que Evian sabe a pis pero que «está bastante bien para lavarte la cara en un momento de apuro». Elton John prácticamente le regaló el puto diamante Hope para su cumpleaños del año pasado…

El lujo no sirve. El lujo es algo normal para ella.

Y sea lo que sea esto —sea lo que sea que esté a punto de pasar—, es una oportunidad única, eso lo sé.

Como si el universo me acabara de dar la máquina del tiempo que había estado pidiendo todo este tiempo y me estuviera ofreciendo otra oportunidad. Y es un tiro envenenado.

Tengo que hacer rebotar el desastre en el que nos hemos convertido contra la luz radiante de lo que fuimos y aterrizar en lo que podríamos volver a ser. Con los ojos tapados y una mano atada a la espalda.

Este es mi avemaría, y tiene que funcionar.

La estoy esperando en el vestíbulo. Llega tarde. Siempre. Así que saco el libro y leo un par de páginas cuando dos largas piernas aparecen delante de mí.

Me arranca el libro de la mano y le da la vuelta. *El principito.*

—¿Lo estás volviendo a leer?

Lleva el pelo suelto, tiene la piel muy oscura y los ojos muy brillantes. Viste un top que solo se pone en vacaciones con un bikini lila debajo. Asiento, intentando no sonreírle como un colegial porque me chifla cuando lleva lila.

—Lo leo cada año.

—Lo sé —dice, al tiempo que desvía la mirada, irritada—. ¿Qué te está enseñando esta vez?

—Que me han domesticado.

—¿Quién? —pregunta parpadeando, pero sé que lo sabe.

La miro, con los ojos bastante más tranquilos que el corazón.

—Tú. —Se sonroja un poco y yo me río un poco, divertido y satisfecho. Me pongo de pie—. Vámonos.

Y entonces… Me paro en seco.

—¿Llevas vaqueros?

No puedo creerlo. Hace casi veinte años que la conozco y nunca jamás la he visto ponerse un par de vaqueros. Un material «para el obrero», según ella.

—Y vaqueros cortos, nada menos. Con agujeros. —Se ríe, orgullosa—. ¿Te gustan?

Me siento cohibido un segundo, noto que me sonrojo.

—Me gustas te pongas lo que te pongas —le contesto y se la ve encantada, y por eso yo me siento encantado. Camino y la avanzo unos pasos, y luego vuelvo—. Y también cuando no te pones nada…

Traga saliva con esfuerzo, me sigue y me atrapa tras correr un poquito.

Me gusta la sensación de que corra detrás de mí.

Iguala el desigualado terreno de juego durante un segundo y medio.

Me sigue hasta la puerta principal y nos metemos en un coche que nos espera. Ella se coloca en el asiento del medio; yo me pongo a su lado. Está nerviosa. Se lo noto, es como un campo eléctrico de energía nerviosa.

Mira directo al frente y mueve la boca sin ningún motivo. ¿O quizá tiene mil motivos? Me gusta que se sienta así, que yo la haga sentir así.

—¿Estás bien? —le pregunto, mirándola. Ella me mira y asiente—. ¿Estás nerviosa? —Hace una pausa, traga saliva. Vuelve a asentir y le lanzo una sonrisita—. Yo igual.

Eso la hace feliz. Tira del cuello de mi camisa negra. Tiene un estampado de flores rojas y rosas y hojas de palmera. La compré la semana pasada y me imaginé a ella quitándomela.

—¿Gucci? —pregunta, pero ya lo sabe. Asiento con la cabeza, intentando hacerme el interesante—. Negro y verde de popelina con estampado floral. —Frota la tela entre los dedos—. Mezcla de viscosa y seda.

Y yo qué sé. Podría estar hablando en ruso. No tengo ni idea de qué narices está diciendo, pero lo que sí sé es que desliza los dedos índice y pulgar bajo mi camisa y los deja ahí. Su mano sobre mi pecho.

Trago saliva con esfuerzo, mirándola fijamente. Ella no aparta los ojos, los tiene clavados en los míos. Su mano tampoco se mueve, y debería besarla. Sé que debería besarla. Cuántas veces voy a no besarla, te preguntarás… es una buena pregunta y la respuesta es difícil de concretar.

Pienso en besar a Magnolia Parks más que en cualquier otra cosa en el mundo, literalmente. Es mi pensamiento por defecto cada vez que tengo un minuto mental desocupado.

Besos reales que han sucedido, besos hipotéticos que podrían haber sucedido, besos que deberían haber sucedido, besos que son completamente inventados y que se abren paso en mi mente mientras espero un café. He pensado en besarla tantas veces desde la última vez que la besé que, aquí y ahora, cuando probablemente podría hacerlo de verdad, no puedo.

Porque hay mucho en juego. No puedo precipitarme. No puedo perder el control. No puedo pensar con la entrepierna. Hoy tengo que atemperar lo mucho que la quiero. Bajar la olla a un saludable fuego lento.

Puede tocarme el pecho, lo hace de todos modos cuando bebe demasiado. La mitad de las veces que nos dormimos en la misma cama me despierto por la noche con ella acurrucada contra mi cuerpo, aunque nunca hemos hablado de ello. Ni siquiera sé si ella sabe que lo hace, y no quiero decírselo si no lo sabe porque no quiero que deje de hacerlo.

Me he enseñado a mí mismo a vivir entre las paredes de nuestro extraño contacto, que es disfuncional que te cagas, lo sé, pero si estar con ella era heroína, lo que tenemos ahora es metadona. No es la misma mierda, pero mantiene a los monstruos a raya.

Si la beso estoy perdido. Estoy perdido de todos modos.

El coche se para y salimos para ir al muelle; un Rivamare nos espera al final. No es exactamente la misma embarcación que la de antes, esta es más nueva y elegante, pero sirve, se lo veo en los ojos.

Egoísta, quizá, lo admito. Solo es mi día favorito de toda mi vida.

No voy a tirármela en el barco, lo prometo. Aunque no me enfadaría si ella recordara aquella vez en el barco e intentara tirárseme a mí...

Pero, en realidad, solo quiero estar a solas con ella en algún lugar. No me importa dónde. Subiremos al barco. Tengo provisiones para todo el día. Hay algunas playas que Henry y yo encontramos. Todo eso es secundario, lo importante es ella y yo solos.

Subo al bote primero, le cojo la mano y la atraigo hacia mí. Nuestras miradas se cruzan. Ese muro de cristal que Parks siempre interpone entre nosotros no aparece. No me suelta la mano.

Trago saliva con esfuerzo, me aclaro la garganta y le suelto la mano. No le pasa desapercibido, pues suaviza la mirada, creo que hasta le hace gracia.

Voy hasta el timón del barco.

—¿Crees que voy a cocinarte y a comerte? —me dice.

Miro hacia atrás y niego con la cabeza, sonriendo travieso.

—Qué va, solo a volverme loco.

Se coloca el pelo detrás de las orejas y se acerca a mí. Se desabrocha los pantalones, se los baja y los aparta con el pie. No deja de mirarme en ningún momento mientras lo hace.

Me paso la lengua por el labio inferior, la miro y surco el agua.

Nos paramos un rato en la orilla de una pequeña playa, Drymiskos o algo así, creo. Arena blanca, agua del color de sus ojos, nadie en kilómetros a la redonda. Picotea un poco de queso, porque siempre tiene el apetito de un pajarillo, excepto cuando está borracha, que entonces tiene el apetito de un tiburón.

Me mira.

—¿Así que esta es tu gran cita? ¿Un barco, embutidos y champán? —Se encoge de hombros—. Un poco básico…

Niego con la cabeza.

—Un barco, embutidos, champán y lo que más te gusta del mundo…

Enarca las cejas esperando la gran revelación.

—Ah, ¿sí?

Me señalo a mí mismo. Ella pone los ojos en blanco.

—¿Acaso no lo soy? —pregunto, con la barbilla adelantada.

Me sostiene la mirada y apura el champán. Me tiende la copa para que le sirva otra.

—Lo soy —le confirmo.

Vuelve a poner los ojos en blanco, pero se acerca más a mí.

—Entonces ¿esto es una cita? —pregunto, ladeando la cabeza.

—¿No lo es?

Me encojo de hombros, sintiéndome más tímido de lo que me gustaría.

—Es que no lo hemos hablado.

—A ver… —mueve un poco la cabeza, reflexionándolo—, tampoco es una cita del otro mundo.

—¡Oye! —Le tiro un higo y ella se ríe.

Está contenta. Se le nota. Se come el higo que le acabo de tirar y se limpia la boca con la mano.

—¿Qué le parece a Tom que tengamos una posible cita? —pregunto, con sincera curiosidad.

Ella coge aire y lo suelta, frunce los labios.

—Es bastante mayor que nosotros…

—Que yo no —la corto para aclarar.

—Tiene treinta.

—Y yo veinticuatro —le recuerdo—. No me saca tanto.

Pone los ojos en blanco, pero no me lleva la contraria.

—A decir verdad, creo que a estas alturas realmente le gustaría que yo me aclarara… con lo nuestro.

Y no puedo evitar poner los ojos en blanco, porque que se joda. En serio. Lo digo sinceramente. Que se joda por ser una maldita leyenda de hombre, tan altruista y atento y considerado y que se joda por hacerme quedar como un imbécil en mi propia cita con la chica con la que quizá ambos salimos, pero a la que yo quiero más.

—Antes te caía bien —me recuerda con dulzura.

Resoplo, divertido.

—Me sigue cayendo bien… ese capullo zalamero. —Sacudo la cabeza, pensativo—. Era mucho mejor cuando solo salías con inútiles.

Ella asiente.

—Tom no es un inútil.

Y eso me escuece un poco, pero son mis piernas sobre las que ella ha estirado las suyas como si nada, así que lo siento, England.

Y así va avanzando el día. Entrando y saliendo del agua, bebiendo buen vino, comiendo buen queso. Si cierro los ojos, podríamos estar juntos, lo que éramos antes, en algún lugar lejano, todavía enamorados de los pies a la cabeza el uno del otro. Ella y yo… nos acercamos cada vez más y más, las razones para tocarnos se quedan a medio camino y tocarse por tocarse se convierte en el nombre del juego. Le paso un brazo por la cintura, le coloco el pelo detrás de las orejas, apoyo la barbilla en su cabeza. Nuestras manos se tocan, estamos sentados tan cerca que casi la tengo encima. Volveremos a estar juntos, ahora estoy seguro de la trayectoria. Me quiere, quiere estar conmigo, lo veo claro. La observo trepar por los muros que ha levantado a su alrededor, derribar los viejos asedios, buscando un lugar seguro para descansar; tiene la cabeza en mi regazo, levanta la vista y entonces me pregunta lo peor.

—¿Beej?

—Mmm —digo, bajando la mirada hacia ella.

—¿Por qué lo hiciste?

Parpadeo unas cuantas veces. Sé qué me pregunta. No sé cómo responder.

—¿Engañarte, quieres decir? —aclaro sin motivo alguno.

Me duele decirlo. A ella le duele oírlo. Debería haberlo visto venir. Joder, ¿por qué he organizado una cita con tanto tiempo para hablar? Era evidente que sacaría el tema.

¿Me va a preguntar con quién otra vez? Odio que me pregunte con quién fue. Su relación con Taura ya está hecha añicos, supongo que da igual... da igual cuántas veces le diga que no fue ella, ella no se lo cree, y da igual, porque ya está hecho.

Parks me sostiene la mirada.

—Porque me querías, sé que me querías.

Asiento. La quería, tiene razón. No he dejado de quererla.

—Y cuanto más lo pienso, más segura estoy de que no lo habrías hecho sin una razón...

—Parks... —Niego con la cabeza. Tengo ganas de vomitar.

—Sé que no lo habrías hecho —insiste.

Me estoy mareando.

—Por eso... ¿cuál fue la razón?

Sus ojos parecen desesperados.

—Estaba borracho —le digo.

Niega con la cabeza, insatisfecha.

—Eso no es una razón.

Me encojo de hombros, desesperado.

—Lo es.

Ella vuelve a negar con la cabeza, inflexible. Ahora está sentada, de cara a mí.

—No, ya te habías emborrachado antes en fiestas sin mí y jamás miraste siquiera a otra chica. Tuvo que haber algo más.

Levanto el hombro, disculpándome.

—No lo hubo...

Ella niega con la cabeza.

—No, es que me estás mintiendo.

—No te miento.

Sí le miento.

—Sí me mientes...

—Que no... —insisto, porque no puedo.

Ojalá pudiera, pero no puedo.

—Beej... —Busca mis ojos—. Necesito entender por qué hiciste lo que hiciste para poder procesarlo bien y superarlo, para que no me mate para siempre, para no tener que reprochártelo para siempre, y sé que

241

nunca me harías daño por hacerme daño, así que dímelo, por favor. —Su voz suena débil y creo que me está matando—. ¿Por qué?

Me paso la lengua por el labio superior y ya no puedo mirarla a los ojos porque sé lo que estoy a punto de hacer. Sé que la voy a herir, que la voy a hundir como la bola ocho en el billar.

Lo digo de todos modos:

—Porque quise.

Le duele como ya me esperaba.

Es como si una flecha se le hubiera clavado en medio del pecho, la veo cambiar allí mismo, en un instante. Como si acabara de dejar caer una piedra en medio de un lago y ahora tuviera que ver las ondas que crea.

El estómago se le hunde por el golpe, deja caer los hombros. Aparta los ojos de los míos, la cara le cambia de repente y me da la espalda. Levanta los muros, se pone la armadura y desenvaina las espadas.

—Sácame de aquí —le dice al agua—. Ahora mismo.

—Parks... —suplico. Intento agarrarla, pero me aparta con tanta violencia que me destroza.

—Ahora mismo —exige alto y claro.

Y con eso, la oportunidad única se desvanece.

La máquina del tiempo que me había dado el universo se incendia, se derrumba sobre sí misma.

El tiro envenenado falla. El desastre en que nos hemos convertido pasa por encima de lo que éramos, se lleva a pique lo que podríamos haber sido antes de hundirse y dejarnos justo donde no queremos estar.

Me he jodido mi avemaría.

Y no ha funcionado en absoluto.

TREINTA Y TRES

Magnolia

Estoy mortificada. Completamente, absolutamente, totalmente, tremendamente mortificada. Los bordes de mi visión se han vuelto negros en cuanto lo ha dicho: porque quiso.

He notado una opresión en el pecho. Se me ha desacompasado la respiración. Creo que he tenido un ataque de pánico. Creo que ha intentado ayudarme… Creo que le he empujado, ¿creo? Creo que le he arañado cuando he forcejeado con él para que no me tocara.

No me acuerdo mucho. Ahora todo parece una pesadilla. Recuerdo que me he sentado en la otra punta del barco, tan lejos de él como he podido hasta que hemos vuelto a la orilla.

Me he sentado en el asiento del copiloto del coche de vuelta a casa. BJ ha estacionado frente al hotel y recuerdo que me ha llamado por mi nombre al tiempo que yo abría la puerta de golpe y huía de él lo más rápido que podía.

Tenía la sensación de que me sangraban los ojos, de que mi corazón iba a tocar fondo.

Y con esos ojos y ese aspecto de estar absolutamente rota, irrumpo en la habitación.

Tom está en el balcón. Vino tinto; a él le gusta el tinto, a mí el blanco. BJ beberá lo que a mí me apetezca, pero Tom coge uno de cada.

Me echa una mirada y en dos pasos cruza la distancia que nos separa. Tiene las cejas fruncidas, los ojos le brillan con una preocupación que ahora mismo, para mí, es una amabilidad excesiva. Es como la versión de contacto visual de una amable desconocida con un flequillo sensacional que te pregunta si estás bien en medio de la tienda Cartier quince días después de que tu novio te engañe y tú te echas a llorar de un modo incontrolable e histérico y por eso no puedes ni contestarle a Emma Thompson, así que se limita a abrazarte y acariciarte el pelo… así es más o menos como me mira Tom ahora.

Eso, pero más. Está preocupado por mí, me doy cuenta. Está triste por mí, quiere hacerle daño a BJ. No entiende lo que ha pasado. Necesita hacer algo para que me sienta mejor.

Y si pienso ahora en cómo recordaré este instante dentro de un tiempo, sé que este es el momento preciso en que lo subrayaré, lo anotaré y doblaré la esquina de la página, porque es exactamente ahora cuando empieza a cambiar la estructura molecular de lo que es para mí Tom England.

No dentro de un rato, en la cena, cuando casi se pelee con BJ, no cuando se ponga delante de mí, protegiéndome del chico que rompió y rompe y sigue rompiendo ese indomable corazón mío que se niega a aprender, no más tarde, esta noche, cuando me lo lleve de vuelta a nuestra habitación de hotel con manos apresuradas y una mente ansiosa por olvidar y me acueste con él, sino aquí, ahora, con los ojos clavados en mí de ese modo, detectando las grietas de mi exterior antes que yo, poniéndome las manos en la cara para adelantarse a ellas, intentando mantenerme de una pieza, aunque no pueda.

—Eh, eh, eh —dice, intentando que pare de llorar—. ¿Qué ha pasado?

No le doy una respuesta, solo lágrimas.

—¿Magnolia? —pregunta, pero de nuevo no le respondo, así que me abraza. Mientras lloro por otro hombre. Hombre, no… niño. BJ no es un hombre. En realidad, es solo un niño.

Tom se aparta, busca mis ojos. Usa los dos pulgares para limpiarme las lágrimas. Hace una mueca.

—¿La cita no ha ido como esperabas?

Logro negar con la cabeza y él se limita a asentir mientras me envuelve entre sus brazos, se pone sobre mí como una capa, estrechándome con fuerza hasta que me deja de temblar el pecho.

Debería decirle ciertas cosas.

Le debo más información, pero no quiero dársela por miedo a lo que eso diga de mí… de lo prescindible que soy incluso para la persona que creía que me quería más que a nadie en el mundo.

Porque quiso.

Tom niega con la cabeza.

—Te dije que era un capullo de mierda.

Asiento con la cabeza.

—¿Ha hecho que te pongas así de triste? —dice.

En realidad, no es una pregunta, más bien una afirmación. La aceptación de una verdad que él no acaba de entender y, francamente, yo tampoco.

—Puedo cargármelo, si quieres que lo haga.

—Quiero que lo hagas —le digo, inexpresiva.

Se ríe por lo bajo y luego yo suelto una risa y, por la forma en que me mira, la sonrisa que me dedica… quizá para él, si yo fuera capaz de entenderlo, capaz de leerle la mente de todas las formas en que no puedo, imaginaría que ahora es cuando empiezo a ser algo más para él, al menos de una forma consciente.

La sonrisa le recorre toda la cara y se le arruga, pero lo que me emociona es la razón de sonreírme como lo está haciendo, lo feliz que le hace haberme hecho sentir bien durante un segundo. Puedo ver en él esa necesidad creciente de hacerme estar mejor, de sacarme de todo lo malo que tengo en mi vida. Aquel día, con mi padre, empecé a vislumbrarlo, pero ahora ha vuelto, floreciendo en una especie de plenitud, pasando de ser una predilección a convertirse en una necesidad. Si él está bien del todo, entonces también lo estoy yo.

Es un cambio peculiar y mudo que ocurre entre nosotros, que es indefinible e inexplorado para mí.

¿Siento algo por este hombre? ¿O simplemente se ha elevado al número uno de lugar más seguro? ¿Pueden esas dos cosas ser mutuamente excluyentes? No lo sé. No sé si lo siento; no sé si pueden serlo. Sin embargo, lo que sí sé es que me siento más segura entre sus brazos que lejos de ellos.

Y sé que él huele a domingo por la mañana. Lento, fácil, sin complicaciones. Como el café recién hecho. Toallas nuevas y una habitación inundada de luz. Musgo de roble, pachulí, bergamota, lavanda. Y si Tom huele como un domingo por la mañana, entonces BJ huele como un sábado por la noche pasado en urgencias —no pienses en BJ— y me encantaría no volver a estar nunca más en urgencias.

Señala la puerta con la cabeza.

—¿Te invito a una copa?

Le dedico una pequeña sonrisa.

—Invítame a unas cuantas.

Bajamos al bar, tomamos unas copas. No demasiadas, solo las suficientes para calmar los nervios y en este momento tengo muchos nervios.

Hay una sensación de comodidad entre Tom y yo a la que le he cogido cariño.

Entre BJ —no pienses en BJ— y yo también hay una sensación de comodidad, pero ahora es diferente, porque ahora esa comodidad está manchada de infidelidades, desconfianza y corazones rotos, de años de resentimiento y de un sauce del que no hablamos.

—Bueno —dice Tom, señalándome con la barbilla—, ¿le has besado?

Frunzo el ceño y niego con la cabeza.

—No.

Él suelta una carcajada, incrédulo.

—¿No?

Estoy a punto de sonreír.

—No podemos… besarnos —le digo.

Tom me mira con los ojos entornados, intrigado y quizá un poco molesto. Pero no podemos. Beej y yo somos pasión contenida y decisiones conscientes, intentando preservar lo poco que nos queda de nosotros. Somos caballos salvajes corriendo por un acantilado. No hay medio galope, no hay trote suave que nos lleve hasta el amor. Somos *El hombre de Río Nevado* galopando acantilado abajo, cayendo hacia lo inevitable. No podemos ir despacio. Nuestro peso es demasiado grande. La gravedad nos llama, conspira contra nosotros…

—¿Un poco como con las Pringles? —me pregunta. Le miro extrañada—. Cuando haces pop, ya no hay stop, ¿sabes? —me dice Tom, y yo me río.

Y una vez más, se alegra de que lo haga.

Nos quedamos allí una hora más o menos y, cuando salimos del bar, BJ dobla la esquina.

Henry y Christian van con él. Hen parece tenso.

BJ está borracho, se lo veo en la cara antes de olerlo en su aliento, que lo huelo.

Suelta una risita irónica y niega con la cabeza mientras me mira.

—Clásico.

Aparto la mirada de él y lo ignoro.

—Algo va mal entre nosotros un segundo y medio, y tú te vas corriendo a los brazos de otro…

—Fácil —le susurra Christian bajito a su amigo, pero Beej se limita a fulminarlo con la mirada.

—Aunque no lo es, ¿verdad, England? —BJ mira a Tom, que niega con la cabeza.

—Parece que has bebido un poco, tío. ¿Por qué no te vas a dar un paseo? —le dice Tom.

BJ niega con la cabeza y frunce un poco el ceño.

—No quiero ir a dar un paseo, quiero hablar de que Parks no es fácil…

Ni siquiera ha dicho nada todavía y ya me siento como si me hubieran dado una bofetada.

—Ella no se abre de piernas —empieza BJ.

—Para —le dice Tom.

Beej le ignora.

—Ella se las trae. Es una consentida…

—Para —le repite Tom, cuadrando los hombros.

—No sabe qué cojones quiere… —Beej sigue.

—Te he dicho que pares —insiste Tom, negando con la cabeza.

Lo veo apretar la mandíbula y noto una sensación de nerviosismo en el estómago.

—Es infantil, egoísta…

Y entonces Tom le pega un empujón. Es un buen empujón. BJ tropieza un poco, pero está contento de tener una razón para dejar que sus manos hablen por él, así que arremete contra Tom. Christian, sin embargo, retiene a BJ y Henry se planta en su cara.

—¿Qué cojones estás haciendo, tío?

BJ niega con la cabeza y se zafa de su presa, corre hacia mí y me señala con el dedo.

—¿Qué cojones estás haciendo, Parks?

Nuestras caras están cerca. No creo que nos separen ni diez centímetros. Todavía lleva la camisa que llevaba cuando le metí la mano por debajo en el coche al principio del día, antes de que la volviera a joder. ¿Porque quiso?

Me encojo ligeramente de hombros, manteniendo nuestros rostros cerca.

—Oh, solo hago lo que quiero —le digo con un pequeño movimiento de cabeza. El tono en que lo digo me sorprende. Es tan caprichoso que resulta cortante. Miro fijamente al chico que amo y odio al mismo tiempo—. Quiero estar aquí. Quiero tener una cita con Tom, eso es lo que quiero…

A BJ se le tensa la mandíbula y sus ojos parecen heridos cuando niega con la cabeza.

—Eres una mentirosa de mierda —escupe y entonces le aparto la cara de la mía con la mano.

—Apártate de mi maldita cara.

Me agarra de las muñecas y me las aprieta con fuerza, y no quiero que me las suelte porque me da miedo lo que pasará cuando lo haga.

—Oh, ¿es eso lo que quieres ahora? —grita, y estamos degenerando.

Todos a nuestro alrededor pueden verlo. Se caen las máscaras. Ya nos hemos puesto así en un par de ocasiones, cuando estamos en nuestro peor momento. Cuando yo descubrí lo de Taura. Cuando él se enteró de lo de Christian. Cuando todo lo que queda de amarnos el uno al otro es odiarnos el uno al otro.

Tom me coloca detrás de él, me aparta de BJ, lo cual solo hace que BJ se resista más cuando los chicos lo arrastran hacia atrás y lo alejan de mí.

Los rostros de los chicos y de Tom, de todos ellos, se encuentran entre un asombro callado y un horror mudo, mientras presencian cómo nos destrozamos el uno al otro.

—¿Qué cojones quieres de mí, Parks? ¿Acaso lo sabes? —vuelve a gritarme BJ.

Niego con la cabeza; no veo bien.

—No quiero tener nada que ver contigo —le digo.

Es mentira.

—Lo mismo digo —farfulla.

—Perfecto.

Otra mentira.

Me señala con un dedo y entorna un poco los ojos, que parecen húmedos.

—Ya estoy harto de tus mierdas.

Otra mentira. Suya, esta vez.

Enarco las cejas al asentir.

—Entonces ¿por qué narices no puedes dejarme en paz de una puta vez?

No es lo que quiero. Otra mentira. Todas esas mentiras que no dejamos de lanzarnos el uno al otro.

Ahora es él quien enarca las cejas.

—¿Eso quieres?

—¡Sí! —grito y parece un trueno...

Levanto ecos por las antiguas montañas que nos rodean y los filósofos griegos que se deshacían en elogios sobre el amor verdadero y las almas gemelas se revuelven en sus tumbas mientras intento por milmillonésima vez separarme de la mía.

Tom se coloca con firmeza entre BJ y yo, protegiéndome por completo.

Nunca nadie me había protegido de BJ. Supongo que nadie había tenido que hacerlo nunca.

Tom parece triste, en realidad. No por mi culpa, sino por mí. Por BJ.

Niega con la cabeza.

—¿Por qué no te largas de una puta vez, colega?

TREINTA Y CUATRO

BJ

Vuelvo a estar en mi habitación. No recuerdo cómo he llegado aquí. ¿Empujado por mi hermano, tal vez? ¿Arrastrado por Christian? Una de dos.

Estoy de pie en el baño. El reflejo que encuentro es raro. Yo, pero no yo. Yo, pero jodido.

Odio pelearme con ella. Lo hacemos demasiado bien, mejor que nadie que haya visto. No éramos así cuando estábamos juntos, apenas discutíamos cuando estábamos juntos.

Marsaili siempre decía algo así como que el amor puede agriarse como la leche y entonces se convierte en odio. Tal vez nos olvidamos de nuestro amor.

Siento los ojos húmedos. Me tiembla la mano, levanto el puño y me lo meto en la boca con tanta fuerza que me parto el interior del labio con los dientes. Una. Solo una. Es todo lo que me daré.

Sale machacada y ahogada. Rápida.

La siento atascada en el pecho. Me presiono las palmas de las manos contra las cuencas de los ojos, respiro fuerte y hondo hasta que el pecho se ralentiza.

Funciona un poco, pero no lo suficiente como para que los hombros no sigan arrastrándose detrás de mi respiración.

Cojo mi neceser, saco una bolsita. Corto una raya con mi tarjeta Centurion porque el titanio la aplasta mejor. Enrollo un billete de cien euros y esnifo.

Me pellizco la nariz después, me la froto dos veces y esnifo. Hago otra por si acaso. Me echo un poco de agua en la cara y me limpio debajo de la nariz para que no pase nada. Y luego voy a buscar a los chicos.

Están sentados en el bar y me dejo caer en un asiento a su lado. Henry y Christian son su propia versión de mí y de Jonah, y debo decir que no me apasiona estar aquí sin él.

Me he sentido un poco abandonado, nadie me cubre las espaldas como lo hace Jo. Esta noche le habría dado una paliza a England. Quizá no. Joder.

¿Quizá me he pasado de la raya?

Christian levanta la mano y establece contacto visual con la camarera. Es guapa. Piel aceitunada. Ojos de color avellana que puedo ver desde aquí. Cejas pobladas, pero al estilo de las chicas guapas. Christian me señala con el dedo, indicándole que me traiga una copa.

Henry me mira con una mueca.

—¿Estás bien?

Me río por debajo de la nariz.

—Sí, ¿por qué no iba a estarlo?

A los dos les cambia la cara. Cruzan miradas.

—No lo sé —dice Henry, encogiéndose de hombros y haciéndose el tonto—, acabas de tener la discusión más fuerte de tu vida con la chica a la que quieres desde que tenías seis años, pero sí, claro, tú estás bien.

—Siempre discutimos.

Christian parpadea.

—¿De esa manera?

Me río con sorna.

—Estás siendo un dramático…

Henry me mira con suspicacia.

—Beej, te ha apartado la cara de un puto manotazo. A ver, ha sido sublime, vergonzoso para ti, pero espectacular para el resto.

Vuelvo a reírme con sorna.

La atractiva camarera griega nos trae una ronda de bebidas para los tres y, cuando me da el vaso, nos rozamos las manos. La miro y ella me dedica media sonrisa.

Se va.

La miro mientras se va. Suelto el aire por la boca cuando le miro el culo bajo esa falda negra con vuelo que lleva.

Parks —no pienses en ella— sabría la marca, el fabricante, hasta el

251

puto código de referencia. En realidad, probablemente no lo sabría porque Magnolia solo conoce las marcas que se venden en Harrods. Nada de Showpo ni de poliéster en su vocabulario.

Aun así, hay mucho que hacer con una falda como esta…

Me bebo la copa de un trago. Cojo la de Henry.

Christian me mira con los ojos entornados.

—¿A ti qué te pasa?

—Nada. —Lo miro con desdén.

Me observa unos segundos más, luego se inclina hacia mí y me agarra la barbilla con la mano. Se la aparto de un manotazo, pero Christian gana todas las peleas que quiere, así que me empuja hacia atrás y me agarra de nuevo para verme los ojos con mejor luz. Suelta un suspiro por la nariz, parece molesto. Niega con la cabeza, sigue sujetándome la barbilla.

—Joder, tío… —exclama, apartándome la cabeza con fuerza—. Me piro, tíos…

—¿Qué? —parpadea Henry—. ¿Por qué?

Christian se muerde el labio inferior y me señala a mí, el puto chivato.

—Se ha metido algo.

Henry suelta una carcajada. Solo una.

—No, no es verdad. —Me mira de hito en hito. Parpadea—. ¿Te has metido algo? —Parpadea otra vez—. ¿Te has metido algo?

Hago un sonido raro. Es desdeñoso e incriminatorio a la vez.

Christian se aparta de la mesa, se pone de pie y levanta las manos, hace un gesto como si se las limpiara.

—¿Vamos a fingir que el hecho de que te vayas no tiene nada que ver con Magnolia? —le grito.

Ni se da la vuelta ni vuelve, sino que levanta la mano en el aire, me hace una peineta y sigue caminando.

Henry me mira con fijeza.

—Había olvidado que dices gilipolleces cuando te metes coca.

—Mentira.

Hace un gesto con la barbilla hacia Christian.

—Entonces ¿qué ha sido eso?

Lo miro.

—¿Acaso he mentido?

Y ahí lo tengo: sé que lo tengo. Y él sabe que yo también lo sé. Echa la cabeza hacia atrás, exhala. Intento no ponerlo en el medio de esta mierda que hay entre Christian y yo. Henry odia todo esto, y lo entiendo porque yo también odio esa mierda. Odio que ocurriera, odio lo que hizo, odio haberme pegado con él en un callejón por ella y que nadie saliera vencedor aquella noche. Lo odio todo.

—¿Qué estás haciendo, Beej? —pregunta Henry, con voz más suave. Me encojo de hombros. Ahora mismo me da igual—. Magnolia te matará.

Intento disimular lo desgarrado que me siento por dentro cuando le contesto.

—Ya lo está haciendo.

Henry se levanta, parece enfadado. ¿O triste, quizá? Me mira fijamente durante unos segundos y siento que le estoy fallando como hermano mayor. No me siento su hermano mayor muy a menudo. Él es más responsable. Él no va jodiendo tanto. Él va a la uni. Él nunca se siente mi hermano pequeño, solo se siente mi hermano. Pero ahora mismo, por la forma en que me mira, siento que lo estoy decepcionando.

Tumba la copa casi llena delante de mí. La derrama por toda la mesa.

Me aparto de un empujón, molesto, mirándolo como si se hubiera vuelto loco.

—¿Qué cojo…?

—Tienes que madurar de una puta vez, Beej —dice mi hermano señalándome.

Luego se vuelve hacia la camarera, me señala a mí y se pasa un dedo por la garganta.

—Córtale el rollo —le dice a la chica, y luego se marcha también.

Me quedo ahí sentado, mirando a la nada. Tardo un par de minutos en darme cuenta de que la camarera está ahí de pie, mirándome.

La señalo y le hago un gesto con el dedo hacia mí. Se acerca despacio. No hay nadie.

Camarera se queda de pie delante de mí, mirándome fijamente durante unos pocos segundos… y la verdad es que Camarera está increíblemente buena. Parpadea un par de veces, se agacha, me coge de la mano, me levanta y me lleva hacia el baño.

En cuanto llegamos al pasillo, Camarera me pega contra la pared;

lo desea más que yo. Lo cual es difícil de expresar con exactitud porque está entre necesitarlo más que nada y no quererlo en absoluto. Quizá ella también la ha cagado hoy.

Camarera se pone manos a la obra enseguida. Tiene los dedos ocupados desabrochándome los vaqueros y ni siquiera hemos llegado al baño.

Su boca está hambrienta de mí, no se limita a una sola parte. Me desabrocha la camisa. La que compré para Parks —no pienses en Parks—; me besa el pecho. El mismo pecho contra el que Parks se ha pasado el día apoyada. Joder, es mi peor costumbre.

Tengo las manos debajo de su falda, he deslizado las dos bajo sus bragas.

Tiene un buen culo. Hay donde agarrarse.

Me rodea con una pierna y me pregunto si llegaremos siquiera al cubículo.

Los labios de Camarera se deslizan por mi cuerpo y mi mente empieza a vagar hacia Parks, como hace siempre. Ese mismo recuerdo, el barco, ella en el lago, el bikini lila —Dios, me encanta de lila— y entonces pienso, a la mierda, no.

No voy a pensar en ella.

Voy a pensar en Camarera, que está buenísima y tiene las manos en mis pantalones.

Así que abro los ojos, me obligo a mirar a la chica a la que estoy a punto de tirarme y entonces…

La veo.

Al final del pasillo.

Los ojos vidriosos. El labio inferior tembloroso. Con el corazón abierto en canal y el mío en su bolsillo.

Abrazándose con sus propias manos, con cara de tener cinco años y estar viendo cómo se desarrolla su peor pesadilla delante de ella.

Nuestras miradas se encuentran.

Se da la vuelta.

Me quito a Camarera de encima bruscamente.

—¡No! No, no, no, no, no…

Parks echa a correr. Corro tras ella, pero es rápida y la pierdo en cuanto dobla la esquina.

TREINTA Y CINCO

Magnolia

Volví a por un clip para el pelo. Me lo dejé en el baño cuando entré para comprobar que mis labios seguían teniendo el tono de rosa que necesito para que los ojos me brillen más. Y me quité el clip para el pelo para ajustármelo y se me olvidó volver a ponérmelo, y normalmente no volvería a por un clip para el pelo, pero lo hice, porque es un clip para el pelo de oro blanco con diamantes incrustados de Suzanne Kalan que vale dos mil libras y últimamente estoy intentando economizar, así que lo correcto era volver y al menos buscar el que había perdido antes de pedir uno nuevo en Net-A-Porter.

Así que volví corriendo al baño.

Tom se ofreció a acompañarme, le dije que no, que no pasaba nada, que solo sería un minuto.

Nunca es fácil ver a BJ así. Ni siquiera sé lo que vi. Podrían haber estado teniendo sexo por lo que sé.

Él le agarraba el culo a ella con las manos. Se lo agarraba bien: las yemas de los dedos de BJ estaban incrustadas en la carne del trasero de la chica.

Y el labio inferior de ella —que era enorme, por cierto—, se arrastraba por el pecho de él como si fuera un puto bloque de sal y sus manos no se veían en ninguna parte.

Y él tenía la cabeza apoyada contra la pared, los ojos cerrados, el cuello expuesto por completo, los músculos tensos, y me acuerdo de cuando él se reclinaba así cuando estábamos juntos y no sé en qué estaba pensando, pero sé seguro que no era en mí. Me quedé allí de pie no sé cuánto tiempo. Podrían haber sido segundos, podrían haber sido minutos. Hasta que me vio, y entonces corrí.

A decir verdad, no me gusta correr. Siempre me ha parecido bastante ordinario, pero soy más rápida que él. Siempre lo he sido. Él dice que lo desperdicio. Yo digo que no es una destreza que me interese ni valore en absoluto. Hasta esta noche, cuando me ha hecho falta.

Vuelvo corriendo a mi habitación, abro la puerta de golpe y la cierro de un portazo, apoyándome en ella. Cierro los ojos con fuerza, intentando controlarme.

Desde el sofá, Tom levanta la vista.

—¿Estás llorando? —pregunta al tiempo que se pone de pie—. ¿Otra vez?

Me seco las lágrimas de la cara y busco la manera de dejar de sentirme como si me estuviera cayendo en un pozo.

No sé lo que hago.

No le he dado muchas vueltas.

Ninguna, de hecho.

Pero cuando Tom se pone de pie, frunciendo el ceño con esa preocupación por mí en la cara, la forma en que se levanta, la anchura de sus hombros, todo él se me antoja seguro, y yo ahora mismo… ya no me siento segura. Y me gustaría muchísimo.

Camino hacia él irradiando mucha más confianza y seguridad en mí misma de la que siento. Le rodeo el cuello con los brazos y atraigo su cabeza hacia mí, y no lo había hecho nunca antes. Me pregunto si me sentiré como una extraña cuando nos besemos, como la chica que besaba BJ, pero no. Cuando beso a Tom me siento yo misma.

Una versión perdida de mí misma. Tal vez una versión un poco conmocionada, pero sigo siendo yo.

El beso empieza lento, pero lo beso más y más profundo y siento en mi boca que frunce el ceño, confuso.

—¿Qué haces? —me dice en la boca, no muy decidido a separarse del todo.

Me aparto y levanto la mirada hacia sus ojos.

—El día que decidimos meternos en la trinchera dijiste que claro que intentabas acostarte conmigo… ¿Todavía quieres acostarte conmigo?

Exhala todo el aire que tiene en el pecho como si le hubiera hecho una pregunta trampa y afloja un poco la mandíbula.

—Sí.

—Venga, pues. —Asiento con la cabeza, inclinándome de nuevo hacia él.

Traga saliva y se aparta un poco.

—Esto… me parece muy mala idea.

Dice eso, pero sus manos no se apartan de mi cintura. De hecho, casi me agarran con más fuerza.

—No lo es —le digo con los ojos teñidos de obstinación mientras lo miro fijamente.

La sombra de un ceño fruncido aparece en su rostro.

—¿Hasta qué punto todo esto tiene que ver con BJ?

Hago una pausa, parpadeo dos veces, trago saliva una vez.

—¿Te importa?

Se lo piensa un momento, con la respiración más agitada de lo normal, casi resoplando. Frunce un poco los labios… y luego niega con la cabeza.

—No. —Y entonces me besa como si tuviera mi cara en una llave de cabeza.

Me muevo hacia atrás, pero mis pies ya no tocan el suelo.

Le desabrocho la camisa *oversize* Cocoon, de algodón de popelina arrugado, con el logo de Balenciaga bordado. Seis botones. Me tropiezo con el tercero: tocarle el pecho es como pasar la mano por encima de un bloque de Cadbury.

Cojo una bocanada de aire. Me escucho. Nunca lo he hecho con otro. Solo con BJ. No pienses en BJ. Tengo que cambiar eso.

A estas alturas es probable que BJ lo haya hecho ya con un centenar de chicas. ¿O varios centenares? No lo sé. Y yo aquí, reservándome todavía para… ¿él? ¿Quizá? ¿Pero para qué? ¿Por si cambia?

Creo que es posible que ya haya cambiado, y pienso que es posible que no me guste.

Cuando lo veo con otras chicas estoy, bueno, en primer lugar no entiendo por qué a la gente le gusta tanto la pornografía porque hasta ahora, mis dos roces cercanos con el arte erótico solo me han dado ganas de arrancarme los ojos. Pero también, cuando veo a Beej con otras chicas, tengo la clara sensación de que, en realidad, no lo conozco en absoluto.

Me estoy yendo por las ramas. Mentalmente me estoy yendo. Esquivando toda la situación en la que me he puesto. Es probable que sea un mecanismo de afrontamiento. Es probable que no esté preparada para hacer esto.

Es probable que esto vaya a ser un error.

Es probable que necesite hacerlo de todas formas.

Estate por la labor, Parks.

Tom me deposita a la cama, se coloca sobre mí, con la cabeza ladeada, mirando hacia abajo, aguantándose con una mano, y con la otra apartándome del hombro el tirante de mi minivestido Aya de LoveShackFancy en *voile* de algodón, con estampado floral, tirantes de lazo, corpiño fruncido y falda en capas.

Su dedo me recorre la piel y me sorprende lo fácil que me resulta mantener a raya a BJ cada vez que Tom me toca.

—Tienes unos ojos realmente preciosos —le digo.

Me sonríe, algo divertido. Me baja el otro tirante. Vuelve a mirarme y me coloca el pelo detrás de las orejas.

—No eres egoísta —me dice—. Ni infantil. —Le dedico una pequeña sonrisa, agradecida, mientras intento no echarme a llorar otra vez—. Y creo que sí sabes lo que quieres. —Asiente para sí mismo. Trago saliva cuando desliza su mano por mi pierna, hacia arriba, la pasa lentamente por mi trasero y aterriza en mi cintura, sujetándome. Niega con la cabeza—. No eres una consentida… —Luego me mira con mesura—. Tengo que reconocer que solo llevamos unos meses y ya veo que te las traes, pero…

Me echo a reír y, en lugar de iluminársele la cara como le ocurre cuando me río, se pone serio. Me baja el vestido y me lo aparta del cuerpo, me recorre con las manos al hacerlo y luego vuelve a subir hasta mi cara.

Sus ojos van de los míos a mi boca, a mis ojos y luego otra vez a mi boca y entonces tiro de él para ponérmelo encima porque necesito dejar de ser de BJ y esto me separará de él de una vez por todas.

Eso sirve casi de disparo de salida. Rueda para ponerme encima de él. Le desabrocho los vaqueros y él se los quita de una patada. Tengo las manos ocupadas, igual que él…

Hace muchísimo tiempo que no hago esto… ¿Cuándo fue la última vez que lo hice? No pienses en eso. No pienses en él. Me hace rodar de nuevo. Él arriba, yo abajo. Me gusta más así.

Hay algo tan fundamentalmente reconfortante en el hecho de estar tan cerca de otra persona, tal vez por eso el sexo ocasional es tan importante. Su cuerpo sobre el mío, como un chaleco antibalas, protegiéndome de todo lo que ahora mismo estaría sintiendo, pero no puedo porque su boca está donde hace un segundo estaba mi sujetador, y es difícil concentrarse en algo más que en la tarea que tienes entre manos una vez que dicha tarea ha empezado, ¿no crees?

Sus manos vuelan hacia mi pelo. Sus besos son mayores, placas tectónicas que se mueven en las profundidades de la tierra, y ni siquiera hemos llegado a las partes mayores de verdad.

Y sus partes son mayores.

Duele, más de lo que recordaba. Pero es un dolor bueno, ¿sabes a lo que me refiero? Un dolor muscular profundo. Un dolor al que te entregas, no del que te alejas. Como cuando tienes una contractura en el hombro y alguien intenta deshacerla y tú te entregas a su mano. Y recuerdo esta sensación con BJ, aunque diferente, porque nadie conoce mi cuerpo como BJ. Nuestros cuerpos crecieron juntos.

Y me pregunto si algún día volveré a sentirme así con otra persona. Me pregunto si BJ lo ha hecho. ¿O es algo que solo pasa una vez en la vida? ¿Cuántos amores te tocan en una vida? A estas alturas de verdad que yo ya no lo sé —ahora mi corazón late desbocado y la presa se está llenando—, y hay todo tipo de amores en este mundo y creo que el mío me acabará matando. Y aun así, es su cara la que ocupa todos mis pensamientos, incluso con la cara perfecta de Tom y su pelo dorado cayendo sobre esos ojos tan azules que hasta los zafiros los envidian, incluso con Tom justo aquí, mi mente vuelve corriendo hacia BJ. La tarea que tengo entre manos ya no consigue apartarlo de mi mente y odio todo lo que eso dice de mí, de él y de nosotros, porque quizá nunca más volveré a ser libre.

Y ¿sabes qué?, ni siquiera son cosas sexys, es él cepillándose los dientes en mi cuarto de baño, con el cepillo de dientes colgando entre los labios mientras intenta espiarme por la pared de la ducha. Él gritándome cada vez que se me cae la botella de agua en mitad de la noche. Él abrazando a Bushka por detrás como si fueran pareja en el baile de graduación. Sus Vans a los pies de mi cama.

Y toda esta mierda me afecta, porque mi mente sigue yéndose hacia BJ igual que mi corazón está atado allí y me pregunto si la mente de Tom está yéndose hacia Clara, y me pregunto qué coño estamos haciendo, pero es demasiado tarde para parar, no puedo parar. Y ni siquiera sé si quiero parar, además, cuando pienso en la forma en que las manos de BJ agarraban el culo de esa otra chica, porque hubo un tiempo en nuestras vidas en que no agarraba así a nadie más que a mí.

Tom entra más dentro de mí, me acerca más a él, pienso en BJ tumbado en mi lado de la cama para que me pelee con él y entonces él me toca y me abraza con la misma sonrisa traviesa que tiene cada vez que lo hace. Pienso en cómo los vaqueros se ciñen a su cuerpo, en cómo sus Calvin sobresalen siempre, independientemente del cinturón que le compremos su madre o yo. Me parece que a Tom se le da muy bien esto. Ojalá pudiera concentrarme en lo que le pasa a mi cuerpo, pero mi mente no me deja. Pienso en la boca de BJ cuando habla porque la forma en que se mueven sus labios es como una especie de poesía antigua y muda. Pienso en su cara bañada por la luz del sol, en los destellos dorados de sus ojos verdes. Cuento los tatuajes que Beej tiene en el cuerpo y que en realidad nadie ve porque están bastante escondidos, pero la mayoría son abiertamente sobre mí.

Una magnolia en el pecho.

Mi año de nacimiento en el pliegue interior del codo del brazo derecho.

Su año de nacimiento junto al mío.

National Geographic en el antebrazo.

Se me empieza a arquear la espalda.

Una abeja en la mano izquierda.

Otra abeja en el hombro derecho.

Una carta de cambio de sentido del Uno en la pantorrilla izquierda.

Un ciervo en el brazo izquierdo.

Tom presiona mi mano contra la cama.

«Billie» a lo largo de una costilla del lado izquierdo.

Una sombrilla de playa en la parte superior del brazo izquierdo.

Las coordenadas de Dartmouth en el pliegue interior del codo izquierdo.

La fecha de nuestro primer beso a lo largo del pulgar izquierdo.

Se me acelera la respiración. Pronto perderé el control.

Una lila en el dedo corazón izquierdo.

La fecha de nuestra primera vez en el antebrazo izquierdo.

«In every lovely summers day» en el antebrazo derecho.

«If someone loves a flower» en el antebrazo derecho.

Tom entra aún más en mí, y se me entrecorta la respiración.

Una tirita en la parte superior del muslo izquierdo.

Siento su aliento caliente en mi cuello cuando me roza los labios con los suyos, y deseo poder leerle la mente para saber si está tan jodido como yo ahora mismo.

Un cordel finito de no me olvides en el pulgar derecho.

La construcción del sexo siempre me ha fascinado, el ascenso hacia el final. Y estamos subiendo, estamos casi en la cima, puedo sentirlo, verlo en su cara, y se nos da bastante bien, en realidad… Sobre todo teniendo en cuenta que no estoy pensando en absoluto en Tom England, lo cual es una locura porque es Tom England. ¿Sabes lo que quiero decir?

Vientos del este en el pecho.

Tom arquea el cuello hacia atrás como antes ha hecho BJ con esa chica en el pasillo.

El oso Paddington en el brazo derecho.

Siento cómo el aire abandona mis pulmones, como escapa de mí al tiempo que hundo los pies en el colchón, buscando cualquier cosa sobre la que estabilizarme.

La M de Maserati en el pie derecho.

Y entonces un sonido diminuto escapa de mi boca mientras dejo caer la cabeza, repentinamente laxa, sobre la almohada. Tom se deja caer encima de mí. Tiene la respiración agitada, y yo también. Me gusta la sensación de tenerlo sudado encima de mí.

Y me confunde muchísimo lo que eso significa. ¿Cómo puedo acabar de correrme contando los tatuajes de mi exnovio pero a la vez no querer que Tom England se aparte de encima de mí? ¿Qué significa eso?

¿Qué dice eso de mí?

Creo que sencillamente dice que estoy rota.

No ha funcionado, por cierto. No he separado nada. En todo caso, solo me ha atado a otra persona.

¿El tatuaje número veintidós de BJ? El DeLorean de *Regreso al futuro*. ¿Qué he hecho?

TREINTA Y SEIS

BJ

No sé qué esperaba de una llamada a la puerta de mi habitación del hotel a las dos de la madrugada, pero Magnolia Parks no era una de ellas.

No después de la cara que puso cuando me vio. No después de cómo nos habíamos hablado antes. Pero ahí está, al otro lado de la mirilla. Aguantándose el brazo y con un jersey que me robó unos cuarenta segundos después de que me lo comprara en Gucci. Frunce el ceño, con una cara de tristeza nueva que no creo haberle visto nunca antes.

Abro la puerta y con solo mirarla ya me importa una mierda todo lo demás, y me pregunto si siempre seremos así. ¿Somos esas personas que siempre encuentran la forma de volver la una junto a la otra pase lo que pase? Es posible.

Somos el mascarón de proa de un viejo barco que se hunde.

Salgo al pasillo y cierro la puerta detrás de mí.

—¿Qué ha pasado? —le pregunto, envolviéndola entre mis brazos.

Se aparta un poco, me mira y no sé qué la delata: sus ojos, el olor de él en su piel.

No hace falta que me lo diga. Lo sé.

Hago un pequeño gesto de dolor. En voz alta. Me oye, lo sé, porque se aprieta más contra mi pecho cuando lo hago.

—Oh. —Es lo único que digo. Asiento una vez. La abrazo más fuerte.

Joder, qué daño me ha hecho.

¿Es esto lo que llevo haciéndole todos estos años? ¿Esta es la sensación que siente en el pecho? Porque es como tener desollado lo más profundo del pecho. Un hundimiento lento y extraño, como si mis costillas estuvieran derrumbándose sobre sí mismas y que tal vez al final sí que la estoy perdiendo.

Quizá no es que el barco se esté hundiendo todavía, quizá ya se ha hundido. Quizá ahora ya estamos en el fondo del mar. Quizá la madera del barco se está empezando a pudrir y ahora ya ni todas las anclas del mundo podrían salvarnos.

—¿Estás bien? —le pregunto porque no sé qué otra cosa decir. Ella llora con más fuerza. La estrecho contra mí, tengo las manos en su pelo, y finjo no darme cuenta de que es evidente que otra persona se lo ha tocado y desordenado.

¿Qué estamos haciendo? Aparte de hacernos daño. Ya no sé lo que estamos haciendo. Porque la amo de una manera definitiva. De esta jodida manera imbatible, que no se puede vencer, que siempre va a ganar, a la que no le importa todo lo demás... pero puedo olerlo a él en ella y a decir verdad podría. Seguramente lo haré luego.

—Lo siento —dice a duras penas, aplastada contra mi pecho.

Le levanto la barbilla para que me mire.

—Yo también lo siento.

Parpadea un par de veces y sus ojos me recuerdan a las gotas de lluvia sobre las hojas en las mañanas frías.

—Te odio —dice, tragando saliva con esfuerzo.

—Sí —asiento con la cabeza—. Yo también me odio un poco.

Se echa hacia atrás para mirarme y yo le sujeto la cara con las dos manos: sus ojos claros y tristes, esa boca suya sonrosada con esas mejillas que siempre se tiñen de rosa cuando estoy con ella. Su piel de caramelo, la mano que he cogido desde que tenía quince años, las curvas de su cuerpo que se ajustan a mí como si fuéramos dos piezas de la misma piedra. ¿Cómo voy a superar mi amor por ella?

No lo haré. No podré. No podría.

Sostiene mi mano contra su mejilla, sin soltarla, sin querer saber lo que nos espera cuando la suelte. Creo que ninguno de los dos lo sabe ya. Antes sí, creo.

Pensaba que sí, al menos. Antes todos los caminos llevaban a casa, a Tobermory, a una vida tranquila en un pueblo costero del norte, porque una noche tuvimos una lujuria irrefrenable y una beligerante sensación de audacia, y nos habríamos hecho mayores allí. Dormirnos en el sofá abrazados, dejar las cortinas abiertas y ahogarnos en la luz de la mañana, de amarla cada día, y es lo que deberíamos haber hecho; pero entonces ese día pasó. Seguramente habría pasado de todos modos. Debería haberla cogido y haberla llevado lejos, a la vida que ambos queríamos incluso entonces, pero no lo hice. Si lo hubiera hecho, no estaríamos aquí.

Y entonces se abre la puerta de mi habitación del hotel, y Camarera llena el umbral llevando mi camiseta y nada más. Magnolia se queda paralizada en mis brazos y yo cierro los ojos con fuerza, como si creyera que apretándolos lo suficiente, Camarera se esfumará, pero no es así y sé lo que se viene ahora.

Me preparo para ello.

Esta vez es un empujón. Me empuja con una fuerza descomunal, pero sabía lo que se me venía encima y tenía los pies afianzados. Parks se mueve más que yo, y su cuerpecito rebota del empujón contra la pared del pasillo que tiene detrás y se tropieza un poco.

Hago ademán de agarrarla, pero me aparta las manos de un manotazo, mirándome como un animal al que han dado una patada.

—Parks… —vuelvo a intentar cogerla.

Ella se aparta de mí con rabia.

—No…

—¡Magnolia! —la llamo, pero ya se ha ido.

05.23

Parks

> Hey

> Qué tal el tiempo, Parks?

Jodido.

TREINTA Y SIETE
Magnolia

Después de eso me voy a la habitación de Paili y lloro en su cama durante un par de horas. Ella llora conmigo. Es tan buena amiga. Paciente. Es una de esas personas a las que se les da muy bien preocuparse por las cosas que les importan a las personas que aman. Lloró conmigo la noche que BJ me engañó. Lloró conmigo la noche que empecé a salir con Reid. Ha estado a mi lado para todo. No dice mucho.

Claro que, de todos modos… ¿qué podría decir?

Debería haber acudido a ella después de lo de Tom, no a BJ, pero apenas pude evitarlo.

En verdad, lo de acudir a BJ ni siquiera había sido algo consciente. Estaba ahí tumbada, despierta, mirando al techo, con el corazón desbocado, Tom plácidamente dormido a mi lado y —lo diré aquí porque es pertinente— ese Tom England es realmente espectacular. Que antes pensara en BJ no es en absoluto un comentario sobre Tom. Es el residuo de un hábito que he tenido durante media vida y que no sé cómo romper. Ojalá hubiera pensado en Tom. Tendría que haber pensado en Tom. Mientras él yacía dormido a mi lado, me pregunté si debería despertarlo para volver a intentarlo y así solo pensar en Tom esta vez, pero en lugar de eso me encontré caminando hacia BJ y supongo que eso de algún modo lo dice todo.

Lo atascada que estoy.

Él es la luna y yo soy la marea. Cuando la chica salió de su habitación, había marea baja. Me empujó hacia fuera y muy lejos.

BJ me miró fijamente, sus ojos tenían una redondez familiar. La forma que adoptan cada vez que nos perdemos, que ahora ni siquiera sé cuántas veces ha pasado ya.

Demasiadas.

Tom estaba dormido cuando salí a ver a BJ. Duerme muy profundo, por lo que he descubierto en este viaje. Tumbo la botella de agua todo el rato y nunca se despierta, y eso que suena como un gong chino cada vez que se me cae. Todavía dormía cuando me metí en nuestra cama unas horas más tarde. Siguió durmiendo durante horas.

Y yo seguí sin dormir.

Por la mañana me doy una larga ducha y me froto toda la piel con fuerza, intento limpiarme todos los errores que estoy cometiendo, pero no funciona. Me pongo la ropa más cómoda que me he traído: un cárdigan *oversize* de Vetements con varios botones, unos shorts de mezcla de cachemira de canalé y un *crop top* de Loulou Studio.

Pido que nos suban un desayuno para dos a la habitación y lo saco al balcón para no despertarle, pero lo despierto. Abre los ojos y me dedica una media sonrisa cansada… y algo me golpea en el estómago. Me sorprende. ¿Una especie de deseo?

Se levanta de la cama y camina hacia mí. Solo lleva unos calzoncillos bóxer negros de Tom Ford y siento un breve e inexplicable deseo de lamerle, pero solo un segundo y luego se me pasa, porque qué poco refinado.

Tengo las piernas apoyadas en la silla de enfrente y Tom las coge, se sienta y luego se las coloca en el regazo.

Y es una divertida imagen de familiaridad, mis piernas estiradas encima de su regazo, casi desnudas, él entrecerrando los ojos bajo el sol griego de la mañana y otro sentimiento se revuelve en mi estómago, y trago saliva preocupada por si mis mejillas delatan algo que ni yo misma acabo de entender todavía.

Me mira fijamente durante unos segundos, estoico y escultural.

—Fuiste a verle después —acaba diciendo. No es una pregunta ni una acusación. Solo una observación.

Aparto los ojos de los suyos, avergonzada.

—Solo un minuto.

Asiente, pero ya no vuelve a mirarme a los ojos.

—¿Por qué?

Frunzo los labios. No tenía claro cuándo iba a salir el tema, pero había dado por hecho que saldría en algún momento, y estaba bastante convencida de que a él no le haría ninguna gracia. Cojo una bocanada de aire y lo suelto por la nariz.

—Nunca me había acostado con nadie que no fuera él.

Tom parpadea un par de veces mientras echa la cabeza hacia atrás, sorprendido.

Un par de parpadeos más y luego:

—¡Joder, Magnolia!

Le dedico una sonrisa tensa y hago un gesto con la mano.

—No tiene importancia.

Me agarra de las piernas, tira de mí y de la silla en la que estoy sentada hacia él para que estemos más cerca, ahora tengo todas las extremidades encima de él como si fueran un revoltijo de palillos. No me muevo. Me hace feliz ser un revoltijo de palillos encima de él. Me mira con fijeza.

—Sí la tiene.

Sí la tiene. Tiene razón. Pero ya lo hicimos y ahora está hecho, así que me encojo de hombros.

—Sí, bueno. Necesitaba que no la tuviera, así que…

Las manos de Tom se han abierto paso hasta mis tobillos y me los aprieta.

—¿Por qué no me lo dijiste?

Me abrazo las rodillas.

—Porque sabía que entonces no lo harías.

Me lanza una mirada poco impresionada, reprendiéndome implícitamente, lo cual, por alguna razón, me resulta muy sexy. Traumitas con papá, supongo.

—Eso es ser deshonesta —me dice.

—No —le corrijo—. Eso es ser reservada —añado, enfatizando la última palabra.

Pone los ojos en blanco, un poco divertido, y luego me señala con la barbilla.

—Entonces fuiste a verle.

Asiento con la cabeza varias veces y me veo incapaz de volver a sostenerle la mirada. Él sabe que quiero a BJ. A estas alturas él sabe más de mí y de Beej que la mayoría de personas, así que ¿por qué me da tanta vergüenza que Tom sepa que fui a verle?

—Sí —asiento con la cabeza—. Sí, y estaba con otra.

Quizá ese es el porqué.

—Joder. —Tom deja caer la cabeza hacia atrás, exasperado, pero me agarra los tobillos con más fuerza—. Vaya par, estáis…

—Jodidos —asiento con la cabeza—. Sí, lo sé.

Me mira con fijeza, intentando diseccionar lo que somos BJ y yo… una tarea imposible: puedo asegurarle aquí y ahora —como a infinidad de personas antes que a él— que fracasará estrepitosamente. Porque BJ y yo somos incuantificables. Son los matices de todas las formas en que nos amamos y nos hemos amado y seguimos amándonos accidentalmente, y son las complejidades de los hilos que hemos tejido juntos, y son los secretos que sabemos el uno del otro, y es ese único corazón roto que compartimos.

—¿Por qué sois así? —acaba por preguntar, con los ojos entornados.

Y me encantaría decírselo, me encantaría decírselo para que tuviera sentido, pero no puedo, así que no se lo diré.

En lugar de eso, me encojo un poco de hombros.

—Es que nos enamoramos demasiado jóvenes, creo… y ahora no sabemos estar el uno sin el otro.

BJ y yo… creo que somos como una fina cadena de oro enredada. No es imposible de desenmarañar, pero lo parece. A veces logras manipular la cadena para que se libere de sí misma, pero no muy a menudo. La mayoría de las veces hay que deshacerla por el cierre o romperla del todo para que se deshagan los nudos.

—Sois como Sam y Closs. —Tom asiente para sí mismo y parece un poco triste—. Joder —añade como una ocurrencia tardía, con un hilo de voz casi imperceptible.

—Lo siento —le digo, y tengo la sensación de que podría echarme a llorar.

—No. —Niega con la cabeza y me acaricia el tobillo sin pensar—. Lo siento… Si pudiera despegarte, lo haría.

El corazón se me desploma en el pecho y suspiro en lugar de formular una frase. Hay cosas que decir, muchas en realidad. Pero todas son contradictorias.

Sí, quiero a BJ. Y no, no sé cómo hacer que pare. Pero, por favor, no me dejes. No quiero que me dejes. Tendría miedo sin ti. Haces que no me sienta sola. Y me preocupa que Gus tenga razón.

Son las cosas que diría si pudiera, pero se me atascan en la garganta.

Coge el café que tengo entre las manos y da un buen trago.

—Bueno —dice Tom, con las cejas fruncidas mientras me mira con fijeza—. ¿Dónde nos deja esto?

—¿Te refieres a las trincheras? —aclaro, mientras me acerco y le limpio un poco de espuma de capuchino que se le ha quedado en el labio superior. Dejo mi mano vagar. Se le sonrojan las mejillas.

Tom se aclara la garganta.

—Sí…

—No lo sé —digo y me encojo de hombros e imito el gesto con las cejas—. ¿Dónde quieres que nos deje?

—A ver, yo sigo necesitando una trinchera. —Me mira—. Tú sigues necesitando una trinchera. Los dos seguimos esperando a que se nos pasen esos sentimientos. —Se encoge de hombros—. Lo mismo podemos esperar juntos a que pasen, ¿no?

Asiento con la cabeza y siento un extraño subidón de endorfinas. Me entusiasma un poco poder seguir fingiendo ser de Tom. Me entusiasma más aún no tener que enfrentarme a BJ sin mi propia versión de un AK-47.

Tom hace un gesto con la cabeza hacia la cama.

—Aunque quizá no deberíamos volver a hacerlo…

—Oh. —Asiento con la cabeza. No creo que mi cara disimule en absoluto mi decepción—. No, no, supongo que no…

Me mira con los ojos entrecerrados, juguetón, y su cara se resiste a sonreír. Está satisfecho.

Levanto la nariz y lo miro.

—Claro que no sería el fin del mundo si lo hiciéramos —añado como si fuera una advertencia, porque siento una punzada en mi interior al pensar que hacerlo queda completamente descartado.

Se le suaviza la mirada y asiente una vez, inclinándose hacia mí.

—Escucha, podemos volver a hacerlo cuando quieras. Es que… no creo que quisieras hacerlo anoche. Creo que creías que tenías que hacerlo. —Niega con la cabeza—. No tenías que hacerlo.

—Lo sé —le contesto con la nariz levantada.

—Pareces muy triste —me dice con una risita algo confusa y débil, y luego le cambia un poco la cara—. No quiero ponerte triste.

—No me has puesto triste —le respondo.

—¡Lo sé! —parpadea—. Te has puesto triste tú sola. Pero me has hecho cómplice.

Asiento con la cabeza.

—Lo siento.

Me mira con los ojos entrecerrados, algo juguetón.

—Este es un claro ejemplo de que te las traes.

TREINTA Y OCHO

BJ

Jodido. Eso ha dicho. Así estoy. Así estamos, supongo.

Aun así, nada podría haberme preparado del todo para lo que sentiría al ver a Parks doblar la esquina y aparecer en el vestíbulo con el único hombre con el que ha estado aparte de mí. Y aquí está la puta letra pequeña: ahora son diferentes. Se lo veo.

El sexo es especial para ella. No lo habría hecho si no hubiera querido, aunque lo hiciera un poco para herirme; me ha herido mil veces de un millón de maneras distintas y ni una sola vez se ha acostado con nadie que no fuera yo, o Tom…

Con Tom es diferente. Incluso aunque ella no se dé cuenta todavía.

—Hey. —Henry les sonríe porque no lo sabe.

Magnolia le sonríe débilmente y él me mira, confundido. Perry y Gus intercambian miradas interrogantes. Tom le susurra algo a Parks, le pasa el pelo por detrás de las orejas… ahora hay demasiada confianza entre ellos. La toca como si fuera suya y luego se va a hablar con recepción. Busco sus ojos, pero ella se niega a mirarme. Pails corre hacia ella y la coge del brazo, como si se usara a sí misma como escudo para proteger a Parks de mí.

Intento que no se me vea demasiado dolido, pero lo estoy. Me estoy muriendo por dentro, joder. Christian me mira a mí y luego a Parks, con el ceño fruncido. Haciéndose una idea de lo que pasa.

Creo que lo sabe.

Tom vuelve hasta a Parks, me mira, apenas me hace un gesto con la barbilla y luego la rodea perezosamente con el brazo. Eso duele. La naturalidad con la que él la toca, y luego ella, sin darse cuenta, alarga el brazo y le coge dos dedos con toda la mano, y luego se quedan ahí… así… como una pareja. Como una pareja de verdad. Que comparten sentimientos reales y sexo real.

La silenciosa intimidad que se produce entre ellos delante de mis narices me hace sentir como si alguien acabara de sacarme la puta alma con un cucharón de sopa y me doy la vuelta porque no puedo mirar.

Henry se da cuenta y frunce el ceño.

—¿Estás bien?

Asiento deprisa porque es obvio que miento.

—Vuelvo enseguida —le digo.

Corro hasta el baño. Me pinto una raya. Vuelvo a salir. Intento mirarla a los ojos, pero ella no da su brazo a torcer. Es todo lo que me ofrece. Nada. Y nada viniendo de ella es algo porque nada entre nosotros es antinatural y hay algo en ello que me hace sentir un poco mejor.

Llega nuestro coche; es una limusina. Tom la lleva al coche y durante todo el trayecto está callada. Creo que no dice ni una palabra ni una sola vez, ni a una sola persona. Ni siquiera cuando le hablan. Responde Tom o Paili. Y él no le suelta la mano… ¿qué les pasa? ¿Se han quedado pegados?

Llegamos a la pista de aterrizaje y siento una opresión en el pecho y a mi chica muy lejos.

Mientras descargan el coche, me acerco y me pongo a su lado.

—¿Podemos hablar? —le pregunto en voz baja.

Ella inclina la cabeza hacia mí, pero no me mira a los ojos.

—No. —Luego se aleja, de vuelta con Tom.

Se me cambia la expresión de la cara al verla de nuevo con él. No se siente cómoda con él, no es la de siempre, no es habladora, ni ocurrente, ni divertida, ni brillante; hoy no es nada de eso cuando está con él… está herida. Muestra su yo herido con él, y eso se me antoja peor. Porque la única otra persona con la que sé que se ha mostrado tan expuesta soy yo.

Los observo y siento como si estuviera viendo mi propia vida en un accidente de coche. Empezamos a embarcar en el avión de England. Me siento al final, en el mismo sitio que ocupé a la ida, dejo abiertamente libre el asiento contiguo y espero que vuelva a sentarse a mi lado. No es propio de ella dejar cabos sueltos, no le hace bien a su cerebro. Así que me quedo ahí sentado, esperando a que suba al avión, esperando a intercambiar una mirada con ella y hacerle un gesto con la cabeza para que venga conmigo… pero cuando embarca, Tom tiene las manos en su cintura.

Él señala la cabina con la cabeza. Ella asiente, le sigue y cierran la puerta. Ni siquiera puedo echar un vistazo.

Henry suelta un largo silbido. Paili le da un codazo.

Parks tenía razón. El tiempo está jodido.

10.12

Christian

Hey

Qué os pasa a ti y a Beej?

No sé de qué me hablas.

Mentirosa

Te ha dicho algo?

No

Él tampoco dice una mierda.

Qué ha pasado?

Nada

Cuéntame

Discutimos muy fuerte, ya está.

…?

Lo vi con una chica

?

Lo vi en serio

Como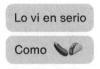

Qué?

En serio?

Creo que sí. No lo sé.

Salí corriendo.

Adónde?

Con Tom

Yo estaba allí

Lo sé.

Podrías haber acudido a mí.

Lo sé.

Pero no podía.

Siempre puedes acudir a mí.

Deberías saberlo.

Lo sé.

Gracias 😭 😭 😭

TREINTA Y NUEVE

Magnolia

Tom insiste en llevarme a casa después del vuelo. Esta vez aterrizamos en Luton. Un poco menos de una hora en coche a esta hora del día. Le he dicho que no tenía que hacerlo, pero lo ha hecho de todos modos. Desde nuestra charla en el desayuno, se ha convertido en este curioso y autoproclamado perro guardián. No me ha dejado sola ni una vez, no me ha soltado la mano.

No sé muy bien si fue del todo por lo que pasó con BJ y lo triste que estaba, o por otra razón, porque aparte de la trinchera habitual, sentí un peculiar alivio al coger la mano de Tom.

Y cuando me dijo que fuera a sentarme con él en la cabina, sabía que a Beej le dolería, así que acepté, y tenía razón. Lo vi en la parte trasera del avión, esperando a que me sentara a su lado, pero no lo hice.

Aunque una parte de mí quería hacerlo. Porque creo que una parte de mí siempre querrá hacerlo. Suena hipócrita, lo sé, que esté tan enfadada con él por acostarse con otra persona cuando yo también lo hice. No sé por qué lo siento como algo pesado alrededor del cuello, un poco como si me ahogara, y por qué siento que él me ha traicionado a mí, pero yo no le he traicionado a él.

¿O tal vez sí siento que le he traicionado, pero tal vez tenía que hacerlo?

El asiento libre junto a BJ era para mí, eso era obvio a sus ojos, aunque no los miré. No hacía falta, podía sentirlos sobre mí, esperándome, deseándome.

Y entonces entré en la cabina con Tom.

Y una parte de mí esperaba que Beej sintiera lo que yo siento cada vez que le veo tocando a otras chicas, esperaba que le consumiera mientras volábamos… lo que ocurriría tras la puerta cerrada.

Lo que sucedió fueron unos cuantos besos.

—¿No está prohibido que esté aquí? —pregunté, mientras él cerraba la puerta de la cabina detrás de nosotros.

Me miró, incrédulo.

—Soy el piloto.

—La última vez no me invitaste a entrar.

—Vi a Ballentine en la parte trasera del avión con un asiento libre al lado —contestó—. Me pareces el tipo de chica que se sentiría impotente ante un asiento trasero con el amor de su vida.

—Oye, perdona. —Parpadeé, indignada—. Solo me siento impotente ante Gucci.

Él soltó una carcajada.

—Vuelve ahí fuera, pues.

—No —le dije, con la nariz levantada—. Me apetece más estar aquí, pero solo porque él va de gris y a mí me encanta el gris, y él lo sabe, así que lo ha hecho a propósito.

Se miró a sí mismo, vestido con una camiseta blanca y lisa de Tom Ford.

—¿Qué te parece el blanco?

Lo miré y me hice la coqueta, sabía que lo estaba siendo, pero es divertido coquetear con Tom England.

—No está mal.

Me sonrió con los ojos entornados y una boca que no decía nada al tiempo que decía muchas cosas.

Me senté en el asiento del copiloto. Coqueteamos. Tom me enseñó todos los botones que tenía que pulsar, me habló del despegue mientras lo hacía y, ya en el aire, me preguntó si quería pilotarlo.

—¿Quizá? —Lo miré, nerviosa. Se dio unos golpecitos en el regazo—. Bueno, ya veo —dije poniendo los ojos en blanco y él se rio.

Se mordió el labio inferior.

—Venga —dijo.

Me acerqué a él con cautela, mirándolo, divertida. Me atrajo hacia él y me colocó en posición de vuelo máximo, rodeándome con los brazos y sujetándome las manos sobre la columna de control del avión. Apoyó la barbilla en mi hombro, guiando el avión a través de mis manos. Yo no estaba haciendo nada, lo sabía. Pero tampoco me movía porque me gustaba notar a Tom England contra mí.

Me sentía como si estuviera perdida en el mar, a la deriva, y él fuera ese trozo de madera salvador al que podía aferrarme.

Su aliento en mi cuello se me pegó a la piel, así que me di la vuelta y desvié los ojos de los suyos a su boca y de nuevo a sus ojos.

Hace algo con la boca, Tom England, y es increíblemente sexy: es esa casi sonrisa, sin enseñar los dientes, casi una sonrisa de suficiencia, pero para nada engreída. Lo hace cuando quiere algo o se está haciendo el listo, y en aquel momento a mí me pareció que no estaba siendo demasiado listo, ergo quería algo y lo que Tom England quería era a mí.

Tragó saliva con esfuerzo.

Entonces le rocé la boca con la mía. Un beso rápido y suave, mostrándome más tímida de lo que deseaba.

No sé por qué lo hice. No es muy propio de mí, la verdad. Pero me apeteció.

Él sonrió, quizá sorprendido, sin duda complacido, y entonces se inclinó de nuevo hacia delante, con la boca muy cerca de la mía, lo bastante cerca como para sentir el roce antes que el tacto, y mi respiración se debilitó y me fallaron las rodillas, y entonces nuestros labios se tocaron, despacio al principio y luego nada despacio, fue vertiginoso, el tiempo corría a nuestro lado y a través de nosotros.

Me hizo girar para que me pusiera de cara a él y nos besamos. Seguimos besándonos hasta que nos topamos con un pozo de aire y el avión cayó unos pocos metros, y yo casi salí volando hacia el techo, pero él me agarró, y se rio, y luego se disculpó con todo el mundo por el altavoz, les dijo que su copiloto se distraía un poco y que no prestaba demasiada atención al campo de aviación.

No supe si lo decía por mí o por sí mismo, pero deseé que a BJ le doliera de todos modos.

Sin embargo, después de aquello dejamos de besarnos y él se sentó en su silla y yo en la mía, pero de vez en cuando me miraba por el rabillo del ojo y se le hinchaban un poco las aletas de la nariz cuando intentaba no sonreír, y entonces yo me echaba a reír, y entonces él se echaba a reír y creo que se ha convertido en uno de mis mejores amigos.

Hay un camión de mudanzas delante de mi casa cuando llego. Miro a Tom, confundida. Entramos y solo llevamos dentro cuatro segundos y medio cuando mi hermana se lanza a mis brazos.

—Gracias a Dios —grita—. Ha sido una casa de locos.

—Ah —parpadeo—. ¿Por qué? ¿Qué ha pasado?

Bridget se aparta y se coloca las manos en las sienes. Lleva puesto el cárdigan de rayas horizontales amarillas y bermellón con el logo de Miu Miu que le dejé colgado en su armario. Se apoya las manos en las caderas y desvía la mirada de mí a Tom.

—De todo. —Niega con la cabeza—. ¡De todo!

Agito las manos, impaciente, esperando más información. BJ me habría dado un capón por hacerle eso a Bridge.

—A ver, mamá se va de casa —empieza, y yo pongo los ojos en blanco.

Vaya.

—Vale.

—Se van a divorciar.

Jesús. Asiento con la cabeza.

—Vale.

—Mars se viene a vivir aquí.

Frunzo el ceño.

—Si ya vive aquí.

Bridge me lanza una mirada.

—A la habitación de él.

Esbozo una mueca y hago un sonido de «puaj».

Tom me mira y esa sonrisa suya es una tapa bastante sólida, pero BJ me habría tapado la boca para hacerme callar.

—Lo he oído —dice Marsaili, saliendo—. Magnolia…

Hace ademán de besarme y yo la esquivo. No solo porque estoy enfadada (que lo estoy), sino porque nunca nos besamos. No lo hacíamos antes de que tuviera una aventura con mi padre. No lo haremos ahora que la ha tenido.

—Encantadora… —dice, aclarándose la garganta—. Veo que sigues comportándote como una cría. —Le saluda a él con un gesto de cabeza—. Hola, Tom.

Él le dedica una sonrisa seca.

—Marsaili.

Mi madre sale de un salón blandiendo una espada carolingia del siglo XII.

—¡Es mía! —grita mi padre—. Es mía, déjala donde estaba.

—Me la llevo —le dice.

—Odiabas esa espada, ¡dijiste que fue tirar el dinero!

—Sí, pero mira, a ti te encanta tirar el dinero, cariño, ¿verdad? —dice mi madre, que pestañea mucho—. Ese tercer aumento de pecho que me hice fue tirar el dinero por el retrete, ¿o no? ¡Dinero tirado a la basura! Ni siquiera los mirase una sola vez.

—Mamá, no digas «aumento de pecho» delante de Tom England —le dice Bridget.

Tom mira divertido a Bridge.

—¡Oh! —Nos mira—. ¡Tom! Magnolia, qué sorpresa.

—Ah, ¿sí? —Frunzo el ceño.

—Hola —dice Tom, con una sonrisa incómoda.

Muevo la cabeza, reflexionando.

—A ver, vivo aquí, ¿no?

—Y yo no —me dice sin delicadeza.

Subo unos pocos escalones sintiendo que me gustaría ser más alta que el resto de los presentes, aunque sigo sin ser más alta que Tom.

Miro a mi madre con fijeza durante unos segundos.

—¿Llevas un vestido de gala?

Se mira a sí misma con el vestido negro de Dolce & Gabbana con mangas abullonadas, en mezcla de algodón y encaje Chantilly.

—Sí.

—¿Por qué?

—Es mi vestido de gala de mudanza.

—Práctico —asiente mi hermana con un gesto de admiración.

—Bueno, iba a ponérmelo en nuestra ceremonia de renovación de votos. —Mira a mi padre peligrosamente—. Pero ese plan se ha ido al garete.

—Nunca te he pedido que volvieras a casarte conmigo —le dice él, sin contemplaciones.

—Harley… —dice Marsaili, al tiempo que le da un golpe en el brazo.

Yo la miro.

—Vaya momento has ido a escoger para meterte...

Y deseo durante un segundo que BJ estuviera aquí. Es tan bueno cuando las cosas se ponen así. Se le da muy bien dispersar la estupidez de mi familia.

Mi madre se cruza de brazos.

—Tiene razón, Harley, puede que nuestros votos se hayan ido al traste, pero no hay ninguna razón para que tus modales tengan que hacerlo también.

Le dedico una mirada elocuente a mi hermana.

—Odio esto.

Ella me devuelve el gesto.

—Bienvenida a casa.

—Bueno... —Paseo la mirada entre todos ellos con una mueca—. Me voy arriba, voy a buscar un albañil que me insonorice las paredes del cuarto.

Marsaili pone los ojos en blanco.

—Ya nos hemos acostado aquí antes.

Me tapo los oídos con los dedos al instante.

—Lalalalalalalala.

—Marsaili —dice mi padre, reprendiéndola con la mirada.

Ella parece molesta.

—No nos oyó entonces...

—Y no lo haré ahora —grito.

—Insonoriza el mío también, ya que estás, ¿quieres? —me dice Bridge, y yo le enseño el pulgar y le guiño un ojo.

Me doy la vuelta para subir corriendo las escaleras y Tom me sigue.

—En realidad, cariño —mi padre da un paso hacia mí—, ¿puedo hablar contigo a solas un momento?

Me quedo quieta y le devuelvo la mirada. Tom se coloca enseguida delante de mí.

—No.

Mi padre tensa la mandíbula. Está enfadado, pero también un poco triste.

—¿No? —repite Mars, incrédula.

Tom niega con la cabeza, indiferente.

—Escucha, Tom —suspira Marsaili—. Es muy enternecedor que seas tan protector con Magnolia, pero se la puede dejar perfectamente bien a solas con su padre y, francamente, esto no es asunto tuyo, así que…

Niego con la cabeza.

—No le hables así.

—Magnolia, con todo el respeto, Tom es nuevo por aquí, y se está metiendo en nuestros asuntos familiares…

—Ya no eres mi familia —afirmo, al tiempo que la señalo y niego con la cabeza—. Y él —lo señalo a él— es mi novio.

Tom me mira y sonríe con la comisura de los labios, y siento que, por un segundo, no es solo mi falso novio.

—Bueno —suspira Marsaili—, lamento que te sientas así, Magnolia. Siempre te he tratado como si fueras mi hija…

—¡Oh! —asiento, meditando esas palabras—. ¿Por eso te has estado tirando a mi padre todo este tiempo?

Mi padre suspira al tiempo que gime en voz baja.

—Venga, tesoro…

—No sé qué queréis de mí —digo, mirándolos a los dos—. ¿Mi aprobación? No la tendréis.

—Cariño. —Mi padre se acerca a mí—. Hace mucho tiempo que no estoy enamorado de tu madre.

—Muy bien —asiento—. No pasa nada. No tengo ningún problema con eso. Lo que sí es un problema es el lamentable hecho de ser infiel. Lo cual eres. —Hago un gesto hacia él—. La engañabas, lo sé. ¿Pero con ella? —Hago un gesto hacia Mars—. ¿Que era nuestra? La única adulta que teníamos que nos quería y nos cuidaba y nos educaba… ¿tenías que destrozarla?

—Magnolia —dice Mars, negando con la cabeza. Su voz suena un poco aguda y esperanzada—. No estoy destrozada, solo estoy…

—Hecha una hipócrita —le contesto.

CUARENTA

BJ

Pasaron unos cuantos días antes de que fuera a su casa, y fueron unos días jodidamente largos. No me van bien los días largos, tampoco me van bien sin Parks. Tengo cierta inclinación por llenar el espacio que ella deja con cosas horribles, eso me dijo Henry anoche cuando llevé a casa a una chica de Madrid.

No es que la chica fuera horrible. Era maja, estaba buena. Estaba comprometida, eso sí que era horrible, supongo, pero no era mi problema. No volví a pensar en ello tras un par de rayas.

Pero Parks no me mandó ningún mensaje, y eso es raro. Raro viniendo de nosotros. Siempre hemos tenido la dinámica de que si algo no va bien entre nosotros, uno de los dos cede, intenta restaurar el equilibrio. Yo le envío un mensaje. Ella me envía un artículo de National Geographic. Ninguno de los dos lo ha hecho esta vez y me da un poco de miedo pensar en lo que eso podría significar.

Me quedo ante la puerta cerrada y escucho. Bridge está dentro con ella.

—Un vestido ridículo —declara Bridget. Se oye el pasar de una página—. Un vestido ridículo. Un vestido ridículo. —Pasa otra página—. Un vestido ridículo.

Magnolia chasquea la lengua.

—Eres más pesada que una vaca… —Me hace sonreír. Lo dice porque mi padre lo hace. Es una de sus expresiones favoritas—. Es lo mejorcito de Valentino.

—Sigue siendo ridículo. Igual que ese.

—Yo lo tengo —dice Parks, que parece molesta.

—Pues entonces es todavía más ridículo —dice Bridget, y ya me imagino la cara que pone.

Suelto una carcajada mientras las escucho. Las echo de menos a las dos, es cierto que de formas muy distintas, pero las echo de menos, y sé que su conversación podría alargarse una eternidad, así que avanzo un paso. Llamo a la puerta y me paro en el umbral. Parks levanta la vista desde la cama. Parpadea varias veces. Traga saliva. Su rostro perfecto es una equilibrada mezcla de alivio y nervios. Nos miramos durante unos segundos. Se acerca la mano al pequeño collar con la B que lleva, el que yo le regalé. Buena señal.

—¿Puedo pasar? —le pregunto.

Le cambia un poco la cara.

—Nunca me habías preguntado si podías entrar...

Me encojo de hombros y me meto las manos en los bolsillos.

—Nunca había tenido la sensación de tener que hacerlo.

Magnolia y yo nos miramos fijamente y solo ha habido dos veces en nuestras vidas en las que haya habido una mierda tan grande entre nosotros. Cuando la engañé. Y la otra vez, cuando metí la pata hasta el fondo... y luego trepé por su ventana a las once de una noche entre semana para pedirle perdón, inventé el plan Tobermory y la besé hasta que salió el sol.

Pero ahora no tengo globos y no puedo besarla.

Parks hace un gesto extraño con la mano para decirme que pase. Es permisivo y desdeñoso al mismo tiempo. Bridget suelta un silbido largo y grave, da un sorbo a su café y nos observa atentamente.

—Vale —dice Magnolia y pone los ojos en blanco—. ¿Puedes largarte ya de una puta vez?

—Borde —resopla Bridget mientras se levanta de la cama. Pasa a mi lado, se pone de puntillas y me da un beso en la mejilla—. Te echaba de menos, caraculo —dice, pinchándome en el estómago mientras se va.

Parks se sienta en el borde de la cama, abrazándose las rodillas contra el pecho. Me quedo de pie ante ella, cruzo los brazos sobre el pecho.

—Hola.

Ella suelta una risita y se encoge de hombros.

—Hola.

—No me has llamado.

Me mira un poco mal.

284

—Tú tampoco.

—Tienes novio.

—Y tú tenías las manos muy ocupadas…

Achico un poco los ojos. Es agotadora.

—Huiste corriendo —le contesto.

—Pues sí —asiente con la nariz levantada.

—Y luego te acostaste con él —le digo.

Ella asiente despacio una vez.

—Pues sí.

Nuestras miradas se cruzan y se le entristece la expresión. ¿O se le suaviza? Mierda. Espero que sea triste. Quiero discutirme con ella, sentir la cercanía que siento cuando discutimos… cuando decimos cosas que no deberíamos y vamos demasiado lejos, y la otra noche cuando me apartó la cara me destrozó y me hizo tocar el cielo al mismo tiempo, porque solo puede odiarme como me odia porque me quiere como me quiere.

—¿Estás bien? —le pregunto.

Le sale una risita como si se estuviera atragantando.

—No lo sé.

No lo está.

Tiene la mente hecha un lío, se lo noto, parece un libro de Richard Scarry.

—¿Estás triste? —le pregunto.

Se retuerce las manos.

—Estoy muchas cosas.

Quiero alargar la mano, tocarle la cara. Atraerla hacia mí, abrazarla fuerte… Lo habría hecho hace una semana, pero ahora no estoy seguro de poder hacerlo. La noto demasiado lejos para intentar que se sienta mejor. Sé por qué y podría estallar si lo pensara demasiado.

—¿Te gusta? —pregunto en voz baja—. ¿En serio?

Se burla, se tira de los pendientes, unos que le compré la última vez que estuve en Nueva York. Unos aritos de diamantes. No sé de quién. Ella seguro que sí lo sabe.

—No sé a qué te refieres —acaba diciendo.

La miro.

—Sí, claro que... —Pero ella se limita a mirarme parpadeando—. Joder. —Me aprieto la cuenca del ojo con el puño.

Se levanta, me agarra de la muñeca, busca mis ojos... los encuentra, no dice nada. Se limita a mirarme fijamente, parece un poco asustada. Le coloco un mechón de pelo detrás de la oreja porque su mano aferrada a mi muñeca me dice que todavía puedo.

Niego con la cabeza ante la chica de mis sueños.

—¿Qué cojones nos pasa?

—No lo sé —suspira—. ¿Tú lo sabes?

Aquello me molesta y me alejo de ella, poniendo mala cara.

—¿Cómo cojones voy a saber yo lo que nos pasa si tú eres quien tiene todas las cartas?

Suelta una larga bocanada de aire y me mira con rabia.

—Pero bueno, eso no es cierto, ¿verdad, Beej? Porque eres tú quien oculta la información que tenía el potencial de cambiar las cosas...

Ahora me parece distinto y me pregunto si es verdad... Si se lo dijera, ¿lo superaría?

—¿Habría cambiado las cosas?

Cuadra los hombros con expresión desafiante.

Mierda.

Pero no puedo. Así que no cedo.

Me paso las manos por el pelo.

—Te di mi respuesta.

Su expresión es la de quien ha recibido un golpe. Traga saliva y se le ponen los ojos vidriosos.

—Si esa es tu respuesta, esta es la mía: hemos terminado.

Me siento como si me hubieran golpeado en el estómago con un bate de beisbol.

Hace un rictus con la boca y el cristal de sus ojos se derrama un poco. Me jode más que a ella, porque ella no puede verse la cara cuando llora, pero yo sí. Esos putos ojos esmeralda. Vendería mi hígado en el mercado negro para evitarle las lágrimas, vendería todo lo que tengo, me arrancaría el corazón, pero creo que ya lo he hecho.

Niego con la cabeza mirándola, intentando calmar mi respiración.

—No lo dices en serio.

Se aprieta con cuidado las lágrimas contra la cara y luego me mira con expresión orgullosa y ojos resentidos.

—No. No lo digo en serio. —Se aclara la garganta—. Y te odio por ello.

16.42

Jonah

Hey

Qué pasa contigo y con Parks?

Todo bien?

> No lo sé, tío.
> Es un puto desastre.

> Él le gusta.

En serio?

> Sí, creo que sí

Mierda

> Ya

Irá bien, tío.

Sois tú y Parks. Al final siempre os arregláis.

> Ya

Pero estás bien, no?

Los chicos dicen que te metiste un poco en Grecia

No, estoy bien.

Vale

La buena gente no se droga sola.

Solo... para que conste.

Ya, vale. Tienes razón.

Oye, qué tal va
tu sindicato del crimen?

Bien, tío. Mucho estrés pero
bueno, bien... No me estoy
metiendo en la habitación
del hotel, así que...

CUARENTA Y UNO

Magnolia

Llego a casa después de un día larguito en la oficina (un almuerzo, vaya) y me encuentro el coche de Tom en la puerta. No está en mi habitación, ni en el salón, ni en la sala de estar, ni en la otra sala de estar ni en la biblioteca, así que empiezo a preguntarme si habrá aparcado aquí y se habrá ido a dar una vuelta por el parque.

Y entonces oigo la risa de Paili desde la cocina.

Entro en la cocina y Tom, Paili y mi hermana me miran.

—¿Qué está pasando aquí? —Los miro uno por uno con expresión risueña mientras me aliso la falda verde oscuro de mi minivestido de terciopelo Leona de Khaites.

—Tom nos está enseñando a preparar un martini —me dice Paili.

—Y a pedirlo —añade Bridget.

—Ah, ¿sí?

Le sonrío y él deja un tarro de aceitunas, se acerca a mí y me guiña un ojo antes de besarme.

—Pues sí —me dice mientras se aparta. Está tan guapo: lleva un jersey amarillo abejorro de algodón acanalado, con acabados en contraste, y un pantalón estrecho de pinzas, con cordón en la cinturilla, confeccionado en mezcla de lino, todo de Brunello Cucinelli—. ¿Qué tal te ha ido el día?

Vuelve hacia mi hermana y mi mejor amiga y observa sus obras.

—O una aceituna o tres, Bridge. Nunca dos.

Ella asiente obediente. Yo asiento con la cabeza y, al mirarlo, se me sonrojan las mejillas. ¿Por qué es tan bueno?

—He tenido una comida de trabajo con Kitty Spencer...

—¿Una comida de trabajo? —parpadea Bridget—. ¿Qué hace ella de ocio en *Tatler*?

—Bueno, ha sido una comida en horas de trabajo así que…

Mi hermana se ríe.

—Paili —dice Tom, señalando la nevera—, ¿puedes sacar las copas del congelador?

Ella obedece.

—Vale, ahora… —Observa los ingredientes que tiene delante. Ginebra, vermut, aceitunas—. ¿Sucio? —pregunta, desviando la mirada de Bridge a Pails.

—¡Asqueroso! —declara Bridget, encantada. Luego niega con la cabeza—: Es broma, es que siempre había querido decir eso.

—Ven aquí. —Tom me hace un gesto con la cabeza para que me acerque a ellos—. Tú también tendrías que aprender.

—Todo el mundo debería saber hacer un martini sucio —me dice Paili.

No me pasa desapercibido que está repitiendo lo que ha dicho Tom, y me parece entrañable. Me encaramo en el banco junto a él.

—Pon todo el hielo que puedas en el vaso, por favor, Bridge —le dice, y ella asiente con la cabeza, amontonando los cubitos.

Paili le pasa la cuchara y él empieza a remover. Se adapta perfectamente y eso me produce una sensación que no acabo de entender. Un suspiro de alivio y una sensación de nerviosismo a la vez.

—¿No lo sacudes? —pregunto, apartando de mi mente las partes que más me confunden.

Él niega con la cabeza.

—Queremos que sea suave —me explica Bridge con orgullo y me doy cuenta de que le cae bien y eso hace que me caiga aún mejor.

—Buena chica —dice Tom al tiempo que asiente con aprobación—. Vamos a removerlo un poquito durante… —Se detiene y mira a Paili.

—¡Un minuto! —sonríe ella.

—Muy bien —asiente él.

Sirve un martini para cada uno y Bridge pone las aceitunitas.

—¡Tachán! —canturrea mientras señala.

Se felicitan mutuamente, pero yo miro a Tom con ojos entornados y desconfiados.

—¿Has venido a enseñarles a mi hermana y a mi mejor amiga a preparar un martini?

—No. —Se pasa la mano por el pelo—. He venido a pedirte una cita.

Doy un sorbo, divertida.

—Si ya estamos saliendo.

Niega con la cabeza y me coge de la mano, apartándome del banco y llevándome adonde las chicas no puedan oírnos.

—Me temo que es un asunto de trincheras —me dice.

—Ah.

—El cumpleaños de Clossy.

Asiento con la cabeza.

—Vale.

—Así, ¿estás libre el miércoles?

Vuelvo a asentir.

—Lo estaré.

Su cara refleja tensión un segundo.

—Creo que está quedando con alguien.

Parpadeo unas cuantas de veces.

—Pfff.

Su cara pasa de la tensión a frustración.

—Tal vez. No sé…

Le cojo del brazo y busco sus ojos.

—¿Estás bien?

Me dedica una sonrisa tensa.

—¿Podrás ponerte un vestido que haga que todo el mundo se quede mirándote?

—¿Acaso no lo hacen ya? —pestañeo, juguetona.

Suelta un ruidito divertido mientras me besa la mejilla.

—Gracias.

19.13

Paili

Cari, tú y Tom vais...
en serio, pues.

Llevamos meses saliendo.

291

Sí, pero «salíais»...

Ahora estáis SALIENDO

Será porque estamos JUNTOS.

 Sabes a qué me refería.

No lo sé.

Qué tal Beej?

No lo sé.

Bien.

La cosa se quedó rara el otro día.

Ya se le pasará. Contigo siempre se le pasa. 💗

Para que conste, vosotros dos también estáis JUNTOS.

22:26

Christian

Hola 😘

Hey 😘

Pregunta

Sí?

Beej está haciendo
mucho el loco?

Jaja
Siempre hace el loco

Pero mucho, cuánto?

Venga ya
No me hagas contestar

Vale.

Muy mal?

No he dicho una palabra.

CUARENTA Y DOS

BJ

—Me alegro de que hayas subido a coger aire —comenta Jonah, señalándome con la barbilla. Tiene la mirada un poco sombría. Está un poco enfadado conmigo, cree que estoy yendo demasiado fuerte. Eso en sí mismo ya podría ser decir mucho, ¿tal vez? Quiero decir, Jo no es ningún monje.

En realidad, creo que ahora le gusta Taura Sax. Lo cual es un poco mierda porque creo que a Henry también le gusta Taura (aunque no quiera). Quizá por eso Jo está un poco irritable… vamos a ver, seguro que se la está tirando. Y Henry lo sabe y no parece importarle, y creo que es posible que Taurs esté intrigada porque a Henry no le importe… No estoy seguro. Es un lío. Piensan que Parks y yo somos un lío, pero vaya con el que están montando ellos.

Hay que admitir que ha sido una semana y pico dura. Me emborraché hasta quedarme tonto, follé hasta quedarme entumecido. No preguntes por la nieve. Lo admito, se me ha ido un poco de las manos desde la última vez que vi a Parks, pero así es como me las apaño cuando las cosas se van a la mierda entre nosotros.

Normalmente en cuestión de quince días me mandaría un mensaje con una falsa emergencia como una rueda pinchada o la sospecha de que hay alguien en su casa intentando matarla. Entonces yo iría y la salvaría y haríamos un reinicio y volveríamos a estar bien.

Pero no me ha llamado. Ni siquiera me ha mandado un mensaje.

—¿Lo habéis arreglado ya Parks y tú? —pregunta Jo mientras me subo a la encimera y me pongo a comer cereales directamente de la caja.

—Mo… —respondo, masticando los Frosted Shreddies.

—¿La has visto?

—No.

—¿La has llamado?

Le miro con el ceño fruncido.

—Oye, que te follen.

—¿Le has mandado un mensaje?

Le tiro unos cereales y, sin perder un segundo, él me lanza un mando a distancia que me da de lleno en el pecho con una precisión aterradora.

Joder con los mafiosos...

—¿Qué cojones, tío? —gruñe.

Lo miro con fijeza.

—Le gusta Tom.

—Sí, me pregunto por qué, colega. Estás comiendo cereales a puñados un martes a las tres de la tarde y él probablemente la está llevando en avión a Barcelona mientras hablamos...

—Yo tengo un avión. —Me froto los ojos cansados mientras lo fulmino con la mirada—. Tú tienes un avión. Ella también tiene uno. No es tan especial, todos tenemos aviones. —Pone los ojos en blanco—. ¿Y por qué la llama Parks? ¿No te parece raro?

—¿Que la llame «Parks»? —repite Jonah, frunciendo el ceño. Yo asiento con la cabeza—. ¿Me estás preguntando si me parece raro que Tom llame «Parks» a Magnolia Parks? —insiste.

—Sí —le digo, lanzándole una mirada impaciente.

Jonah me lanza una larga mirada que me hace sentir como un idiota.

—No, no me parece raro que Tom llame a Magnolia por su apellido.

—Ya, pero es como la llamo yo.

—Sí, pero también es su apellido...

Le doy un manotazo porque él es el idiota que no lo entiende. Jo me echa otra mirada larga y no me gusta. Él y Parks son los únicos capaces de hacerme sentir como si estuviera hecho de cristal.

—Beej, ¿qué haces? —pregunta, negando con la cabeza—. ¿Qué ha pasado? Casi estabais juntos y ahora se está tirando a Tom.

—Se tiró. —Niego con la cabeza. Necesito que sea verdad—. Fue un hecho singular. Una anomalía sexual... —Hago un gesto desdeñoso con la mano. Vuelve a mirarme dudoso. Suspiro—. Quería saber qué pasó. Ese día.

—Ah —dice, al tiempo que asiente y aprieta los labios—. Quizá deberías contárselo...

Niego con la cabeza.

—No puedo.

—Podrías.

Vuelvo a negar con la cabeza.

—Es demasiado tarde.

Es demasiado tarde y no puedo. Repaso la noche por milmillonésima vez. Sadie Zabala con el vestidito negro, repasándome con la mirada desde la otra punta de la habitación. Empezaron a sudarme las manos... me mareé un segundo... todo el mundo sabía que yo estaba con Parks, para entonces ya llevábamos años juntos, ¿qué estaba haciendo esa chica? Bajé a mi baño. Pensé que vomitaría. ¿Quizá estaba borracho? No lo estaba. Sea como sea, no lo suficientemente borracho para lo que pasó después.

Ella me siguió para ver si estaba bien.

No lo estaba.

¿Y, además, de qué serviría que Parks lo supiera? ¿Darle una imagen para combinar con su pesadilla hecha realidad? No hay nada que pueda decir que lo arregle. No puedo explicarlo con la claridad que ella necesita.

Metí la pata, le hice daño. No puedo cambiarlo.

Necesito que me desee de todas formas. Esa es la única manera.

—Entonces ¿qué? —pregunta Jo, encogiéndose de hombros—. ¿Estás tirando la toalla?

—¿Con Parks? —parpadeo. Él asiente—. No. —Niego con la cabeza. Jamás.

—¿Y entonces qué? Ya tuviste una cita con ella y la jodiste.

Pongo los ojos en blanco porque no sé qué más hacer. Tiene razón. Él se pasa la lengua por los dientes mientras piensa.

—Creo que deberías besarla.

Suelto un bufido.

—¿Qué?

Se encoge de hombros.

—¿Cuándo fue la última vez que os besasteis de verdad?

Arrugo la cara y la echo hacia atrás mientras finjo que intento recordar, como si la última vez que nos besamos no estuviera grabada a fuego en mi memoria, como si no sacara ese recuerdo como mi jersey favorito cada vez que tengo un minuto libre en el cerebro.

Me encojo de hombros como si no fuera nada.

—Hace unos dos años.

Parpadea dos veces.

—¿Qué?

Me echo hacia atrás, cohibido.

—¿Qué?

—¿Lleváis dos años sin besaros?

Lo miro de hito en hito.

—Tú estabas allí… fue en el cine, después de que yo…

—¿Esa fue la última vez que os besasteis? —grita.

—¡Sí!

—No, espera, espera… ¿me estás diciendo que todos estos años que habéis estado durmiendo el uno en casa del otro, solo habéis dormido y ya está?

—¿Qué? Sí, Jo… —respondo, sacudiendo la cabeza—. Te lo cuento todo, tío. Lo sabrías si…

—No, Beej, es Parks. —Niega con la cabeza—. Nunca hablas de ella como lo haces con otras chicas, te guardas esa mierda bien apretada contra el pecho. —Tiene razón. Me mira confundido—. ¿Estás seguro de que no te la has tirado ni una vez?

—Jonah.

—¡Dios! —Se pasa ambas manos por el pelo—. Joder, en serio, Dios.

Se ha quedado atónito con esta revelación. Ya lo veo reescribiendo los últimos años en su mente… Los ojos le hacen tictac como un reloj mientras va poniendo las cosas en su sitio, deshaciendo todo lo que había dado por hecho…

—¿En serio ese fue vuestro último beso?

Asiento, con la boca fruncida.

—Más o menos.

Hubo otra vez, solo una. Parks y yo no hablamos de ello.

—Hermano… —dice, mirándome con fijeza—. Bésala.

Lo miro y pongo los ojos en blanco.

—Venga ya.

Jo se acerca a mí, medio perplejo, medio divertido.

—¿Qué te pasa, tienes miedo?

Me burlo.

—Chico, te he visto acercarte a supermodelos y besarlas.

Niego con la cabeza.

—Es distinto.

Me lanza una mirada de esas que parecen decir «pues a eso voy» y pienso que es un imbécil.

—Venga, Beej, de hombre a hombre… —Me golpea en el pecho—. Ve y bésala ya, joder.

CUARENTA Y TRES

Magnolia

Es el cumpleaños de Clara y, como prometí, me pongo un vestido que hará que todo el mundo se quede mirándome.

Un minivestido de rafia trenzada y escote palabra de honor de Dolce & Gabbana, combinado con unas sandalias de cordones con estampado de leopardo.

Por lo menos Tom ha venido a recogerme esta vez. Chaqueta *bomber* de ante de Brunello Cucinelli, una camiseta de rayas blancas y negras de Jil Sanders y unos vaqueros ajustados Fit 2 de Rag & Bone.

Han contratado al chef Adam Handling. El de Sloane Street.

—Es un amigo —me dice Tom cuando estamos de camino. Luego me repasa con los ojos de la cabeza a los pies, con una risita—. Este vestido…

Lo miro, orgullosa de mí misma como si hubiera hecho muchísimo más que limitarme a estar guapa.

—¿Tus padres también estarán? —pregunto.

Él niega con la cabeza.

—No les hace mucha gracia que Clossy salga con este chico…

Asiento, triste por ellos… supongo que les parece pronto. También estoy triste por ella, porque ¿cuánto tiempo se espera que nos quedemos ancladas en la pena? Más de ocho meses, parece ser el consenso de la familia England.

—¿Y a ti? —pregunto—. Si te hace gracia, pregunto.

La boca se le pone tensa. Creo que intenta quitarle importancia.

—No.

—¿Estás seguro de que están saliendo?

Me mira con la mandíbula apretada.

—No.

Creo que estoy aquí por si acaso. Por si acaso nos encontramos con el peor de los casos. Porque seguramente yo no iría con Tom al cumpleaños de BJ a no ser que temiera que BJ fuera a lanzarme una granada.

Creo que estoy aquí para hacerle de escudo si se da el caso.

Cuando llegamos, Clara parece contenta de verme. Ojalá yo me sintiera igual, pero hay algo en el hecho de verla que me provoca muchos sentimientos cuyas caras no reconozco, y todos ellos sin nombre.

—Pero bueno —me lanza los brazos al cuello—, ¡me encanta este vestido!

—¡Y a mí el tuyo! —le sonrío. Vestido bustier plisado en jacquard de Dolce & Gabbana. Color crema. Un poco aburrido, pero bastante bonito.

Le doy un regalo.

—¡¿Qué es esto?! —se maravilla, como si nunca le hubieran dado un regalo en su vida.

Entiendo por qué Tom está enamorado de ella, en realidad. Por qué los dos chicos England lo están. Lo estaban. ¿BJ cree que tengo ojos de cervatillo? Nada comparado con Clara England. Mira a la chica más rica de Gran Bretaña, cuyos ojos se abren como platos cuando le dan una caja de regalo de Net-A-Porter. Hago un gesto con la mano para quitarle importancia.

—Solo unos pendientitos de diamantes de Maria Tash. El ticket está en la caja...

Clara mira a Tom, sonriéndole con una alegría tensa.

—Es un buen partido.

Él imita su sonrisa. Es rígida y forzada.

—Lo es.

Él asiente, y a mí se me llena el corazón de tristeza al verlo así. Cualquiera que no sepa la verdad pensaría que el dolor que comparten se debe a la muerte del marido de ella, pero yo sé que no es así. Y creo que el chico que está con ella también lo sabe, así que le aprieto la mano a Tom porque debo hacerlo y también un poco porque quiero. Clara me coge de la mano y tira de mí hacia su cita que quizá no es su cita:

—Sebastian, esta es Magnolia. Magnolia, este es Sebastian.

Le tiendo la mano al chico terriblemente sexy que está a su lado: piel aceitunada, ojos marrones, tatuajes por todo el cuerpo, labios carnosos, mandíbula afilada, pelo desordenado. No reconozco mucho su ropa, salvo los pantalones chinos ajustados Black XX de Levi's y las Vans negras, así que supongo que no viene de una familia adinerada, aunque no es que eso importe, me da igual. Yo misma lo besaría sin problema con una cara como esa. Es curioso, supongo. No se parece en nada a Sam. Ni a Tom.

Y hablando de él, Tom ni siquiera observa mi intercambio con el chico atractivo, solo tiene ojos para Clara.

Le tiendo la mano al chico.

—Hola.

—La infame Magnolia Parks —me sonríe. Acento americano.

—Ah. —Me aparto, encantada—. Has oído hablar de mí.

—Sí.

—Solo cosas buenas, espero —sonrío.

Me dedica una sonrisa torcida y una mirada traviesa.

—No solo cosas buenas —contesta, guiña el ojo y se marcha. Clara se disculpa profusamente, pero no sé si Sebastian pretendía ofenderme o coquetear conmigo. Se va tras él; Tom me lanza una mirada de disculpa y se va tras ella.

Suspiro, probablemente de una forma más evidente de lo que pretendía, y me dirijo a la barra para pedir un martini Lemon Drop.

Me lo bebo bastante rápido, así que pido otro.

—Tesoro… —dice Gus, al tiempo que se sienta a mi lado y me tira de la falda del vestido—. Me encanta, me encanta, me encanta.

Paso las manos por encima —seguramente me llevaré una astilla, pero persevero de todos modos— y le sonrío.

—En la fiesta de cumpleaños del verdadero amor de tu falso novio, qué buena falsa novia eres.

Le doy un golpecito en el pecho mientras le tiro de la americana roja de algodón con botonadura sencilla de Kiton.

—Yo también me alegro de verte…

—He oído que últimamente te estás portando fatal en casa —me sonríe.

Pongo los ojos en blanco y me río.

—Solo con los infieles.

Y se ríe y se lanza a contar una historia sobre el artista con el que él y mi padre trabajan esta semana. Miro a mi alrededor en busca de Tom y lo localizo como se localiza a alguien que te gusta porque es la persona que te gusta, pero creo que es solo eso porque es mi falso novio.

Tom ve que lo miro y su gesto de asentimiento esconde una pregunta: «¿Estás bien?».

Le contesto con una sonrisa rápida y asiento con la cabeza, no quiero ser una mala compañera de trincheras.

Me río en el momento justo por la historia de Gus, que sin duda merecía más que la atención que no le he prestado, y él se da cuenta.

—Cada vez es más difícil, ¿verdad?

—¿Mmm? —parpadeo, confusa—. No, no. Todo lo contrario. Cada vez es más fácil —miento.

—Ajá... —Gus me mira con suspicacia.

—Que sí —digo al tiempo que asiento enfáticamente con la cabeza—. Soy una alocada. Muy informal, muy...

—Habéis pinchado —me dice.

Frunzo el ceño de inmediato.

—¿Cómo lo haces?

Se ríe entre dientes.

—Me lo dijo él.

—Ah. —Pongo los ojos en blanco, pero me echo a reír.

Tom viene corriendo hasta nosotros. A ver, no es un trote propiamente dicho, sino más bien un apresurado paseo con aire decidido. Me pone la mano en la parte baja de la espalda.

—¿Estás bien?

—¡Sí! ¡Bien! Sí —contesto, sonriendo mucho—. Estoy bien. —Sigo asintiendo—. Sí. —Gran sonrisa para redondearlo.

(—¿Qué cojones? —articula Gus).

—¿Seguro? —insiste Tom, frunciendo un poco el ceño.

—Hum. Todo bien... —Hago un gesto con la barbilla hacia Clara—. Sé libre.

Me aprieta la mano y sonríe, y me pregunto si siento un poco de tristeza porque haya aceptado mi oferta, pero también pienso que no. No estoy triste porque ¿por qué iba a estar triste yo?

Gus levanta las cejas de arriba abajo.

—Un apretón de manos no solicitado. Qué íntimo.

Le doy un golpe en el brazo, riéndome. Entonces Gus mira más allá de mí y emite un sonido de placer mientras abraza a alguien.

Es un tremendo abrazo de colegas, con palmetazos en la espalda, hombros que intentan aumentar su anchura en directo para compensar la sincera emoción que están mostrando... y cuando se separan veo que el otro colega es Rush Evans.

La estrella de cine. ¿Te acuerdas del chico guapo de la película esa de adolescentes? ¿Con el chico y la chica y el drama familiar, esa en que él es un chico malo y ella es un poco pesada, pero de todos modos da igual y se enamoran el uno del otro? Fue una bomba. Con ella empezó su fama.

Lleva una cazadora *bomber* azul marino con el logotipo de Off-White, unos Ksubi azules con las rodillas rasgadas y una camiseta de Saint Laurent efecto desgastado con el logo de los años cincuenta impreso. Beej la tiene en negro.

—Magnolia, tesoro —dice Gus empujándome hacia él—. ¿Conoces a Rushy Evans? Fuimos todos juntos a Hargrave.

Rush niega con la cabeza y me coge la muñeca con la mano suavemente.

—No nos conocemos, pero sé quién eres. —Me besa en la mejilla.

Suelto una risita que es más bien un suspiro.

—Encantada de conocerte.

Asiente, sonríe y tiene unos ojos de esos que meten a las chicas en problemas.

—Igualmente. —Luego mira a Gus—. ¿Te han presentado al nuevo chico de Clossy? —Gus asiente, con una expresión bastante neutra. Rush niega con la cabeza—. Joder. —Luego se inclina sobre la barra y pide una ronda de bebidas.

(—Rushy era el mejor amigo de Sam —me dice Gus cuando Rush no puede oírnos.

—Ah. —Asiento con la cabeza, sintiéndome más triste por todos ellos).

Rush nos da un chupito a Gus y otro a mí; hacemos chinchín, nos los bebemos de un trago y luego me da otro martini Lemon Drop y un Negroni para Gus.

—Ponme al día contigo y con Tommy —me dice, apoyándose en la barra.

Rush Evans es realmente encantador. Imposiblemente guapo, rápido y ocurrente, menos hollywoodiense de lo que me hubiera imaginado, pero sin duda capaz de romperte el corazón si se lo permites.

Le cuento la historia oficial de la trinchera sobre el bar y el beso, lo de habernos gustado desde siempre, etc. Él va asintiendo con la cabeza; Gus se pasa todo el rato poniendo expresiones faciales que ayudan muy poco, pero Rush me mira a mí casi todo el rato.

—Pero creía que tú estabas con cómo-se-llame. —Chasquea los dedos dos veces—. Joder. El tipo ese de Instagram al que las chicas le tiran las bragas.

Hago un rictus con la boca y trago saliva con un poco de esfuerzo porque le echo de menos.

¿Por qué no me ha llamado?

—BJ. —Asiento con la cabeza y luego apuro el resto de mi copa.

Rush me mira intrigado.

(—Camarero —llama, luego me señala con la cabeza).

—¿Qué pasa aquí? —pregunta Rush y Gus se inclina, con las cejas enarcadas, esperando como el buen dolor de muelas que es.

—Absolutamente nada —declaro desafiante y, me temo, sincera.

—Vamos a ver, Parks, aclárame una cosa—dice Rush, señalando con la barbilla a Tom, que prácticamente se ha convertido en la sombra de Clara, que está sentada con su guapísimo quizá-novio a una mesa a solas. Tom está rondando discretamente cerca de ellos, hablando con alguien, una chica que parece muy contenta de tener una audiencia con él, tan contenta a decir verdad que está dispuesta a pasar por alto el hecho de que a Tom no parece importarle un verdadero comino nada de lo que pueda decirle la muchacha—. Si te estás tirando a Tom…

—No —aclaro—. Nací en el W11. Yo no me «tiro» nada…

Gus se ríe y Rush enarca las cejas, divertido.

—Te he dicho aclárame una cosa…

Pongo los ojos en blanco y le hago un gesto desdeñoso con la mano mientras me acabo la copa.

—Si estás con Tommy, ¿por qué no puede apartar los ojos de Closs, eh?

Inspiro bruscamente, pero me contengo y exhalo más despacio.

Gus sigue con las cejas enarcadas, a la espera de una respuesta.

—No lo sé. —Me encojo de hombros con desdén—. ¿Está siendo protector, quizá?

Rush mira a Tom, luego a Clara y luego a mí.

—¿Protector?

Asiento con la cabeza, muy segura. Rush entorna los ojos.

Me aclaro la garganta.

—En realidad creo que su mirada tiene menos carga sexual y quizá más —estoy improvisando— ya sabes, mamá... pato.

Gus ahoga una carcajada. Rush no lo hace, se ríe por debajo la nariz.

—¿Pero tú con qué mierda de patos vas?

—Ingenio absoluto de pato —le digo, orgullosa de mi broma estúpida.

Él me sonríe y yo empiezo a reírme, y él parece satisfecho de sí mismo.

—Uf, tío. —Sacude la cabeza—. Si no estuvieras fingiendo salir con mi mejor amigo, te estaría tirando los tejos...

—¿Qué? —Frunzo el ceño y me sonrojo a la vez—. Q... ¡No! ¡Uuuf!

Rush Evans me mira.

—¿Qué? ¿Crees que no reconozco una relación de cara a la galería cuando la veo? Venga ya —añade, señalándose a sí mismo—, si yo tengo una.

Gus me mira con suficiencia y yo exhalo un suspiro de exasperación justo cuando se oye un gran estruendo al otro lado del restaurante.

Todos nos volvemos a mirar y es Tom, que tiene al guapísimo quizá-novio agarrado por las solapas y encastado contra la pared.

Tom es un poco más corpulento que Sebastian, pero parece que el novio sabe pelear.

Sebastian se lo quita de encima de un empujón. Gus y Rush se acercan corriendo.

Gus se lleva a Tom, Rush vuelve a empujar a Sebastian y le grita algo al tiempo que señala. Clara tiene la cara desencajada.

Yo me quedo ahí parada, todavía de pie junto a la barra. Estoy un poco mareada y confusa sobre el lugar que ocupo en todo esto. Me nace una sensación protectora hacia Tom al ver la sangre que le gotea del labio partido.

También me siento triste por Clara, que parece atrapada… creo que entre su pasado y su futuro.

Y luego me siento triste por mí, por lo mismo.

Me quedo quieta, a la espera de que todo pase. Se oyen algunos gritos, sobre todo entre Tom y Clara. No entiendo bien lo que dicen, y tengo la abrumadora sensación de que, sea como fuere, tampoco debería.

Clara tiene los ojos empañados de lágrimas.

El chico guapo la coge de la mano y se la lleva de allí.

Parece pasar una eternidad hasta que Tom echa un vistazo por la sala y recuerda que estoy allí. Se le cae la cara de vergüenza y esboza una expresión de disculpa mientras viene corriendo hacia mí.

—Lo siento —dice al tiempo que niega con la cabeza.

Agarro una servilleta y le limpio la sangre del labio inferior. Hace una mueca de dolor, pero la expresión de sus ojos se suaviza.

—Lo siento —vuelve a decir, y no sé por qué.

No sé qué decir, así que niego con la cabeza y me encojo de hombros. No sé qué ha pasado. No sé qué siente. Ni por qué lo siente por mí.

—Vámonos, ¿vale? —contesto, ofreciéndole la mano.

Él la coge, me besa el dorso de la mano distraídamente, luego hace un gesto con la cabeza hacia sus chicos y me guía hasta la salida.

(—¡Te ha besado la mano! —articula Gus con los labios y mucho dramatismo, señalándole la mano.

—¡Cállate! —articulo a mi vez).

Tom no hace más que fruncir el ceño mientras nos subimos al coche.

—A mi casa, James —le indica al chofer.

Bueno, pues parece que no vuelvo a mi casa. Tom mira por la ventanilla y puedo sentirlo: su mente es una bicicleta del pelotón en medio del tráfico de hora punta. Las ruedas giran, pero no puede ir a ninguna parte.

—¿Puedo hacer algo? —le acabo preguntando al rato. Tom me mira al tiempo que expulsa el aire y esboza una pequeña sonrisa.

—La verdad es que no —responde con una especie de mueca-sonrisa—. No.

Asiento y me entristezco por él, siento un breve y fugaz impulso de besarle porque me pregunto si eso haría que se sintiera mejor.

No lo hago porque soy una gallina.

—Oye. —Le doy un codazo en el brazo—. Creo que tu amigo sabe lo nuestro.

Asiente con la cabeza.

—Sí, Gus, ¿verdad? Ya me lo dijiste.

—No —niego con la cabeza—. Rush.

—¿Rush? ¿En serio? —Se echa hacia atrás, un poco sorprendido—. ¿Cómo lo sabes?

Frunzo los labios antes de contestar, pero decido ser sincera.

—Porque me ha dicho que si no estuviera fingiendo que salía con su mejor amigo, que lo intentaría conmigo…

A Tom se le tensa la mandíbula de inmediato y entrecierra los ojos, pero una pequeña sonrisa aparece antes de que suelte una risita.

—Desde luego que sí, el muy zalamero… —Niega con la cabeza, riendo—. Sí, le encantarías. Eres justo su tipo…

Parece un poco molesto y eso me hace feliz.

—¿Lo soy? —pregunto, intentando contener la sonrisa, aunque no lo consigo del todo.

—Una boca como una casa. Piernas larguísimas. Impulsiva. Ridícula. Un poco rebelde sin causa.

Me cambia levemente la cara.

—Perdona, ¿pretendes ser borde?

—No. —Frunce el ceño, negando con la cabeza rápidamente—. Lo siento. No. Es que eres… —Me mira pensativo y expulsa el aire con fuerza—. Debería haberlo visto venir.

Lo miro fijamente durante unos segundos.

—¿Estás celoso?

Hace una pausa. Nos miramos fijamente a los ojos.

—Pues sí, lo estoy —se ríe—. Sé que es una mierda, porque me he pasado toda la noche pendiente de otra chica. —Me mira ligeramente arrepentido.

—Vaya —me río—. Entonces te has dado cuenta.

La mirada se convierte en un arrepentimiento voraz.

—Lo siento.

Me encojo de hombros y finjo que no me ha herido ni un poco los sentimientos.

—Por eso estoy aquí.

—Sigo sintiéndolo —me dice, y yo asiento con la cabeza, sonrío y miro por la ventanilla.

Él sigue observándome; siento su mirada clavada en mí, así que vuelvo a mirarlo.

Su rostro se tensa mientras medita sobre sus pensamientos.

—¿Quieres que te consiga una cita con Rush?

—¿Qué? —parpadeo, sorprendida.

—Si te gusta… —Se encoge de hombros y traga saliva—. Vamos a ver, tú y yo… solo somos… en fin. Lo que sea, ¿no? Así que si te atrae…

—Es muy atractivo —admito—. Al estilo evidente del casanova hollywoodiense escurridizo y sexy.

Tom suelta una pequeña carcajada.

—Sí, el sexy evidente es el peor tipo de sexy —coincide mirándome.

Frunzo los labios, divertida. Tom mira por la ventanilla.

—¿Sabes quién también es evidentemente sexy? —le digo, requiriendo de nuevo su atención.

Se vuelve para mirarme, tiene las cejas enarcadas. Lo pincho un poco. Él se ríe por lo bajo y luego vuelve a ponerse serio.

—¿Quieres que lo haga? —vuelve a preguntar.

—No, gracias.

Parpadea.

—¿No?

Niego con la cabeza.

—¿En serio?

Pongo los ojos en blanco con un suspiro recatado.

—¿Cuándo iba a encontrar tiempo para Rush Evans entre tú y BJ?

Se ríe, pero creo que parece aliviado.

—¿Esta noche ha sido dura para ti?

—Sí —asiente—. Están juntos.

—Tom… —Le toco el brazo. Baja la mirada donde lo estoy tocando, y luego me mira a los ojos—. Lo siento.

Niega con la cabeza y se encoge de hombros.

—De todas formas, no habría podido estar conmigo.

—Pero aun así.

Asiente y vuelve a mirar por la ventanilla.

—¿Me estás llevando a tu casa a propósito? —le pregunto al cabo de un momento.

—Mierda. —Niega con la cabeza una vez, parece lamentarlo—. No. Lo he dicho sin pensar… James, ¿podemos…?

—Voy contigo a tu casa —le interrumpo. Todas las copas que he tomado me hacen más valiente de lo que soy en la vida real.

Me mira con ojos muy abiertos, pero no dice nada.

—Si quieres que vaya —añado.

Asiente con la cabeza.

Llegamos a esos apartamentos más o menos nuevos de Victoria Street en Westminster. Los que diseñaron Stiff + Trevillion, ¿sabes cuáles te digo? ¿Angulares? ¿Ladrillos grises?

Subimos y no nos tocamos.

Abre la puerta del piso y sigue callado, pero creo que está triste. Es un ático de tres dormitorios, lo bastante grande para uno, eso seguro.

El estilo es sorprendentemente minimalista. Muchos tonos neutros. Un poco de ratán. Elementos de mármol.

—¿Esta es tu casa? —parpadeo.

—¿Qué? —Me mira—. ¿No te gusta?

—No, me gusta. Es que pensaba… no lo sé. —Me encojo de hombros—: Eres Tom England. Pensé que tendrías tu propio McDonald's en un rincón de la casa o algo por el estilo.

—Ni que fuera yo rico.

—Un sirviente robot de última generación…

—Está en la casa de campo —dice Tom, soltando una risita.

Señalo con un gesto el apartamento que nos rodea.

—¿Cuántas chicas has tenido aquí?

—¿Quieres decir en casa? —Parece confundido.

—No, quiero decir en la cama.

Se ríe.

—¿Con cuántas chicas te has acostado? —aclaro.

—¿Aquí?

—Aquí —asiento—. O en cualquier sitio.

Se lo piensa.

309

—Aquí: Erin y otra chica. En otro sitio, otras tres chicas, sin contarte a ti.

—¡Seis! —parpadeo sin poder creerlo—. ¿Solo te has acostado con seis personas?

Frunce el ceño a la defensiva.

—Tú solo te has acostado con dos.

—No —digo, negando con la cabeza—, es que no puedo creerlo, eres Tom England. Y te pareces a Thor…

Se ríe.

—¿Cómo es posible que solo hayas estado con seis mujeres?

Coge una profunda bocanada de aire, luego exhala y me sirve una especie de aguardiente marrón que no me gusta, pero que me tomo de todos modos, porque quiero sentir la sensación de calor que me produce cuando aterriza en mi estómago vacío.

—Tuve novia en el instituto, me acosté con ella. Conocí a Erin en la universidad, estuvimos juntos unos ocho años. —Se encoge de hombros—. Y luego me enamoré de la mujer de mi hermano —añade. Mi boca esboza una sonrisa—. Intenté acostarme con varias personas para superarlo… no funcionó. —Se encoge de hombros—. Y luego… tú.

—Y luego yo —repito, sonriendo un poco.

—¿Por qué? —Me señala con la barbilla—. ¿Con cuántas chicas se ha acostado BJ?

Trago saliva.

—No me lo quiere decir.

A Tom le cambia un poco la cara.

—Pero creo que podemos decir con seguridad que varios centenares.

Cambia la cara y parpadea.

—¿Centenares? ¿En plural?

Me encojo de hombros como si nada, aunque podría estar ahogándome en todas las mujeres con las que lo he perdido.

—Según mis cuentas —digo, echándole una mirada rápida—, aunque intento no contar.

—Joder —suspira—. Lo siento, Parks.

Vuelvo a acercarme y me pongo a su altura. Estoy más cerca de lo necesario, pero me apetece estarlo.

—¿Seguro que estás bien? —Levanto la mirada hacia sus ojos.

Él me coloca un mechón detrás de la oreja.

—Sí.

Frunzo los labios y pienso apenas un segundo antes de decirlo.

—¿Quieres que nos acostemos? —¿Cuántos martinis Lemon Drop son demasiados?

—Oh. —Parpadea unas cuantas veces, sorprendido—. Esto… ¿quizá?

—¿Quizá? —Frunzo el ceño.

No he bebido demasiados, porque no siento ningún cosquilleo en la cara, solo noto calor en el pecho, tengo la mente dispersa y el corazón lo bastante entumecido como para no pensar en lo mucho que echo de menos a BJ durante media hora. Inclina la cabeza hacia mí, y me ha puesto la mano en el pelo.

—¿Has bebido un poco?

—¡Un poquito! —Asiento con la cabeza y él se ríe—. Pero no estoy borracha.

—¿En serio? —pregunta, desconfiado.

—Achispada como mucho.

—¿Cómo de achispada? —Se ríe.

—Bastante. —Le levanto la camisa y le echo un vistazo a la barriga—. Cada vez más.

—Ya veo —asiente, pensativo—. ¿Estás enfadada con BJ?

—No más de lo habitual.

Sonríe.

—¿Se ha acostado con alguien lamentable esta semana y tú intentas procesarlo acostándote conmigo?

—Oh —asiento enfáticamente—, estoy segura de que sí, pero no tengo conocimiento confirmado de tales hechos.

Suelta una carcajada y se pasa la lengua por el labio inferior.

—¿Vas a escaparte de mi cama en plena noche para escabullirte con un exnovio?

Pongo los ojos en blanco.

—Intentaré contenerme.

Entrecierra los ojos y me mira largamente.

—¿Es una buena idea?

Niego con la cabeza y me encojo de hombros a la vez.

—No lo sé. Podría ser una idea terrible…

Hace una mueca pensativa.

—Aunque probablemente divertida…

Asiento con la cabeza.

—Probablemente…

CUARENTA Y CUATRO
BJ

Bésala, es lo que dijo Jonah. No sé por qué me pareció una sugerencia tan descabellada: no es que no quiera hacerlo todo el rato, no es que nuestra relación hasta ahora no haya estado salpicada de infinidad de casi besos... es el permiso, ¿quizá?

Alguien diciéndome que lo haga, validando mi sensación de que en realidad debería haberlo hecho desde el principio.

Lo medito durante unos días.

Finjo que le estoy dando vueltas, pero, en realidad, estoy pensando en si tengo huevos para hacerlo porque creo que sé que probablemente será el beso más importante de mi vida.

Sé dónde está los viernes.

Le gusta cerrar la semana con una pequeña compra en New Bond Street; desde luego, «pequeña» es relativo para ella. Desde un bolso nuevo o dos hasta comprarse una tienda entera. Depende de cómo le haya ido la semana, depende de mí probablemente... de lo mal que me haya portado, de lo felices que fuimos...

Entro en Gucci: es la primera tienda que pruebo y allí la encuentro, porque es previsible. Me quedo cerca del mostrador, observándola mientras repasa las hileras de ropa. Hago todo lo que puedo para mantener a raya las expresiones que refleja mi cara y no parecer un maldito idiota que está demasiado enamorado. Aunque se hace difícil no sonreír cuando lleva mi cazadora negra. La compré aquí hará unas semanas. La escogió ella. Roja y azul en los hombros. Me preguntaba adónde había ido a parar... Encontró una finalidad mejor descansando sobre los hombros de la mejor chica que conozco.

Está mirándose de pie ante un espejo, lleva unos vaqueros de color añil con los dobladillos deshilachados y una camiseta corta con cerezas que inmediatamente quiero quitarle porque está guapísima así vestida.

—Nunca te pondrás los vaqueros —le digo, y ella se gira, con los ojos muy abiertos y las mejillas sonrosadas en cuanto me ve. Me acerco a ella y se tira de la ropa casi febrilmente, lo cual es estúpido porque le hacen un cuerpazo que es una locura—. Pero quédate esto —le digo mientras deslizo el pulgar por el dobladillo de la camiseta y toco la tela con los dedos.

No hace falta que me acerque tanto a ella, pero en cierto modo sí.

Se aleja deliberadamente un paso de mí, se obliga a hacerlo. Parpadea mucho, parece ruborizada. Intento que no me haga sonreír. Se aparta el pelo de los hombros, intentando controlarse como puede.

—Entonces ¿no te gustan los vaqueros? —pregunta mirándose con los ojos entrecerrados en el espejo.

—No, sí me gustan —le digo, y asiento—. Pero no te los pondrás.

Gira la cabeza como un resorte.

—Sí que me los pondré.

—No.

—¡Que sí! No me conoces —me dice, con la nariz levantada, e incluso antes de que la frase acabe de salir del todo de su boca, parece que vaya a echarse a reír.

Pero no se ríe. Es demasiado orgullosa.

—Te conozco, Parks —la contradigo mientras me acerco a ella con los ojos más tiernos, los que solo se me ponen con ella.

Me quedo de pie detrás de ella.

Nuestras miradas se cruzan a través del espejo y traga saliva, nerviosa. Está aturdida. El pecho le sube y le baja a toda velocidad.

—¿Has venido para tu atracón semanal? —La señalo con la cabeza a través del espejo y ella se da la vuelta rápidamente con el ceño fruncido. Ya me estoy riendo.

—Te he pedido cien veces que no lo llames así. —Me fulmina con la mirada—. Y también te lo ha pedido Alessandro Michele, por cierto —añade, lanzándome una mirada severa.

—Lo siento. —Me meto las manos en los bolsillos—. ¿Dónde está tu novio?

Se dirige a otro estante, escoge media docena de prendas y se las entrega a la dependienta sin decir palabra, esperando a que se vaya antes de hablar.

—Se fue ayer, estará fuera unos días. —Ladea la cabeza hacia la chaqueta que llevo. Entrecierra los ojos—. ¿Una cazadora *bomber* de algodón de franela, a cuadros y *oversize*?

La señalo con el mentón.

—¿De quién es?

—De Balenciaga —dice sin mirarme—. Y tus vaqueros son de TAKAHIROMIYASHITA TheSoloist.

Suelto una carcajada, mirándola al tiempo que niego un poco con la cabeza.

—He oído que has estado muy ocupado.

Me falla la expresión, sorprendido.

—Ah, ¿sí?

Me mira atentamente.

—Muchas chicas…

Frunzo el ceño.

—¿Quién te lo ha dicho?

Se encoge de hombros, con cara de remilgada o alguna mierda de esas, y luego cierra la pesada cortina de terciopelo del probador. Es probable que se haya hecho un esguince tras hacer tanta fuerza. Sale un minuto después con un vestidito corto azul y dorado. No es mi prenda favorita de todas las que se ha puesto en la vida, pero me quedaría con ella igualmente sin pensarlo dos veces.

Trago saliva y me cruzo de brazos.

—¿Has estado ocupada?

Arquea las cejas.

—No tanto como tú.

Frunzo un poco el ceño.

—Pero ¿ocupada?

Abre un poco más los ojos y se le sonrosan las mejillas. Traga saliva, nerviosa.

—Sí.

Me quedo mirándola un par de segundos sin pestañear y luego grito:

—¡Joder!

Fuerte. La sobresalto.

—Perdona… —Miro a la dependienta. Niego con la cabeza—. Lo siento —añado, y luego vuelvo a mirar a Parks, que me observa alarmada con los ojos muy abiertos—. Lo siento… pero joder.

El labio inferior la delata. No le está temblando del todo, pero hay un ligero temblor.

—Lo siento —se disculpa con un hilito de voz.

Me paso las manos por el pelo mientras niego con la cabeza.

—Joder… no… es tu… quiero decir… yo…

—Sí. —Frunce el ceño, a la defensiva—. Tú…

—Me estás matando, Parks —la interrumpo.

—Ah, ¿sí? —pregunta, con los ojos pesados.

—Un poco —asiento.

—¿Solo un poco? —Me dedica una sonrisa imperceptible—. Entonces no está tan mal, ¿no?

Suelto una carcajada.

—Si te soy sincero, me gustaría más si no me estuvieras matando en absoluto…

Nuestros ojos se encuentran. Ella es el cervatillo y yo el lobo, y un camión enorme se dirige hacia nosotros en mitad de la noche oscura.

Traga saliva.

—Yo también, la verdad.

Luego vuelve a cerrar la cortina de un tirón.

Lanzo un gran suspiro, me apoyo en la pared de fuera y llamo dos veces con los nudillos.

—Eh.

—¿Qué?

Aunque no le veo la cara, sé que está enfurruñada.

—¿Puedo pasar?

—¿Qué? —Parece nerviosa.

—Quiero entrar —le digo.

—¿Por qué? —Parece histérica.

Le doy vueltas a la cabeza, buscando una excusa decente.

—Quiero ver cómo te queda esa ropa —miento.

—¡Pues no! —balbucea.

—¿Por qué? —pregunto encogiéndome de hombros, aunque ella no pueda verlo—. Ya te he visto sin ropa.

—Creía que querías verme con la ropa.

—Ah —suelto una carcajada—. Bueno, mentía.

—¿No quieres verme con la ropa? —escupe.

—Quiero verte… sin… la ropa.

—Bueno —resopla—, no puedes.

—Nada que no haya visto antes…

—Bueno, ¡eso era diferente!

—¿Por? —protesto, poniendo los ojos en blanco—. Además, uno no puede tener una conversación de verdad con otra persona a través de una cortina…

—¡Estamos teniendo una conversación de verdad ahora mismo!

Pausa. Es el momento. Doble o nada. Procede con cautela, me digo. Pero, sin duda, procede.

—Oye, Parks. ¿De verdad no quieres que entre, o estás fingiendo que no quieres que entre porque te gusta hacerte la dura porque te hace sentir que tienes el control sobre mí, o sobre nosotros y lo que cojones seamos pero, en realidad, te encantaría que entrara en el puto probador y te metiera mano contra la pared?

Hay una pausa. Una larga pausa.

Mierda.

Y entonces, desde el otro lado de la cortina… una vocecita abatida:

—Lo segundo.

Me escabullo dentro del probador, y hay un espacio entre nosotros. La miro fijamente, con más timidez de la que quisiera, durante un par de segundos. Sus ojos parecen ventanales en un día de tormenta; está asustada. Se lo noto en todo el cuerpo. Yo también.

La respiración se me ha ido a la mierda; veo mi propio pecho moviéndose… Tengo la sensación de que un animal está haciéndose una madriguera en mi estómago.

Ella parpadea mucho, se muerde el labio inferior, que es algo que hace tanto cuando tiene miedo como cuando me quiere como loca.

Dejo resbalar la mirada por su cuerpo y ella se queda ahí, esperándome.

Es probable que no haya estado así de nervioso por nada en toda mi puta vida. Niego con la cabeza para mis adentros.

—A la mierda.

Me abalanzo hacia ella. Le pongo una mano en el pelo y con la otra la levanto y me la coloco en la cintura… y la empotro contra la pared. Ella se ríe y me mira desde arriba, sus ojos viajan de los míos hasta mis labios.

Le dedico una sonrisa torcida, y no puedo acabar de creerme que la tenga contra una pared de un probador de Gucci.

Me lanza una mirada de exasperación.

—Venga, ¿a qué esperas?

—Bueno, bueno. —Pongo los ojos en blanco—. Lo haré cuando quiera.

—¿Ahora no quieres? —parpadea—. ¿Lo dices en serio? ¿Te has vuelto completamente lo…?

—Parks —la interrumpo.

—¿Hum? —responde, frunciendo el ceño.

—Cállate —le digo y entonces me parece que todo eso va en serio.

Acerco la mano hasta su rostro, la atraigo hacia mí y nuestras bocas se rozan.

Luego la beso, lentamente al principio… igual de lentamente que cuando te bebes un whisky de los buenos: lo saboreas en la boca y dejas que te impregne durante unos segundos antes de volver a por más. Disfruto del sabor de mi antiguo y eterno amor. Lentamente, lentamente y después más. La beso más profundamente y el aire se queda atrapado en su pecho, y recuerdo lo mucho que me encantaba que pasara aquello, así que lo hago otra vez.

Como si fuéramos un grifo roto y el agua got-got-goteara y luego saliera con una fuerza descomunal, pero siempre hemos sido así. Es una respiración ahogada y un tragar saliva con esfuerzo por su parte y ya le estoy quitando el vestido. Ella busca mi camisa, la desabotona con dedos desconcentrados.

Me la separo de la cintura y me aparta la camiseta del cuerpo. Se nos da bien esto. Años de práctica, supongo. Y aunque llevamos años sin practicar, no parece que hayamos perdido terreno… solo tiempo. La rodeo con los brazos y la pongo contra la pared de nuevo mientras ella me desabrocha los vaqueros con dedos torpes. Me baja la cremallera y en cuanto está a punto de tocarme…

Alguien llama al próbador.

Dejo caer la cabeza sobre la de Parks, un poco derrotado, pero la abrazo con más fuerza porque sé que todavía no he acabado con ella.

—Ejem… —Magnolia se aclara la garganta—. ¿Sí?

—Hola, eh… —dice la dependienta, tosiendo con nerviosismo—. Creo que… esto… lo que estéis haciendo ahí dentro creo que va en contra de la normativa del establecimiento.

Estoy a punto de tener un ataque de risa y Parks se da cuenta y me cierra la boca de un manotazo.

—Eh, no estoy haciendo nada —dice Magnolia con suficiencia.

—Sé que hay un chico ahí dentro —contesta la chica, ganando un poco de confianza.

—No —canturrea Parks, poco convincente—. No hay…

—Lo he visto entrar —dice la dependienta.

Y yo me río por debajo de la nariz sin querer.

Parks me mira con el ceño fruncido, niega con la cabeza.

—¡Era yo! ¿Me estás diciendo que parezco un hombre?

—¡Le estoy oyendo! —exclama, nerviosa.

Me inclino hacia Parks, la beso como si no hubiera un mañana y siento relajarse su cuerpecito tenso y estirado; el control que tengo sobre ella siempre ha sido algo que me encanta y me asusta a la vez. Supongo que eso es lo que siento por ella en general.

«Un segundo», le digo a Parks articulando con los labios, luego me acerco a la cortina y asomo la cabeza.

—Hola —saludo, dedicándole a la dependienta la sonrisa que Parks llama «la sonrisa mágica». Las chicas hacen cosas raras cuando les lanzo la sonrisa mágica. Una vez, una chica se desmayó.

—Hola —me contesta tímidamente, sonrojándose al instante.

—Aclárame una cosa —le pido, pasándome la mano por el pelo—. ¿Cuál es exactamente la normativa del establecimiento? ¿Es una persona por probador? ¿O es nada de sexo en los probadores? Porque hay mucho margen de maniobra entre las dos, tú ya me entiendes… Por ejemplo,

¿puedo meterle mano en el probador? ¿Podemos llegar a la tercera base en el probador? ¿Con qué cartas jugamos?

Ni siquiera tengo que mirar a Parks para saber que se está sonrojando —lo está haciendo—, igual que la dependienta, que al final consigue esbozar una sonrisa de disculpa.

—Me temo que la norma es una persona por probador.

—Mierda. —Frunzo el ceño—. Qué mala suerte —añado, mientras me vuelvo para mirar a Parks y asiento con la cabeza—. Te espero aquí fuera.

Se toca la boca, asiente, piensa, parpadea.

Me siento ahí fuera, esperándola, con una maldita sonrisa de oreja a oreja. No sé lo que significa. No sé lo que significa nada de todo esto.

Lo único que sé es que besarla me ha sentado como una ducha después de un partido de rugby especialmente brutal.

Mamá me llevaba a casa, yo estaba destrozado, lleno de barro, dolorido y hecho un trapo, y cada semana la ducha me parecía una maravilla.

Me sentía como si no me hubiera duchado en años.

A veces Parks se duchaba conmigo. Aquello todavía me parecía más maravilloso.

Pero al besarla ahora he sentido cómo se desprendía el barro.

Ella emerge diez minutos más tarde con todo lo que ha decidido quedarse. Le cojo las prendas y me las llevo al mostrador.

—No hace falta que pagues —me dice.

La miro. Lo dejo todo en el mostrador.

—¿Qué tal el día? —le pregunto a la dependienta.

Ella sonríe, mirándome a mí y luego a Parks.

—Probablemente no tan bien como el tuyo.

Y yo contesto:

—Ja, ja. Bueno. —Enarco una ceja con aire juguetón—. No te preocupes, todavía queda mucho día por delante. Uno de tus exnovios podría entrar y darte un morreo en el vestuario.

Se sonroja y se ríe. Cojo las bolsas y Parks me sigue.

Se queda en la calle, mirándome con ojos grandes y redondos, mordiéndose el labio inferior como me gustaría estar haciéndole yo.

—Siento que nos hayan interrumpido —me dice.

Asiento con una risita.

—Yo también.

Cargo sus bolsas en el coche.

Ella las señala con un gesto.

—Gracias.

Hago un gesto con la mano para quitarle importancia y ella se acerca a mí. Ni siquiera pretendo hacerlo cuando le rodeo la cintura con los brazos. Pasa sin más, como si abrazarla fuera lo más natural del mundo.

—¿Quieres venir a casa conmigo? —me pregunta en voz baja.

—La verdad es que sí. —Asiento con la cabeza—. Sí. Me gustaría mucho, pero tienes…

—Un Tom —asiente ella.

Le dedico una sonrisa tensa.

—Ni siquiera sé qué significa eso.

Parks suelta una risa cansada, pero detrás de esa carcajada parece un poco triste y confundida.

—Yo tampoco.

Le cojo la cara con ambas manos y aprieto la boca contra la suya. La beso dos veces.

—Averígualo y házmelo saber —le digo.

Y luego me voy.

21.42

Beej

Hola

Hola

Estás bien?

Sí, y tú?

Sí.

El tiempo bien allí, Parks?

Muy bien.

Y las abejas?

Uy, estupendas.

Sí?

Sí. De hecho, creo que no se extinguirán nunca. La verdad, Attenborough se inventa unas cosas...

Nunca, eh?

CUARENTA Y CINCO
Magnolia

Entro, mirando con fijeza a mi padre y a Marsaili mientras me dejo caer con muy poca delicadeza en una silla junto a mi hermana para hacer teatro. Marsaili pone los ojos en blanco.

—¿Por qué vas vestida así? —pregunta mi hermana, frunciendo el ceño, y me mira ataviada con mi vestido de tweed Metallic Monogram de Louis Vuitton, con cinturón en V.

—¿Cómo? —Me miro—. ¿Bien? Deberías probarlo algún día.

Me dedica una mirada altanera.

—Tú me elegiste lo que llevo.

Maldigo en voz baja porque tiene razón. Lo hice. Y está absolutamente fantástica con los pantalones cortos de cachemira a rayas arcoíris de The Elder Statesman y el jersey azul marino con cordones de Michael Kors Collection. Sin embargo, veo que ha elegido los zapatos por su cuenta. Una especie de alpargatas tristes y sin marca. ¡Alpargatas! ¡En Londres! En otoño. Dios mío.

—Una cena con todas mis chicas —dice mi padre mientras me acomodo en la mesa de mala gana.

Me han coaccionado para que asista a esta cena: Bridget, mi padre y la monstruastra... en nuestra casa, obviamente. Al parecer, no están dispuestos a correr el riesgo de que les grite en público, malditos remilgados. Catering, obviamente, porque Marsaili ya no mueve un dedo por la casa, la muy vaga.

Me pregunto si será por eso por lo que con el paso de los años se iba volviendo tan descuidada a la hora de servirme bien el desayuno.

La coacción se produjo porque mi padre aseguró que no pagaría la factura de mi tarjeta de crédito este mes a menos que asistiera, y yo quise aclarar si la asistencia era el único prerrequisito y él dijo que sí, de modo que, en primer lugar, es un idiota y, en segundo lugar, obviamente hice que mi equipo legal lo redactara y ahora no podrá quitármela.

—Gracias por acompañarnos, Magnolia —sonríe mi padre.

—Claro, sí —le contesto—. Ayer me compré una tabla de hidroala eléctrica.

—Vale. —Mi padre asiente al mismo tiempo que mi hermana frunce el ceño y pregunta:

—¿Por qué?

—Costó unas diez mil libras —comento, dando un sorbo de agua.

—Lo suponía —dice mi padre y suspira.

—Si tú ni siquiera haces surf —me reprocha Marsaili.

—Pero podría.

—¿Dónde? —se burla Bridget—. ¿Vas a cruzar el Támesis?

La ignoro.

—¿Cómo te va con Tom? —pregunta mi padre.

—Pues bien —le respondo mientras me sirvo las zanahorias asadas con mantequilla de miel y ajo—. Ha estado fuera los últimos cinco días. Vuelve mañana.

—¿Ha pasado algo interesante en su ausencia? —pregunta mi hermana con mala intención.

La fulmino con la mirada.

—No.

—¿Nada de nada?

La miro extrañada.

—No.

Tomo un sorbo de vino.

—¿No has estado a punto de acostarte con alguien en los probadores de Gucci?

Me atraganto con el vino.

—¿Quién te ha dicho eso? —pregunto, mirándola fijamente.

(—¿Con quién has estado a punto de acostarte tú en un probador de Gucci? —pregunta Marsaili).

—BJ y yo almorzamos —dice mi hermana encogiéndose de hombros.

—¿Cuándo? —pestañeo.

324

(—¿BJ? —gimotea Marsaili—. ¿En un probador?

Y mi padre se agarra la cabeza:

—Creo que me está dando migraña).

—Los miércoles, normalmente —responde mi hermana y pincha un trozo de pollo con el tenedor.

Echo la cabeza hacia atrás, sorprendida.

—¿Normalmente?

Hace un sonido de asentimiento con la boca llena.

—¿Y de qué habláis en esos almuerzos? —pregunto con el ceño fruncido.

—De ti. —Me señala con la cabeza—. De ellos. —Señala a mi padre y a Mars—. De él, de él y tú. De tú y Tom. De Jonah y esa tal Taura…

(—¿Jonah está con Taura Sax? —pregunta Marsaili, con los ojos muy abiertos. Sabe que BJ me engañó con ella).

Fulmino a Mars con la mirada.

—No seas tan cotilla, Marsaili.

Marsaili me lanza una mirada cansada y exasperada, y mi padre se sirve una copa de vino más llena de lo habitual.

—¿Por qué no me lo contaste? —me pregunta Bridget, quizá dolida.

Me encojo de hombros, con recato.

—Es complicado.

—Es BJ —aclara.

Marsaili nos mira a los dos, muy muy poco entusiasmada.

¿Yo, sin embargo? Estoy encantada de que BJ esté echando a perder esta cena familiar sin ni siquiera estar presente.

—¿Hasta qué punto os acercasteis a tener sexo? —resopla Marsaili.

—No mucho —respondo poniendo los ojos en blanco.

(—Las manos en el equipo —aclara mi hermana en voz baja, pero lo bastante alta para que todos la oigan).

—Que me jodan —farfulla mi padre y parpadea con fuerza dos veces.

Nadie dice nada, así que miro a nuestra infiel residente.

—Marsaili —le digo con las cejas alzadas. Hago un gesto con la cabeza en dirección a mi padre—: Creo que te está hablando a ti.

Y ante eso, Marsaili suelta un bufido, que se convierte en una carcajada, que casi me hace reír pero que controlo antes de que se me escape.

Marsaili me mira durante unos segundos.

—¿Me ayudas con una cosa en la cocina?

—Por supuesto que no —niego con la cabeza.

Bridget me da una patada por debajo de la mesa.

—Dios, vale. —Pongo los ojos en blanco y arrastro los pies mientras la sigo.

Marsaili se cruza de brazos sobre el pecho y me mira.

—¿De verdad vas a reprocharme mi aventura con tu padre cuando tú engañas a Tom?

La fulmino con la mirada, por sus presunciones.

—Tom y yo tenemos un acuerdo.

—Vaya, ¿tú y Tom tenéis un acuerdo? —parpadea, nada impresionada—. Qué terriblemente moderno por tu parte. Ilumíname, ¿en qué consiste este acuerdo?

—Desde luego. Mira, la versión resumida es que él está enamorado de alguien con quien no puede estar, y yo estoy enamorada de alguien que me dijeron que me haría daño si seguía con él, así que no seguí con él y debería haberlo hecho, y ahora todo es un puto desastre.

—Porque te has acostado también con Tom —dice. Lo dice, no lo pregunta.

—Oye, ¿quién te ha dicho eso? —Levanto las manos al cielo mientras me apoyo en el banco.

Suspira.

—Me la he jugado a adivinarlo.

—Ah.

—Nunca te habías acostado con nadie más —me dice.

—Lo sé.

Me mira.

—Ni siquiera con Christian.

—Lo sé.

—No me gustaba mucho que salieras con él.

—Lo sé. —Pongo los ojos en blanco.

—Porque es mafioso y todo eso.

—Pero un mafioso pequeñísimo y adorable —digo, encogiéndome de hombros.

Y Mars se ríe y me lanza una mirada maternal.

—¿Estás tomando precauciones?

Me río por debajo de la nariz.

—¿Y tú?

Vuelve a reírse.

—Te he echado de menos —me dice.

—Sí, seguro. —Asiento con la cabeza—. Soy una absoluta delicia.

Pone los ojos exageradamente en blanco.

—Veo que en mi ausencia tu ego se ha desbocado por completo.

—No del todo, no —respondo sacudiendo la cabeza—. La vida me ha golpeado un poco… Me rompí una uña la semana pasada. El camarero se ha equivocado con la leche de mi café tres veces en los últimos quince días. Al parecer mi hermana almuerza regularmente con mi exnovio. Tenía una semilla de sésamo entre los dientes cuando me topé con William en Harrods…

—¿Qué William?

—El nieto de la reina.

Ella suelta una carcajada.

—Uy, por favor, tu peor pesadilla.

—Vi a BJ acostándose con otra persona.

—¿BJ se acostó con otra persona?

Frunzo el ceño.

—Siempre se está acostando con otras personas.

Se frota las sienes, va a decir algo, pero no lo hace. Juguetea con su pulsera.

—¿Qué quisiste decir con eso de que estuvo a punto de morir?

La miro fijamente durante unos segundos, preguntándome cómo puedo evitar la respuesta sin decírselo… o si hacerlo es lo correcto.

Suspiro.

—Una vez tuvo una sobredosis. —Ahoga una exclamación en voz baja—. Justo después de que Reid y yo empezáramos… a salir. —Si se le puede llamar así.

—Magnolia —niega con la cabeza—, no tenía ni idea.

—Nadie lo sabe —le digo.

Asiente con solemnidad.

—¿Sigue drogándose?

Niego con la cabeza con vehemencia.

—Me prometió que no volvería a hacerlo jamás.

Asiente, aliviada.

—¿Y ahora qué? —pregunta.

Y yo me encojo de hombros.

—No tengo ni idea.

00.51

Vanna Ripley

Hola

> Hola

Te echo de menos.

Estoy en la ciudad unos días...

> Ah, sí? Por trabajo?

Y por placer.

> Jaja

Ven a casa...

> No puedo

Qué?

> Que no puedo.

No puedes?

> Lo siento 🥺

CUARENTA Y SEIS
Magnolia

—Hey —dice Tom, de pie en el umbral de la puerta. Me sonríe un poco y entra con paso tranquilo.

—Hola. —Me levanto para abrazarlo y entierro mi cara en su sudadera de mezcla de algodón y pelo de camello Textured de SSAM.

Llevo pensando en cuándo volvería Tom desde, a decir verdad, el mismo momento que se fue por el viaje de negocios.

Un poco porque ahora lo echo de menos cuando no está y también un poco porque sé que tengo que contarle lo de BJ, y eso me hace sentir un poco indispuesta.

Tom me da una bolsa de regalo de La Mer llena hasta los topes y lo miro maravillada.

—Eché un vistazo por tu baño antes de irme —me cuenta.

Vacío el contenido encima de la cama.

—¿Qué tal el viaje? —le pregunto al tarro de Creme de la Mer.

—Bien —asiente—. Un poco más largo de lo que me gustaría, pero siempre me gusta Nueva York.

—A mí también me gusta bastante Nueva York —le contesto—. Si no estuviera en Londres, allí es donde estaría.

—Magnolia Parks... ¿fuera de Londres? —Me sonríe juguetón—. Londres no sería lo mismo.

Se sienta en mi cama y se apoya en el cabecero.

Él no se queda a dormir como hace BJ.

¿Hacía? ¿Hace? ¿Hará otra vez?

Últimamente BJ y yo tampoco hemos dormido mucho juntos de todos modos... pero si lo hiciéramos, él nunca se sentaría en mi cama con los zapatos de la calle puestos.

BJ no lo haría jamás. Aunque BJ haría muchas otras cosas.

Tom coge el oso de Paddington que he tenido toda mi vida y le tira de una oreja.

Me hace sentir extraña porque la única otra persona a quien le he permitido jamás tenerlo en brazos es a Beej y ahora lo tiene Tom y quizá eso significa algo.

—Me lo pasé muy bien contigo la otra noche —me dice, pero tiene la mirada fija en el oso.

Me muerdo el labio inferior. Estoy nerviosa. ¿Por qué estoy nerviosa?

—Yo también. —Le cojo mi Paddington de las manos y lo coloco en la mesilla de noche. Miro a Tom y reprimo el impulso de pasarle una mano por su pelo rubio oscuro—. ¿Llevas mejor lo de Clara?

Se rasca un poco la barbilla distraídamente mientras asiente.

—Más o menos —dice, aunque tiene los ojos y la mente en otra parte. Luego me mira—. Nunca podríamos estar juntos, lo sé. No lo pretendía, ¿sabes? Es que… —Se le apaga la voz.

—Claro —asiento.

—Es duro. —Se encoge de hombros—. Dejándome a un lado, por Sam… estoy hecho polvo, pero… —Vuelve a encogerse de hombros.

¿Casi como si quisiera quitárselo de encima? Como si no quisiera la plenitud del pensamiento que lo está golpeando ahora mismo.

Me siento en la cama, con los pies debajo del cuerpo.

Me dedica una sonrisa cansada que conozco bien: es la sonrisa que esboza cuando piensa en su hermano.

—¿Qué has hecho mientras estaba fuera?

Me paso la lengua por el labio inferior y cojo una bocanada de aire.

—Hum… bueno —suspiro. Y se lo veo a Tom: se está preparando para lo peor—. Beej y yo nos besamos —le digo.

—Uf, guau. —Echa la cabeza para atrás y parpadea seis veces en rápida sucesión—. Guau. Vale.

Asiente para sí mismo y luego me mira, con una expresión contrita.

—Me alegro por ti.

Me cambia la cara.

—¿Te alegras?

Casi no quiero que se alegre.

Tom suelta una risotada.

—No, no mucho.

Vuelve a soltar una única carcajada y lo imito. Siento que frunzo mucho el ceño. Y siento una opresión en el pecho. Y odio los ojos que me está poniendo Tom sin pretenderlo. Un poco tristes, perdidos, solos.

Suelta el aire.

—¿Entonces esto supone el final del trayecto para nosotros?

Frunzo los labios y me encojo imperceptiblemente de hombros.

—¿Supongo?

Él asiente unas cuantas veces y luego pone mala cara.

—Joder.

—¿Qué? —me muerdo el labio inferior por dentro.

—No lo sé… —Tom niega con la cabeza, se pasa una mano por el pelo—. ¿En serio le estamos poniendo fin a esto?

Suelto una bocanada de aire, con las manos en las mejillas.

—¿No lo sé?

Vuelve a parpadear, sorprendido.

—¿No lo sabes?

No digo nada, solo frunzo el ceño.

Baja las piernas de la cama y se pone de pie, rascándose la nuca.

—¿Estás con BJ?

Me pongo de pie, pero no me siento muy alta.

—No lo sé.

—¿Quieres estar con él?

Frunzo todavía más el ceño.

—Creo que sí, pero…

—Pero ¿qué? —pregunta al instante, de los nervios.

Lo miro con franqueza y él enarca las cejas al verlo.

—¿Me vas a obligar a decirlo? —lo miro parpadeando.

Él asiente, obstinado.

—Sí, creo que deberías…

—¿Por qué? —Frunzo el ceño—. Esta puta idea fue tuya.

—¿Mía? —dice señalándose a sí mismo con los ojos muy abiertos.

—Literalmente tuya —grito—. En el bar. Después del club. En el rincón. Fue t…

Y entonces me coge la cara entre las manos y me besa, para que deje de hablar, creo. Me habría caído de espaldas si no me estuviera abrazando ya...

—Todavía no lo has dicho —insiste Tom, con los labios todavía sobre los míos.

Lo beso una vez más y luego me aparto.

Me planta los pies de vuelta en el suelo, aunque no me había dado cuenta de que había dejado de tocarlo.

—Me gustas —afirmo con un leve asentimiento, cuya firmeza me sienta como un ataque contra BJ.

Él me mira desde arriba y sonríe.

—Tú a mí también me gustas.

Me cubro el rostro con las manos.

—Joder.

Me aparta las manos y se inclina para que nuestros ojos queden al mismo nivel.

—Me estoy lanzando al ruedo —me dice—. Solo para que lo sepas.

Luego vuelve a besarme y se va.

CUARENTA Y SIETE

BJ

Jonah inaugura un club esta noche y todo el grupo se ha apuntado.

Voy a casa de Parks a buscarla porque normalmente ya lo hago, pero ahora que le he metido mano en Gucci no puedo no hacerlo.

Me he rayado un poco porque todavía no me ha llamado, para confesarme su amor eterno por mí, pero supongo que estas cosas llevan su tiempo. Ella todavía me desea, lo supe por el beso, por las manos, por la cercanía.

Entro en su cuarto.

—¿Parks? —La llamo porque no está.

—Estoy aquí —contesta desde el baño.

Me mira a través del espejo y se le iluminan los ojos. Camino hasta quedarme detrás de ella, le rodeo la cintura con los brazos y presiono la nariz contra su pelo. Ella me deja estar un segundo así antes de darse la vuelta para estar cara a cara.

—¿Te gusta mi vestido?

Corto. Asimétrico. De topos.

Asiento con tanta calma como puedo, finjo que no me encanta cuando lleva lunares como si no me encantara con cualquier cosa que se ponga.

—Lo vi en Saint Laurent el otro día —asiento—. Quise comprártelo.

Ella me tira del cuello de la camisa.

—Amiri, camisa de cuello abierto y manga corta de sarga de seda estampada —me confirma.

—Y tiene pájaros —le digo como un tonto y ella sonríe.

Me pasa los brazos por el cuello y te juro que no puedo creerlo, que esté allí de pie, en su baño, abrazándola de esta manera… y estoy despierto y ella no ha bebido y está saliendo todo a pedir de boca. Me inclino hacia ella para besarla, es un gesto lento y mesurado, y todavía me da vueltas la cabeza pensar que mi boca está sobre la suya cuando pregunta:

—¿Podemos hablar de una cosa?

Frunzo el ceño sobre sus labios antes de apartarme, pero no la suelto. Soltarla, jamás.

La miro a la cara y me doy cuenta de que la tiene fruncida como si fuera un conejillo enfadado de dibujos animados. No hace falta que me lo diga. Lo sé antes de que pueda poner palabras para construir la oración.

—Él te gusta.

Y entonces pasa lo peor que podría imaginar. No dice nada. Parte de mí, creo, esperaba una rectificación. Negación, rechazo, indignación… que se ofendiera. Pero no aparece nada de todo eso y creo que esto es incluso peor que el hecho en sí de que le guste.

Me paso ambas manos por el pelo, suelto una larga bocanada de aire.

—Joder.

Alarga los brazos y me coge por la cintura.

—Lo siento…

Pongo una mano encima de la suya sin siquiera pensarlo.

Niego con la cabeza.

—No, yo… es Tom England —digo, encogiéndome de hombros—. Lo entiendo. Siempre te había gustado…

—No me gustaba de verdad —aclara ella, lo cual ayuda bien poco.

—Mira, si no estuviera apartándote de mí, seguramente yo también intentaría tirármelo —digo, obligándome a reír porque no sé qué otra cosa hacer—. Entonces ¿lo estás escogiendo a él? —pregunto como si no fuera el fin del mundo.

Y entonces… le cambia la cara.

—No.

—Pues ¿qué? —Niego un poco con la cabeza, esperando una respuesta y ella se separa de mí, agobiada y triste.

—¡No lo sé!

La miro con ojos encendidos.

—Bueno, no vayas a pedirme que escoja…

—No —ataja ella como si la hubiera herido—. No lo haría.

Deja caer la cabeza. Está triste. Joder. Odio que esté triste. Por mucho que ella me hubiera arrancado un brazo que cuajo, si la viera ponerse ni que fuera un poco triste por ello, le ofrecería el otro brazo para animarla.

—¿Qué quieres de mí, Parks?

Se encoge de hombros, desesperanzada y derrotada.

—¿Una máquina del tiempo?

—Eso puedo dártelo —digo, más alto y más claro.

Alarga la mano hacia la mía, la coge. Juega con mis dedos, los va resiguiendo con los suyos.

Es un gesto que nos equilibra… el contacto siempre lo ha sido.

Incluso en el Oscurantismo, cuando nos jodíamos y nos heríamos el uno al otro, incluso entonces encontrábamos el modo de tocarnos, encontrábamos el modo de volver a nuestro centro.

No sé qué es nuestro centro, por cierto.

Suena romántico que te cagas, lo sé. Pero es más que eso. También es peor que eso.

El problema conmigo y con Parks es que creo que nos queremos más el uno al otro que a nosotros mismos.

De nuevo, eso suena muy romántico, pero no lo es.

Porque si se quisiera a sí misma más de lo que me quiere a mí, se habría largado hace años. No merezco todas las oportunidades que medio intenta darme.

Y si yo me quisiera a mí mismo más de lo que la quiero a ella, habría cortado los lazos entre nosotros en cuanto ella empezó a estrangularme con ellos. Si me quisiera más a mí mismo me habría permitido que se me llevara la deriva, hacia la oscuridad, fuera de su luz, pero no lo hice, y no pude y no quiero porque cuando se trata de ella, tengo cero sentido de supervivencia. Me moriría entre sus brazos o en el umbral de su puerta intentando volver a ellos, me importa una puta mierda.

Le beso la mano.

—¿Parks, dónde te estoy perdiendo?

Me acuna el rostro con una mano y suspira.

—Siendo tú… no lo sé. No paro de intentar abrirme paso por el armario, esperar a que la sensación de que no puedo confiar en ti se caiga de mis hombros como si fuera un abrigo, pero no ocurre. La tengo siempre encima… —Niega con la cabeza—. La llevo puesta todo el rato.

Joder.

Suspiro.

—Y en él sí confías.

Asiente.

Me encojo de hombros de una manera que parece que esté cediendo. No lo hago. Pero la verdad es que…

—Es digno de confianza —le digo.

—¿Y tú? —parpadea con unos ojos demasiado llenos de esperanza.

—Tú y yo estamos hechos para estar juntos…

Ella niega con la cabeza.

—No te he preguntado eso.

—Y siempre voy a estar aquí…

Se le llenan los ojos de lágrimas.

—No te he preguntado eso.

Dejo caer la cabeza, suelto el aire. Ella me da la espalda, se pone frente al espejo y aparecen los escudos.

Se coloca el pelo detrás de las orejas, se retoca ese rostro perfecto que no necesita retoques.

Vuelvo a darle la vuelta, le repaso la cara hasta el último rincón en busca de una segunda puerta… cualquier cosa menos la puerta que cree que tengo que cruzar para poder estar juntos. Sé qué cree que necesita para poder volver a sentir que puede confiar en mí, y se equivoca.

—Bésame —le pido.

Ella frunce un poco el ceño, pero ya me doy cuenta de que su determinación es fina como un papel.

—¿Qué?

—Que me beses —repito, encogiéndome de hombros—. Te sentirás mejor.

Una sombra de sonrisa aparece en sus labios.

—¿Así, sin más?

Asiento.

—Ya verás. Venga —le digo y le pincho las costillas—. Es lo que hacíamos cuando discutíamos y teníamos que salir…

Ella niega con la cabeza.

—No, no lo es. Nos mirábamos fijamente.

—Mirarnos, besarnos… —Meneo la cabeza hacia los lados—. Tú mírame fijamente y veamos si no acabará en un beso de todas formas.

Se pone de puntillas y me da un beso en la mejilla. Vuelvo la cabeza para que nuestras bocas se encuentren y sonríe. La beso en la mejilla, en el cuello, la levanto del suelo y ella se agita y se revuelve entre mis brazos al tiempo que yo entierro el rostro allí porque tiene muchas cosquillas…

Todo lo que acaba de pasar es la alarma pospuesta del móvil.

Pronto volverá a sonar, pero tenemos tiempo.

—Otra cosa —digo, con la voz ahogada contra su cuello.

Ella se abandona entre mis brazos.

—¿Qué?

—Creo que Taura estará esta noche.

Se aparta de mí y, sin querer, la dejo caer al suelo.

Me da un empujón.

—¿Te estás quedando conmigo?

Dejo caer la cabeza hacia atrás, ya estoy agotado.

—Parks… no fue ella…

—Entonces con quién me…

—Magnolia —le digo con los dientes apretados—. ¿Podemos dejarlo?

Me fulmina con la mirada y niego con la cabeza.

—Dame una semana —le suplico—. Tú dame solo una semana o… joder, no lo sé, incluso un mes, de poder tumbarme otra vez bajo el puto sol que es besarte cada vez que quiera antes de empezar a sacarnos de nuestras casillas.

Traga saliva una vez, los hombros se le hunden en cuanto se mueve.

—Vale.

—¿Vale? —parpadeo—. ¿En serio?

—Sí. —Se cruza de brazos—. Pero Tom me gusta más.

Le sonrío porque es una cabezota y le doy la mano porque también lo es todo para mí.

—¿Entonces vienes de todos modos?

Se lo plantea.

—¿Me prometes que no fue ella?

Asiento.

Y luego me coge la mano y se la coloca encima del corazón.

—Júramelo —me dice—. Por mi vida. Júrame por mi corazón, que tienes en tus manos, que no me engañaste con Taura Sax.

Vuelvo a asentir y la miro de lleno a los ojos.

—Lo juro.

—Vale —asiente.

—¿Vale?

—Pero te has acostado con ella —aclara, no sé por qué.

—Sí.

Frunce el ceño.

—No me apasiona la idea.

—No —suelto una risita—. No, ya imaginaba que no… —La llevo hacia la puerta—. Venga, que llegaremos tarde.

Llegamos tarde… más tarde de la cuenta porque le he pedido a Simon que nos llevara por el camino largo para poder besarla más rato en el asiento de atrás. Nos escabullimos por la puerta de atrás porque Parks quiere evitar a los buitres que hay en la principal. La rodeo con un brazo, llevándola donde estará Jonah, en la sección reservada, y siento esa especie de colocón de euforia por estar así con ella en público.

Veo a mi mejor amigo, le hago un gesto.

—Está de locos, tío. Bien hecho…

Me ignora.

—¡Parks! —vitorea Jo—. Me encanta tu pintalabios… en BJ. —Apenas consigue soltar ese comentario con la cara seria.

Magnolia pone los ojos en blanco y empieza a abrazar a todos nuestros amigos, y evita con especial atención abrazar a Taura, a quien le lanzo una sonrisa de consolación.

Taura está sentada con un amigo de Jonah, pero estoy bastante seguro de que ha venido con Jo… Henry no está. ¿Quizá es raro? No quiero preguntar porque tengo la sensación de que todo esto puede ponerse feo muy rápido, así que pido una ronda de chupitos para que todos nos relajemos un poco.

Unos cuantos famosos, Christian llegará más tarde con los Haites. ¿Quizá Hen vendrá entonces?

El ambiente en el club mola bastante. Está entre la Mansión Playboy y el Viper Room de los noventa.

Sé que los locales no son el trabajo real de Jonah, pero de todos modos tiene mucha mano con ellos.

Parks se pasa toda la noche bastante pegada a mí, lanzándole dagas con la mirada a Taurs, me coge la mano como si fuera a echar a andar y a perderme si ella me soltara… y creo que es como se siente.

Pero lo entiendo. Yo también me siento así con ella. Nos separamos, damos la vuelta, nos encontramos. Me pregunto hasta qué punto Tom cambiará todo esto.

Estoy charlando con Jo, que intenta convencerme de que no le gusta Taura de una manera legítima diciéndome todas las chicas con las que se ha acostado este último mes, pero le pongo los ojos en blanco y señalo a Parks con la cabeza, intentando decirle sin decirle que eso no significa absolutamente nada, porque yo llevo enamorado de ella desde crío y he estado con cientos de chicas.

Y entonces oigo a Perry y lo observo apuntando a Taura con la barbilla y susurrándole a Parks:

—¿Qué hace esta aquí?

No me vuelvo para observar el intercambio, me quedo quieto, uso mi visión periférica.

Parks se encoge de hombros con aire abatido.

—Me ha prometido que no fue con ella…

Paili frunce los labios.

—¿Y no crees que quizá miente?

Y entonces me giro.

—¿Qué cojones has dicho, Paili?

—Eh… —balbucea.

—¿Qué has dicho? —me inclino hacia ella, con el ceño fruncido—. Repítelo, ¿qué has dicho?

Traga saliva, nerviosa.

—Nada…

Niego con la cabeza.

—Yo jamás le he mentido.

—Vale —asiente ella.

—Que te jodan. —Señalo a Pails, enfadado.

—Beej —dice Parks, me toca el brazo—. No pasa nada, solo está siendo…

—¿Que le jodan? —Se ríe Perry con ironía, interrumpiendo a Parks, lo cual me cabrea todavía más—. Que te jodan a ti. Ni que Sax fuera inocente…

Niego con la cabeza.

—¿Qué regla usas para medirlo, Lorcs?

—Pues tu polla, colega…

Taura se revuelve en el asiento, incómoda. Ella y Magnolia se miran de una manera que odio. Me echo para atrás, sorprendido con él. Casi impresionado. Aunque en mal momento.

—Cállate —le susurra Paili a Perry.

—No… no puede hablarte así —le dice Perry sin apartar los ojos de mí.

—¿No puedo? —parpadeo, cuadrando los hombros—. ¿Y vas a hacer algo al respecto, hombretón?

—Beej… —Magnolia me tira del brazo—. Basta.

Y Taurs lo observa todo con excesiva atención.

Mierda. Si Parks la mira ahora se irá todo al garete de todos modos, pero no la mirará. No puede. Solo me mira a mí.

Con las manos en las mejillas, apartándome el pelo del rostro. Intenta calmarme —y lo consigue— porque sus ojos tienen un factor de choque. Si los miro bien en cualquier momento es como si alguien me arrojara a un río. Me hundo muy rápido, tengo que patalear con los pies para volver a la superficie, me atraganto, me limito a flotar en el agua.

—No pasa nada —me repite, acariciándome la mejilla con el pulgar—. No lo decía con segundas.

Niego con la cabeza y, con la mandíbula apretada, fulmino con la mirada a Paili.

—Fui directo a buscarla. —Me señalo a mí mismo—. Quizá soy un desastre, pero no soy un mentiroso de mierda…

Jonah está ahí sentado, mirándolo todo. Se le ve incómodo, preocupado.

—Eh, vámonos. —Señala la puerta con la cabeza.

—Qué va, estoy bien. —Niego con la cabeza y vuelvo a sentarme—. Estoy bien…

Jonah me mira fijamente, señala la puerta con la barbilla.

—Te lo estoy diciendo —insiste, señalándome a mí, a Parks, a Taura y a sí mismo—. Nosotros cuatro nos vamos a otra parte. Y vosotros dos… —señala a Paili y a Perry— os podéis ir a la mierda.

Perry fulmina a Jo con la mirada.

—¿En serio, Jo?

—Sí, en serio. —Jo lo mira con ojos afilados—. Te encanta remover la mierda, Lorcs…

Perry se encoge de hombros.

—Remover la mierda, decir la verdad… es lo mismo para los mentirosos.

Dejo de mirar a Perry para fijar los ojos en Paili y los miro a ambos con las cejas fruncidas. Parks les da un beso en la mejilla a cada uno y nos vamos.

Le cojo la mano a Parks automáticamente, sin pensar, estoy tan cabreado que no paro de rememorar lo que ha pasado. Cuando salimos por la puerta principal, mil millones de flashes se disparan y entonces empiezan los gritos.

—¡Magnolia! ¡¿Dónde está Tom?!

—¿Tú y BJ volvéis a estar juntos?

—BJ, ¿Magnolia y tú estáis saliendo otra vez?

—¿Tú y Tom habéis terminado?

Alrededor de treinta variantes de estas preguntas nos asaltan al instante y Magnolia se queda paralizada.

La pilla con la guardia completamente baja, y yo todavía le doy la mano, y están sacando demasiadas fotos que le pondrán la vida demasiado difícil, y estoy a punto de pegarle al fotógrafo que tengo al lado y que se está inclinando físicamente encima de mi cuerpo para sacar una foto de la cara de Parks en este preciso instante, a la cual si tuviera que ponerle título, sería: mi cervatillo ante los faros de un coche.

Y luego Taura se libera del brazo de Jonah, agarra la cara de Magnolia y le pega un morreo. Jonah me mira con unos ojos como platos, anonadado, y los flashes se disparan a más velocidad y las voces gritan más, pero ahora es distinto. No es sobre nosotros, es sobre ellas.

—¡Magnolia! ¡¿Quién es esta?!

—¡¿Es tu novia?!

—¡¿Sabe Tom que eres lesbiana?!

Parks sigue paralizada, no se aparta, no retrocede... deja que el beso tenga lugar y se limita a mirar a Taura parpadeando mucho cuando esta por fin se separa de ella.

—Magnolia ahora está conmigo —declara Taura en plan agresivo y las cámaras la adoran. Me señala con la cabeza—. Ya ha soportado suficiente mierda...

Suelto una risotada.

—Ya no vamos a esconder más nuestro amor —declara triunfante y luego le agarra la mano a Magnolia y la lleva hasta el Escalade de Jonah.

Jonah y yo intercambiamos una mirada divertida y confundida y las seguimos hasta el coche.

Una vez dentro del Cadillac de Jo, a prueba de balas y con cristales tintados, las dos chicas se miran fijamente la una a la otra. Se hace un silencio sepulcral durante unos largos segundos y luego Magnolia parpadea unas cuantas veces antes de echarse a reír.

—Eres muy rara —dice, al tiempo que la mira sacudiendo la cabeza.

Jonah y yo nos miramos el uno al otro; yo me trago una sonrisa.

—Y esto significa «gracias» en el idioma de Magnolia —le dice Jonah.

—Ha sido cosa del pánico —contesta Taura y se encoge de hombros.

Parks suspira y apoya la frente contra la ventanilla.

Taura no le quita los ojos de encima.

—Son bastante agresivos contigo, ¿no?

—Invasivos —le dice a la ventana, pero luego mira a Taura y se anima un poco—. Aunque eso debería mantenerlos a raya unos cuantos días.

Magnolia le sonríe un poco y aparta la mirada.

Taura me mira y articula con los labios emocionadísima: «¡Dios mío!».

Ahogo una risotada y rodeo a Parks con un brazo.

02:02

Perry

> Lo siento, tío.

Yo también.

Te quiero, Beej. No quería ser tan imbécil.

Estas chicas...

Te vuelven loco.

Sí.

19.45

Beej & Tom

Me estáis escribiendo los dos.

Tom
Ah, bien.

Beej
Hola, Tom.

Tom
Hola, Beej.

Qué civilizados. Me encanta.

A ver, como sabéis mañana es la gala del Gran Premio y los dos me habéis pedido que vaya con vosotros, no iré con ninguno.

Beej
Qué estupidez.

Te llevaremos los dos.

Tom
Ah, sí?

343

Beej
A no ser que no quieras, England.

Por mi bien. La llevaré yo.

Vamos... juntos?

Beej
Sí.

Los tres?

Beej
Un trío, si quieres.

Tom
No lo haré.

Ja, ja, ja

Beej
Tú sí, Parks?

Supongo.

Beej
England?

Tom
Os veo mañana 😚

Beej
Que duermas bien, cielo @Tom

Vale, adiós?

CUARENTA Y OCHO

Magnolia

—Ha habido un tiroteo en una discoteca, ¿te has enterado? —me cuenta Bridget.

Levanto la mirada, sorprendida.

—No.

—Pues sí —me dice y asiente—. En Clean Slate.

—Dios mío. —Frunzo el ceño—. ¿Algún herido?

—Un par de personas recibieron disparos —asiente—. Ningún muerto.

Frunzo el ceño y niego con la cabeza.

—Cómo está Londres últimamente... —suspiro.

Me estoy preparando para la gala. Ya estoy peinada y maquillada —por George Northwood y Ruby Hammer, respectivamente—, y llevo un vestido de gala de Rodarte, en tul blanco y rojo con capas y volantes, y prácticamente me estoy muriendo de verme. Parezco el hada madrina de una princesa. Bridget me está ayudando a vestirme porque a estas alturas soy prácticamente una hermosa nube de azúcar... Le he suplicado que venga, pero no para de negarse.

—Odio estas cosas —insiste Bridget.

—¡Pero me quieres a mí!

Niega con la cabeza.

—No tanto.

—Yo voy —declara Bushka desde la puerta.

Bridget y yo intercambiamos miradas antes de que yo le conteste con bastante poca delicadeza:

—Eh... no.

Bushka frunce el ceño.

—Nunca me llevas a los sitios…

—Ya —asiento enfáticamente—. Y lo hago a propósito. Eres terriblemente grosera y bastante racista…

—La gente blanca cree mejor que el resto, pero no son tan bien.

Frunzo los labios y mi hermana se aclara la garganta.

—Bushka, tú eres blanca.

—Yo rusa.

Bridget y yo intercambiamos una mirada.

—En fin —digo mirando hacia otra parte.

—Lleva a mí —exige.

—No. —Niego con la cabeza, alisándome el vestido—. La última vez que te llevamos a un evento, intentaste provocar a la princesa Ana para que se peleara contigo.

—Yo puede con ella.

Bridget señala con la cabeza a nuestra abuela.

—Es una desertora soviética.

Las miro a las dos con los ojos entornados.

—Todo lo que hago por ti… —dice Bushka, al tiempo que sacude la cabeza con pesar.

—No haces nada por mí —protesto, mirándola como si estuviera loca—. A decir verdad, eres más bien un lastre social…

—Te doy dinero cuando muerta…

—Sí, pero aún estás viva.

—Buena —dice Bridge. Pongo los ojos en blanco. Bushka me hace un gesto con la mano—. Dios —gruñe mi hermana—, llévatela, anda.

Hago un ruido en lo hondo de la garganta.

—Vale.

Bushka se pone contenta y empieza a rebuscar en mi armario. Saca un vestido muy corto y arrapado de Hervé Léger.

—¿Yo vestido?

—Desde luego que no.

Me ignora y se lleva el vestido de mi cuarto.

—Fiesta con dos novios y una abuela…

Miro a Bridget en busca de ayuda.

—Bueno —dice—. Ahora está claro que voy.

Tom es el primero en llegar, lo cual no me sorprende.

BJ tiene el corazón alegre, es el mejor beso que te han dado en tu vida y seguramente ahora mismo está subiendo una historia a Instagram con un cachorrito o algo, pero Tom es un hombre adulto, con un reloj de pulsera y conciencia de sí mismo y de la hora.

Tom, además, viste unos pantalones Brunello Cucinelli, una ceñida americana Shelton en terciopelo, con cuello chal, y una camisa de esmoquin blanca con detalle de pespuntes, ambas de Tom Ford.

No es una ropa muy atrevida, pero Tom tiene estos ojos alucinantes que añaden el factor deslumbrante a todo lo que tiene que ver con él.

¿Me abre la puerta para que pase? Deslumbrante.

¿Bebe de mi botella de agua? Deslumbrante.

¿Se ata los zapatos? Deslumbrante.

¿Respira? Deslumbrante.

—Hola —saluda Tom cuando me ve con el vestido, observándome de la cabeza a los pies—. Estás increíble.

Camina hacia mí, me besa levemente y me pongo colorada.

—¿Soy el hombre más afortunado del mundo o qué? —me pregunta, sonriendo.

—Bueno —hago una mueca—, BJ estará al caer, así que voy a quedarme con «o qué».

Tom suelta una risa.

—Será divertido —me dice asintiendo con total confianza—. Irá bien. Esta noche irá bien…

—Sí, tú ve repitiéndolo. —Lo miro de hito en hito—. Así se hará realidad.

Se ríe al tiempo que la puerta principal vuelve a abrirse y entra el otro.

Beej sube corriendo las escaleras, y Tom no me suelta.

—¡Qué pasa, tío! —exclama BJ, caminando hasta Tom y pegándole un manotazo en el culo, juguetón—. ¡Menuda americana! Estás estupendo.

Tom suelta una risotada, sorprendido.

—Tú también, tío.

Luego Beej me mira.

—Lo siento, pero ¿te importaría quitarle las manos de encima a la chica de mis sueños un momento?

Tom cede y se aparta un poco.

—Hola, Parks. —BJ me sonríe y me da un beso en la mejilla como si fuera el rey del lugar.

—Hola —digo con timidez.

—Parece que seas la princesa coronada del reino de las chuches.

—¿Eso es un cumplido? —digo, frunciendo el ceño.

—¡Desde luego que lo es! ¿Me crees lo bastante tonto como para insultarte mientras intento que me elijas a mí?

Me lo pienso.

—Sí.

Él me lanza una mirada.

Beej me mira a mí y luego a Tom.

—Bueno, entonces ¿qué rollo nos llevamos, chicos? ¿Te besamos los dos? ¿Ninguno de los dos te besa?

—Yo creo que deberíais besaros vosotros dos —declara Bridget desde la cima de las escaleras.

—No me lo tienes que decir dos veces —dice BJ. Salta jovialmente hacia Tom, que lo aparta de un empujón mientras se ríe.

Bridget está deslumbrante. Lleva un vestido de baile sin mangas absolutamente precioso, de un tono azul pálido como una cáscara de huevo y estampado de limones.

—Disculpa —la miro—. ¿Resulta que tenías un Oscar de la Renta por ahí tirado?

Ella se mira y se encoge de hombros, del todo indiferente.

BJ vuelve a mirar a Bridge.

—Espera un momento, ¿va en serio que saldrás de casa para asistir a un evento social?

—Sí —contesta ella con la nariz levantada.

—¿Por qué? —pregunta BJ frunciendo el ceño—. ¿Has perdido una apuesta?

Bridge lo fulmina con la mirada.

—Estás preciosa, Bridget —le dice Tom.

Bridget le sonríe, sincera y complacida.

Y luego dice:

—No tan preciosa como…

Y en el instante perfecto aparece Bushka en la cima de las escaleras. Por suerte, no se ha puesto mi vestido Hervé Léger.

—Yo voy.

—¡Venga ya! —Beej mira a Bushka y luego a mí, con los ojos como platos. No se lo puede creer. Y yo tampoco. Suspiro. Beej me mira con los ojos entornados—. ¿Estás borracha?

Lo miro con elocuencia.

—Lo estaré.

—¡Tú también vienes! —chilla Beej con alegría. Sube corriendo las escaleras para ayudarla a bajarlas—. ¡Mi favorita de todas las mujeres Parks!

(—En realidad no es una Parks —gruño por lo bajo—. Pero lo que tú digas).

—Tú eres mi Parks favorita —me dice Tom.

—Bueno, eso es porque no me conoces mucho —le asegura mi hermana a Tom mientras lo coge por el brazo y se lo lleva hacia la puerta.

Beej sale junto a Bushka y la ayuda por las escaleras.

Y yo me quedo allí parada viendo a mi abuela con uno de mis novios y a mi hermana con el otro.

Y entonces les grito con voz débil:

—Bueno, pues nada, ya voy cerrando, ¿no?

CUARENTA Y NUEVE
BJ

A Parks esto no le va. Todo esto de salir con los dos. Se lo noto en el coche, de camino a la gala. Parece nerviosa. Nerviosa por lo que la prensa dirá de ella, porque no siempre son buenos con ella.

O es la niña de sus ojos o es una guarra y no hay forma de saber cómo estarán cada día.

En un día bueno, podría entrar montada encima de uno de los dos y besando al otro y la llamarían progresista, pero cuando quieren, la culpan de todo y la hacen pedazos y escriben cosas sobre ella que la hacen llorar en mis brazos como si se hubieran metido con ella en el patio del colegio.

Entro del brazo de Bushka, a medias por el bien de Parks, a medias porque esta señora es la risa: siempre lleva una petaca encima, le tiró los tejos a David Beckham, ha superado a Jonah dos veces bebiendo, le hizo una broma de nazis al embajador alemán en la última gala donde la llevaron... Es una mujer absolutamente imprevisible.

Además, veo que a Magnolia se le enternece el corazón cuando me ve con su abuela, y no lo hago por eso, pero viene a ser la guinda del pastel.

Una vez dentro, Parks se aleja de nosotros a la velocidad de la luz. Dice que es porque ha visto a Kate Middleton...

—Está claro que puse todos los huevos en la cesta equivocada cuando me hice amiga de Meghan Markle, ¿verdad? —Niega con la cabeza—. Ahora tengo que ir allí a enjabonar a la duquesa de Cambridge...

—Yo soy amigo de Wills —le dice Tom.

Ella se para, se da la vuelta y pone los ojos en blanco.

—Cómo no ibas a serlo.

—Pero yo soy el amor de tu vida —le recuerdo. Nuestras miradas se encuentran y hace todo lo que puede para no sonreírme por el comentario.

—No puedo creer que dejaran la monarquía. Fue un día horrible para todos. Para mí en particular —murmura Magnolia con un hilo de voz mientras se aleja—. Y para Lilibet, supongo.

Una ocurrencia tardía.

Miro a Tom, que observa la chica que quiero como si él también pudiera quererla.

—Bueno, pues vaya mierda —suspiro.

Me mira y se ríe.

—Sí.

Señalo a Parks con la barbilla.

—Se esfuerza…

Vuelve a mirarla, buscando lo que sea que yo estoy viendo. Tiene que ser una mierda para él… querer verlo pero no ser capaz de detectarlo porque no creo que puedas verlo con tus ojos.

Yo soy capaz de ver cómo aletean las mariposas en el halo que hay sobre su cabeza, en la manera en que la luz rebota contra sus pensamientos, igual que un sauce se mece con el viento…

—¿Sí? —dice Tom, sin apartar los ojos de ella.

Asiento.

—Nos está evitando.

—A ver —me mira con elocuencia—, esto es bastante raro.

Lo miro y suelto una risa.

—¿Lo es? —pregunto. Tom me mira raro. Niego con la cabeza—. Sí, supongo que es raro. —Me encojo de hombros—. A mí me parece bastante normal.

—Pues eso es raro de cojones —me dice.

Hace un gesto con la boca como si lo sintiera por mí, pero no quiero que lo sienta por mí, joder. La he tenido toda mi vida, es mía, metí la pata y ahora la tengo como ella me permite tenerla. No necesito que él sienta pena por mí. Ni siquiera necesito que me entienda. Solo la necesito a ella.

La observo, la chica de mis sueños, el amor de mi vida, alfa, omega, principio y final, hasta que la muerte nos separe e incluso entonces me quedaré rondando por allí… y lo único que digo es:

—Sí.

—Te las ha hecho pasar canutas —me dice Tom.

Me lo pienso, frunzo un poco el ceño al hacerlo.

—No lo sé... nunca sé ver si estamos bailando en una habitación en llamas o arrastrándonos el uno al otro por turnos hasta la cima de una montaña, inconscientes.

Tom suelta una risotada y me mira como si estuviera loco.

—Ambas son bastante jodidas, tío...

—Sí —admito mientras la miro con fijeza—. Pero una acaba con muy buenas vistas...

Tom me mira con más atención de la que querría. Tiene una mirada muy intensa. Creo que es peor porque tiene los ojos muy azules. Parece encantador, pero no lo sé... ¿agresivamente azules, se podría decir?

Me observa, casi con el ceño fruncido, pero no por mí.

—Vosotros dos tenéis algo especial —dice, al tiempo que niega con la cabeza—. Es raro.

Lo somos, lo sé. Lo único que hago es mirarlo y asentir encogiéndome de hombros.

Ahora la observa a ella, con los ojos entornados.

—¿Crees que se lo hace a todo el mundo?

—¿El qué?

Se encoge de hombros.

—Hacerlos sentir como si fueran... no lo sé, el sol.

Me siento mal por él, que todavía es nuevo con ella. Nuevo en lo de ver a otros hombres revoloteando a su alrededor mientras Parks ni siquiera se da cuenta de que es el centro de atención para todos los presentes.

Es un pequeño rayo de sol hasta cuando se comporta como una absoluta idiota.

—Es casi intimidante el vínculo que tenéis —dice, mirándome de nuevo a mí.

Me río.

—¿Solo casi?

—Sí —contesta—. No conozco toda la historia, pero me niego a dejarme intimidar por algo que no termino de comprender.

Asiento un par de veces. Es justo.

—Sin embargo, la química que tenéis... —Me mira y me pregunto qué está haciendo todavía allí.

Olvídate de metáforas de motores y chispas, somos todas esas cosas y no somos ninguna de ellas… Parks y yo. Está escrito en las putas estrellas.

—Es mucho —dice Tom y asiente.

—Pero no es lo bastante intimidante como para alejarte. —Lo miro.

—Ya. —Hace una pausa—. Es todo aquello del fuego y la pólvora de Shakespeare. Vuestra química es lo que os convierte en vosotros, sin duda, tío. No tiene igual. —Hace una pausa—. Pero quizá será lo que os mate.

Y te juro que odio esta mierda porque no era una amenaza. No está siendo un desgraciado arrogante; solo está pensando en voz alta. Ahí sentado disparando mierdas de sabiduría y mierdas y, joder, le odio, porque a veces me preocupa que, tal vez, lleve razón.

—Oye —dice Tom dándome un codazo—. Antes te estábamos tomando el pelo…

Frunzo los labios. Asiento.

—Me lo pregunté cuando la llevaste conmigo cuando pasó aquella mierda con Harley…

Tom niega con la cabeza.

—No, entonces ya me gustaba, pero ella no me necesitaba a mí. —Se encoge de hombros—. Te necesitaba a ti.

—¿Qué cojones? —Frunzo el ceño—. Eres insoportable. —¿Le gusta y la lleva conmigo de todas formas porque es lo que ella necesita?—. ¿Cómo puedes ser así de jodidamente tranquilo, tío?

Tom suelta una risotada.

—No lo soy —dice. Me mira un segundo y luego aparta la mirada—. Te vi hacerle daño en ese local, pensé que podía ayudarla a igualar el terreno de juego. Pero ahora creo que me he enamorado un poco de ella…

Asiento, lo comprendo.

—Tiene este efecto en las personas.

—Lo sé —dice con solemnidad—. Lo siento.

Lo miro con fijeza.

—¿Por qué?

—Porque me caes bien, tío. —Me da un palmetazo en el brazo—. Pero si tengo una oportunidad, voy a ir a por ella.

Lo miro de hito en hito.

—Lo mismo digo, tío.

Tom asiente y me mira de soslayo, un poco nervioso.

—No lo sabe.

Apuro mi Negroni.

—¿El qué?

—Que la quiero.

—Ah. —Asiento.

Me cierro la boca con llave y la guardo en el bolsillo de la solapa de Tom.

Él me da un palmetazo en la espalda.

—Buen hombre. —Y luego me acerca mi copa y levanta la suya—. Que gane el mejor.

Me río por debajo de la nariz y niego con la cabeza.

—Qué va, tío, a la mierda el piloto. Yo voy con el que sin duda es el peor hombre, que es un verdadero desastre pero tiene un corazón de oro.

Tom se ríe y yo también.

Sin embargo, me duele porque creo que ambos sabemos que es verdad.

17.41

Tom

> Seguro que no quieres
> venir al cumple de Julian?

Estoy seguro.

> Será divertido...

Qué va, soy demasiado viejo
para clubes y mierdas.

> En realidad, creo que Jules
> y tú tenéis la misma edad.

Vaya, ahora es «Jules».

354

Somos viejos amigos.

Ja, ja. Vale.

Además, tú y yo nos conocimos en un local hace 5 meses, así que...

Lo cierto es que nos conocimos en la Queen's Cup. Tenías 8. Yo 16. No te vas ni a tiros.

Vienes?

No, estoy bien.

Diviértete

🖤🖤🖤

CINCUENTA

Magnolia

Esta noche es el 30.º cumpleaños de Julian Haites. Los chicos y yo vamos a la fiesta. BJ cree que me lleva como si fuera su cita. No se ha enterado de que Julian me envió una invitación él mismo.

Veo a Daisy Haites antes de ver a su hermano. Está encaramada en el regazo de Christian. Los saludo a los dos con la mano. Christian no reacciona mucho: tiene una expresión rara y no lo entiendo; Daisy levanta una mano y me ofrece un medio saludo muy poco entusiasta.

Hago todo lo que puedo para no analizar más de la cuenta este tibio recibimiento y busco validación de otras maneras, como por ejemplo deslizando una mano en la de BJ. Él se la acerca a los labios y la besa sin pensar.

—Ballentine —canturrea Julian, con una copa en cada mano mientras se acerca. Apura una de un trago y me ofrece la otra a mí antes de levantar a BJ, y empujarlo de aquí para allá afectuosamente.

—¡Feliz cumpleaños! —Jonah lo agarra por los hombros y Julian le da una palmada en la cara.

Seguramente Julian sería el otro mejor amigo de Jonah, lo cual hace que la escena sea todavía más tensa cuando sus ojos encuentran los míos por encima del hombro de Jonah.

Se yergue, ataviado con su cazadora de beisbol de mezcla de lana con logo bordado de Amiri, y me dedica una sonrisita.

—Magnolia.

—Jules —replico al tiempo que levanto el rostro e imito su gesto.

Y el tono de familiaridad entre nosotros toca una tecla extraña entre los chicos. BJ me mira, frunciendo el ceño preocupado.

Jonah y BJ siempre han sido muy claros conmigo respecto a Julian:

hay que evitarlo a toda costa, a no ser que alguien intente matarme, que entonces tengo que ir corriendo a buscarlo.

Lo hice una vez. Ir corriendo a buscarlo. Nadie intentaba matarme, pero me estaba muriendo. Unas pocas semanas después de que BJ y yo rompiéramos. ¿Sabes cuando la adrenalina frena y el anestésico local todavía no ha hecho efecto y el corazón se te está muriendo de sed, ardiendo y sofocándose a la vez? No sé por qué se me ocurrió hacerlo, no había salido de casa en dos semanas, pero obligué a Paili a salir conmigo.

—No creo que sea buena idea —me dijo unas noventa mil veces mientras íbamos de camino—. Necesitas llorar…

Negué con la cabeza.

—Y lo he llorado bastante.

Paili me miró con fijeza. Era mentira. ¿Cómo iba a ser verdad? Hasta un profano te lo podría haber dicho: jamás acabaría de llorar a ese chico.

En su fiesta de cumpleaños, Julian y yo estamos de pie el uno junto al otro, demasiado a gusto para que a Beej le resulte cómodo. Suelta esa risa que pretende ser desenfadada, y lo sería para cualquiera de esa estancia menos para mí y para Jonah… para nuestros oídos bien afinados suena forzada.

—No sabía que vosotros dos os conocíais —dice BJ, que nos va mirando alternativamente.

Julian suelta una risita y encoge sus voluminosos hombros, indiferente.

—Todo el mundo conoce a esta chica.

—Claro… —BJ entorna los ojos mirándolo a él y luego a mí—. ¿Cómo?

Julian se pasa la lengua por dentro de la mejilla y me mira, descarado. Con las cejas enarcadas, espera a que yo me ocupe de eso.

Fuimos a un local. McQueen, creo que fue, y en un horrible giro de los acontecimientos (para mí), un chico de nuestro viejo instituto —Ed Bancroft— del que Paili siempre había estado medio enamorada, pero con el que nunca había pasado realmente nada, estaba allí. Y estaba muy interesado en Paili.

Y no sé qué pasó, o por qué pasaba, era extrañamente impropio de ella, como si tuviera que demostrar algo, aunque no tenía nada que demostrar. Nunca había sido una de esas chicas que ligan en las discotecas, ni yo tampoco, pero esa noche puso la directa.

A mi lado. En un sofá. Y había sido tan buena amiga las últimas semanas, no se había separado de mi lado. Se había tumbado conmigo en la cama, había llorado conmigo, a veces por mí.

Estuvo tan presente, tan tremendamente triste por mí... no podía enfadarme porque esa noche que la había sacado de casa a rastras para llevarla a un lugar donde ambas pensábamos que no debíamos estar finalmente se decidiera a pasárselo bien.

Así que ahí sentada estaba yo, vestida de punta en blanco y con pensamientos vagamente suicidas mientras Ed Bancroft prácticamente le metía mano allí mismo. Suspiré, me tomé unas cuantas copas a toda velocidad para enmudecer mi mente y aplacar mi estruendoso malestar, cuando un chico apareció en mi línea de visión.

Pelo castaño alborotado, grandes ojos azules, barba de unos pocos días. Guapísimo para morirse.

Me soltó una sonrisita.

—Te conozco.

Le contesté con una sonrisa tímida y un solo asentimiento.

—Me conoces.

—¿Y tú a mí? —preguntó, con las cejas enarcadas.

Le dediqué una mirada divertida.

—Todo el mundo te conoce...

—Bueno, en realidad solo me importa que tú me conozcas —respondió Julian Haites con una risita—. ¿Me recuerdas del colegio?

Y por su artículo en *Vanity Fair*, sus entrevistas en *VICE*, sus fotos en *GQ*: realmente era (es) el «traficante de armas» más famoso y atractivo del mundo.

—A ver, tenía once años... —Le lanzo una sonrisa diminuta—. Pero fuiste bastante rápido en ese campo.

Me sonrió complacido.

—Pero no tan rápido como...

—¡No! —lo interrumpí, negando con la cabeza—. No digas su nombre.

Para empezar, no puedo acabar de creerme que BJ parezca no saber nada de todo esto. Si BJ no lo sabe significa que Jonah no lo sabe, y si Jonah no lo sabe es porque Julian estratégicamente no se lo contó nunca. Me pregunto por qué. BJ me mira con fijeza, esperando a que le cuente por qué su amigo me conoce, pero para ser sincera creo que en realidad no quiere saber cómo ni por qué me conoce Julian y de qué maneras en concreto.

Hace un par de años, Julian enarcó las cejas intrigado en ese club.

—Guau, vale, ¿está por aquí?

Negué con la cabeza.

Estaba increíblemente bueno. Todavía lo está, a decir verdad.

Una mandíbula afilada como una cuchilla. Los ojos como las partes oscuras de los glaciares. Un metro noventa. Tatuajes por todo el cuerpo. Además, el cabeza de familia de una de las familias con peor reputación de Londres. No sé qué hacen exactamente pero lo que sí sé es que no es legal.

—¿No está por aquí por alguna razón? —preguntó. Yo asentí—. Entonces te hace falta una copa —me dijo, levantándome del sofá y llevándome de la mano hasta la barra. La gente se fue apartando como si fuera Moisés, nadie quería encontrarse a su paso, pero él no parecía darse cuenta siquiera. Yo sabía que la gente me miraba, no como lo hacen ahora, en ese entonces no era tanto. La verdadera fascinación pública con Beej y conmigo empezó cuando dejamos de ser algo que tenía sentido para ellos.

A esas alturas había rumores de que BJ y yo teníamos problemas, pero no era nada definitivo, y de haber estado yo allí con otro que no fuera Julian, creo que la gente habría sacado fotos, las habría filtrado a la prensa, pero recuerdo que tuve la clara sensación de que nadie iba a contarle nada a nadie. No se buscan problemas con la familia Haites.

Que me agarrara la mano me hizo sentir una oleada de alivio y también, de algún modo, me hizo sentir libre.

—¿Te gusta el whisky? —me preguntó.

—No. —Fruncí los labios mientras me apoyaba contra la barra.

—Ponme dos Johnnie Walker Baccarats —le pidió al camarero—. Apúntamelo.

Me acercó un vaso de chupito.

—Quizá este te guste. Cada uno cuesta quinientas libras —dijo sonriéndome.

Hicimos chinchín y nos los bebimos de un trago.

Bajó los ojos para mirarme con las cejas enarcadas, expectante.

—¿Te ha gustado?

—No —sonreí, a modo de disculpa.

—¡Mierda! —gritó y echó la cabeza para atrás entre carcajadas—. Miénteme.

—Me ha encantado —le dije con una mueca.

Me dedicó una sonrisa desanimada.

Nos llevamos una botella de vodka a una mesa del rincón del local, y nos reímos un montón, y bebimos todavía más y yo no pensaba en BJ ni en lo que me había hecho casi en absoluto, y lo único que hacía era mirar los labios de Julian Haites. Tenía los labios muy rosas. El inferior es muy carnoso y parecía que estuviera enfadado incluso cuando estaba contento.

Me colocó un mechón de pelo detrás de la oreja.

—¿Puedo llevarte a casa? —me preguntó, inclinando la cabeza para que sus ojos y los míos estuvieran al mismo nivel. Su mirada era serena y me gustó.

Asentí rápidamente, sin darme la oportunidad de pensarlo y decir que no.

Volvió a cogerme de la mano, me llevó hasta la puerta de atrás y nos subimos a una limusina que lo estaba esperando. Negra, con los cristales tintados, a prueba de balas, igual que los coches de los Hemmes. Me abrió la puerta de la limusina para que subiera, y lo hice, y él entró detrás de mí.

Nos sentamos en silencio absoluto el uno junto al otro unos pocos segundos, con la vista fijada al frente, luego él se volvió hacia mí y yo me senté en su regazo, lo besé deprisa con los labios encendidos y le quité la camisa por la cabeza.

Él soltó una risita, acunó mi rostro con la mano y —¿puedo decirlo?— besa maravillosamente. Tan maravillosamente, de hecho, que no me destrozó de inmediato estar besando a otro que no fuera BJ: esa sensación llegaría más tarde, como si estuviera siéndole infiel, como si me estuviera cargando nuestra relación… Al final eso también llegaría, pero Julian era tan bueno y tan dulce y tan precioso que demoró lo inevitable.

Nunca pensé que diría algo así de nadie aparte de BJ en toda mi vida, pero puedo garantizarte que Julian Haites es el jefe de cualquier estancia en la que esté. Se tumbó en el asiento de atrás y me atrajo hacia él. Usa muy bien las manos, ya te lo digo. Ni siquiera me di cuenta cuando el coche dejó de moverse.

Nos metimos en su casa. Enorme y excesiva. Todo era mármol blanco o negro, con acabados dorados en todas partes. Aún sin camisa, me llevó escaleras arriba, en silencio, hasta una habitación. Yo le seguí y él cerró la puerta detrás de mí, luego se acercó a un escritorio y vació los bolsillos; después se volvió para mirarme con una expresión interrogante. Me apoyé contra la puerta, frunciendo los labios, sujetando el bolso delante de mí como si fuera una especie de cinturón de castidad.

Él se rio para sí y luego se sentó en la cama, rascándose la cabeza.

—Bueno. —Sonrió.

—Bueno. —Asentí. No estaba rara antes. No sé por qué lo estuve de pronto. ¿Quizá las luces?

Ladeó la cabeza, mirándome con dulzura.

—¿Estás bien?

—¿Yo?

—Claro —respondió, reclinándose un poco.

—Estoy bien. —Asentí enfáticamente—. Estoy superbién.

—Vale. —Asintió y luego hizo una pausa—. Las chicas no dicen «bien» cuando están bien, normalmente…

—Bueno, pues yo lo estoy —le dije con la nariz levantada—. Bien.

—Vale. —Volvió a asentir, entornando los ojos—. Genial…

—Esto es genial. —Volví a asentir—. Yo estoy genial, tú estás genial. Y vamos a tener un sexo genial. Y será genial.

—Vale. —Sonrió y se pasó la mano por la boca.

—Y me muero de ganas, es fenomenal —le dije, parpadeando mucho, con una voz teñida de entusiasmo y sin pensar en absoluto en BJ—. Esto… no pretendía que rimara.

Tragué saliva con nerviosismo.

Él sonrió un poquito, luego frunció los labios, observándome de cerca.

—¡Vale! —dije, dando una palmada y respirando hondo mientras caminaba hacia él—. Venga, pues. ¿Puedes ayudarme con la cremallera? —Me senté junto a él en la cama, enseñándole la espalda.

Él hizo ademán de coger la cremallera, pero luego dudó.

—Tengo una hermana, ¿sabes? —comentó, buscando mis ojos.

—Un momento un poco raro para hablar de ella…

—Cierra el pico… —dijo, poniendo los ojos en blanco—. Conozco a las chicas.

—No me cabe duda —interrumpí.

Puso los ojos en blanco de nuevo.

—Ya sabes por qué lo digo.

—No lo sé.

Se rascó el cuello, sonriendo con ironía.

—Eres preciosa, Parks. Verdaderamente preciosa —añadió con la sombra de un ceño fruncido. Lo miré con ojos oscuros, notando que un «pero» estaba al caer—. ¿Estás segura de que quieres hacerlo?

—Sí. —Reforcé la afirmación con un gesto de asentimiento.

Él se inclinó hacia mí, acunó mi rostro entre las manos, me besó con dulzura y entonces me eché a llorar.

Él se rio y se apartó, negando con la cabeza.

—Magnolia…

Me colocó encima de su regazo, me atrajo hacia su pecho y me dejó llorar. Seguramente no es el comportamiento más habitual para todo un mafioso, quizá por eso nunca se lo contó a Jonah. Nuestra historia no agasaja mucho su destreza sexual: me pasé dos horas llorando encima de él. Hiperventilando y sollozando y moqueando todo el rato. Su guardaespaldas me preparó unas tortitas y luego lloré un poco más. Él me acarició el pelo. Pasé la noche en su cama, y le conté todo lo que había pasado, y se ofreció a matar a BJ y me dio miedo que lo dijera en serio. Nos pasamos toda la noche hablando hasta que me dormí encima de él, y eso fue todo lo que pasó. Me llevó en coche a casa al día siguiente por la mañana, me dio su número de teléfono y me dijo que si algún día necesitaba algo…

—¿Me creerías si te dijera que vamos al mismo club de lectura? —le digo a BJ.

Él niega con su cabeza perfecta.

—A Julian le encanta… la novela histórica escrita por mujeres y, además, le tiran bastante las biografías.

Julian se echa a reír, lo cual ayuda bien poco.

BJ entorna los ojos.

—Ya…

—Le ofrecí ayudarla con una cosa. —Julian me mira a los ojos—. Nunca aceptó mi oferta. —Le da un codazo juguetón a BJ—. Todavía se lo está pensando.

—Compórtate —le digo y le dedico una mirada severa. Julian me contesta con una risita. Todo eso mientras BJ parece tremendamente incómodo por nuestra manera de tratarnos.

—Pero en serio, Parks… si algún día quieres pasarlo bien, con un chico malo de verdad, no uno de esos chicos malos medio tontos que salen en *Vogue*… llámame.

Pongo los ojos en blanco e intento contener el entusiasmo por estar copando la atención de todos en este preciso momento.

—Tal vez mejor soluciono el triángulo amoroso que ahora mismo tengo entre manos y ya en cuanto lo haya resuelto, ¿te aviso?

—Venga, justo. —Julian asiente y luego le pega un palmetazo en el brazo a BJ y le guiña el ojo, juguetón.

BJ lo observa alejarse, incrédulo.

—¿Me estás vacilando? —parpadea.

Intento no reírme por la cara que pone y, tras llevármelo a un lado, le doy ambas manos.

—Nos besamos una vez.

—¿Una vez?

—Estuvimos a punto de acostarnos una vez —admito.

—¿Cuándo?

—Eh… —Hago una mueca—. Inmediatamente después de que tú y yo rompiéramos.

Echa la cabeza para atrás.

—¿Qué?

—Dos semanas más tarde o algo así…

—¡Parks! Es un tipo peligroso…

—Ya —le digo y lo reprendo con la mirada—. Sabes que estamos en su fiesta de cumpleaños, ¿verdad? Vamos, ahora mismo.

—Estamos aquí con Jonah, y tú eres mi invitada.

—En realidad —digo, haciendo otra mueca—, me invitó él personalmente.

BJ suspira.

—Desde luego.

Se frota la cara con ambas manos.

—¿Estuviste a punto de acostarte con él?

—A ver… tú te acuestas del todo y a menudo con muchas personas que no soy yo —le recuerdo—. Muy a menudo.

Hace un verdadero esfuerzo para no reírse, pero lo disimula bastante bien.

Me mira largo rato.

—¿Por qué no llegasteis a hacerlo?

—Bueno. —Frunzo los labios—. Porque cuando me besó en su cama, me eché a llorar. Por ti… —Disimula una sonrisa—. Y lloré en sus brazos, su guardaespaldas me preparó unas tortitas y, al final, Julian me llevó a casa en coche.

BJ asiente, complacido por la respuesta, y me atrae hacia él, rodeándome con los brazos.

—¿Y quién va a prepararte unas tortitas mañana por la mañana?

—No lo sé —sonrío radiante—. ¿Quieres que pregunte si su guardaespaldas está disponible?

La noche avanza a partir de ahí, todo parece bien y correcto y normal —Christian está bebiendo más de la cuenta, eso sí—, pero BJ y yo estamos maravillosos.

No me suelta, lo tengo cerca como una sombra a mediodía. No sé si es por lo que acaba de descubrir sobre Julian y yo o si es sencillamente porque puede, pero sea por una cosa o por otra, me da igual.

Estamos bien.

Besitos en el cuello cuando no miro, las manos alrededor de mi cintura todo el rato, y todo parece más o menos como siempre había pensado que sería antes de que lo echáramos todo a perder. Nosotros juntos, cogidos de la mano, él hablando con Jo, yo hablando con Henry… y sin mirarme, sin decir nada, me pasa un brazo por los hombros, me atrae hacia él, me besa la oreja, sigue hablando con Jo, y es una minucia en la escala de afecto, un gesto absolutamente minúsculo, pero me hace sentir que mi corazón lleva un diamante en el bolsillo y que nada, ni el tiempo ni el dolor ni las infidelidades han tenido lugar entre nosotros, y quizá así es como estaremos siempre: aferrados el uno al otro, llevados por la deriva hasta el otro si en algún momento nos separamos un poco. Ojalá estemos así. Ojalá siempre encontremos la manera de volver.

Y entonces se escuchan los gritos. Fuertes y agresivos.

Jonah estira el cuello para mirar y luego se pone en pie de un salto porque es Christian.

Hace un gesto con la cabeza en dirección a su hermano y los chicos y yo lo seguimos.

—… ¿qué cojones dices, que qué me importa? Estamos juntos —le dice Christian a Daisy, mirándola con unos ojos como platos.

Ella está con ese chico, Romeo Brambilla. Es bastante apuesto.

—Ah, ¿sí? No me vengas con mierdas. —Lo fulmina con la mirada, furibunda—. Siempre he sabido lo que soy para ti, jamás me he engañado. Soy la chica a la que te tiras mientras piensas en la novia de tu mejor amigo.

Y entonces todos nos ponemos tensos. No solo los chicos y yo, sino todo el local. Tengo los ojos muy abiertos. BJ se pone muy rígido de la cabeza a los pies.

—Yo… —tartamudea Christian, boquiabierto. Y siento una punzada en el corazón porque odio verlo así.

Parece herido y triste, ¿quizá también un poco traicionado? No sé si Daisy habla de mí, pero es probable que esté hablando de mí.

¿Y qué cojones hace diciéndolo a voz en grito delante de todo el mundo?

—Oh. —Daisy Haites parpadea, con ojos grandes e inocentes—. ¿Pensabas que no lo sabía? Me confundes con alguien que tiene un poco de amor propio, porque sé lo que soy para ti y me quedé contigo igualmente, esperando a que un día me desearas más que a ella. Pero tú nunca me has deseado. Nunca te he gustado…

Y ahora Christian la observa como no lo he visto observar a nadie jamás: con los ojos muy abiertos, negando un poco con la cabeza. Se le ve asustado.

—Y quizá somos un maldito desastre… —Vuelve a señalar a Romeo Brambilla—. Pero ¿sabes qué? Si una cosa sé segura es que cuando me lleve a Rome a casa esta noche, él no va a estar pensando en la puta Magnolia Parks.

Nos quedamos todos boquiabiertos y Daisy se va a la velocidad de la luz. Sale por patas de la mano del chico que no es Christian.

Y Christian sigue paralizado, con la vista fija en el suelo. No me mira a los ojos; no se atreve a mirar a Beej ni a su hermano.

Niega con la cabeza y se va, abriéndose paso a empujones entre la gente.

Y luego Jonah va tras él, entonces BJ va tras Jonah, entonces yo voy tras Beej, y tengo esta particular sensación flotante de que quizá he amado a demasiados chicos y quizá he hecho que demasiados chicos me amaran.

Hay toda clase de amores en este mundo, ahora lo sé. No lo sé del todo, no es una luna llena de conocimiento todavía, quizá mi máximo es una luna creciente de entender lo que puedo sobre el amor. Dicen que el amor puede con todo, pero ¿es verdad? ¿Acaso podría? Todo es demasiado vasto.

He perdido a BJ centenares de veces ante centenares de mujeres distintas y él ha estado a punto de perderme dos veces ante dos hombres a los que he amado más de lo que pretendía. ¿Quiero a Tom? Supongo que sí, si ahora mismo estoy pensando en él. ¿Qué significa? ¿Qué podría significar? Porque no es lo mismo que con BJ, que es el único amor que me importa, creo. E incluso así, BJ y yo no paramos de perdernos el uno al otro, y no parece importar que nos amemos como lo hacemos, que es con plenitud… un poco como esos animales que se pueden devorar hasta morir si se los deja a su aire. Le quiero hasta morir, le quiero hasta que me consuma entera y me mate… así que quizá el amor no puede con todo, solo con algo. Porque todo es vasto y el amor es muy diverso, como la luz en un prisma; si lo mueves por una habitación, cambia en función de cómo le dé la luz. Significa cosas distintas y el amor puede ser muchísimas cosas distintas para las personas.

Sé que ciertos amores son hermosos, y otros liberadores, otros te desarman, hay amores que te envenenan, otros te ciegan, otros te hacen ser mejor, y algunos te rompen de maneras invisibles que nadie más ve hasta que tienes que ponerte en pie y el peso de tu amor te parte los huesos. Y mientras lo veo gritando «joder» una y otra vez en un callejón de mala muerte mientras le pega puñetazos a la pared, me pregunto si accidentalmente hice que Christian me amara de esa manera.

—Dime que Daisy Haites ha perdido la puta cabeza —dice Jonah, negando mientras mira a su hermano.

Christian gira sobre sus talones para mirarlo a la cara, con ojos airados.

Jo niega con la cabeza mirando a Christian, le coloca un dedo amenazador sobre el pecho y me entran los nervios. Odio cuando se compinchan contra él. Porque siempre tiene que ver conmigo.

—¿De qué cojones estaba hablando? —pregunta BJ, con las cejas bajas. Christian no dice nada, pero me mira a los ojos por fin... solo un segundo, antes de que Jonah le pegue un empujón—. No mires a Parks. Mírame a mí.

Y entonces pasa algo sorprendente:

—Esta noche no me toques los cojones.

—Chicos —interviene Henry, de pie junto a Christian y me alegro de que esté aquí. Henry iguala un poco el terreno de juego.

Jonah no recula, tiene a Christian acorralado contra la pared, agarrado por el cuello de la camisa.

—Jonah. —Niego con la cabeza y le aparto el brazo de un tirón—. Suéltalo, ¿qué estás haciendo?

—¿Qué estás haciendo tú? —contesta Jonah con un ladrido.

BJ me mira a mí, luego a Christian y, por último, lanza un grito al cielo.

—¿Me estás vacilando o qué coño haces? —Me mira desde arriba con unos ojos enloquecidos, muy abiertos y heridos—. ¿Acaso dos no te bastamos?

Alargo una mano hacia él; en mis ojos se refleja la forma en que se me está rompiendo el corazón.

—Beej...

—¿Lo sabías? —me pregunta BJ con unos ojos tan desgarrados como su corazón.

Me cambia la cara.

—Desde luego que no lo sabía.

Y me pregunto si le estoy mintiendo…

¿Eso es mentirle?

No lo sabía con certeza absoluta.

No quería saberlo. No quería tener que cambiar cómo soy con Christian, no quería no poder apoyar la cabeza sobre su hombro en el cine si me apetecía, no quería perder al único chico que sabía que estaba de mi lado, el único que me diría la verdad sobre BJ, sin importar lo demás.

¿Sabía que él me quería? No.

¿Sabía con certeza que él no me quería? De algún modo, también no.

BJ me pasa un brazo por el cuello, apartándome de ellos, y me pega los labios a la mejilla.

No lo hace porque esté bien, lo hace porque no lo está. Está intentando serenarse. Respira mi olor como si fuera un aceite esencial.

—Te llevo a casa —me dice BJ y yo asiento.

Luego me vuelvo para mirar a Jonah.

—No le hagáis daño, ¿vale?

Lo único que hace Jonah es gruñir.

Mis ojos se encuentran con los de Christian y desearía poder asegurarme de que no le harán daño. Quiero decirle que lo siento y que espero que esté bien y que puede llamarme luego si lo necesita, pero no creo que ninguna de esas cosas esté bien ya.

Por eso, en lugar de disculparme con palabras, lo hago con los ojos, pero él no habla el idioma de mis ojos, solo lo habla BJ, por eso Christian piensa que no digo absolutamente nada.

BJ no se queda a dormir. No me habla cuando estamos en el coche, de vuelta a casa, pero tampoco me suelta la mano. Me acompaña hasta el portal, me da un beso en la cabeza y se gira para irse.

—BJ… —lo llamo.

Él se presiona las manos sobre los ojos.

—Ahora mismo no puedo. —Niega con la cabeza—. Necesito pensar.

Beej

Qué tiempo hace, Beej?

No lo sé.

Estás enfadado.

No sé lo que estoy.

Lo siento.

Por qué?

No lo sé.

Por todo?

Te llamo mañana, vale?

Vale.

Lo siento.

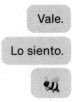

CINCUENTA Y UNO
BJ

Después de eso no paro de darle vueltas. Tengo la mente en llamas y un dolor en el pecho que parece un agujero. Todo se me está yendo de las manos. ¿A él todavía le gusta ella? ¿Qué más no sé? ¿Ella me está mintiendo?

Ella nunca me miente, no sobre lo importante de verdad.

Puede decirme que me odia o que está harta de mí, pero eso es lo máximo que se acercará a una mentira. Pero ahora pienso... ¿Por qué cojones piensa en Parks cuando está con Daisy si él y Parks no llegaron a follar? ¿Verdad?

Entonces ella miente.

La dejé en casa y volví directo a la mía. Me metí una raya. Esperé diez minutos. Me pinté otra.

Me ayuda a concentrarme y necesito concentrarme.

Repasé cuidadosamente las grietas de nuestro tiempo juntos, me pregunté si ella las había llenado con Christian.

Así son los días siguientes. No la llamo. No le envío mensajes. Sí contesto los que me envía ella, sin embargo, pero solo porque si no lo hago entrará en modo pánico absoluto, y ahora mismo no puedo... no puedo comprender qué cojones significa nada de todo esto ni cómo me hace sentir si también tengo que asegurarme de que ella esté bien.

Cancelo todas las sesiones de fotos de esta semana. Voy a la cafetería que hay al lado de casa, pido comida por las noches, me pinto rayas en medio. Antes me sentía mal cuando me metía rayas, como si estuviera jodiendo a Parks, pero ahora creo que lo más probable es que ella me esté jodiendo a mí, así que me las pinto.

Es todo lo que hago durante cuatro días. Leo un poco. Intento mirar la tele, pero no puedo porque casi todo lo que me queda por ver prometí que lo vería con Magnolia, así que empiezo *Narcos* de nuevo.

A mitad de la segunda temporada, Christian aparece en el umbral de mi puerta. Lo miro con el ceño fruncido. Desapareció después de esa noche. Ninguno de nosotros lo había visto desde entonces.

—¿Dónde cojones te habías metido?

Él se encoge de hombros, entra, se queda de pie en la otra punta de la habitación, con las manos en los bolsillos.

—Solo necesito un minuto.

No digo nada. No sé qué se supone que tengo que decir.

Él suelta el aire, cansado e impaciente, observándome con cautela.

—Estoy enamorado de ella, Beej…

Aprieto los dientes con fuerza. Mi corazón se cae rodando cinco tramos de escaleras. ¿Está enamorado de ella? Suelto una risotada que está suspendida en la incredulidad.

—¿Qué? —pregunta nervioso.

Niego con la cabeza.

—Es que no eres el único que me lo ha dicho últimamente.

—Esto es de locos —me dice. Asiento. Niega con la cabeza, feliz por haber encontrado un punto de conexión, creo—. Ella está loca de la cabeza —añade.

—¡Eh! —gruño por instinto, aunque creo que estoy de acuerdo. Aunque lo esté, nadie puede hablar mal de ella excepto yo; me hace enfadar todavía más que él piense que puede.

—Lo está, tío… necesita que todo el mundo la adore —continúa Christian—. Tú, yo, Tom, Jules… es una mierda. Y ella…

—Para. —Frunzo el ceño—. ¿Qué haces? Esto no va de ella. —Miento. Siempre va de ella—. Va de que eres mi mejor amigo y la quieres…

—No pretendía…

Suelto una risotada, incrédulo.

—Si saliste con ella, joder. A mis espaldas.

—Beej… —Echa la cabeza hacia atrás y se pega contra la pared—. Fue un accidente. Estábamos quedando… habíamos sido amigos toda la vida… desde antes que tú…

Le lanzo una mirada de advertencia. Que se joda.

—Estaba con ella, igual que había estado con ella mil millones de veces antes. Y entonces un día nos besamos. —Se encoge de hombros. Se encoge como si no fuera nada. Como si no fuera la puta traición más grande de todos los tiempos.

—Oh —digo y asiento, con mucho énfasis—. Os besasteis.

—Llovía, nos metimos en una cabina de teléfono…

Niego con la cabeza.

—Joder, no te estoy pidiendo que me lo cuentes detalle a detalle…

—¿Entonces qué me estás pidiendo? —replica subiendo el tono de voz.

—¿Por qué ella? —pregunto, imitando su tono.

—Porque es la puta Magnolia Parks.

Aparto la mirada, negando un poco con la cabeza. ¿Cuántas veces Parks va a irse de rositas en esta vida con esa mierda de excusa?

—Y ella estaba triste. Y yo quería hacer que se sintiera mejor. —Se encoge de hombros como si no pudiera evitarlo. Quizá no puede. Yo no puedo—. Pero ella estaba triste por ti. Porque para ella, siempre eres tú…

—Eso ya no es verdad.

—Joder, tío, claro que lo es. ¿Cómo puedes no darte cuenta? Todo lo que ella hace es por ti, o sobre ti, o intentando joderte porque tú la jodiste primero…

Me cubro la cara con las manos, sintiéndome raro y expuesto. Miro a mi viejo amigo entre los dedos.

—¿Por qué no me lo dijiste?

—Porque es tuya. —Me fulmina un poco con la mirada—. E incluso cuando no lo es, lo es. —Levanta la mirada—. Y no la deseo. Es solo que… no sé cómo superarlo.

Aprieto los dientes, sintiendo que se me suaviza la mirada. Joder.

—Ya. —Suelto el aire por la nariz—. Sé cómo te sientes.

Christian se rasca la mandíbula, observándome con atención varios segundos.

—Beej, tengo que hablar con ella.

Le pego un puñetazo a la cama con aire ausente.

—¿Qué le vas a decir?

Me lanza una larga mirada, no tiene que decirme qué le va a decir, ya lo sé. Se lo va a contar. Me entran ganas de vomitar un segundo. Me pregunto si irá a verla y le dirá que la quiere. Y me pregunto durante un segundo si él se la merece más que yo. En ciertas cosas quizá sí.

En todo lo imaginable, Tom se la merece más que nosotros dos juntos.

Se encoge de hombros, en cierto modo desamparado.

—Tengo que hacerlo.

Le lanzo una mirada recelosa.

—Confío en ti.

Asiente una vez y se va.

CINCUENTA Y DOS

Magnolia

—…Y prácticamente no me ha hablado desde entonces.

Mi hermana hace una mueca mientras se acomoda en el asiento. Estamos tomando un *brunch* en Neptune.

—Él nunca deja de hablarte —me dice como si yo no lo supiera ya, como si no fuera lo que me tiene en vela.

Le conté a Tom lo que había pasado. A él no le disgustó mucho, me dijo que se lo veía venir. A decir verdad, dijo que Gus se lo había visto venir y lo había alertado.

Tom ha estado bastante conmigo, un anestésico para la herida de un Ballentine ausente.

Incluso se ha quedado a dormir unas cuantas veces.

No tengo claro que eso fuera a aplacar a BJ, pero sí me ha aplacado a mí.

Creo que ahora empiezo a ver por qué BJ no para de acostarse con gente.

Es verdad que me hace sentir mejor, es una breve especie de mejoría, muy poca permanencia en conjunto, pero están esos pocos segundos de euforia en los que realmente no puedes fijarte en nada más que en todo lo bueno que estás sintiendo, y es muy bueno y durante veinte segundos no puedo pensar en lo lejos que siento a BJ o en lo jodido que está todo últimamente, o en quién voy a escoger, porque sé que tendré que escoger a uno de los dos pronto, o en lo que me preocupa herir a Tom cuando no lo elija, porque no sé cómo escoger a nadie si la otra opción es BJ, o en que al parecer la relación de Christian se ha ido a la mierda por mi culpa sin que yo haya hecho absolutamente nada… en todo eso pienso cuando mi mente no se ve obligada a pensar en otra cosa y por eso… Tom y yo nos hemos acostado bastante a menudo.

Sin embargo, estará dos días fuera por trabajo, me ha dejado abandonada con todos mis pensamientos y el chico al que amo ignorándome.

—Es realmente brutal, ¿eh? —reflexiona Bridget—. Tu capacidad para generar dramas con los hombres.

Le lanzo una mirada.

—¿Qué? —dice, encogiéndose de hombros—. Es verdad… tienes un montón de chicos bailándote el agua.

—Solo tengo a dos chicos bailándome el agua. —Me paso la mano por la falda plisada y asimétrica de Marni que llevo, en color verde oscuro.

—Creo que Christian opina otra cosa.

Doy un largo sorbo de champán y la fulmino un poco con la mirada. Y ya está haciendo eso que hace ella, es una mierda y lo odio. Me está observando, pensando, procesando, interpretando. Se acomoda en la silla, mirándome con ojos entrecerrados… normalmente lo hace conmigo y con Beej, intentando resolver lo irresoluble.

Sin embargo, a mí puede leerme como a un libro abierto. Me abre en canal y llega hasta el centro.

—No sé si es por BJ o por papá —dice mi hermana—. Probablemente por los dos. —Reflexiona—. Es posible que seas adicta a la atención masculina.

—Venga ya. —Parpadeo, horrorizada—. No lo soy.

—No es culpa tuya. —Se encoge de hombros—. Mírate la cara. Tu cara es la primera parte del problema.

Frunzo el ceño, tocándola distraídamente.

—¿Qué tiene de malo mi cara?

—Nada —dice y se ríe, se quita una pelusa del jersey de cuello redondo con el logo de Saint Ivory NYC—. Justo ahí está el origen del problema.

—No me apetece mucho que me psicoanalicen, Bridge.

—Qué pena. —Se inclina hacia delante—. Papá nunca nos prestó mucha atención, no la suficiente. No en la cantidad que las niñas pequeñas necesitan recibir de sus padres, a fin de cuentas. Sin embargo, BJ…
—Me mira con suficiencia—. Él fue tu salvación. Él… te mira y ve el sol. De modo que lo tenías cubierto. No necesitabas un padre, tenías a BJ. Durante años, estuviste bien. Durante años, los chicos te prestaban

atención y tu ni siquiera te dabas cuenta porque lo único que veías era a BJ. Y luego te engañó…

—Soy consciente.

—… Y eso socavó toda la atención que te había prestado hasta entonces.

Frunzo un poco el ceño.

—La mancilló. Hizo que no fuera digna de confianza y no tuviera valor. Así que ahora creo que, quizá, te limitas a coleccionar la atención de los hombres…

—Vete a la mierda…

—… Te la guardas para el día que las cosas se pongan feas.

—Estás siendo ridícula. —Niego con la cabeza.

—Ah, ¿sí? —dice, enarcando una ceja.

Y me preocupa que quizá no lo esté siendo. Me cruzo de brazos.

—Esto de Christian está afectando a Beej más de lo que esperaba…

—Bueno, normal. —Se encoge de hombros—. Es su mejor amigo.

—¡Ni que me hubiera estado enrollando con Jonah! —digo, sobre todo para hacerme sentir mejor.

—Claro —contesta ella—. Solo con su otro mejor amigo a quien quiere tanto como a su hermano. Mucho mejor.

Suspiro, desanimada.

—No nos acostábamos.

Me mira, dubitativa.

—¿De verdad Christian y tú no os acostasteis nunca?

—No —respondo levantando la nariz.

—No pasa nada si lo hicisteis. —Me mira con fijeza.

—Bueno, pero no lo hicimos.

Sigue mirándome con intensidad.

—¿Por qué cojones no lo hicisteis?

Me encojo de hombros como si no hubiera ninguna razón, como si para mí también fuera un misterio, pero no lo es. Sé por qué. Y hay tanto detrás de aquello que ni lo puedo decir.

—Beej cree que lo hicisteis —me dice, y siento una punzada de celos porque mi hermana conoce los pensamientos más íntimos del chico al que amo.

—Lo sé. No me cree.

—Eso es porque BJ no sabe no tener sexo con la gente.

Asiento con un gesto frívolo.

—Excelente.

—¿Crees que algún día lograréis solucionar las cosas? —me pregunta, ladeando la cabeza mientras me observa.

Y, honestamente, la pregunta me golpea como una bofetada.

La idea de que haya una posibilidad de que no lo logremos nunca ha sido una realidad en mi horizonte.

Sin embargo, todo esto se me antoja demasiado personal para decirlo en voz alta, incluso a mi hermana. No quiero que sepa que siempre he dado por hecho que volveríamos a estar juntos y tampoco quiero que sepa que, hasta este preciso instante, no me había dado cuenta de que quizá no.

CINCUENTA Y TRES

Magnolia

Estoy sola en mi cuarto y me da la sensación de que alguien me observa… solo pasa un segundo hasta que levanto la mirada y lo veo, de pie en el umbral de la puerta. Una sudadera 4 X 4 negro azabache de Ksubi, con la capucha puesta, y las manos hundidas en los bolsillos de los pantalones de tiro bajo de Rick Owens DRKSHDW, con cinturilla de cordón. Ha pasado casi una semana desde la fiesta de Julian. No lo había visto ni había sabido nada de él. Corro hasta él, lo meto en la habitación y le quito la capucha de un tirón.

—¿Te hicieron daño? —miro a Christian parpadeando.

Antes de negar con la cabeza, los ojos se le van hacia mi minivestido de punto de color rosa palo, con capucha y pompones decorativos de Gucci. Suspiro, aliviada, y me deja a un lado al entrar en la habitación.

—Tú sí, pero…

—¿Qué? —parpadeo.

—Mira, Parks, vete a la mierda. —Habla con tono agresivo—. Pero, en serio, vete a la mierda. Lo digo en serio.

—Christian…

—Eres una desgraciada, Parks.

Estoy anonadada. No puedo creer que me esté diciendo algo así.

—Estoy enamorado de ti —me dice con el ceño fruncido.

Me pasa una mano por la cintura.

—¿Qué?

Y entonces me besa.

Pasa demasiado deprisa para poder pararlo. Me agarra el rostro y me besa, y no lo paro porque es extrañamente familiar y la familiaridad del gesto es lo primero que registro, no que no debería estar haciéndolo.

Para cuando me doy cuenta de que el beso debería terminar, ya ha terminado.

—Te odio —me dice, y está enfadado.

Trago saliva e intento ocultar que estoy destrozada.

—¿Por qué?

—Porque me lo permitiste —grita, exasperado—. Es por alguna razón que acudes a mí y no a los otros chicos...

—Sí, porque nosotros...

—No. —Niega con la cabeza—. Tú sabes por qué.

No lo pretendo, pero me empieza a temblar el labio inferior. No me gusta nada que alguien se enfade conmigo, pero con Christian se me antoja especialmente peor.

Me encojo un poquito de hombros.

—Los otros dos son demasiado leales a Beej. Me mentirían por él. Y sé que tú...

—Haría cualquier cosa por ti —dice—. Sí, lo haría. Pero vete a la mierda por permitírmelo... —Su enojo vuelve a asomar—. ¿Necesitas que el jodido mundo entero esté enamorado de ti?

Se me llenan los ojos de lágrimas.

—Christian...

Se acerca a toda velocidad hacia mí, me coge las muñecas con las manos, me coloca el pelo detrás de las orejas.

Y esto está mal, todo esto está mal.

Sé que está mal.

Está mal que él sienta que puede ponerse así conmigo, está mal que pueda tocarme sin siquiera pensarlo dos veces, está mal que yo no le esté parando los pies.

Busca mis ojos.

—Me he cansado de esto, ¿vale?

—Christian...

—Y necesito que me dejes en paz, Parks. —Sacude la cabeza, con una mirada severa en los ojos—. Que me dejes superar lo que siento por ti.

Asiento, más llorosa de lo que debería estar. Nerviosa por estar perdiéndolo.

—¿Vas a dejar de ser mi amigo?

—Siempre seré tu amigo. —Me mira con fijeza—. Pero hace mucho tiempo que no soy tu amigo.

Aparto los ojos de los suyos, sintiéndome avergonzada. No sé hasta qué punto tuve un rol activo en el hecho de que él siguiera queriéndome. No es que quedemos los dos solos… Henry casi siempre está ahí. Normalmente. A veces nos mandamos mensajes, de vez en cuando hablamos por teléfono. Nuestras miradas se encuentran cuando recordamos cosas que probablemente ya no deberíamos recordar, pero no es posible que él pensara que todo esto significaba algo. No lo sé… Quizá a veces sí he tratado a Christian como si fuera una red de seguridad para cuando Beej me deja caer, lo cual hace. A menudo.

—De ahora en adelante —busca de nuevo mis ojos—, si no se lo pedirías a Jonah, no me lo pidas a mí.

Asiento con solemnidad.

—Lo siento muchísimo, no sé qué me pasa, yo…

—Te lo permití. —Se encoge de hombros—. Podríamos haber tenido esta conversación hace tres años, pero no la tuvimos porque yo no quise. Amarte a ti era una buena razón para no amar a otra persona.

—¿La quieres a ella? —le pregunto, y no siento celos cuando lo hago.

Él asiente mientras se sienta en mi cama.

—Sí.

Le sonrío un poco.

—Qué afortunada.

—Oye. —Me señala con un dedo y, medio en broma, me mira con los ojos entornados—. Nada de esa mierda. Ahora estamos haciendo negocios tú y yo.

—Se lo habría dicho a Jonah. —Frunzo el ceño, a la defensiva.

—Qué va, ¿cómo ibas a hacerlo? Es completamente irrelevante. —Se encoge de hombros—. Su corazón está encallado.

Lo observo unos segundos.

—Te quiero —le digo—. ¿Lo sabes?

Mira al frente con fijeza, asiente dos, tres, cuatro veces.

—Sí. —Me mira a mí—. Por desgracia no como te quiero yo a ti.

—En otros tiempos sí —le recuerdo, no sé por qué.

Él vuelve a asentir, piensa en ello.

—Pero no como lo quieres a él.

Me pone una mano en la rodilla y me la aprieta una vez.

El gesto es rotundo. Como si estuviéramos cerrando el capítulo, por fin, de lo que fuimos.

¿Cuántos amores, me preguntó de nuevo?

Algunos amores, como lo fue el nuestro, son bolas de demolición dentro de casas de cristal. Y las bolas de demolición no pintan nada dentro de las casas de cristal, igual que yo no pintaba nada queriendo a Christian como lo hice tanto tiempo atrás; claro que, a veces, hay amores que te permiten sacar la cabeza del agua cuando te estás ahogando. Algunos amores pueden empañar los cristales de una cabina telefónica una tarde lluviosa en Londres y hacerte sentir menos sola de lo que te sentías antes de que vuestros labios se tocaran.

Él está dejando atrás lo que tuvimos, como debe hacer. Como debí dejarlo ir yo hace ya tanto tiempo. Pero lo echaré de menos en mis días complicados.

Se pone de pie y camina hacia la puerta, para para mirar atrás.

—No la jodas, Parks. Me cabrearía muchísimo si lo hicieras.

11.16

Tom

Sabes algo de él?

No

Lo llevas bien?

Quieres que sepa algo de él?

Ja, ja

No, en realidad no.

Pero quiero que estés bien.

381

Qué mono.

Te echo de menos.

Yo también.

¿Cenamos esta noche?

Sí, por favor.

Te recojo a las ocho.

No vengas con BJ...

Lo siento.

CINCUENTA Y CUATRO

BJ

Está ahí sentada, encaramada en uno de los muros, con las piernas debajo del cuerpo. Viste una especie de conjunto, un top y una falda de cuadros rojos, no lo sé... parece mi chica de ensueño, sea lo que sea. Se ponga lo que se ponga quiero quitárselo del cuerpo. Parece algo sexual, quizá un poco lo es, pero es que quiero verla toda entera. No quiero nada, ni siquiera ropa, entre nosotros. Y, joder, últimamente hay un montón de cosas entre nosotros.

Voy a sentarme a su lado sin decir nada. Es gracioso porque, francamente, no he venido aquí para encontrarla. ¿Quizá albergaba la esperanza de encontrarme con ella? No lo sé... No es solo su lugar, también es el mío. Es donde íbamos cuando éramos adolescentes si necesitábamos pensar.

Saint Dunstan in the East.

No puedo ir allí sin pensar en ella, claro que supongo que ¿en qué otra cosa iba a pensar sino?

Me mira, expectante. Me toca mover ficha a mí, supongo.

Siempre me toca mover ficha a mí. Niego con la cabeza.

—¿Tienes idea de lo que es estar enamorado de una persona y tener que ver a todo el mundo enamorado de ella?

Me observa largo rato, con una mirada de reproche.

—Me hago una idea.

Suspiro.

—Entonces ¿por qué cojones no estamos juntos, Parks?

Ella no dice nada, se limita a fijar la vista al frente mientras mueve las piernas, las deja colgar delante del cuerpo, moviéndolas hacia delante y hacia atrás. No es justo. Me encantan sus piernas. Me pregunto si lo hace a propósito, para distraerme. Estos días no me sorprendería que lo hiciera.

Si me dijeras que es una maestra de la manipulación o, no lo sé, ¿una bruja?, seguramente me sentiría hasta aliviado. Aliviado de tener algo que justifique que esté pegado a ella como lo estoy, más allá de porque la quiero de una manera que no sé deshacer.

Estamos sentados de una manera... Hombro con hombro, uno de mis brazos apoyado en el cemento detrás de ella, ella reclinada sobre mí sin siquiera ser consciente de que lo está haciendo.

Así es como somos.

Así es como hemos sido siempre.

La miro y respiro su aroma. Es la misma fragancia de siempre. Si algún día me deja para siempre me daré baños de Gypsy Water para poder dormir por las noches.

—Christian me dijo que iría a hablar contigo... —Asiente—. ¿Lo hizo? —La miro, esperando recibir más, pero ella no dice nada—. ¿Qué te dijo? —pregunto. Ella se encoge de hombros. Frunzo el ceño—. ¿Cómo que...? —digo, imitando su gesto.

Vuelve a encogerse de hombros.

—No lo quiero decir.

—¿No lo quieres decir? —repito. Parpadeo unas cuantas veces, y luego me enciendo como una llamarada ardiente—. ¿Qué cojones, Magnolia? ¿Qué te dijo?

Y luego veo una mirada en sus ojos. La reconozco. Es la misma mirada que reflejaban sus ojos cada vez que Mars le iba con el cuento por llevarme a casa, porque nadie puede hablar mal de mí excepto ella.

Esas siempre fueron mis noches favoritas, porque Parks me cogía de la mano, me llevaba a su cuarto, cerraba de un portazo y me empujaba contra la puerta, fingiendo que nos estábamos pegando el lote para cabrear a Mars, pero siempre significaba que me tocaba el cuerpo por todas partes, más de lo necesario, y me dejaba que la rodeara con los brazos bajo el pretexto de una treta, pero la treta era el pretexto.

Cada vez que Mars le iba con el cuento, la mirada que reflejaban sus ojos era un inmenso «que te jodan y mira cómo vuelvo con más fuerza», y aquí y ahora tiene esa mirada en los ojos, meneando las piernas, pateando mis inhibiciones más y más a cada segundo.

Me está midiendo.

—Te diré qué me dijo Christian si me dices por qué lo hiciste…

Joder.

Suspiro.

—Ya te dije por qué lo hice.

—Y yo también te lo dije: no te creo —contraataca, a la velocidad de la luz—. No te creo.

Me encojo de hombros, intentando fingir indiferencia, porque no puedo enfrentarme a esto ahora.

—Eso no es culpa mía.

Niega con la cabeza, sacudiéndose el dolor que le ha causado mi indiferencia. Lo veo nadando en su cara, encharcándose en esos ojos suyos que parecen lagos; nadaría en ellos para siempre si me dejara, pero no sé por qué cojones no me deja.

—Vale —dice, desafiante—. Entonces dime con quién.

Niego con la cabeza.

—No te lo voy a decir…

—¿Por qué?

La miro con los ojos muy abiertos e implorantes.

—Porque será peor.

Ella niega con la cabeza como si lo supiera.

—No puede ser peor que no saberlo.

—Sí, sí puede ser peor —contesto—. Es la especificidad de la cara. Es casi imposible ver más allá, joder, te veo a ti con Tom en mi mente todo el rato. Antes pensaba en ti y en mí antes de dormirme, y ahora solo puedo verte con él.

Niego con la cabeza, intentando borrar la imagen de mi cerebro. Le cambia la cara al oírme. Las rodillas de su corazón fallan al verme. Es algo rápido, como un destello, la empatía que siente por mí antes de volver a ser testaruda e insistir.

—Yo no te engañé.

Lo cual técnicamente es verdad —técnicamente—, pero es una puta bajeza reprocharlo hoy.

—¿Estás intentando joderme, Parks? —La miro con ojos enloquecidos—. ¿Por qué cojones estamos hablando de esto? Otra vez. No estamos hablando de cómo metí la pata, estamos hablando de tu metedura de pata colosal. Con mi mejor amigo. Que ahora está enamorado de ti.

Frunce el ceño. No sé por qué.

¿Por lo enfadado que estoy? ¿Por haberla puesto en su sitio? ¿Porque él la quiere?

—Tenías que saberlo… —La miro con cautela. Busco en su rostro, le hago sentir que es imposible mentirme con esto porque necesito saberlo—. ¿Lo sabías?

Me mira con fijeza un par de segundos y luego los ojos se le enturbian un montón. Asiente. Parece sentirse culpable.

—¿Qué cojones, Parks? —exclamo, al tiempo que salto del murito y echo a andar.

Ella salta conmigo. Porque si yo me muevo, ella se mueve.

—A ver, tenía una corazonada… —dice con voz asustada—. No pregunté…

La reprendo con la mirada.

—Ya, no hacía falta.

Alarga la mano para tocarme.

—Es solo un amigo.

Y quizá por primera vez en la historia del mundo, me aparto de ella y la miro con hastío.

—Sí, pero para él no eres solo una amiga, ¿verdad?

—Beej… ¡no es culpa mía! Yo no lo alimenté. —La vuelvo a mirar—. ¡No lo hice! —insiste, negando con la cabeza con vehemencia.

—Cuando no puedes hablar conmigo y te metes en problemas, ¿a quién llamas?

—A Tom —contesta al instante.

—No. —Niego con la cabeza—. Antes de Tom. Los últimos dos años. ¿A quién llamabas?

Magnolia aparta los ojos de los míos y desvía la mirada.

La señalo.

—Henry ha sido tu mejor amigo desde que teníais cuatro años. Es retorcido, Parks —añado, negando con la cabeza—, que llames a Christian antes que a él. —Estoy justificado.

Niego más con la cabeza.

—Tú a él no lo tratas igual que a Henry y a Jo... —contesta Magnolia—. Porque él no es igual que ellos. Tenemos una historia detrás.

—Sí, bueno, ¿y eso de quién es culpa? —escupo.

Ella me mira con los ojos tan abiertos que cuando parpadea, los párpados apenas se tocan.

—¡Tuya!

—¿Mía? —repito. Tan fuerte que la gente nos mira y, quizá, un par de móviles disparan un flash, no lo sé—. ¿Yo te obligué a follarte a mi mejor amigo?

Ahora es ella quien chilla. Chilla de verdad.

—Nunca nos acostamos.

—¿Nunca? —repito más fuerte.

—Nunca —repite.

La fulmino con la mirada.

—¿Qué fue toda esa mierda sobre los orgasmos entonces, eh?

Me mira perpleja.

—Beej, eres sustancialmente más activo que yo en el terreno sexual... Tengo la sensación de que deberías saber la respuesta.

Me paso las manos por el pelo, hago un verdadero esfuerzo para no reírme por lo que ha dicho porque no quiero que tenga las de ganar. Tengo derecho a plantarme de esa manera tan poco a menudo, que no pienso rendirme tan pronto.

—¿Y eso es culpa mía?

Me mira con fijeza, con la cabeza ladeada, los dientes apretados, los ojos oscuros.

—¿Me estás vacilando? —grito—. ¿Yo te obligué a hacerlo? Porque tú rompiste conmigo...

—¡Tú te acostaste con otra persona!

—Una vez. ¡Una vez, Parks! Y al instante me fui derechito a ti para contártelo. Fue un error, metí la puta pata. Pero solo fue una vez.

—¿Y cuántas veces van ya?

Gruño y la fulmino con la mirada. Estamos atrapados en un bucle.

—Lo pregunto en serio —insiste con la nariz levantada—. ¿Cuántas veces van ya?

Niego con la cabeza.

—No.

—Dímelo. —Me agarra del brazo para meterse por la fuerza en mi campo de visión.

Me suelto de su presa de un tirón.

—No, Parks…

Y ya me he hartado. No puedo seguir teniendo esta conversación. No puedo seguir diciéndole que la razón que me llevó a hacerlo fue porque quise. Me está haciendo daño y le está haciendo daño a ella, y ella quiere que le dé unas respuestas que yo jamás, en la vida, voy a darle.

Me aparto un paso de ella.

—Sabes que en algún momento de todo esto vas a tener que mirar a tus propias mierdas a los ojos, Parks. Sí, yo fui el primero que metió la pata, pero tú has metido la pata constantemente desde entonces.

Echa la cabeza para atrás, como si la hubiera golpeado.

—Saliste con mi mejor amigo… te fuiste a casa de Julian Haites, al parecer —digo. Ella pone los ojos en blanco—. Te asustaste porque tu niñera te vino con el cuento conmigo y tú sabes que era un cuento, pero entonces empezaste a salir con esos tíos de mierda que ni conocías para sentirte mejor y hacerme sentir a mí como una mierda, pero todo eso lo hiciste tú, no yo. —La miro negando con la cabeza—. Yo no te obligué a hacer nada. Fuiste tú quien empezó a salir con Tom…

—¡Una desconocida te estaba haciendo un puto baile privado en mitad de Raffles! —Intento descifrarle el rostro, intento descubrir lo cerca que está de echarse a llorar—. ¿Sabes lo embarazoso que es eso?

Asiento, admitiéndolo.

—Sí, soy un puto desastre, Parks. Sé que lo soy. Y puedo plantarme aquí en medio y decirte todas y cada una de las maneras en que nos he dejado a la altura del betún, pero no fui solo yo. —Le dirijo una mirada elocuente—. Yo no te obligué a correr a los brazos de Christian. Yo no te obligué a correr a los brazos de Tom. Yo no te obligué a correr a los brazos de ninguno de todos esos putos juguetitos que me plantabas delante de las narices para ponerme celoso…

—Sí que lo hiciste, claro que lo hiciste… con la lista de chicas a las que te habías tirado, tan interminable que dejarías en ridículo hasta a Mick Jagger…

—Sí, Parks, vale. Lo pillo. Follo con todo el mundo. Lo hago porque estoy enamorado de una idiota que no quiere estar conmigo…

Parece enfadada, niega con la cabeza.

—Eso no es verdad, sabes que no es verdad…

—Vale, muy bien. —Asiento, con los dientes apretados y los ojos vidriosos—. Quizá ella piensa que quiere estar conmigo, joder, quizá hasta quiere de verdad, pero no puede, ni que le fuera la puta vida en ello, aceptar que hice una cosa mala una vez, y le hice daño, y no puedo cambiarlo…

Está parpadeando mucho. Está haciendo todo lo que puede para no echarse a llorar.

—Más de una vez —dice con un hilo de voz.

—Sí, bueno. —Me encojo de hombros—. Ella también me ha hecho daño a mí más de una vez. —Nuestros ojos se encuentran, me fulmina con la mirada mientras yo miro fijamente el cañón de un rifle que está a punto de desenamorarnos de un disparo—. Y hasta que no puedas admitir que estamos como estamos también por ti, jamás vamos a funcionar.

Su rostro se queda casi sin expresión y me pregunto si me está oyendo. Si me está entendiendo.

—Entonces jamás vamos a funcionar.

CINCUENTA Y CINCO

BJ

Decido montar una fiesta, una Park Lane por todo lo alto. Ni Parks, ni Paili, ni Perry. Jo ha intentado quitármelo de la cabeza y le he dicho que no viniera.

Ha pasado una semana desde Dunstan y no he sabido nada de Parks ni una sola vez.

He visto aparecer fotos de ella por toda la ciudad con Tom. De la mano, alzando los ojos para mirarlo como antes me miraba a mí.

Lo ha escogido a él entonces, ¿no?

Pues toma fiesta.

Todas las chicas guapas que me han enviado mensajes privados los últimos meses, todas las chicas a las que me he tirado y cuyo contacto todavía tengo en el móvil, todas las chicas que ponían nerviosa a Parks en el instituto, les envío un mensaje a todas. Las invito a todas y cada una de ellas.

Sin duda invito a Alexis Blau, que lleva insinuándose desde los trece, pero que ha ido apareciendo con menos sutileza los últimos meses, intentando constantemente liarse conmigo. Le había dado largas hasta ahora. Parks vio que su nombre aparecía una vez cuando tenía mi móvil. Como respuesta, puso *El diario de Noah* y pidió que un Uber le llevara comida de McDonald's solo para ella. No me habló hasta el día siguiente por la mañana.

Alexis Blau es un punto flaco.

No sé por qué, nunca le he puesto la mano encima.

Aunque luego ya no podré decir lo mismo.

Christian entra por la puerta y echa un vistazo a su alrededor, buscando a Hen, supongo. Henry está por ahí, charlando con una chica en un rincón: le está comiendo la oreja hablándole de un libro que a ella sin duda le trae sin cuidado, pero está contenta de que le preste atención y le haya puesto la mano en lo alto del muslo.

Y él está contento de estar haciendo algo que hace que Taura ponga la cara que está poniendo ahora mismo.

—Has venido con Jo… —le recuerdo.

—Lo sé. —Sigue observando a Henry con esos ojos grandes y heridos.

—Te estás acostando con Jo.

Me mira.

—Lo sé.

—Joder, odio las chicas. —La miro negando con la cabeza.

Ella entorna los ojos.

—En realidad, creo que te has metido en este desastre porque justo lo opuesto es verdad.

Niego con la cabeza.

—No me he metido en un desastre…

Christian se nos acerca.

—Hablando de desastres —dice Taura y sonríe—. ¿Qué tal está nuestro mayor desastre del grupo?

Christian le mira mal. Él y yo chocamos los cuernos. Y luego le paso una cerveza. Se sienta a mi lado, no dice nada. Fija la vista al frente un minuto largo o dos. Luego me mira de reojo una sola vez.

—¿Estás bien?

Me encojo de hombros una vez.

—Claro, ¿por qué no iba a estarlo?

—Tú y Jo solo montáis estas fiestas si uno de los dos está jodido de la cabeza.

—Tu hermano siempre está jodido de la cabeza.

Christian se ríe. Saco una bolsita. Taura se va con cara de enfadada. Miro a Christian; él asiente, pero me vigila de cerca.

—¿Cuántas te has pintado esta noche?

Me encojo de hombros. No estoy siendo evasivo. Realmente no lo sé. Muchas.

—Qué más da, tío… Estoy enamorado de una chica que no me quiere. Tú estás enamorado de una chica que no te quiere. A decir verdad, tú estás enamorado de dos chicas que no te quieren…

Me lanza una mirada cortante.

—Gracias, hombre…

—Vaya locura que una de ellas sea la misma chica, ¿no?

Christian me mira.

—¿Estamos bien?

—Sí, hermano. —Le doy un golpecito en la espalda—. El que se quede con ella… —digo, antes de lanzar un silbido y negar con la cabeza.

Me meto una raya. Le paso un billete de veinte enrollado.

Él lo coge, esnifa, lo tira encima de la mesa y se inclina hacia atrás.

—Entonces esto es lo que haremos esta noche.

—Y eso. —Señalo con la barbilla a Alexis Blau.

Él enarca las cejas.

—¿Alexis Blau?

Asiento y doy un buen trago. Un trago demasiado grande para el gusto de Christian, supongo, porque me quita la copa de la mano.

—Esto no lo haremos esta noche.

Pongo los ojos en blanco.

—Ya tuviste una sobredosis una vez…

Me mira, coge mi copa y se va con ella.

Me pongo de pie, paso al lado de Alexis Blau, señalo las escaleras con la cabeza.

Ella se excusa de la conversación que mantiene, me da la mano y ni siquiera hemos bajado la mitad de las escaleras que ya le he metido la mano debajo del vestido.

Creo que Christian ha hecho lo correcto —quitándome la copa— porque estoy empezando a ver el mundo un poco borroso.

Tal y como quiero que esté si es un mundo donde no tengo a Parks. Lo bastante nublado para que las curvas del cuerpo que estoy tocando puedan ser las de Magnolia. Y me estoy mintiendo como un puto bellaco a mí mismo, porque conozco su cuerpo con los ojos cerrados. Este cuerpo no es ella. Ella no me toca de esta manera. Parks me hace currármelo, igual que me hace currármelo todo… esta chica lo está haciendo todo por mí.

Y ya no me importa. Me apoyo en el cabecero. Encuentro un extraño consuelo en comportarme exactamente como Magnolia espera que haga... Me siento justificado por primera vez en años. Fijo la mirada en el techo, suelto una bocanada de aire al tiempo que Alexis Blau va bajando por mi cuerpo.

Supongo que soy más alto de lo que pensaba porque necesito mis buenos cinco minutos para darme cuenta de que hay otra chica en mi cama... no sé de dónde habrá salido.

Ahora entiendo por qué estaba empezando a pensar que Alexis Blau tenía unas manos mágicas. Esta otra también es del colegio. No sé qué Talbot.

Del año de Parks también. Odiaría esto. Esta es la versión de mí que desprecia.

Cierro los ojos. La aparto de mi mente. Me activo. Alargo una mano hasta la mesilla de noche, me pinto unas cuantas rayas más y me digo que no la estoy perdiendo, que ya la he perdido.

Y ahora toca perderme a mí mismo.

CINCUENTA Y SEIS

Magnolia

Es el cumpleaños de Perry, y la verdad es que no me apetece nada ir, pero Paili dice que debo.

Dice que Perry se disgustará demasiado si me lo pierdo, y que si alguien tiene que perdérselo, es BJ, pero ambas sabemos que BJ no se lo va a perder, así que supongo que lo veré luego.

No hemos hablado desde Dunstan in the East.

Aquello sonó más definitivo de lo que pretendía. ¿Que jamás vamos a funcionar? Desde luego que vamos a funcionar, aunque yo fuera un tornillo redondo y él una tuerca cuadrada, me da igual, me limaría los bordes de mí misma para conservarlo.

Haría cualquier cosa por él.

Soy incapaz de recordar la última vez que no hablamos durante tanto tiempo. Hace ya más de dos semanas y me han parecido un año entero, un estado constante de preocupación. Como si él le hubiera dado una patada a mi mundo y lo hubiera desequilibrado, un desequilibrio innegable en el universo de mí misma, y los desequilibrios son peculiares porque se manifiestan de maneras que no te esperas.

Mi corazón ha desarrollado una cojera —lleva cojo un tiempo ya—, pero ha encontrado una muleta en Tom. No solo una muleta, sino una maldita ala de hospital. Si él fuera cirujano, yo estaría en buenas manos. Pero no lo es y yo lo estoy igualmente.

Ojalá tuviera palabras para describir a Tom, un pedestal lo bastante alto, un foco suficientemente brillante para mostrarte lo perfecto que es…

Y no sé qué somos ya, si intentas seguir el ritmo. He dejado de intentar definirlo, él no pregunta. Está claro que no somos amigos, pero de algún modo también es mi mejor amigo estos días. Dormimos juntos… y ahí hay sentimientos. Sentimientos que son como una ventana abierta de par en par, con pajarillos en las ramas y gotas de rocío en las rosas… pero ambos sabemos que él ama a otra persona a la que no puede tener, y yo amo a otra persona a la que, probablemente, no debería amar.

Somos honestos. Se lo cuento todo, ¿qué sentido tiene mentir?

Juntos —así estamos—, supongo, si tuviera que ponerle una etiqueta, y no debería porque confunde demasiado intentarlo. Lo único que sé es que él es un puerto seguro. Si BJ es la tormenta que me está hundiendo, Tom es el lugar donde están reparando el barco de mi corazón.

Tom me ha llevado de compras esta tarde y me ha preguntado:

—¿Voy contigo esta noche?

Creo que lo mencioné de pasada hace unos días.

—Oh.

Asomo la cabeza por el probador. Me estoy probando un minivestido de la colección Weekend de Max Mara, en lana de punto trenzado. Debo admitir que es mucho más informal que mi estilo habitual, pero Tom y yo no salimos mucho de la cama últimamente, y la verdad es que llevar tul molesta bastante en la cama.

—Pensaba que no querrías. —Lo miro desde abajo, parpadeando.

Se apoya contra la pared.

—Me suena a deber de trinchera…

Salgo del probador y camino hasta él, mirándolo.

—¿Seguimos en la trinchera?

Frunce un poquito el ceño mientras piensa y me coloca un par de mechones de pelo detrás de las orejas.

—Voy a dejar que uses mi cuerpo tanto tiempo como quieras. —Se encoge de hombros—. Trinchera, escudo, parque infantil… no me importa.

Frunzo un poco el ceño.

—Quizá debería importarte, un poco…

—Me importa… —dice, al tiempo que arruga la nariz y niega con la cabeza—. Pero tú me importas más, y estás haciendo aquel gesto con la cara que haces cuando estás herida, como si fueras un cervatillo atrapado en una trampa para osos, y tengo que ayudarte. —Lo dice como si fuera un hecho inmutable—. Y te estoy viendo intentando desenredarte de ese maldito idiota con el que llevas enredada media vida y un día te liberarás, y cuando seas libre, creo que seré el primero de la cola.

Le paso un brazo por el cuello y me pongo de puntillas para besarlo.

—Lo eres.

—¿Sabe que voy? —pregunta Gus ya en el coche, de camino.

—No —contesto y niego con la cabeza—. Tú eres su regalo de cumpleaños.

—No te lo puedes permitir, cielo.

—Soy muy rica. —Le frunzo un poco el ceño—. Y Tom es aún más rico. Paguemos a medias, Tommy.

Gus se ríe y Tom suelta una risita, divertido.

Me siento muy agradecida de que Tom esté tan atractivo como está hoy (jersey de mezcla de cachemira y lana cepillada de color gris claro, de Incotex; vaqueros negros y ajustados de Dolce & Gabbana, y botas Chelsea de piel fina de Common Projects) mientras juguetea con el dobladillo de mi falda.

Es la minifalda de mezcla de muaré y lana de pata de gallo plisada y embellecida; una monada. BJ me la compró ese día. El abrigo que llevo también. Es el abrigo de lana ribeteado en imitación de piel de cordero, ambas prendas de Gucci.

Debajo llevo la camiseta de canalé embellecida de Versace (muchísimo embellecimiento, literal y metafóricamente) y las Kronobotte 85, las botas de piel hasta la rodilla de Christian Louboutin. Soy la viva imagen de la chica de ensueño de BJ y lo he hecho a propósito.

Sé que él sabrá que me compró la mayoría de esas prendas, y espero que piense en Tom quitándomelas más tarde.

Llegamos a Dolce Kensington unos cuarenta minutos más tarde de lo que pretendíamos. Me preparo para que Perry me deje la oreja roja de la regañina en cuanto entremos, pero él y Paili vienen derechitos a nosotros, ambos con una palmada y una sonrisa de oreja a oreja y, de algún modo, formando un muro.

—¡Ay, Dios mío! —dice Perry, al tiempo que me agarra la cara con ambas manos—. ¡Estás aquí! ¡Te quiero!

Me pregunto si Tom ve algo por ser casi tres palmos más alto que yo, porque se ha fijado en algún detalle y, con disimulo, mueve el cuerpo para unirse al muro.

—Aquí tienes tu regalo. —Me abrazo a Perry—. ¡Feliz cumpleaños!

Y Gus, el viejo zorro, agarra la cara de Perry y le da un morreo.

Perry se pone rojo como un tomate y le tiro una bolsa de Saint Laurent a los brazos.

—¡A la barra! —prácticamente grita Paili—. Vamos a beber…

La miro, extrañada.

—¿No tenemos servicio en la mesa?

Ella hace un gesto desdeñoso con la mano.

—Desde luego que sí, pero las barras son divertidas. Los chupitos son más divertidos en la barra… ¿no crees?

Mira a Tom en busca de ayuda.

Tom asiente.

—Tiene razón.

Y todos empiezan a guiarme en bloque hacia la barra para apartarme de lo que sea que BJ está haciendo y que, doy por hecho, no quieren que vea. ¿Otro baile privado? ¿Taura Sax? No lo sé.

Pedimos varios chupitos con un nombre vulgar y apenas me he tragado uno que Perry ya empieza a dar palmadas coreando:

—¡Otro, otro!

Y Tom ya los está pidiendo y yo ya tengo bastante. Me abro paso entre ellos para ver qué narices está pasando.

Es BJ y Alexis Blau. En el sofá.

Nunca me ha caído bien Alexis Blau. Una vez en el baño del instituto la escuché decirle a no sé quién que si yo no tuviera un padre famoso, BJ estaría con ella, pero eso era una soberana tontería porque además yo soy mucho más guapa que ella.

A ella siempre le ha gustado BJ. Le envía mensajes todo el rato.

Él nunca me lo ha contado —no lo haría porque sabe que me pondría celosa—, pero de todos modos no hizo falta que me lo dijera porque adiviné la contraseña de su móvil. (Es 7978, nuestros años de nacimiento al revés. Me llevó meses de intentos descubrirlo).

Intento no mirarlo. Es más que nada un puñado de cosas que no quiero ver, es más que nada clavarme cuchillos en el corazón. En fin, a favor de él con respecto a Alexis, debo decir que en realidad nunca le dio bola. Ni siquiera cuando no sabía que yo podía verlo. Aunque ahora le está dando mucho más que bola. Le está metiendo mano. Se están morreando. Tiene las manos debajo de su falda, bien arriba. No le veo todos los dedos.

Me vuelvo de nuevo hacia mis amigos, intentando aparentar valentía. Los rostros de todos y cada uno de ellos se han convertido en una especie de mueca.

—Estoy bien —me río. Ni uno solo de ellos se lo cree. Sonrío más—. Chicos, creo que una vez literalmente lo vi teniendo sexo con otra persona… una chica asquerosa le estaba metiendo la lengua en la oreja. —Me encojo de hombros.

Paili tiene las manos en las mejillas, porque siempre las tiene frías y ahora mismo está intentando calmar el rubor de sus mejillas.

—No me importa —les digo a todos. Levanto la mirada hacia Tom para que me dé apoyo, pero se le ve tenso.

Suspiro, pongo los ojos en blanco, le doy la mano y me lo llevo de vuelta a la fiesta.

—¡Pero bueno! —nos grita Christian, enarcando las cejas en un saludo mudo y muy poco entusiasta.

Henry sonríe y se pone de pie para abrazarme. Sus ojos también reflejan nerviosismo. ¿Es que piensan que soy una especie de bomba de relojería? Me abraza más rato y con más fuerza de la que debería y algo en ese gesto me pone nerviosa.

—¿Estás bien? —pregunta al separarse de mí, mirándome. No espera a que responda y ya le está dando la mano a Tom—. ¿Nos vamos a la barra? —dice, señalándola.

—No. —Pongo mala cara, se me está acabando la paciencia—. No quiero ir a la barra, ¿qué está pasando?

—Nada. —Suelta una risita despreocupada que suena muy forzada.

Observo a BJ un par de segundos. No sabría decir si ya me ha visto, y tampoco sé si es mejor o peor que me haya visto. Su manera de enrollarse es como desesperada, pero no de una manera sexy.

Casi parece la versión en beso de cuando los jugadores de fútbol americano salen corriendo del campo y se echan por encima de la cabeza la nevera Gatorade.

Parece que está como sudado. Sofocado o algo. Siento una oleada de náuseas. Ojalá se vayan al baño pronto, nos están haciendo pasar vergüenza a todos.

—¿Por qué está tan borracho? —le pregunto a Henry, frunciendo el ceño.

Son como las nueve de la noche.

—Quizá porque estás aquí con el puto Tom England, colega —dice Jonah con voz fuerte, al tiempo que me lanza una mirada furibunda.

Y tras ese comentario, BJ se separa de Alexis y me mira. Su rostro no refleja ninguna emoción. Se limita a mirarme parpadeando. ¿Tan borracho va?

Tom está de pie detrás de mí, me sujeta ambos hombros con las manos para calmarme.

—Acabo de llegar —le digo a Jonah y señalo a Beej—. Eso no es culpa mía.

—Lo que tú digas, devorahombres.—Jonah hace un gesto despectivo con la mano, molesto.

BJ suelta una ebria risotada por debajo de la nariz.

—¿Qué me has dicho? —digo, mirando anonadada a mi viejo amigo. Jonah se pone de pie.

—Ya me has oído.

—Eh —dice Christian y se pone de pie, con mala cara.

Jonah coloca una mano plana en el pecho de su hermano pequeño.

—Tienes que estar de puta coña.

—¿Y tú? —Christian se coloca entre Jo y yo—. Si Beej no estuviera tan pasado, no dejaría que nadie le hablara así.

Y tras eso, BJ se quita a Alexis del regazo. Es algo mecánico. Se la quita de encima como si fuera un edredón muy pesado y fuera de buena mañana. Ella ni siquiera se ha apartado completamente cuando él se pone de pie; ella se medio cae de su regazo y va a parar al sofá, mirándolo atónita. Y yo también lo miro así, la verdad. Jamás lo había visto tratar a alguien de esa manera, como si no fuera una persona, solo un objeto con el que se dedicara a jugar.

Se acerca a nosotros y se me planta delante, muy cerca, fulminándome con la mirada desde arriba.

Hay algo en él que me resulta irreconocible aunque… ¿familiar? Es una especie de lejanía en sus ojos que no puedo situar de inmediato. Nos separa menos de una regla de colegio mientras me mira con fijeza.

La mandíbula apretada, las cejas bajas, los ojos oscuros. Tom no me suelta, pero BJ ni siquiera se da cuenta de que él está ahí. No ve a nadie excepto a mí.

Arruga la nariz. Aspira con fuerza.

Lo miro unos pocos y largos segundos, mis ojos fijos en los suyos. Y entonces lo reconozco.

Me quedo quieta.

—¿Vas colocado? —pregunto en voz baja.

Él me mira una décima de segundo y luego suelta una risotada.

—No.

Me acerco más a él, pero está oscuro y no puedo ver.

—¿Vas colocado? —repito, más alto.

—No —responde más rápido.

El corazón me late muy deprisa.

—BJ…

—Que no —dice demasiado fuerte y hace una especie de encogimiento con todo el cuerpo—. No te pongas rara, joder, Parks.

Se pasa el dorso de la mano por la nariz inconscientemente.

Miro a la gente que lo rodea: ahora todos los chicos están de pie, alerta, y hay algo en ello que se me antoja raro. Si fuera una experta en lenguaje no verbal lo habría visto todo: Christian rehúye mi mirada, Jonah tiene los puños apretados, Henry se tapa la boca con la mano. Pero no soy ninguna experta en lenguaje no verbal. No veo nada de todo aquello, pero lo percibo de todos modos en lo más hondo de mi ser: algo va mal.

Espero unos pocos segundos, devolviéndole la mirada al amor de mi vida, que apenas parpadea, pero cuando lo hace, sus párpados se arrastran despacio por sus ojos empañados.

Y lo que pasa a continuación pasa tan deprisa que ni siquiera lo hago de manera consciente. Un segundo estoy de pie cara a cara con él y al siguiente le estoy pegando un empujón hacia la luz, agarrándolo por el pelo y echándole la cabeza para atrás.

—¿Vas colocado o no, joder? —exijo saber, poniéndole los ojos bajo la luz para verle las pupilas.

—¡Suéltame, joder!

Me coge las manos y se las aparta de encima con fuerza, aleja mis brazos de su cuerpo con fuerza porque va drogado como una puta rata. Y yo estoy tan enfadada por la sorpresa que, de pronto, le planto las manos encima, empiezo a pegarle y golpearle y él, colocadísimo, se me quita de encima con fuerza. Me caigo hacia atrás y Jonah me recoge antes de caer, mirando a su mejor amigo con los ojos como platos. Beej me mira muerto de miedo y yo lo miro a él sin poder creerlo. Y entonces aparece Tom.

Llegado ese momento parecía que todo el club se hubiera parado a observarnos.

Creo que sonaba música, pero juro por Dios que se habría oído igualmente un alfiler cayendo al suelo.

Es un crujido sólido y BJ no hace nada para pararlo. Se pudo oír el impacto de hueso contra hueso al encontrarse mano y mandíbula.

Tom arma el brazo para pegarle de nuevo y luego un segurata le agarra la muñeca, otro agarra a BJ y se los llevan hacia la puerta. Jonah todavía me tiene sujeta, pero me lo quito de encima, puto traidor.

—¡Parks! —me grita Jonah.

—¡Déjame en paz! —chillo, apartándolo de un manotazo antes de salir corriendo tras ellos.

CINCUENTA Y SIETE

BJ

Ni siquiera sé qué hacer, me he quedado sin habla. Podría echarme a llorar, podría vomitar, podría matarme… Me alegro de que me haya pegado. Lo necesitaba. Me lo merecía y es lo que él tenía que hacer.

Es lo que yo habría hecho si no estuviera tan jodido, pero a la vista está que lo estoy. Jodido, listo para joderlo todo, echarlo todo por la borda. Listo para perderla por fin ante alguien que verdaderamente merece su tiempo.

Ahora estamos en la calle, un mal sitio para mí y Parks porque siempre hay cámaras en algún lugar, pero ahora ya me trae sin cuidado.

Solo quiero que vuelva a pegarme. Que haga menos doloroso durante otro segundo lo que acabo de hacer. Y entonces ella sale a trompicones. Jo le pisa los talones, creo que intenta llevársela de allí.

A decir verdad, creo que lo más probable es que intente apartarla de mí.

Porque le he pegado un empujón. Me cago en todo, le he pegado un empujón.

A ella, a quien amo más que a nada, a quien he anhelado toda mi vida, a quien he herido más que a nadie.

Los chicos salen corriendo. Gus aparece detrás de Tom. Magnolia sigue forcejeando con Jo, que prácticamente se está peleando con ella para mantenerla alejada de mí, y entonces Henry aparta a Jo de un empujón.

Jonah y Henry intercambian una mirada y, por muy jodido que esté, sé que no tiene nada que ver con Magnolia. Pero es más fácil fingir que sí.

—Ni te acerques a ella —dice Henry, al tiempo que arranca a Parks de las zarpas de nuestro mejor amigo.

Todo se está yendo al traste. ¿O soy yo quien lo está echando todo a perder? No sé verlo.

De algún modo ella se deja caer en los brazos de mi hermano —me alegro de que lo haga, está a salvo en ellos— y observo a Henry abrazándola como desearía estar abrazándola yo, como me pregunto si volveré a abrazarla algún día, y luego me cae otro golpe en la cara.

Todas las personas que nos rodean ahogan una exclamación.

Me paso la lengua por el labio y pruebo la sangre. Levanto la mirada hacia England. Niega con la cabeza. Quiero que me pegue una paliza y me diga de todo, pero ya no hay nada que pueda decirme que no lo piense ya de mí mismo.

—Te odio —me espeta Magnolia desde la seguridad de los brazos de mi hermano.

—¿Sabes qué, Parks? Lo mismo digo, joder —escupo—. Yo también te odio.

Se zafa de la presa de Henry y viene corriendo hacia mí, con los ojos vidriosos.

—¿Qué te pasa? ¿Qué estás haciendo?

Le coloco una mano en el pecho y pongo un poco de distancia entre nosotros.

—Aléjate de mí —le digo. Suena como si fuera lo que quiero, pero en realidad es porque ahora mismo me doy miedo a mí mismo.

Le tiembla el mentón cuando pregunta con un hilo de voz:

—¿Por qué has vuelto a consumir?

—Porque me estás matando, Parks —le grito—. Me estás matando, joder.

Me seco los ojos. No sé en qué momento se me han llenado de lágrimas.

Ella niega con la cabeza, frunciendo el ceño.

—¿En serio me vas a culpar de esto? —Coge una bocanada de aire con mucha dificultad y me mira como si fuera un insecto—. ¿Qué cojones estás haciendo?

—Perderte —le contesto.

Ella hace ademán de cogerme.

—No, no me estás…

Aparto sus manos.

—Basta…

Parpadea, confundida.

—Bueno, quizá ahora sí.

—Bien —grito con una actitud defensiva que detesto.

Parpadea, atónita.

—¿Bien?

Si tuviera unas gafas especiales para ver cosas invisibles —que no me hacen falta con ella, porque veo sus cosas invisibles de todas maneras— eso sería lo que llamaría un golpe mortal.

No sé por qué ha sido, qué parte ha sido la que ha atestado semejante golpe en el centro de su cuerpo, pero puedo ver todas las grietas apareciendo, abriéndose paso desde el centro de ella.

Vuelvo a secarme la cara. Se me mojan las manos.

—Yo... ¡Joder! ¿Qué quieres de mí, Parks?

Parece confundida.

—¡Nada!

—¿No quieres nada de mí? —Echo la cabeza para atrás—. ¿Entonces por qué narices estoy aquí? ¿Qué he estado haciendo estos últimos tres años?

—No quería decir eso. —Niega con la cabeza—. Me da igual, Beej. Me da igual que no hagas nada con tu vida. Me da igual que bebas demasiado los fines de semana. Hasta puedo obviar que seas un cerdo asqueroso...

—¿Yo soy un cerdo? —la interrumpo, negando con la cabeza y riéndome con maldad—. Eres una jodida broma, Parks...

Me quedo mirándola, dejo suficiente distancia a la frase para que le llegue antes de que la golpee con la siguiente.

—Me quieres. Todo el mundo sabe que me quieres. —Hago un gesto a nuestro alrededor—. Sé que me quieres. Tu novio sabe que me quieres. Hasta tú sabes que me quieres. Pero te lo estás tirando a él —grito, y parezco enloquecido—. Así que dime, ¿quién es el verdadero cerdo?

Tom niega con la cabeza y se coloca delante de ella.

—Ya es suficiente —me dice.

Buen chico, piensa una parte de mí. Le agradezco que pueda ser para ella lo que yo no puedo ser.

Ella mira desde detrás de él.

—Me lo prometiste...

Está llorando ahora. Llorando de verdad. No ha llorado de esta manera desde esa noche en que me presenté ante ella oliendo a otra persona.

—Sí, bueno. —Me encojo de hombros como si eso me dejara indiferente—. Te he prometido muchas cosas.

Se queda mirándome, asintiendo imperceptiblemente.

—Sí, eso es verdad.

Parpadea, suplicándome que lo arregle antes de tener que decir lo que tendría que haberme dicho desde el principio.

No digo nada, no hago nada. La observo escapándose. Me observo rechazándola.

Asiente con una rotundidad que me asusta que te cagas.

—Me he cansado de esperar a que seas quien pensaba que eras.

—¿Te has cansado? —repito, cogiendo una bocanada de aire con dificultad.

—Sí —dice apenas.

La miro y niego con la cabeza.

—No digas mierdas que no sientes…

—Escúchame bien, ¿vale? —Ella también me mira y niega con la cabeza—. Me he hartado de ti. Hemos terminado.

Cierro la boca, me pongo la mano encima con fuerza y me seco unos mocos que no sabía que estaban ahí.

Asiento.

—Al fin —inhalo por la nariz.

Y se echa a llorar. Los hombros le suben y le bajan como una boya en un mar agitado, y nunca había llorado así delante de nadie que no fuera yo y está llorando aquí en mitad de Harrington Road donde la puede ver todo el mundo, y aunque estoy tan jodido como lo he estado en años, drogado como una puta rata, empiezo a preguntarme cuántas personas te toca amar en una vida de la manera que yo la amo a ella. No pueden ser muchas. ¿Cuántos amores te tocan, realmente? Dime que son dos.

Joder.

Por favor, dime que son dos.

Jo me arrastra hacia atrás para alejarme de ella y creo que los lazos que nos unen… creo que oigo cómo se rompen. No son dos.

Jo me arrastra lejos de allí.

—Venga, tío, ya es suficiente…

Y me resisto porque no lo es.

Nunca lo será. No existe un «suficiente» cuando se trata de ella. No existe un suficiente y yo nunca habré terminado.

CINCUENTA Y OCHO
Magnolia

No sé cómo llegué a casa después de aquello. No lo recuerdo. Recuerdo a BJ diciendo «Al fin» y recuerdo a Tom rodeándome con el brazo y apartándome de allí, y recuerdo su olor —pachulí, bergamota, lavanda, musgo de roble—, creo que aspiraba su aroma, llorando contra su pecho.

Fue una de esas noches en que en cuanto la cabeza te toca la almohada te duermes. Fue la llorera, creo. No había llorado como lloré anoche en años. Y el sueño actuó para mí casi como una goma de borrar momentánea.

Porque entonces me desperté y era por la mañana.

Casi mediodía, de hecho.

Tom está tumbado a mi lado, observándome. Tiene el rostro bastante triste, bastante serio.

—Hola. —Me dedica una sonrisita que en realidad es un gesto fruncido.

—Hola.

Me aparta un mechón de pelo del rostro.

—¿Cómo te sientes?

La pregunta se me antoja extraña y, por un segundo, me pregunto qué ha pasado, qué me he perdido, ¿por qué tendría que sentirme mal? Obligo a mi mente a hacer memoria: antes de quedarme dormida, antes del trayecto en coche hasta casa, a través de las lágrimas… ¿por qué lloraba tanto? Todo esto pasa en cuestión de segundos. ¿Por qué lloraba? BJ.

La respuesta es siempre BJ.

¿Qué dice eso de nosotros?

No hay un nosotros.

Agarro a Tom de la mano, le doy la vuelta para inspeccionarla. Pegó dos puñetazos fuertes, tiene un par de nudillos magullados y la mano un poco hinchada.

Suspiro.

—Lo siento…

Él niega con la cabeza.

—Voy a buscarte un poco de hielo…

—No, estoy bien…

Lo ignoro y le doy un beso fugaz antes de salir corriendo escaleras abajo. Llevo puesta una camiseta de Tom. Huele a él. Me subo el cuello de la camiseta hasta la nariz y aspiro su olor y me siento un poquitín más calmada.

Entro en la cocina del piso de abajo y toda mi familia al completo levanta la vista para mirarme. Están todos ahí reunidos —absolutamente todos— de pie alrededor de la encimera de mármol.

Incluso mi madre, que te recuerdo que ya no vive aquí.

—¿Estás bien? —pregunta mi hermana, al tiempo que viene corriendo hacia mí.

—¿Qué? —Frunzo el ceño.

—La prensa, las redes, internet… Está por todas partes…

Noto que frunzo más el ceño. Marsaili se me acerca a regañadientes.

—Dicen que tuvisteis un altercado físico…

No digo nada; en lugar de eso, paso junto a mi hermana para ir a por el hielo.

—¿Y bien? —parpadea Bridget—. ¿Es verdad?

De nuevo, no digo nada; en lugar de eso, cojo un trapo de cocina y pongo un puñado de hielo.

—¿Te ha hecho daño? —pregunta mi padre.

No de ninguna manera que puedas ver con los ojos.

—Estoy bien —le digo.

—¿Para qué hielo pues? —interviene Bushka con los ojos entornados.

Me planteo la pregunta.

—BJ no está tan bien.

Marsaili abre mucho los ojos.

—¿BJ está arriba?

Niego con la cabeza.

—Tom está arriba…

—Acabas de decir que BJ está arriba…

—No, he dicho que «BJ no está tan bien». Porque le pegó Tom, que está arriba y se hizo daño en la mano, así que si me disculpáis… —Miro a mi madre, que lleva un maxivestido Serita, de Cult Gaia, mezcla de algodón con aberturas.

—Una elección interesante para una mañana casi de invierno…

Baja la mirada hacia sí misma.

—¿No te gusta?

Vuelvo a mirarla de arriba abajo.

—No, en realidad me encanta.

—Gracias, pero espera… —Mi madre hunde los hombros mientras me mira con el ceño fruncido—. ¿Entonces estás bien?

—Sí.

—La prensa dice que habéis terminado…

Asiento.

—Así es.

Mi madre parece confundida.

—Pero estás bien…

Asiento escuetamente.

—Bueno, ¿entonces por qué he ido de acá para allá para llegar hasta aquí a primerísima hora de la mañana?

Bridge se mira el reloj.

—Es mediodía.

—Además, ¿acaso no vives al otro lado del parque? —me pregunto en voz alta.

—Algunos padres considerarían positivo que esté bien… —susurra Marsaili.

Mi madre nos mira a todos y pone los ojos en blanco.

—Me alegro de que estés bien, tesoro, de verdad que me alegro. Tú y BJ lo arreglaréis, siempre lo arregláis.

Les dedico una sonrisa tensa.

—Esta vez no.

Giro sobre mis talones y subo corriendo las escaleras para ir con Tom. Bridge se escabulle detrás de mí.

—¿Esta vez no? —parpadea—. ¿Qué quieres decir que esta vez no?

—Quiero decir que ahora hemos terminado. —Sigo subiendo las escaleras.

—Y una mierda.

La ignoro y sigo andando.

—Hablo en serio.

—No, mientes —me dice.

Me paro y me vuelvo para mirarla. Le quiere, siempre lo ha querido. Para ella él ha estado ahí casi toda la vida. También creció con él. Vacaciones con los Ballentine, noches en casa de Allie. Cuando él me engañó se lo tomó tan mal como yo, peor en cierta manera. Le llevó más tiempo que a mí volver a aceptarle. Creo que la asustaría que BJ y yo hubiéramos terminado de verdad, él es importantísimo para ella. Y ella me elegiría a mí, sé que lo haría. Pero no querría tener que hacerlo.

—Ha vuelto a consumir —le digo.

Ahoga una exclamación. Se queda mirando la moqueta varios segundos.

—¿Estás segura?

Asiento.

—Me pegó un empujón.

Deja caer la cabeza mientras sube las escaleras para llegar hasta mí y, sin pedírselo, me rodea con los brazos y me abraza con fuerza.

—Lo siento muchísimo...

—Para —le pido sin moverme.

—Lo necesitas —me contesta.

—No...

—Estoy haciendo que te suban los niveles de dopamina y serotonina.

—Por favor, para.

Gruñe y me suelta, negando con la cabeza.

—¿Por qué te comportas como si estuvieras bien?

La miro a los ojos durante un par de segundos.

—No estoy bien.

Vuelvo a mi cuarto, me subo a la cama y me arrastro hasta Tom. Él me atrae hacia su regazo y me rodea con los brazos. Le sujeto el hielo sobre la mano y me apoyo en su pecho. Él apoya la barbilla sobre mi hombro.

—Parks… —Me vuelvo para mirarlo—. Podríamos ser reales —dice—. Esto podría ser real.

Lo pienso.

—¿Qué somos ahora?

Él ahoga una risotada y apoya los labios en la comisura de los míos.

—Ni puta idea.

—¿No lo bastante reales? —aclaro.

Él me besa el hombro distraídamente.

—No lo sé —contesta, la voz le sale amortiguada sobre mi hombro—. ¿Qué soy para ti?

Vuelvo a apoyarme en él, frunciendo los labios ante la pregunta.

—La máscara de oxígeno —digo, al tiempo que vuelvo a girarme para mirarlo— que cae del techo del avión.

Me abraza con más fuerza.

—Me vale.

10.12

Henry

Hey

> Hey

Te quiero

> Yo también

Siempre te querré.

> Lo sé.

Grano en el culo.

Lo siento, por cierto.
Que pasara todo eso.

> Sí, yo también.

411

Pero sigues siendo
mi mejor amigo, Hennypen.

Más que Paili?

Más que nadie.

Estás bien?

No lo sé.

Qué puedo hacer?

No dejar que tenga
una sobredosis.

Lo prometo.

CINCUENTA Y NUEVE

BJ

Lo que pasa en Ámsterdam se queda en Ámsterdam. Ese siempre ha sido el lema. Aunque ahora ya me trae sin cuidado si sigue en pie. Todo el mundo lo sabe todo ya, no tengo una mierda que perder.

Ámsterdam es donde al parecer vamos a parar siempre los chicos y yo cuando las cosas se tuercen. Y puedo decirlo más alto pero no más claro: las cosas están jodidamente torcidas.

Christian y yo hemos jurado que no volveríamos a enamorarnos nunca más. Henry y Jonah quizá están enamorados de la misma chica o quizá no.

Es un desastre.

Y no podemos hablar de ello. No puedo hablar con Christian sobre perder a Parks. Henry está imbécil conmigo porque siempre se pone de parte de ella. Y Jonah es Jonah, ahora mismo no me cuenta una mierda, se limita a observar y a asegurarse de que no me vuelvo loco.

Hablar ha quedado obsoleto entre nosotros ahora mismo. Hay un retraso entre lo que ocurre y el tiempo que nos lleva procesarlo.

En realidad, nunca sé decir cómo me siento con respecto a algo hasta que la lío un poco por ello.

¿Cuántas copas, cuántas rayas, cuántas chicas me hacen falta para no sentirlo más en el pecho?

Así que para los Países Bajos que nos vamos en un viaje de chicos.

Normalmente, cuando hacemos estos viajes vuelvo corroído por los remordimientos, preocupado por si se filtra alguna imagen, por si alguien habla, por si le llega algo a Parks y me ve por lo que realmente soy, es decir, lamentablemente, mucho menos hombre de lo que ella pensaba que era, pero este viaje no.

Estoy hecho una mierda y ella lo sabe. Soy la mierda de la que se ha hartado, así que quiera Dios que haga lo que haga esta noche sea suficiente para que corra por todo internet y ella me vea mañana por la mañana cuando se levante y se sienta como una mierda.

Porque yo me siento como una mierda.

Me enrollo con la recepcionista del hotel al cabo de una hora de estar allí.

He estado bebiendo desde que subimos al avión. Voy como una cuba para primera hora de la tarde y acabamos en uno de esos clubes de mala muerte, esos que dan tanta fama a la ciudad, que abren las veinticuatro horas del día todos los días de la semana. Nos quedamos ahí hasta que sale el sol al día siguiente, alimentado únicamente de cocaína porque al parecer ahora los chicos son mamá pato y no paran de quitarme las copas de la mano.

Me he acostado con alguien esta noche también. O, al menos, creo que era por la noche. Es difícil de decir. Pierdes la noción del tiempo aquí. Que de eso se trata, supongo. Intentando quemar el tiempo hasta que ella me acepte de nuevo.

Lo cual, por cierto, según Henry no va a pasar. Lo repite unas cuantas veces.

Contaría más cosas si pudiera, pero no puedo. No recuerdo los primeros cuatro días.

Revelador.

¿Hasta qué punto me ha jodido esto?

11/10.

Christian está tan mal como yo. Peor quizá. Yo ya había perdido a Magnolia otras veces... La mierda de Daisy le ha pegado bastante fuerte.

La quería más de lo que él mismo sabía.

En el avión de vuelta a Inglaterra, Christian levanta la mirada de su móvil.

—¿Segunda ronda dentro de dos semanas?

Henry lo mira con ojos entornados, cansado.

—¿Cuándo es dentro de dos semanas?

Christian se encoge de hombros.

—La primera semana de diciembre.

Levanto la vista, frunzo los labios.

Jonah asiente.

—Sí, yo sí.

Henry ladea la cabeza.

—Tengo un par de mierdas de la uni, pero intentaré montármelo. ¿Qué pensabas? ¿Praga?

—Sí. —Se encoge de hombros—. ¿O Funchal?

—No puedo —les digo, mirando el móvil porque no me apetece mirarlos a los ojos.

—¿Por qué? —pregunta Christian.

Yo me encojo de hombros.

—Tengo una cosa.

—¿Cuál? —pregunta Henry.

Levanto la mirada.

—Una.

—Sí, ¿pero cuál? —vuelve a preguntar. Le dedico una larga mirada y luego miro por la ventanilla—. ¿Tú lo sabes? —le pregunta Henry a Jo.

Jonah niega con la cabeza y se encoge de hombros.

—¿Por el trabajo? —insiste Henry, el puto cotilla.

—Sí —miento—. Por el trabajo.

SESENTA

Magnolia

Tom nos lleva al Gran Resort de Bag Ragaz, que está justo a una hora de Zúrich y como hace un tiempo que no publicamos nada de ellos en *Tatler*, ni siquiera hace falta que finja que tengo la gripe para poder escaparme unos días.

Hay paz aquí y me siento más lejos de Londres de lo que estoy.

El plural, por cierto, nos incluye a Tom y a mí y a Paili y a Perry. Insistió mucho, por cierto. Dijo que no los conocía mucho y que tiene la sensación de que debería conocerlos mejor.

En el vuelo de ida Perry se sentó con él en la cabina y Paili y yo bebimos vino al fondo del avión.

—Seguro que tiene que estar suavizando el golpe, aunque sea un poquito —me dijo, y yo asentí—. ¿Os estáis acostando?

Volví a asentir.

Sonrió un poco.

—¡Mírate! Teniendo sexo... Dios, igual hasta lo estás superando...

La miré de soslayo, e incluso en retrospectiva soy incapaz de decir si lo que dijo me hizo sentir alivio o tristeza. Quizá ambas cosas.

—¿Cómo es Tom?

—¿En comparación con BJ? —aclaré. Se agitó, incómoda y yo me encogí de hombros, pero son las únicas personas con las que he estado, así que doy por hecho que se refería a eso—. Bueno, hace años que no me acuesto con BJ, no desde... bueno, ya sabes —se le entristecieron los ojos e hizo un rictus con la boca, sintiéndolo por mí—, pero por el recuerdo es bastante diferente. Aprendí de sexo teniéndolo con BJ. Siempre hablábamos mucho y nos reíamos mucho y... él conoce mi cuerpo mejor que nadie.

Crecí entre sus brazos a fin de cuentas.

Me dedica otra sonrisa triste.

—¿Y Tom?

—¿Y Tom? —Sonreí—. De alguna manera siempre me parece estar soñando despierta.

Se me sonrojaron un poco las mejillas.

—No lo sé… Siempre que lo hacemos hay al menos un instante cada vez que abro los ojos y pienso: «¡Dios! ¡Míranos! ¡Haciendo esto! ¿Cómo ha sucedido?».

Ella rio.

—¿Está a la altura de la reputación que le dimos después de verlo en ese barco?

Me sonrojé más.

—Lo está.

El hotel es precioso, por cierto. Era de esperar. Todo lo que tiene que ver con Tom es precioso. Desde sus decisiones hasta sus ojos hasta su pelo hasta su voz hasta sus hombros hasta su sonrisa hasta sus manos.

No sé por qué me ha traído aquí; no sé si hay otra razón aparte de llevarme lejos y darme espacio, pero en el espacio que me da lo único que me pregunto es cómo sería mi vida si pudiera hacer lo que estoy intentando hacer.

¿Cómo sería mi vida si verdaderamente apartara a BJ de ella? Porque la vida que creo que podría tener con Tom sería muy buena, y no es cuestión de dinero, dinero ya tengo. Es la calma que emana, su modo de moverse por un espacio, su modo de sujetarme la rodilla cuando estoy sentada a su lado, sus ojos atentos, el hecho de apenas poder envolver con toda mi mano nada más que un par de sus dedos. Su consideración.

Y no es completamente mío, eso lo sé. Sé que está enamorado de otra persona, pero yo también, y quizá está bien porque tal vez sí te toca más de un amor en esta vida. Quizá BJ es el gran amor de mi vida no porque sea grande, sino porque me ha definido, y tal vez Tom será el amor redentor de mi vida, y ¿quizá eso es mejor?

Es divertido estar fuera con Perry, Pails y Tom. Es una combinación que no tiene nada de drama. Paili y Tom se llevan la mar de bien. Perry tiende a ponerse un poco celoso cuando a Paili le cae mejor otra persona que no sea él, pero una vez más el encanto England lo supera todo.

417

Me encanta estar fuera con Perry porque siempre está a favor de hacer cosas raras conmigo.

Tom se ha reído a carcajadas de mi propuesta de un masaje con cuencos tibetanos, pero Perry se ha entusiasmado automáticamente y no ha hecho falta persuadirlo en absoluto.

—¿Sabes algo de alguno de ellos? —me pregunta Perry mientras esperamos en la sauna. Niego con la cabeza—. ¿Ni siquiera has hablado con Henry?

Me encojo de hombros.

—Siempre hablo con Henry, pero nunca sobre su hermano.

Perry hace una mueca.

—Se pasaron un poco en Ámsterdam.

—Seguro que sí. —Mantengo una expresión muy neutra.

Él me observa unos pocos segundos.

—¿Qué pasó antes de aquello que no nos hayas contado?

Lo miro.

—No te importó que esa chica le estuviera metiendo la lengua en la oreja, te importó que estuviera consumiendo drogas, ¿qué pasó?

Lo miro con fijeza varios segundos. Me planteo mentir, alejar a Perry del rastro de verdad que ha captado, pero al final decido no hacerlo.

—Tuvo una sobredosis. —Ya no quiero cubrirlo más. A fin de cuentas, supongo que ahora ya no sé prácticamente nada de él.

Perry parpadea unas cuantas veces.

—¿Cuándo?

Suspiro y frunzo los labios, fingiendo que no tengo esa fecha grabada en mi mente, fingiendo que no veo su frente sudada, sus ojos enturbiados, su nariz enrojecida y los chupetones que le cubren todo el cuerpo, cuando en realidad todavía tengo pesadillas de todo aquello al menos una vez a la semana.

—Hace dos años. Un poco más.

—Joder.

—Sí.

Reflexiona un poco.

—El beso —dice—. En el cine de Leicester Square, Paili y yo siempre nos lo preguntamos.

Lo miro de reojo y se me enternece la mirada al recordar… la sensación en mi pecho y la indómita necesidad de besarlo a toda costa.

—Es que, ¿por qué coño estábamos en el cine? Nosotros vamos a estrenos, no a sesiones de tarde cualquiera. —Perry hace una mueca. Me río—. ¿Te has hartado de él en serio? —pregunta tras varios segundos.

Seguramente no, pero cuando respondo pretendo ser sincera:

—Espero que sí.

SESENTA Y UNO

BJ

Voy esperando verla. Es uno de los eventos de su madre, la gala de la Asociación Nacional para la Prevención del Maltrato Infantil. Recaudar dinero para los niños. No sé qué niños y me convierte en un imbécil, pero no he venido por los niños, he venido por la chica.

Estoy tan convencido de que se presentará que para cuando llego a One Marylebone ya me he metido tres rayas, concienciado para verla aparecer, de la mano del puto England, con un vestido que me hará querer suicidarme y meterle mano al mismo tiempo.

Observo la puerta con frenesí.

—Tesoro —dice mi madre mientras me da unas palmaditas en el brazo—, dale un minuto, vendrá.

Me arregla el pelo y yo me lo desarreglo con una mala mirada.

—Mamá…

—¿Qué? Es un desastre…

—Me he peinado. —Frunzo el ceño.

—Sí —asiente—. Desastrosamente, cielo. Parece que acabas de salir de la cama.

La miro con las cejas enarcadas.

—Esa es la idea.

—Una idea estúpida —murmura para sí, luego me mira—. ¿Magnolia vendrá con ese tal Tom England?

—Seguramente —contesto y asiento—. Están saliendo juntos.

—Seguramente nunca le ha sido infiel —comenta mamá con un tono triste.

—No, seguramente no. —Le dedico una mirada de exasperación y apuro la copa de un trago.

—¡Oooh, rollitos de primavera! —canturrea y sale corriendo detrás del camarero.

Suspiro, algo aliviado de que se haya ido, y luego vuelvo a mirar la entrada y entonces veo que aparece el padre de Magnolia con Marsaili del brazo.

Todo el mundo se queda mirándolos varios segundos y el volumen de la estancia baja de golpe. Y entonces es como si todo el mundo se hubiera dado cuenta de que había un silencio, porque un segundo más tarde la sala vuelve a cantar, llena de vida.

Tengo el corazón en la garganta esperándola. No me importa que vaya a venir con England, me hará feliz el mero hecho de verla. Sus ojos que me fulminarán enfadados, su boca haciendo un puchero. ¿Quizá empezaré una discusión con ella para que me diga algo?

Echo de menos su voz.

Cómo se muerde el labio inferior cuando hago algo que no le gusta; me pregunto a quién puedo besar por aquí para hacerla enfadar.

Y entonces entra una Parks.

Bridget, no Magnolia. Nuestras miradas se encuentran y noto que me cambia la cara. Me dedica una sonrisa triste y camina hacia mí a regañadientes. Parece un poco la Cenicienta, a decir verdad.

—¿Dos eventos sociales en una sola temporada? —La miro boquiabierto y le doy un beso en la mejilla—. ¿Este lo has escogido tú misma?

Me lanza una mirada.

—Cree que soy su muñeca a tamaño real.

Asiento un par de veces.

—¿Me está evitando?

Frunce los labios.

—Está en Suiza.

—Evitándome.

—¿Y la culpas? —me pregunta con las cejas enarcadas.

Saco el móvil para mirar la fecha. 1 de diciembre.

—¿Cuándo vuelve a casa?

—Eh —dice mientras coge una copa de champán de la bandeja de un camarero que pasa por allí—, mañana, creo.

No lo pretendo, pero suspiro, algo aliviado.

Bridget me observa unos segundos.

—¿Con quién has venido?

—Con mamá. —Le dedico una sonrisita cursi.

Asiente con calma.

—¿Sabe tu madre que vas colocado?

La miro con los ojos entornados, algo molesto.

—No lo sabe.

Bridge enarca las cejas varios segundos, luego niega con la cabeza.

—¿Estás intentando alejarla?

—¿Qué?

—Esto —dice, sin señalar nada en concreto—. Parece un comportamiento de autosabotaje.

Aprieto la mandíbula, no estoy de humor para un diagnóstico de Bridget Parks no solicitado.

—No lo es —contesto.

Me ignora.

—Es que hiciste justo la única cosa que sabías que ella no te perdonaría jamás.

Niego con la cabeza, irritado.

—¿Cómo puede siquiera existir algo que no me pueda perdonar? Si me quiere. —Me encojo de hombros y lo digo en serio—. ¿No debería ser suficiente? El amor lo puede todo y esas mierdas, ¿no?

Se sienta a una mesa que no es la nuestra y apoya el mentón en la mano.

Me siento a su lado. Me alegra estar con ella. Hace que sienta a Parks menos lejos.

—Te ha visto ya con… —Se encoge de hombros porque sí—. ¿Cuántas chicas? —Se responde a sí misma—: Demasiadas, la verdad. Es asqueroso, hazte las pruebas…

—Lo hago. —Le sonrío con suficiencia—. Con regularidad.

—Yo no chulearía por ello, pero vale…

Pongo los ojos en blanco.

—Sabe que le fuiste infiel. Sabe cómo te has comportado desde que rompisteis, os hacéis daño el uno al otro, es lo vuestro, lo pillo. Es lo que hacéis para sentiros cerca el uno del otro, pero, aun así, está fatal y es tonto y sois estúpidos por hacerlo, pero es bastante común para dos idiotas codependientes… —Frunzo el ceño aunque una respuesta igual de apropiada habría sido echarme a reír—. Lo único que ella vería categóricamente imperdonable es que te mueras.

Pongo los ojos en blanco.

—No me voy a m…

—No me interrumpas —me interrumpe ella a mí—. Tú no estabas allí. No la viste después.

—Me pegó —digo, digiriéndole a la hermana de Parks una mirada incrédula—. Delante de mis padres y de mi médico, en una cama del hospital.

—Bien. —Bridget asiente con alegría—. Como debía hacer. Tuviste una sobredosis. Estuviste a punto de morir. Te lo hiciste a ti mismo…

Suspiro.

—No fue a propósito…

Lo prometo, no fue a propósito. No le haría algo así.

Bridget me mira pensativa.

—Fue peor que cuando le fuiste infiel…

No me lo creo ni por un segundo. Ni por un segundo. Después de romper leí artículos que *Daily Mail* y *The Sun* publicaron sobre ella. Mierdas como «Fuentes cercanas afirman que Parks, con un aspecto deplorable, va de camino a una clínica de rehabilitación después de que a sus preocupadísimos padres les alarmara su pérdida de peso», y hubo otros que aseguraron que tenía diabetes, otro dijo que tenía un parásito, cuando en realidad solo estaba triste.

Así que Bridge miente.

No pudo ser peor que eso.

—No se duchaba. Estuvo sentada hecha un ovillo en la cama durante casi una semana. No comía. No bebía…

—Come como un pajarillo de todos modos —digo y me encojo de hombros, como si nada de todo lo que me está diciendo me estuviera matando.

—Se desmayó —afirma Bridget—. Tuvimos que llevarla al hospital por deshidratación.

Se me encoge en corazón. Parks no me lo había dicho nunca.

Joder.

Bridget me mira negando con la cabeza.

—No puedes hacer que una persona te quiera como te quiere ella y luego ser tan irresponsable como eres. No es justo…

La miro con mala cara.

—Y ella no puede hacer que yo la quiera como la quiero a ella y luego mantenerme siempre lejos, pero al alcance de la mano, porque metí la pata una vez hace tres años…

Bridget suelta un bufido.

—La has cagado más de una vez, eso dejémoslo claro de entrada. Igual que ella —añade cuando abro la boca para quejarme—. No estoy diciendo que ella no tenga ninguna culpa, no es así. Es más estúpida que tú muchas veces.

Le sonrío, algo reafirmado.

—Pero la raíz de lo que está haciendo es la supervivencia —prosigue Bridget—. Ella piensa que si tú mueres, ella se morirá. —Se encoge un poco de hombros, contenta con sus conclusiones.

—Bridget. —Le dedico una sonrisa torcida porque está siendo estúpida.

—Y evidentemente eso es ridículo —me dice en voz alta. Se está pasando un poco de madura para tener veintiún años, si te soy sincero—. Y no es verdad. Pero imagínalo, si murieras, ¿cómo se lo tomaría ella? Porque ella sí lo ha imaginado. Es lo único que imagina desde que pasó. —Da un sorbo de su copa—. Lo repite en bucle mentalmente.

—No es verdad —contesto, frunciendo el ceño.

—Sí es verdad. Me lo dijo. —Tamborilea con los dedos en la mesa—. Y luego aquí estás tú, haciendo lo que lo causó. —Abro la boca para decir algo—. ¿Intentas hacerle daño?

—No —contesto y la fulmino con la mirada.

—¿Intentas descubrir lo robusto que es vuestro amor?

—No.

Pero es más robusto de lo que tú sabes, pequeña Parks.

Me dedica una mirada larga y curiosa.

—Entonces ¿qué coño estás haciendo?

SESENTA Y DOS
Magnolia

Llego a casa, a Londres, justo a tiempo para el 3. No es que importe. Ya no tiene importancia, bueno, sí la tiene, pero ahora estoy con Tom, creo. De verdad.

O al menos, lo estaré.

Es lo que he decidido mientras conducía después de despedirnos.

—¿Adónde vas, por cierto? —me ha preguntado.

—A Devon. —Me encojo de hombros—. Por el trabajo.

Parece confundido.

—¿Por qué Devon?

Improviso.

—Investigación para un artículo del tipo «en el mismísimo jardín de tu casa».

—Oh. —Asiente, luego me acaricia los labios con los suyos—. Iría contigo si no tuviera que volar...

Niego con la cabeza.

—No seas tonto. Solo es Devon.

Lo abrazo fuerte.

Es con él con quien debería estar. Estoy segura. Es lo que pienso todo el camino hasta allí, y ahora ya da igual porque cuando le dije a BJ que habíamos terminado, él dijo «al fin», como si hubiera estado esperando que se lo dijera. ¿Cuánto tiempo había estado esperando que lo soltara?

Seguramente tendría que haberlo hecho muchos años atrás, pero siempre me preocupará no amar jamás a otra persona de la manera que lo amo a él.

Destinados: eso es lo que pensaba que estábamos. Que pasara lo que

425

pasara, por muy lejos que llegáramos, por mucho daño que nos hiciéramos el uno al otro, siempre hallaríamos la manera de reencontrarnos.

Ahora que tengo veintitrés años y estamos donde estamos y lo único que hemos hecho desde que nos perdimos el uno al otro ha sido perdernos de otras maneras una y otra vez, volver a estar juntos se me antoja un poco un sueño de niños. Un cuento de hadas al que me aferré y que alivió los crecientes dolores de tener que dejarlo atrás.

Dejarlo atrás era algo que nunca iba a pasar de forma pasiva, podría habértelo dicho desde el principio. Dejarlo siempre implicaría dolor, un acto de violencia, como arrancarme el corazón del pecho, dejarlo en un banco en alguna parte, cruzando los dedos hasta poder llegar a un hospital y que me curaran, pero no creo que puedas vivir mucho tiempo con el corazón fuera del pecho.

Llego a la casa familiar que tenemos aquí, en Dartmouth.

Es una gran casa de campo antigua en mitad de veintinueve hectáreas de terreno. Hay piscina interior, piscina exterior, un lago, un caminito hasta la playa, unos cuantos caballos y ovejas.

Antes me encantaba venir aquí. Ahora ya no tanto.

Empiezo a buscar el guardián de los terrenos. El señor Gibbs. Ha trabajado para mi familia durante años, durante toda mi vida, de hecho. Es un buen hombre. Tranquilo.

Es viudo, me parece.

A menudo me pregunto si se siente solo aquí arriba.

Él y sus dos san bernardos que viven con él en la propiedad.

Me ciño el cárdigan acanalado de pelo de camello, ribeteado de ante y embellecido, me abrazo a mí misma porque no lo hace nadie y voy hasta el patio trasero. Luego sigo el caminito que no hay hasta el lago donde vive el árbol.

Siempre me ha encantado este sauce, incluso antes. Hay algo poético en él, incluso antes de que hubiera poemas que escribir. Llora hasta el agua, las hojas cuelgan bajas como un carruaje, se dobla como si estuviera roto, pero nada de todo ello hace que el árbol sea menos hermoso.

Y ahora… todavía me encanta este sauce llorón, incluso antes de ver a BJ Ballentine de pie debajo de él.

Lo miro con fijeza varios segundos.

Capucha de cachemira negra de la colaboración de Fear of God para Ermenegildo Zegna, pantalones de tartán Paccbet, Vans negras hechas polvo.

Lleva el pelo alborotado y tiene los ojos tristes. Abre un poco la boca mientras me mira con fijeza.

Parpadeo para decirle que lo echo de menos y las comisuras caídas de sus labios me dicen que él también me echa de menos a mí y tengo una sensación que me recorre entera como cuando te arropan muy bien en la cama por la noche, como una certeza segura de que siempre conoceré hasta sus más mínimos detalles. Jamás desaprenderé la forma de sus labios.

—Estás aquí —digo bajito.

—Claro que estoy aquí. —Parece un poco molesto—. Lo prometí.

—Has roto muchas promesas.

Me mira.

—Esta no.

Camino hasta quedar de pie a su lado, más lejos de lo que querría estar.

Hay una evidente distancia entre nosotros, aunque ¿cuándo no la hay últimamente? Los minutos pasan sin que digamos nada con las bocas.

En el altar del árbol, hago mil oraciones y ofrendas mudas, suplico a quienquiera que esté escuchando que alinee nuestras estrellas y le permitan ser quien yo creía que era. Si no puede serlo, rezo, quiero liberarme de él y que ello no acabe conmigo. Pero merece la pena morir por él y eso es lo que puede conmigo, supongo.

Me observa con los ojos de alguien que me conoce desde hace demasiado tiempo, lee sin permiso cosas prohibidas en mi rostro.

—¿Estás bien? —pregunta, mirándome desde arriba.

Asiento, aunque es un poco mentira.

—¿Y tú?

Se encoge de hombros.

—Esta fecha, de algún modo, siempre me destroza un poco.

Asiento.

—Ya.

Mira el árbol con fijeza, sonriendo levemente.

—Pienso en esa noche todo el rato.

Me sonrojo.

—¿En serio?

Se presiona el índice contra la nariz, divertido.

—Sí. ¿Tú no?

Intento no hacerlo es la respuesta más sincera del mundo.

—¿Quién fue que nos pilló? —Levanto los ojos, entornados, hacia él.

—Thatcher —ríe BJ—. Hendry.

Se pasa las manos por el pelo.

—Sí. —Le sonrío—. Te enfadaste mucho.

—Bueno —dice, secándose la sonrisa del rostro con la mano—, es que estabas prácticamente desnuda.

Frunzo el ceño al tiempo que se me inflaman las mejillas.

—Igual que tú.

—Sí, pero a mí me da absolutamente igual que alguien me vea el culo…

Nuestras miradas se encuentran. Trago saliva y luego niego con la cabeza intentando mantener la compostura.

—Es que nunca supiste usar el pestillo de esa puerta.

—Es un maldito pestillo trampa, Parks. —Suelta una risotada y un millón de recuerdos nadan en la superficie de su rostro—. Aunque nunca me hará infeliz que esa puerta no cerrara…

Si hubiera un incendio en mi mente y solo pudiera salvar tres cosas, una de ellas seria esa noche… el edredón de plumas que pusimos a los pies del árbol y ese BJ de diecisiete años de mirada impaciente y manos aventureras.

—¿Recuerdas que después una familia de patos salió de entre los arbustos del estanque? —pregunto y él se echa a reír.

—Te disgustaste un montón. Como si los patos supieran lo que estábamos haciendo.

—¡Lo sabían! —Niego con la cabeza—. Te apuesto a que esos patitos fueron al psicólogo durante años después de ver lo que me hacías.

Me dedica una mirada juguetona.

—No recuerdo que tú tuvieras ningún problema con ello en ese momento…

Lo miro con fijeza, levantando el mentón.

—Tampoco tengo ningún problema ahora.

Hace un gesto con la boca y aparta sus ojos de los míos, se pone la cabeza entre las manos, negando.

—Parks, ¿cómo cojones se supone que voy a superar lo nuestro con toda la mierda que compartimos?

Frunzo los labios.

—¿Los vínculos traumáticos, quieres decir?

Y él suelta una risita, picado con mi hermana desde la lejanía.

—Yo los agradezco bastante, la verdad —le digo.

Él me mira con ternura.

—He vivido la mejor vida de todas jodido a tu lado.

Nos miramos con unos ojos que dicen más de lo que podrían decir jamás nuestros labios.

El aire que hay entre nosotros empieza a densificarse, como en una isla tropical antes de que estalle la tormenta. Pesado y cargado. Tangible.

Y quizá este árbol es un agujero a través del espacio y el tiempo o quizá se nos cae el abrigo por fin, o quizá sencillamente lo amo de una manera que no se puede deshacer.

Sus ojos repasan mi rostro, aterrizan en mis labios y entonces está pasando antes de darme cuenta de que está pasando. Como las olas que rompen contra un acantilado, así nos besamos.

No sé si yo soy el agua y él la piedra, pero sus manos están en todas partes, por todo mi cuerpo, suben por mi vestido midi de algodón blanco de Bottega Veneta y me muevo hacia atrás, le quito la camisa, paso la mano por mi viejo territorio, y luego me presiona contra el árbol. Noto su boca en mi cuello, su respiración tiene bordes afilados que se me enganchan a la piel, y estoy encaramada a su cintura, nuestros ojos se encuentran. Siempre son más verdes de lo que parece, casi del color de las hojas del árbol bajo el que estamos a punto de hacerlo de nuevo.

Me mira con fijeza, parpadeando, tiene el rostro muy serio.

—Te quiero —me dice, con la voz baja y gutural.

Trago saliva, nerviosa.

—Yo también te quiero —susurro.

Y entonces entra dentro de mí. Una diminuta exclamación queda ahogada en mi garganta y coloco la frente sobre la suya. Le acuno el rostro entre las manos, besando esa estúpida boca que amo, le paso las manos por el pelo hasta que se me enredan en él.

Y el mundo se vuelve negro. Solo estamos él y yo en todo el universo. Las estrellas han estallado, el sol se ha consumido. Y es apresurado, y le quiero y es urgente. Le quiero, y es como si alguien hubiera prendido un fuego debajo de nosotros o quizá en nuestros huesos y necesitamos apagarlo, pero quizá no queremos y le quiero.

Quemaré el abrigo, me da igual.

Su boca sobre mi piel es como la nieve cayendo en el agua. Y es verdaderamente imperdonable por mi parte haber arrastrado otros corazones en esto. Pero lo he hecho, y lo siento y mi mente nada mientras él me sujeta contra su cuerpo y quizá estoy cansada o quizá es solo que vuelvo a estar aquí entre sus brazos mientras los ojos se me llenan de lágrimas y el mundo entero tiembla al compás de nuestros cuerpos. Todas las flores de este mundo y de cualquier otro que pueda existir florecen a la vez y las hojas de ese árbol que amamos sueltan en un susurro que estoy en casa.

SESENTA Y TRES

BJ

Nos quedamos a pasar la noche aquí arriba, ninguno de los dos tiene nada.

Ni ropa, ni neceser. Nada. Solo al otro, lo cual es probablemente como tenía que ser.

Ese era el plan antes de que todo se fuera a la mierda. Esa vida tranquila que habíamos planeado: ventanas abiertas que dejaran pasar la brisa hasta nuestra casita al lado del mar en una ciudad en la otra punta del país y sin echar de menos Londres en absoluto, porque Londres, no nosotros, es el problema.

Es mi objetivo ahora, llevarnos allí. Es lo que de ahora en adelante me pasaré la vida haciendo aquí. Desenredarnos a ella y a mí de nuestras jodidas vidas en Londres y llevarnos a un lugar donde seamos mejores versiones de nosotros mismos y seremos nuestras mejores versiones porque lo somos cuando estamos juntos.

No salimos del dormitorio, esa habitación con un pestillo que no puedo hacer funcionar ni aunque mi vida dependa de ello, no salimos de allí. Hablamos durante horas, nos besamos durante horas, nos reímos. Ella llora un poco; yo lloro un poco. La toco un poco, coloco el mentón en el hueco de su ombligo y miro desde abajo a la única chica a la que he querido jamás, intento no volver a ponerme a llorar porque la estoy abrazando como he querido hacer desde la última vez que la abracé.

Es el mejor día de mi vida.

Pedimos una pizza, nos la comemos en la cama. Nos duchamos juntos. Hacemos cosas en la ducha. Volvemos a la cama.

Se duerme sobre mi pecho y respiro, aliviado por primera vez desde que la perdí.

Se despierta al día siguiente por la mañana y, probablemente por primera vez en la vida, me despierto antes que ella. No pasa nunca.

Ella siempre se despierta primero, pero supongo que ayer la dejé exhausta, porque duerme hasta pasada la hora de comer, por eso no muevo ni un músculo hasta que empieza a parpadear al despertarse.

Me mira varios segundos, parpadea, mira a su alrededor por la habitación y luego vuelve a mirarme.

—No ha sido un sueño —sonríe.

La beso.

—No ha sido un sueño.

Se acerca a mí, coloca su frente sobre la mía.

—¿Parks? —La miro.

—¿Mmm?

—Ya está, ¿verdad? —Y te juro que me odio un poco a mí mismo porque cuando lo digo parezco más nervioso de lo que querría.

—Quiero decir, estamos juntos. Se ha acabado joderla. ¿Verdad?

Asiente.

—Yo dejaré para siempre todas las chicas y toda la otra mierda… y tú… se ha acabado Tom.

—Se ha acabado Tom —repite, asintiendo.

Lo dice casi con tristeza. No le daré muchas vueltas porque sé que se habían acabado uniendo.

—Y ¿te olvidarás de lo que hice? —pregunto, buscando su rostro. Vuelve a asentir—. ¿Para siempre? —Asiente—. No podrás usarlo cuando discutamos a medida que pasen los años. —Me pone los ojos en blanco—. Aunque nunca consigas las respuestas que esperas de mí —digo, analizando su mirada—. Porque esas respuestas no existen.

Ella se lo plantea.

—Vale. —Asiente una vez.

Yo también asiento.

—Vale.

SESENTA Y CUATRO

Magnolia

Nos vamos de Dartmouth al día siguiente, nos llamamos y vamos hablando por teléfono, riendo mientras conducimos el uno al lado del otro. Nos paramos en mitad de la M3 justo antes de llegar a Lightwater.

Volvemos a besarnos, volvemos a acostarnos en el asiento de atrás de su coche —porque hay mucho tiempo perdido que recuperar— y entonces cuando nos acercamos más a Londres, el terror se apodera de mí.

Me abruma la yuxtaposición de cómo me siento. Es una combinación muy peculiar.

Soy tan feliz, estoy tan enamorada, tan aliviada de estar por fin con Beej, de verdad, abierta y sinceramente enamorada de él.

Sin embargo, en un rincón de mi mente hay una sombra que lo cruza todo por tener que decírselo a Tom. Por tener que dejarlo ir. Porque ahora ya es importante para mí, y le adoro.

Es diferente que con BJ y no podemos fingir que es lo mismo, no lo es. Tom ni siquiera pensaría que lo es.

Si BJ es agua para mí, Tom es vino. No lo necesito para sobrevivir, pero me encanta de todos modos; sabe bien, me hace sentir mejor, me hace sentir más valiente.

Es agradable tenerlo cerca y, a decir verdad, con absoluta seriedad y sin querer tirar de metáforas, no tengo ni idea de cómo habría podido seguir a flote este año sin Tom.

Es raro, ¿no crees?, la manera que tenemos de vincularnos a las personas.

La manera en que nuestras mejores intenciones quedan a un lado y la semilla se hunde en el sustrato de nuestro ser más de lo que habíamos planeado y su lugar en nuestras vidas empieza a echar raíces. Creo que no debemos amar a la gente a la ligera. Creo que no debemos amarla un poquito y luego dejarlo atrás. Tom ha echado raíces. No es su culpa. Yo se lo he permitido.

Y tengo una sensación horrible y nerviosa de que quizá mi hermana tenía razón sobre mí, y si la tenía... ¿en qué clase de persona me convierte eso?

Le pido a Tom quedar en el parque de al lado de mi casa.

Me espera en un banco.

Lleva unos pantalones de chándal azul marino Horsey de Loro Piana, un polo de lana marrón y unas zapatillas de ante a conjunto, de Fear of God para Ermenegildo Zegna.

Tan apuesto como siempre. Con esos ojos que inspiraron la canción que escribió Billie Eilish, no me cabe duda.

Camino hacia él, tragando saliva con nerviosismo mientras me acerco. Y sospecho que lo sabe en cuanto me ve. Seguramente lo llevo escrito por todas partes, con BJ suele pasarme.

Tom England levanta la mirada para fijarla en mí, con una extraña boca cerrada y una sonrisa de ojos tristes.

Suelta el aire, aparta los ojos de los míos.

—Habéis vuelto.

Me siento a su lado, noto las manos pesadas sobre el regazo. Asiento y mis labios esbozan una sonrisa a regañadientes. Él niega con la cabeza y se encoge un poco de hombros; percibo cierto arrepentimiento en sus ojos.

—Bueno, ya se veía a venir...

—Supongo. —Asiento—. Aunque lo que no vi venir es que te convertirías en mi mejor amigo —les digo a mis manos porque no puedo mirarlo a él a la cara.

Él me mira, me coge una mano y la sujeta con la suya.

—No, yo tampoco lo vi venir.

Me rodea con un brazo, suspira mientras desvía la mirada hacia el parque.

—¿Entonces ya habéis vuelto o estáis decidiendo que lo haréis? —pregunta. Lo miro de soslayo y se me sonrojan las mejillas—. Ah —dice y suelta una risita, aunque algo inexpresiva—. Os habéis acostado.

Frunzo los labios de comisura a comisura.

Y entonces me pregunta, como si verdaderamente le importara:

—¿Cómo fue?

Lo miro.

—¿En serio quieres saberlo?

—No. —Sonríe un poco—. No quiero.

Me apoyo contra él.

—Gracias —le digo sin mirarlo—. Por lo que has hecho por mí.

—¿Qué he hecho por ti? —dice, mientras me tira un poco de mi vestido camisero de Aje, en algodón plisado azul.

—Muchas cosas —le aseguro—. Pero sobre todo quererme.

Su boca transmite tensión y parece algo avergonzado.

—¿Te lo ha dicho él? —pregunta. Niego con la cabeza—. ¿Entonces cómo lo sabes?

—Porque a estas alturas ya te conozco bastante bien.

—Ah. —Me mira—. Supongo que sí.

Lo observo con detenimiento.

—¿Estás bien?

—Lo estaré. —Asiente sin mirarme a los ojos.

—Necesitarás una trinchera nueva.

Suelta una risotada seca.

—Creo que me dejaré de trincheras durante un tiempo.

Ahogo una risa.

—Yo también.

Asiente, con la boca fruncida y luego deja de rodearme con el brazo y se vuelve para mirarme. Se pone muy serio, frunce el ceño casi demasiado.

—Tengo que decirte una cosa… y quizá te pareceré egoísta, pero no pretendo serlo.

Lo miro y niego con la cabeza.

—Nunca lo eres…

—Volverá a hacerte daño —me dice sin pestañear.

El corazón se me sube un poco a la garganta.

Niego con la cabeza.

—No…

—Sí —asiente.

—Tom…

—Magnolia. —Niega con la cabeza—. No te lo estoy diciendo para hacerte cambiar de opinión. De todos modos, no podría. Vosotros dos estáis… —hace una pausa, buscando la palabra— atados.

Lo dice como si fuera algo irremediable.

Pero tiene razón. Lo estamos.

—No puedo deshacerlo, tampoco lo intento —afirma, encogiéndose de hombros—. Solo te lo estoy diciendo, porque alguien tiene que hacerlo: volverá a hacerte daño y no sé si yo voy a estar allí cuando eso ocurra.

SESENTA Y CINCO

BJ

Entro en la casa de mis padres en Belgravia, sin previo aviso. Ya ha pasado la hora de la cena, pero aquí siempre hay algo que comer. Mamá es de las que prepara más comida de la cuenta y además todavía no ha aceptado que Henry y yo ya no vivimos allí. De vez en cuando sí. Los dos tenemos nuestros propios pisos, pero de vez en cuando es bonito volver a casa.

Entro en la cocina. Mi madre levanta la mirada del fregadero y se le ilumina la cara.

—¡Cariño, estás aquí! —dice, quitándose un guante de goma—. ¡Cielo! —avisa a mi padre—. ¡BJ está aquí!

Se oye un vago rumor de respuesta por parte de mi padre y mi madre me rodea con los brazos.

—¿Tienes hambre?

Asiento.

—Me muero de hambre.

Me encaramo en la encimera de mármol que está llena de trastos de limpieza. No sé por qué: siempre hemos tenido a alguien que venía a limpiar, pero mamá va por toda la casa limpiándolo todo por adelantado antes de que llegue la asistenta. Es algo redundante, papá lo odia pero adora a mamá, y ella jamás despediría a Nel. Le paga un salario anual para sentarse con ella a tomar el té con galletas tres días a la semana, eso sí.

Me prepara un plato con demasiada comida. Dos tipos de carne distintos (pollo y ternera), cuatro clases de carbohidratos y un poco de brócoli, todo abundantemente bañado con su salsa. Hay comida para un regimiento, pero me lo como todo en menos de cinco minutos.

Ella está allí sentada, con la barbilla apoyada en la mano, mirándome feliz.

—¿Y a qué debo el placer esta noche?

Suelto una carcajada.

—¿Es que un chico no puede ir a ver su madre porque sí?

—Un chico, sí, pero mis chicos, no, pobre de mí. —Me lanza una mirada—. Henry está arriba. —Lo señala con la cabeza—. ¿Qué está pasando entre él y Jo?

La miro con los ojos entornados.

—¿Cómo sabes que pasa algo con Jonah?

Ella entorna los ojos también.

—Porque entre él y Christian nunca pasa nada y si fuera algo entre él y tú, yo lo sabría.

Irritantemente observadora, esta mujer.

La miro de soslayo.

—Les gusta la misma chica.

—Ah —dice—. ¿Es un buen partido?

Asiento.

—Sí, es una pasada…

Me sirve un poco de vino. Se sirve una copa más llena para ella.

—¿Y tú, cariño mío? —dice, ladeando la cabeza—. ¿Qué has venido a contarme?

Doy un sorbo, no digo nada solo para irritarla.

Ella frunce el ceño.

—¿Buenas o malas noticias?

Doy otro sorbo, esbozo una sonrisa traviesa.

—¡BJ! —me riñe.

Y me pongo de pie, llevo el plato de vuelta a la cocina y le paso un agua. Ella me sigue corriendo, grita mi nombre completo, me quita el plato de las manos y vuelve a fregarlo ella misma antes de ponerlo en el lavavajillas.

Se da la vuelta con los brazos en jarras.

—Baxter-James Ballentine…

Extiendo mucho los brazos, apoyo el torso sobre la isla de mármol en mitad de su cocina y levanto la mirada hacia ella con una risita.

—¿Qué? —frunce el ceño.

—Parks y yo nos hemos acostado.

Se le escapa un pequeño chillido y se cubre la boca con las manos. ¿Le habría contado a mi madre algún día que me había acostado con cualquier otra persona? No. Jamás. Ni en mil millones de años, pero ese estallido de reacción lo merecía, y yo lo quería, así que se lo he contado.

Viene corriendo hacia mí, sacudiéndome los hombros.

—¡Ay, Dios mío! —Vuelve a sacudirme—. ¡Hamish! Ay, Dios mío...

Papá viene corriendo.

—¿Qué pasa?

—BJ y Magnolia han vuelto —dice prácticamente con un chillido.

Lanzo una mirada divertida a mi padre, con los ojos muy abiertos, y una sonrisa le ilumina el rostro.

—¿De verdad?

Asiento.

Me mira entornando los ojos con desconfianza.

—¿Sabe ella que crees que habéis vuelto?

—¡Se han acostado! —grita mamá.

Tanto papá como yo le lanzamos una mirada extraña.

Y luego ella pone mala cara.

—Por primera vez en la vida, lo doy por hecho. Porque hasta este momento eras virgen.

Niego con la cabeza una vez.

—No lo era.

—Y ella es la única chica con la que has estado jamás.

—No lo es —le dice mi padre.

Ella lo fulmina con la mirada y luego fija los ojos en mí.

—Y estarás jamás...

Le sonrío. La esperanza es lo último que se pierde, Lil.

—Usasteis protección, ¿verdad? —dice, asintiendo para sí misma.

—Mamá... —Pongo los ojos en blanco.

Henry entra en la cocina.

—Mamá, llevan acostándose desde que tenían... —empieza a decir, pero le arrojo un trapo de cocina. Él se ríe.

—... veintitrés y veinticuatro, respectivamente —le dice ella a Henry con absoluta convicción.

—Lil... —papá niega con la cabeza—, los pillaste en el chalet.

—No es verdad —niega ella con vehemencia.

Es verdad, ya te digo si es verdad. Podría haberme muerto, fue el día más embarazoso de mi vida. Parks tenía diecisiete, yo tenía dieciocho. Mamá se murió de vergüenza... al parecer hasta el punto de la negación absoluta.

—Oye —dice Henry, señalándome con el mentón—. ¿Qué tal ha ido ese asunto del trabajo, Beej?

Esbozo una sonrisa traviesa.

—Bien.

Mi hermano suelta una risita.

—Apuesto a que sí...

Mi padre se me acerca, me mira varios segundos y luego me abraza.

—Me alegro mucho.

Se oye una botella de champán descorchándose y mamá suelta una risita en un rincón.

Miro a mi padre y a mi hermano.

—Qué vergüenza...

—Ninguna —canturrea ella.

—Perdona —interviene mi padre—. ¿Eso es mi Dom Pér...?

Mamá se encoge de hombros.

—Es la ocasión perfecta...

Papá se lo plantea.

—¿Tú crees? Era de la cosecha de 2002.

Henry se echa a reír.

Papá, a regañadientes, empieza a sacar copas y Henry viene hacia mí y me pega con cariño en la cara.

—¿Va en serio? —pregunta. Asiento—. Hermano —dice Henry y me abraza—. Joder, mira que ha costado...

—Henry —dice nuestra madre, negando con la cabeza—. Este vocabulario no hará que te ganes a la chica que te gusta...

Henry le lanza una mirada de exasperación y me pega en el estómago.

Hago una pequeña mueca de dolor, pero sobre todo me estoy riendo.

—Me ha obligado ella. —Me encojo de hombros, indefenso.

Henry me señala.

—Él y Parks lo hicieron en el avión de la empresa de papá de camino a Montecarlo cuando él tenía dieciséis.

Mamá se queda boquiabierta. Yo hago una mueca.

—Muy premeditado… —continúa el traidor de mi hermano—. Pasaron días planeándolo.

—¡Henry! —grito.

Miro a papá, nervioso. Como si pudiera meterme en problemas por algo que hice hace casi nueve años.

Papá se echa a reír.

—Dos veces. —Henry se encoge de hombros, se bebe el champán y se va de la cocina.

SESENTA Y SEIS

Magnolia

Bajo con mucha parsimonia al día siguiente por la mañana y me planto en la cocina. Mi hermana está inclinada sobre la encimera comiéndose un bol de cereales y Marsaili está apoyada contra el fregadero bebiéndose un té. Lleva una falda de mezcla de seda blanca y negra de Ecru que le llega justo por encima de la rodilla y se me antoja horriblemente inapropiado, porque no quiero ver una rodilla de cuarenta y cinco años.

—Buenos días —sonríe Bridget.

Va vestida de Gucci de la cabeza a los pies; lleva el chándal de ropa técnica azul cielo. Debes mantener la calma. No reacciones. No asustes a la criaturilla salvaje que por fin va bien vestida, no vaya a ser que se aleje de la ropa bonita. Parpadeo unas cuantas veces y, seguramente, parece que esté teniendo algún tipo de fallo cerebral mientras recalibro mi reacción para dejarla en un cordial cero.

—Qué guapa estás —le digo y ella se mira.

Ni siquiera reconoce vagamente el cumplido.

—¿Dónde has estado esta semana, desaparecida?

Me encojo de hombros modestamente.

—Tenías el móvil apagado. —Mi hermana me mira con los ojos entornados.

—Ah, sí. —Suspiro—. Me quedé a pasar la noche por ahí inesperadamente.

—Ah. —Asiente, pillándolo—. Entonces estabas con BJ.

Frunzo el ceño.

—¿Dónde habéis estado? —pregunta Bridge, metiéndose unos Coco Pops en la boca.

—En Dartmouth —le contesto, con la nariz levantada.

Se yergue, confundida.

—¿En Dartmouth?

—¿En la casa? —aclara Marsaili—. ¿Por qué?

Abro la boca para decir algo y descubro que no tengo muy claro qué decir.

Hago un gesto desdeñoso con la mano.

—Es una larga historia.

Las dos hacen distintas versiones de un asentimiento y parecen dramáticamente poco interesadas en mí, lo cual me hace enfadar. Vuelven a hablar de algo del programa de Graham Norton de anoche, y él es un buen amigo, le tengo un cariño enorme, pero llevo un vestido de punto ajustado con el logo bordado de Fendi y unas botas de piel hasta las rodillas, también de Fendi, que son una verdadera monada; y tengo los ojos tremendamente brillantes porque estoy durmiendo muy bien porque estoy durmiendo con mi novio, lo cual es una noticia espectacular que ni siquiera les ha llegado todavía y ellas ni siquiera se dignan a mirarme.

Me aclaro la garganta para llamarles la atención. Vuelven a mirarme y no parecen tremendamente emocionadas.

—¿Alguna de las dos quiere preguntarme algo? —digo, dedicándoles una deslumbrante sonrisa.

—No —responde Marsaili, indiferente—. La verdad es que no...

—¿Nada? —frunzo el ceño. Ella niega con la cabeza. Yo lo frunzo más—. ¿Nada en absoluto? —Bridget me mira raro—. ¿Nada sobre... que he... estado fuera? —pregunto, estirando el cuello y rascándomelo de una manera trágicamente poco ergonómica, para mostrar un...

—¡Eso es un chupetón! —Mi hermana se abalanza sobre mí, tumba el bol de cereales y me agarra el cuello para inspeccionarlo—. ¿Lo es? —vuelve a gritar, mirándome a la cara.

Asiento un poquito.

Abre los ojos como platos.

—¿De BJ?

Vuelvo a asentir.

Y entonces chilla y se vuelve con los ojos muy abiertos hacia Marsaili.

—¡Un chupetón de BJ!

443

Marsaili pone los ojos un poco en blanco: no le hace mucha gracia, pero casi no se ha enfadado.

—¿Y qué hay de Tom? —me pregunta Marsaili desde el fregadero, bebiéndose el té a sorbitos de un modo muy controlado.

Suspiro un poco.

—Ayer lo dejé con él.

Bridget frunce un poco el ceño.

—¿Cómo se lo ha tomado?

—Bien. —Frunzo los labios—. Se lo ha tomado todo con bastante elegancia, a decir verdad…

Mars asiente.

—Es un buen hombre.

Bridge le lanza una mirada severa y luego me coge la mano.

—Igual que BJ.

Marsaili asiente con diplomacia.

—No he dicho que no lo fuera.

—¿Te alegras por mí? —le pregunto a Marsaili, sonriendo.

—¿De que tu exnovio te haya hecho un chupetón? —Me dedica una sonrisita y pone los ojos en blanco—. Estoy encantada.

Bridget la fulmina con la mirada, me lleva hasta el comedor y nos sentamos a la mesa.

—¿Cómo pasó? —Se inclina hacia mí—. ¿Cuándo pasó? ¿Dónde? ¿Cuántas veces…?

—Hum. Cómo… —me planteo la pregunta. Odio mentirle—. ¿Chiripa? —No es muy cierto, pero ¿qué otra cosa podía decirle?—. Estábamos en el mismo momento en el mismo lugar —añado, a modo de respuesta complementaria. Ella asiente, aceptándola—. ¿Cuándo? —Me tiro de la oreja sin fijarme—. Anteayer. ¿Dónde…? —Me cubro la boca con la mano, se me sonrojan las mejillas—. ¿Debajo del sauce llorón? Junto al lago.

Abre los ojos como platos.

—¡¿Y si el señor Gibbs os vio?! —pregunta, horrorizada.

Y no puedo evitar echarme a reír. Le contesto con un ligero encogimiento de hombros. Además, el señor Gibbs ha visto mucho más que eso. Cojo una profunda bocanada de aire y luego lo suelto.

—Y cuántas veces... —Hago una mueca y luego me encojo de hombros.

Ella me da una palmada en el brazo.

—¡Descarada!

Pongo los ojos en blanco.

Entonces reflexiona para sí un instante.

—¿Qué hay de las preguntas que no quería responderte?

—Han pasado casi tres años ya...

—Sí, pero —suspira— fue muy gordo. No te ha ayudado a cerrarlo.

Y tiene razón. No me ha ayudado. Parece que nunca me ayudará. Y pienso que una parte de mí se preguntará siempre por qué, pero ¿voy a permitir que esa pregunta me prive de estar con él de todos modos?

Ya no sé qué respuesta estoy buscando. Y tal vez él tiene razón.

¿Hasta qué punto podría cambiar las cosas saber con quién se acostó?

Está hecho. Ya pasó y fue solo una vez.

Y quizá soy demasiado estúpida y estoy demasiado enamorada para pensar con la cabeza, pero parece tonto por mi parte, de repente, echar a perder lo que BJ y yo tenemos porque él se acostara una vez con una chica cualquiera en una fiesta mientras iba borracho.

Miro a mi hermana y me encojo de hombros.

—¿Cómo podría ayudarme a cerrarlo mejor que amándome como me ama?

—Magnolia —exclama, sentándose para atrás, sorprendida—. Qué tolerante te has vuelto.

Le dedico una sonrisa engreída.

—Sabes que vas a tener que escoger perdonarlo algunos días, ¿verdad? —me dice—. El perdón no siempre es un sentimiento.

—Lo sé —le aseguro, aunque no lo sabía.

Joder.

Pero bueno.

—¿Y es oficial? —pregunta. Asiento convencida—. ¿Y cuándo va a descubrirlo el mundo?

—Más tarde, estoy segura. —Sonrío—. Esta noche la pasaremos en el Mandarin...

—Qué monos.

—Y antes hemos quedado con todos en The Rosebery para tomar unos cócteles. —Le dedico una sonrisita—. Todavía no lo saben, solo Henry.

—¿Puedo ir?

La miro parpadeando, sorprendida.

—¿Quieres salir conmigo y con mis amigos? —pregunto. Asiente—. ¿Voluntariamente?

Vuelve a asentir.

Me quedo boquiabierta y sonrío encantada.

—¡Desde luego! —Frunzo el ceño—. Oye, ¿te estás muriendo?

—Eh… —Frunce el ceño—. No, en principio no.

Me pongo de pie y me encamino hacia la puerta.

—Vale, voy a prepararme…

—¿Crees que te va a pedir la mano esta noche? —me pregunta mi hermana, emocionada.

Suelto una carcajada.

—Lo dudo mucho.

—Pero cuando se declare —continúa Bridget, pensando en voz alta—, os casaréis en el Mandarin Oriental, ¿verdad?

La miro como si no me lo hubiera planteado ya un millón de veces.

—¿Quizá?

—¿Quién será tu dama de honor… Paili o yo?

La miro con fijeza.

—Acabamos de empezar a salir.

—Sí —contesta—, pero es el hombre de tu vida.

SESENTA Y SIETE
BJ

Entra en The Rosebery con un abrigo y uno de los vestidos de Gucci que le compré. Esta noche estamos la Colección Completa y Bridge. Estamos los chicos y yo en la mesa, Paili todavía no ha llegado y yo no he dicho nada. Me pongo de pie cuando Parks se acerca a la mesa —no sé por qué—, eso nos delata antes de haber tenido la oportunidad de contárselo. Me rodea el cuello con los brazos y salta para besarme en los labios. Como un jodido beso de Disney. Sin tocar con los pies en el suelo, con las manos en mi pelo, una entrada que te cagas. Estallan flashes de cámaras, un murmullo recorre la multitud, pero es lo que ella quería. Si no, no me habría besado de esta manera aquí en medio.

Se separa de mis labios y me sonríe mientras la deposito de nuevo en el suelo. Se gira hacia los chicos y me señala con el dedo:

—¿Ya conocéis a mi novio?

Bridge vitorea. Jo suelta un cacareo triunfante. Henry envuelve a Parks con los brazos e intercambian unas palabras que no puedo oír, pero a ella se le sonrojan las mejillas y él le toca la nariz.

Christian se pone de pie y nos miramos varios segundos. Por un instante me siento como una mierda… y luego me abraza.

Parks le da un beso en la mejilla a Perry (que tiene los ojos y la boca muy abiertos) al pasar a su lado, se sienta en mi regazo y el mundo vuelve a ser como debe ser.

Se me había olvidado lo que era estar así con ella, y lo que me impacta más de todo es que me siento como si me hubiera quitado un peso de encima por poder estar así con ella. Como si no tocarla, no abrazarla, no estar con ella hubiera obligado a todo mi cuerpo a contener la respiración hasta ahora y ahora todo fuera bien.

Basta de tocarnos sin tocarnos, ahora nos tocamos. Nos tocamos por tocarnos. La toco porque puedo, porque ella es mía, porque por fin hemos encontrado la manera de solucionar las cosas, por fin.

Me abrocha un botón de la camisa.

—¿A quién intentas seducir con todos estos botones desabrochados? —dice en torno burlón, fingiendo que frunce el ceño.

—A ti —le digo al oído y ella traga saliva con esfuerzo.

El cuerpecito se le pone rígido, me agarra el brazo con más fuerza... ¡Joder! Ojalá no hubiera nadie más y pudiéramos subir a la habitación ahora mismo, ¿por qué cojones hemos invitado a más gente?

Porque merece la pena celebrarlo, dijo ella. Por eso.

Y porque hemos puesto a todos nuestros amigos en muchas situaciones de mierda a lo largo de los últimos tres años y les debemos al menos unas cuantas copas.

Y entonces aparece Paili.

Me encuentra enseguida, como suele ocurrir, y luego mira a Parks despechada.

Parks en mi regazo, mis manos alrededor de su cintura. Abre mucho los ojos y luego, tras quedarse también boquiabierta, esboza una sonrisa de sorpresa.

Nos señala a los dos.

—¿Estáis...?

Asiento, sonriéndole con calma. Y todo va bien. Magnolia se baja de un salto de mi regazo, va corriendo hacia su mejor amiga, haciendo esos típicos ruiditos de las chicas cuando están emocionadas, y le rodea el cuello con los brazos.

Paili coloca las manos en las mejillas de Magnolia, le acuna el rostro y le sonríe a su mejor amiga.

—Me alegro muchísimo por ti —le dice y es sincera.

Parks coloca las manos encima de las de su mejor amiga, con cariño, y vuelve un poco el rostro para besarle la palma de la mano.

—Hueles muy bien... —dice Parks, sonriéndole a Paili distraídamente mientras se da la vuelta.

—Ay, gracias —responde Paili, mientras deja el bolso en la silla—. Hacía tiempo que no me lo ponía, es de...

Magnolia se queda paralizada.

—Azahar —dice Parks con una voz lejana.

Y la sala empieza a moverse a cámara lenta.

Magnolia coge la muñeca de Paili, se la acerca a la nariz para olerla. Respira hondo.

—Almizcle.

Vuelve a aspirar. Magnolia mira a Paili sin parpadear.

—Nardo.

—Magnolia... —empieza Paili.

Parks le suelta la muñeca y se aparta un paso de ella.

—Magnolia, escucha...

—¿Fuiste tú? —dice Parks con un hilo de voz y ya me he puesto de pie.

Mierda. Paili y yo nos miramos a los ojos. Está aterrada.

—Parks. —Agarro a Magnolia por el brazo, atrayéndola de vuelta hacia mí.

Se mueve cuando la muevo, levanta la cabeza para mirarme y sus ojos parecen un colibrí que no encuentra donde pararse. Me mira con fijeza, boquiabierta, paralizada en una pena antigua que tiene un peso que ni siquiera la ha golpeado todavía.

—¿Fue ella? —pregunta casi en un susurro.

—Parks —digo, sacudiendo la cabeza.

—¿Lo fue?

—Magnolia —susurro.

Se suelta de mi mano de un tirón.

—¿Te tiraste a mi mejor amiga? —chilla, y la sala se queda muda.

Las conversaciones se detienen, el volumen desaparece. Los cubiertos caen sobre los platos. Todo el mundo nos mira.

—Sí —contesta Paili desde detrás de nosotros.

Siempre quiero pensar que estaba borracho; lo estaba un poco, pero no lo suficiente... no como tendría que haberlo estado para reducir la intensidad de lo que hicimos. Me sentía mareado y raro, bajé las escaleras y ella me siguió. Supongo que se dio cuenta de que me pasaba algo.

Para entonces hacía años que éramos amigos, desde luego, allá donde va Parks, va Paili. Siempre habíamos tenido una relación cercana.

Me siguió hasta mi cuarto.

—¿Estás bien? —preguntó.

La ignoré, entré en el baño. Agua. Necesitaba agua. Abrí el grifo y me mojé la cara. Me agarré con fuerza a la pila.

Me volví para mirarla, ella frunció el ceño cuando me vio.

—No estás bien —me dijo—. ¿Qué ocurre?

La olí.

—¿Perfume nuevo?

Ella asintió, satisfecha porque me había dado cuenta.

—Sí, me lo compré la semana pasada, es de Frédéric Malle, Carn…

Y entonces le cogí la cara y la besé.

No sé por qué. Nunca antes se me había pasado por la cabeza besarla, lo hice sin más. Tampoco me sorprendió mucho que ella me devolviera el beso. Siempre pensé que le gustaba un poco, como a la mayoría de chicas, pero ella era tan leal a Parks, ella nunca…

Pero mira, nos estábamos besando en mi baño. Raro.

Me aparté y la miré.

Tuvimos un momento como de ¿qué cojones estamos haciendo?

Yo respiraba muy deprisa, casi jadeaba. Creo que ella ni siquiera respiraba. Se le puso una mirada de chica hambrienta. La había visto mirar así a Jo, pero no a mí, y entonces se me echó encima.

¿Y quieres saber la pura verdad? No pensaba en Parks. Lo único que estaba pensando era que aquello era lo que quería. Era lo que quería. Estaba decidiéndolo. Aquello era lo que quería estar haciendo y lo estaba haciendo, y tenía una chica entre las manos que quería que estuviera allí, y nos estábamos tocando y besando y aquello era lo que quería.

Yo estaba sentado en el borde de la bañera; Pails estaba sentada en mi regazo, besaba mucho mejor de lo que habría imaginado, sabía muy bien cómo usar las manos.

Recuerdo que me caí para atrás. Aterricé en la bañera.

Ella se cayó encima de mí. Nos reímos.

Me miró, mitad sonriendo, mitad frunciendo el ceño, y pienso que es importante que diga, porque es cierto, que podríamos haber parado. En cualquier momento. En cualquier encuentro sexual hay múltiples momentos orgánicos para comprobar que se está bien: pausas para respirar, para desnudarse, pausas entre besos, cambios de posición… podríamos haber parado muchas veces.

No lo hicimos.

Luego me la coloqué encima y tuvimos sexo en mi bañera. Y estuvo —me dan ganas de vomitar por decirlo— bien. Muy bien, incluso.

Sé que llegado este punto nadie quiere oír esto. Tú querrías que hubiera sido una mierda enorme, que hubiera sido la peor experiencia de mi vida. Tú querrías que no hubiera sentido nada, que no lo hubiera disfrutado, que no me hubiera corrido, que hubiera estado pensando en Parks todo el rato… nada de todo eso es cierto.

Lo quería.

Y las únicas veces que pensé en Magnolia fueron cuando mi cerebro estaba en plan deberías estar pensando en Magnolia.

Sin embargo, después…

Me cago en todo.

Fue como si se hubiera roto el hechizo.

Se apartó de encima de mí de un salto, sujetando la ropa contra su cuerpo.

—¿Qué hemos hecho? —preguntó blanca como un fantasma.

—Joder. —Me cogí la cabeza con las manos—. ¡Joder!

—¿Qué hacemos? —preguntó con urgencia.

Negué con la cabeza.

—Tenemos que contárselo…

—¿Qué? —exclamó, apartándose—. ¡No!

—¡Tenemos que hacerlo! —Negué con la cabeza—. Tengo que hacerlo… no puedo ocultarle algo así…

—¡Tienes que hacerlo! —gritó Paili.

—¡No puedo! —le grité yo también—. Voy a decírselo…

Y entonces Paili empezó a hiperventilar. Quiero decir que no podía respirar, que tenía que jadear para coger aire. Corrí hacia ella, la sujeté por el brazo.

—Mírame… respira… tienes que respirar…

Y allí de pie estaba yo, coaccionándola para que respirara y ella todavía no se había vestido, solo llevaba la ropa interior. Yo iba sin camisa, y entonces la puerta se abrió.

—¿Qué está pasando aq…? —empezó a preguntar Jonah, luego se quedó paralizado—. Mierda.

Jo me miró, se tapó la boca con la mano. Yo bajé la vista al suelo. Avergonzado y culpable. Jonah miró a Paili, que estaba teniendo un ataque de pánico, y luego se acercó a la pila con un par de zancadas. Cogió un vaso de agua. Se la arrojó a la cara.

Paili se quedó paralizada. Levantó la mirada hacia él, con los ojos muy abiertos. Petrificada.

—¿Os estáis acostando? —preguntó Jonah con los dientes apretados.

—S-solo una vez —respondió ella con los ojos llorosos.

Yo estaba sentado en la tapa del inodoro. Me temblaban las manos.

—¿Qué cojones, Beej? —gritó.

—Tengo que contárselo. —Levanté la mirada hacia los dos—. Tenemos que contárselo —le dije a Paili—. Es lo correcto…

—¡No! —insistió ella—. No nos perdonará jamás.

—No puedo mentirle…

—¿Pero sí que puedes ponerle los tochos? —escupió Jonah.

Lo ignoré.

—Paili. —La miré negando con la cabeza—. Ha sido un error, puede que ella… quizá ella no…

Paili se echó a llorar.

—Escucha, escucha —dijo Jonah, tirándome mi camisa—. Ponte esto. Podemos encontrar una solución.

Cogió el vestido que Paili tenía entre las manos y se lo puso. La vistió como si fuera una muñeca de trapo. Ella observó a Jonah con ojos asustados y agradecidos.

—¿Habéis usado protección? —preguntó, mirándonos a los dos.

Ni siquiera había pensado en la protección, solo me acostaba con Parks y ella tomaba la píldora desde los dieciséis. Negué con la cabeza.

Paili negó también. Empezó a llorar con más fuerza.

Mierda.

Jonah dio una palmada para que Paili se concentrara y luego la agarró por los hombros.

—Tengo la pastilla del día después en mi baño —le dijo—. No te pasará nada. No pasa nada, vamos a que te la tomes. —Empezó a guiarla hacia la puerta—. Y tú… dúchate.

Negué con la cabeza.

—Voy a contárselo…

Paili se echó a llorar otra vez.

Jonah se agarró la cabeza con las manos.

—Paili, haz el favor de callarte, estoy intentando pensar.

Ella cerró la boca de golpe tal y como es de esperar cuando un mafioso te manda callar.

—Va a dejarte, Beej —me advirtió.

Lo miré y negué con la cabeza.

—No puedo fingir que no lo he hecho, no voy a mentirle…

A Paili se le sacudían los hombros, estaba llorando a mares.

—Vale, pero no le digas con quién…

—Debería saberlo —grité.

—No debería tener que saberlo —me contestó Jonah con un ladrido—. No tendrías que haberlo hecho, joder, pero lo has hecho y ahora aquí estamos. A Paili le va a dar un maldito ataque. Ahora es su historia tanto como lo es tuya. Tú quieres decirle a Parks que la has engañado, muy bien. —Miró a Paili—. Y tú quieres mentirle a tu mejor amiga, muy bien. —Me señaló—. Tú estabas en la fiesta y te has emborrachado. —Agarró una cerveza empezada que había en mi cuarto y me la tiró encima de la ropa—. La has cagado. —Asentí—. Y tú —continuó, mirando a Paili—, tú y yo nos hemos liado esta noche, si alguien pregunta, ¿vale?

Ella asintió, obediente, con los ojos rojos.

—Vale —asintió Jonah.

Ya sabes lo que pasó después de aquello.

Fui a ver a Parks. Se lo conté. Omití el detalle más importante. La perdí de todos modos. La perdí entonces como la estoy perdiendo ahora con un vestido de Gucci en The Rosebery.

—Parks… —digo, alargando la mano hacia ella de nuevo.

—¿Mi mejor amiga? —susurra.

Estamos todos paralizados. Jodidamente suspendidos en mi peor pesadilla, joder…

Christian no puede creerlo. Perry tiene los ojos fijos en el suelo… una confirmación para mí, por fin, de que él lo sabía desde el principio. Henry me va a matar, se lo veo. Jo se limita a observar a Parks. Incluso parece un poco asustado.

—¿Lo sabías? —le pregunta Magnolia a Jonah en voz baja.

Jo asiente.

Se vuelve hacia Perry.

—¿Y tú? —pregunta con voz gutural.

Él también asiente.

Estas revelaciones añadidas la destruyen todavía más, no sé por qué.

—Magnolia.

Alargo la mano hacia ella, pero se aparta de mí retrocediendo, asustada. Como si no me conociera. Como si fuera un peligro para ella.

—No me toques.

Me aparta las manos con fuerza y me caigo un poco para atrás, choco contra un camarero que lleva una bandeja de comida.

—Parks, por favor —le grito, pero ya ha echado a correr.

SESENTA Y OCHO

Magnolia

Me escabullo en la conmoción de Beej cayéndose encima del camarero y salgo corriendo de The Rosebery como si estuviera en llamas. La sala se parte ante mí como el mar, todos los presentes en la sala se hacen a un lado, como si mi devastación fuera una enfermedad contagiosa.

Lo agradezco. Agradezco que hayan contribuido a mi huida porque no puedo ver bien, no puedo pensar bien, hay un agujero negro en el centro de mí y estoy cediendo ante él.

¿Mi mejor amiga? Mi mejor amiga y mi mejor amigo.

Es peor. Él tenía razón. Es peor. Conocer la cara de ella. ¿Fue planeado? ¿Se habían gustado durante mucho tiempo? ¿Ella lo vio desnudo? ¿Usaron protección? Ay, Dios mío, espero que usaran protección.

La idea de que él estuviera dentro de ella sin nada, ni siquiera un mísero trozo de plástico entre ellos, casi me hace caer de rodillas. Creo que voy a vomitar. ¿Qué partes del cuerpo de ella sujetó?

¿Él pensó en mí? ¿Por qué ella? ¿Y por qué él? ¿Dónde la besó? ¿Qué partes de su cuerpo rozó el pelo de ella? ¿Le sujetó la mano como sujeta la mía cuando nos acostamos? ¿La miró a los ojos? ¿La contempló con los ojos abiertos? ¿Se corrió? ¿En qué pensaba cuando lo hizo? ¿Cómo puedo ser tan estúpida que no lo vi? ¿Había algo que ver? ¿Cómo pasa algo así?

Estoy tan mareada que podría caerme. Y entonces BJ me agarra.

No sé de dónde sale, parece repentino, aunque no lo es, ha sido como si estuviera sola en el mar oscuro, perdida, y de repente me agarraran unas manos.

Me coge por el brazo y por la cintura y está negando con la cabeza como si se hubiera vuelto loco.

—Parks, escúchame…

Niego con la cabeza, pero no lucho para zafarme de él porque no quiero. Es demasiado difícil. Va contra mi instinto. Me encanta que él me toque; quiero que él me toque. Y que me abrace y que me bese y que me tenga y llevo casi tres años sin todo eso y ahora lo he tenido durante tres días y lo estoy volviendo a perder y me siento como si tuviera ácido en la piel por la traición… me llevó muchísimo tiempo mantener a raya el fuego ardiente que sentía por él en el estómago y ahora ha vuelto y no puede ser.

Pero lo ahogaré como sea necesario, porque no voy a tenerle nunca jamás. Esto es el fin.

—Parks, por favor…

—¡Es mi mejor amiga!

—Magnolia, escucha. Ya ha pasado, dijiste que me perdonabas, todo sigue siendo lo mismo.

—No.

—¡Lo es! No he vuelto a hacerlo, sigue siendo lo mismo…

—No, no es lo mismo porque te follaste a mi mejor amiga —repito por enésima vez—. Todos estos años me has hecho pensar que era una chica cualquiera, una completa desconocida, un accidente, algo que pasó sin más… pero lo hiciste con mi mejor amiga.

—Parks…

—¡Y nos juntamos todo el rato! ¡Nos juntamos con ella todo el rato! ¿La miras cuando vamos de vacaciones… piensas en que has estado allí…?

Parece horrorizado.

—Parks, no. Es…

Lo miro como si fuera el desconocido que ahora mismo siento que es.

—¿Cómo pudiste hacerme esto?

Me agarra, me atrae hacia él, me abraza con fuerza y yo me digo a mí misma que debo recordarlo.

Recordar esta sensación. Estar allí, en sus brazos. Recordar la sensación de estar arropada contra su pecho, la sensación de tener sus brazos rodeándome la espalda, con las piernas encajadas entre las suyas, cómo ha agachado el mentón un poco para que pueda acurrucarme allí abajo… Debo recordarlo todo porque es la última vez.

Respiro su aroma una vez más.

Y luego me aparto con fuerza. Lo hago rápido, como cuando te arrancas una tirita.

Me estremezco de la cabeza a los pies, me tiemblan las manos, tengo las piernas de gelatina…

—No volverás a tocarme jamás —lo digo con apenas un hilo de voz, pero él me oye.

Me quito la cadena que llevo en el cuello, donde el anillo de su familia ha vivido durante la mejor (y también la peor) parte de una década. Me la arranco del cuerpo y la arrojo al suelo.

Él me mira con un desconcierto mudo. Niega con la cabeza, vuelve a acercarse a mí y luego recibe otro empujón hacia atrás. No por mi parte, sino por parte de su hermano.

—No —gruñe Henry. BJ niega con la cabeza, irritado y molesto, intenta apartar a su hermano. Henry vuelve a empujarlo—. Ni se te ocurra acercarte a ella. —Henry lo señala con los dientes apretados.

Beej se lanza sobre mí, pero Jonah lo agarra por detrás, lo sujeta como un cinturón de seguridad y Beej se queda inerte.

Se queda allí de pie, mirándome entre los brazos de su hermano. Suelta una bocanada de aire y deja caer la cabeza en una mezcla de tristeza y culpa. Niega un poco, intentando serenarse, el pecho le sube y le baja a toda velocidad.

Quiero tocarle la cara, besarle la comisura de los labios, respirar con él hasta que vuelva a la normalidad, pero nosotros no volveremos nunca a la normalidad.

Henry me mira. Está pálido.

—¿Magnolia, qué necesitas? ¿Qué quieres que haga? Haré lo que sea…

—Necesito irme —respondo con voz ahogada.

Él asiente y me acompaña al bajar los escalones de la entrada.

—Un taxi —le dice a uno de los botones—. Ahora. Pídale un taxi.

Uno se detiene delante de mí y el botones abre la puerta.

Henry me ayuda a entrar.

—Lo siento muchísimo, Parks —me dice y él también tiene los ojos llorosos.

Asiento. Creo. ¿Creo que asiento? Quizá no.

En realidad, ya no siento mi cuerpo.

Henry cierra la puerta y miro una última vez a su hermano, que sigue en los escalones, observándome mientras lo abandono.

Está llorando, un lloro ahogado en los brazos de Jonah.

Nuestras miradas se encuentran, suelta un poco de aire por la boca y aparta sus ojos de los míos.

¿Sabes si puedes morirte de un corazón roto?

Y si lo hiciera y me abrieran en canal, ¿sangraría mi amor por él? Cuando saquen mi corazón de la cavidad de mi pecho para pesarlo, ¿pesará lo mismo que su labio superior? ¿Llevo su nombre grabado en la tercera costilla de la izquierda? Sangre de mi sangre, carne de mi carne. Él me está matando. Amarle me está matando también, y me da miedo porque ¿cuántos amores te tocan en una vida? ¿Cuántas oportunidades le das antes de dejarlo ir?

Lo estoy dejando ir.

—¿Adónde vamos? —pregunta el taxista.

Miro por la ventanilla hacia la ciudad, que está llena hasta los topes de besos de ensueño y decisiones perfectamente nefastas, todas tomadas con un hombre al que creía conocer.

—A Heathrow.

Agradecimientos

Aunque ya se te ha pasado y de mucho el plazo que se te concedió para leer mi libro, te daré las gracias a ti primero de todos modos.

No solo has creído en mí y me has apoyado, sino que me has allanado el camino. Me has pagado el camino. Me diste muchísimo tiempo y espacio para ser, mucho antes de que pudiéramos permitírnoslo. Nadie ha creído en mí como tú has creído en mí, y todas mis cosas favoritas de ser humana las puedo relacionar con ser tuya. Te quiero, Benjamin William Hastings.

Emmy. Estuvimos en las estrellas desde siempre. Nos llevó una década trabajar juntas, pero lo logramos y estoy agradecida por esa década de todas y cada una de las maneras. Y siempre, siempre sentiré agradecimiento por ti, mi luna nueva. Es la portada de mis sueños. He creído en tu arte desde el segundo en que lo vi, y seguiré creyendo en él porque es verdaderamente divino. Gracias por tu «férrea» determinación en el trabajo (no, ahora en serio; ha resultado ser muy útil, así que ¡gracias!).

David Hedlund, sin el cual creo que este libro nunca habría existido. Me has ayudado más de lo que puedo decir. Me has aclarado las cosas, me has ayudado a encontrar el camino cuando me había perdido, me has apoyado aun cuando eliminé a tu personaje favorito (R.I.P. AVS) y has leído demasiadas versiones de este libro como para llevar la cuenta. Muchas gracias.

Una ráfaga de agradecimientos absolutamente necesarios: Jesus, por todo lo bueno. Luke y Jayboy, por darme por fin el espacio para estar en una junta incluso aunque sea de mentira y esté solo en nuestro chat grupal. Recibisteis el libro, le disteis vida, sois dos de mis personas favoritas, genios absolutos. Mamá y Lis, por todas las veces que me habéis ayudado tan desinteresadamente con mis niños para que pudiera visitar este mundo que he creado. Bronte y Rach, por haber sido las únicas en creer en todo lo que *Magnolia* ha traído a mi vida. Abuela, por todo. Abuelo, por todo lo demás. Viv y Bill, por dejarme tener semanas de espacio y silencio en mi casa favorita del mundo entero. Maddi, por ser la persona más entusiasta y vehemente. AJ por la lectura más rápida del oeste. Jarryd y Mystique, buena parte de esta historia tomó forma en el escritorio donde me dejabais trabajar cuando necesitaba escapar de mi maravilloso —aunque a veces imposible y desesperante— bebé cuando éramos vecinos. Amber, no podríamos haber hecho esta ridícula estación sin ti. Tori, por responder mis miles de millones de preguntas. Mi editora, por ver a través de la niebla de comas y perpetuar el trauma de mi anterior editor. Estaba muy desanimada cuando nos encontramos; gracias por tu bondad y tu paciencia. Ahora mismo me apuntaré a un centro de rehabilitación para adictos a las comas. Laura, mi cajista, y mis dos correctoras finales, Nikki y Felicity. Sarah, porque jamás funcionará si no la menciono; Karalee, porque no puedo mencionar a mis otras mejores amigas sin mencionarte a ti, y Aodhan, para que no me mates.

Jackson Van Merlin, verdaderamente me hiciste creer en mí de una manera que ni siquiera creo que concibas —no sé dónde estás últimamente, dichosa tendencia la tuya de perderte por el planeta—; con suerte estarás vivo. Y bien. Espero de veras que estés bien.

Alana Fragar, tú me regalaste el libro que me hizo querer ser escritora: *Extremely Loud & Incredibly Close*, de Jonathan Safran Foer, así que gracias a ti también, Jonathan.

Joel Houston, tú me dijiste que era buena escritora cuando tenía dieciocho años y como tú eres un buen escritor, te creí.

A mi profe de inglés del colegio: siento que te exasperaras tanto porque me tomé esa redacción sobre la Segunda Guerra Mundial como un ejercicio creativo, aunque he de decir que fuiste desproporcionadamente borde al respecto conmigo.

A mi querida Helen por la mejor librería del mundo: llevas años y años alimentando mi mente y aunque ahora estamos muy lejos, pienso en ti a menudo y siempre con cariño. (Por cierto, la librería es Blues Point Book Store, y no tiene Instagram ni Twitter porque Helen nunca haría algo así, pero es verdaderamente divina y deberías ir).

Y, en realidad, probablemente más que a nadie: Juniper Ruth Magnolia Hastings. Fuiste la cría de seis meses más complicada que se pudiera imaginar y me exigiste más de lo que pensaba que podía exigirme nadie. Fue durante esa época cuando empecé a escribir una versión de lo que acabaría siendo este libro. Así que gracias. Y, por favor, no vuelvas a hacerlo. Bellamy: aunque te quiero, debo decir que tú no hiciste mucho. Te daré las gracias en el próximo libro.

Este libro se terminó de imprimir
en el mes de enero de 2024.